한국시가의 맥락과 소통

한국시가의 맥락과 소통

류해춘 지음

역락

머리말

　문학은 현실사회를 반영하고 있다. 하지만 문학과 현실사회를 함께 논의한다는 일은 언제나 조심스럽고 마음이 설레는 화두이다. 지금도 문학을 통해서 한국 사회를 읽는 눈을 배우지만, 『한국시가의 맥락과 소통』이라는 제목으로 한국시가의 흐름과 의식에 관한 저서를 발간하면서 한국문학에 나타난 융합정신의 길을 살펴보는 작업을 갈무리하고자 한다.

　최근 국제정세가 빠르게 변하듯이 한국사회도 빠르게 변하고 있다. 이러한 추세에 영향을 받아 대학의 학문도 사회의 흐름에 따라 변하고 있다. 21세기 초부터 학계에서는 소통과 맥락이라는 개념이 성행하여 분과 학문들 사이를 가로지르는 강고한 성벽들을 허물어트리고 지식의 대통합을 추구하는 방향으로 연구가 이루어지고 있다. 오늘날 학계에서 소통과 맥락이라는 화두(話頭)를 물리치기 어려운 이유는 우리가 살아가는 삶의 공간이 빠르게 변하여 상생하는 적응이 필요하기 때문일 것이다.

　한국시가는 고대사회로부터 20세기 전후까지 한국인의 정신과 정서를 가장 민족적으로 담아내고 표현한 우리민족의 고유한 시문학이다. 20세기 근대학문의 초창기부터 한국시가 문학은 활발하게 연구가 된 분야로 많은 연구물이 축적되어 있다. 이러한 자료를 바탕으로 이 책은 1980년대 말부터 지금까지 필자가 연구한 한국시가에 관련된 연구논문을 모아서 저서의 형태로 편찬한 것이다. 필자는 한국시가와 한문학의 자료를 검토하면서 정보화시대인 오늘날의 시각을 바탕으로 신라시대로부터 고려시대를 거쳐 조선시대에 이르기까지의 한국문학에 담겨있는 현실사회의 비판정신을 살펴보려고 노력하였다.

이 책은 한국시가에 관련된 필자의 글들을 모아서 만들었다. 제1장 「신라시대, 향가문학과 화랑정신」에서는 향가의 언술방식과 신라 처용가의 서사문맥을 살펴보면서 화랑과 관련된 향가에 나타난 화랑의 정신을 살펴보았다. 제2장인 「봉건사회, 녹색담론과 정치현실」에서는 신라시대 고운 최치원의 시세계에 나타난 녹색정신과 고려가요 「정과정곡」의 의미구조 등을 살펴보았다. 그리고 현실비판과 선전선동의 기능을 지닌 고려시대와 조선시대의 정치민요와 그 기능을 수사학을 바탕으로 분석하였다. 제3장인 「조선시대, 사회풍속과 현실문화」에서는 농민시와 가사문학에 나타난 풍속을 분석하였다. 먼저, 다산 정약용의 농민시에 나타난 풍자와 풍화의 시정신을 살펴보았다. 다음으로 임진왜란을 전후하여 지어진 사대부가사의 현실인식과 조선후기의 가사에 나타난 문화현상과 경제활동을 살펴보았다.

1988년부터 다양한 학술지에 발표했던 필자의 글들을 모아서 한국시가에 나타난 현실사회를 검토하고 분석하는 작업은 필자의 지나온 문학연구를 되돌아보며 반성하는 과정이었다. 한국문학을 공부하면서 현대사회의 대중문화와 고전문학의 소통과 상생이라는 것을 항상 화두로 삼았다. 한국문학과 현대사회의 소통은 작품 그 자체의 탐구가 아니라 현대사회와 공감하면서 공통분모를 찾아내어서 상생하는 방향을 찾아가는 것이라 할 수 있다.

이 책에서는 한국시가라는 전통문화를 미래사회와 함께 살아서 숨을 쉬는 생명체가 되도록 연출하고 싶었다. 한국의 전통문화를 통해서 현대사회에 주어진 새로운 과제를 탐구하고, 전통을 계승하여 미래문화를 창조하는 현대사회의 감독이자 비평가가 되고 싶었던 것이다. 오늘도 나는 이 창대한 꿈을 소유하고 있으며 아직도 그 꿈을 먹고 살아가고 있는지도 모른다. 우리나라의 나이로 뜻이 깊은 회갑回甲을 맞이하는 올해에도 나는 대학의 강의실과 삶의 현장에서 한국의 인문학과 미래사회가 융합하여 찬란한 열

매를 수확하는 토대를 마련하기 위해서 다양한 학문과 소통을 추구하고
있다.

　이 책을 만들기까지는 많은 사람들에게 도움을 받았다. 오랜 시간 동안
기다리며 졸고를 멋진 책으로 엮어준 역락의 사장님과 직원 선생님들에게
감사를 드린다. 도와주신 부모님, 스승님, 형제, 동료, 그리고 가족들이 항
상 함께 있어서 즐겁게 학문하는 일을 할 수 있었다.

2019. 5. 1.

류 해 춘

차 례

머리말 / 5

1부 신라시대, 향가문학과 화랑정신

────────────

향가의 언술방식과 신라인의 세계관 ························· 15
　1. 신라인의 삶과 향가　　　　　　　　　　　　　　　 15
　2. 민중들의 삶을 지향한 향가　　　　　　　　　　　　 17
　3. 지식인의 찬양과 교화를 노래한 향가　　　　　　　　 22
　4. 주술사의 우주론적 언술을 표출한 향가　　　　　　　 29
　5. 향가의 향유계층과 현실인식　　　　　　　　　　　　 36

화랑의 향가와 그 문예미학 ····························· 41
－「혜성가」와「모죽지랑가」그리고「풍랑가」
　1. 화랑과 향가의 관계　　　　　　　　　　　　　　　　 41
　2. 화랑제도의 정착과 향가의 창작　　　　　　　　　　 43
　3. 화랑과 관련된 향가의 문예미학　　　　　　　　　　 52
　4. 화랑제도와 향가의 기능　　　　　　　　　　　　　　 63

신라「처용가」의 서사문맥과 사회현실 ··················· 69
　1. 처용의 가면과 다양한 시각　　　　　　　　　　　　 69
　2. 노래의 서사문맥과 사회현실　　　　　　　　　　　　 70
　3. 처용가의 정체와 처용설화의 의미　　　　　　　　　 84
　4. 혼사장애 극복의 노래　　　　　　　　　　　　　　　 90

월명사의 「도솔가」 조에 나타난 사회현실 ··················· 93

  1. 월명사와 향가문학   93

  2. 월명사의 변신과 정체   95

  3. 두 향가의 상징성과 주술현상   99

  4. 배경설화의 분석과 그 의미   113

  5. 월명사의 정체와 현대인의 추리   118

2부 봉건사회, 녹색담론과 정치현실

고운 최치원의 시세계와 녹색정신 ······························ 125

  1. 녹색담론과 전통사회   125

  2. 유학시절, 현실사회를 활용하는 시   128

  3. 관료시절, 현실사회와 공생하는 시   133

  4. 은둔시절, 자연으로 돌아가는 시   139

  5. 작가의식과 녹색정신   145

고려가요 「정과정곡」의 의미구조와 그 형상화 ··········· 149

  1. 작품과의 소통과 대화   149

  2. 시제작의 과정과 배경   150

  3. 시어 배열과 형식을 통해본 의미   158

  4. 시어의 의미지향과 그 형상화   162

  5. 문화콘텐츠로서의 고려가요   178

고려시대 정치민요의 기능과 그 미학 ······················ 183

  1. 민중의 노래와 정치민요   183

2. 정치민요를 보는 시각　　　　　　　　　　185
3. 정치민요의 모티프와 그 기능　　　　　　188
4. 정치민요의 미학　　　　　　　　　　　197
5. 정치사회와 정치민요의 기능　　　　　　204

조선시대 정치민요의 기능과 그 미학 ⋯⋯⋯⋯ 207
1. 정치비판과 민중노래　　　　　　　　　207
2. 정치민요의 기능　　　　　　　　　　　210
3. 정치민요의 유형　　　　　　　　　　　214
4. 정치민요의 미학　　　　　　　　　　　220
5. 정치사회와 정치민요의 역할　　　　　　227

3부 조선시대, 사회풍속과 현실문화

다산 정약용의 농민시에 나타난 시정신 ⋯⋯⋯⋯⋯ 233
1. 농촌현실과 농민시　　　　　　　　　　233
2. 농촌현실을 바라보는 시각　　　　　　　234
3. 농민시의 풍자와 풍화　　　　　　　　　240
4. 현실사회와 농민시의 정신　　　　　　　249

「고공가」·「고공답주인가」의 작품구조와 현실인식 ⋯⋯ 253
1. 주인노래와 머슴노래　　　　　　　　　253
2. 작품구조와 현실사회　　　　　　　　　254
3. 두 작품에 나타난 현실인식　　　　　　　286
4. 가사의 갈래와 서술방식의 논의　　　　　288

19세기 사회풍속가사의 서술방식과 작가의식 ·············· 293

1. 사회풍속과 서사가사   293
2. 19세기 사회풍속가사의 작품 현황   294
3. 시간과 공간의 변화를 활용한 서술방식   296
4. 사회 관리자로서의 작가의식   304
5. 사회풍속가사와 정보전달   312

규방가사에 나타난 놀이문화와 경제활동 ·················· 315

1. 규방가사와 경제활동   315
2. 놀이문화와 공동체인식   317
3. 경제상황의 변화와 현실경제   326
4. 규방가사에 나타난 놀이문화와 화폐경제의 의미   335
5. 전통문화와 경제활동   337

1부
신라시대, 향가문학과 화랑정신

향가의 언술방식과 신라인의 세계관

1. 신라인의 삶과 향가

향가는 신라인의 삶과 그 정신이 녹아 어우러진 문화콘텐츠이다. 향가를 공부하는 우리들의 관심사는 향가가 현대인의 삶에 대해 무엇을 말하고 있는가를 탐색하는 일이라고 할 수 있다. 지금까지 전해오는 신라의 향가는 6세기경의 「혜성가」로부터 9세기경의 「처용가」까지 『삼국유사』에 14편이 실려 있으며 우리 문화의 원형을 이루고 있다.

지금까지의 향가 연구는 향가의 해석과 배경설화 및 향가 간의 관계양상을 파악하기 위한 방향[1]으로 많이 이루어져 왔다. 이러한 향가의 연구 성과는 향가를 문학작품으로서의 문예적 형상화와 그 의미를 해석하도록 하는 근거를 제공하고 있다. 특히 작품의 존재양상과 그 의미를 밝히려는 연구에서는 향가의 배경 설화, 향유 계층의 문제, 향가의 철학사상 등을 탐색하는 작업이 무엇보다도 절실한 과제[2]라고 할 수 있다.

『삼국유사』에 실려 전하는 14편 향가의 담당층에 대한 연구는 크게 두

---

1) 화경고전문학연구회편, 『향가문학연구』, 일지사, 1993, 참조.
2) 국어국문학회편, 『향가연구』, 태학사, 1998, 참조.

가지 방향으로 진행되어 왔다. 하나는 향가의 담당층을 실존했던 역사적 인물로 보는 방법이며, 다른 하나는 향가의 담당층을 설화적 인물로 보는 방법이다. 초창기의 국문학 연구자들은 향가의 담당층을 역사적 인물로 해석하였다. 그 이유는 향가의 작가에 대한 모든 정보를 담고 있는『삼국유사』의 배경설화를 역사3)로 해석했기 때문이라고 할 수 있다. 향가의 작가를 설화적 인물로 해석한 경우는『삼국유사』가 설화집이므로 일연의 삼국유사 편찬의식에 입각하여 작가에 관한 서술도 설화적 문맥에서 해석하려는 것4)이라 할 수 있다.

본고에서는 오늘날까지 이루어진 향가의 작가층에 대한 논의를 바탕으로 하면서,『삼국유사』의「월명사 도솔가조」에 나오는 향가의 언술과 관련된 구절5)을 분석하여 향가를 주도한 담당층의 면모를 살피고 연관시켜서 신라인들의 현실인식을 살펴보고자 한다.

삼국유사에서 향가의 언술방식과 그 담당층을 암시하는 기록은 "① 신라인들은 일찍부터 향가를 숭상하는 자가 많았으며, ② 대개 (향가는) 시와 송의 부류인데, ③ 천지와 귀신을 감동시킨 것이 한둘이 아니었다."6)라고 하는 세 단락으로 나누어질 수 있다.

첫째로 신라인이 향가를 숭상하는 자가 많았다는 것은 신라의 백성과 민중들이 즐겨 향가를 노래했다는 사실을 의미한다. 둘째로 신라의 향가가 시와 송의 부류라는 것은 일반적으로 시와 송이 지식인에 의해서 창작된다는 견해를 바탕으로 할 때에, 신라를 대표하는 지식계층인 승려와 화랑에 의해서 현실과제 해결의 일정한 목적 아래 지어졌다고 할 수 있다. 셋째로

---

3) 양주동,『고가연구』, 일조각, 1968.
4) 임기중,『신라가요와 기술물의 연구』, 이우출판사, 1981.
　　이재선,「신라향가의 어법과 수사,『향가의 어문학적 연구』, 서강대인문과학연구소, 1972.
5) 일연 一然,「월명사도솔가조 月明師 兜率歌條」,『삼국유사三國遺事』.
　　羅人, 尙鄕歌者, 尙矣, 盖詩頌之類歟, 故往往能感動天地鬼神者, 非一.「月明師 條兜率歌」.
6) ① 羅人, 尙鄕歌者, 尙矣, ② 盖詩頌之類歟, ③ 故往往能感動天地鬼神者, 非一.「월명사도솔가조月明師 兜率歌條」, 본문의 ①, ②, ③ 번호는 필자가 부여하였다.

향가가 천지와 귀신을 감동시키는 일이 한 두 번이 아니었다고 한다. 이것은 향가에는 천지와 자연 그리고 귀신을 감동시킬 수 있는 인연승인 주술사가 지은 작품이 자주 있었다는 사실을 의미한다. 그러므로 이 기록에 의하면 향가의 주된 담당층은 신라 민중, 승려와 화랑, 그리고 인연승인 주술사라고 할 수 있다.

이러한 전제를 바탕으로 이 글에서는『삼국유사』의「월명사 도솔가」조에 제시된 구절의 상징성을 분석하여 우리의 문화원형인 향가 14편의 언술 방식과 신라인의 사회의식을 살펴보고자 한다.

2. 민중들의 삶을 지향한 향가

일연은 ①의 구절에서 '신라인들은 일찍부터 향가를 숭상하는 자가 많았다(羅人, 尙鄕歌者, 尙矣)'라고 말한다. 이 구절에서 신라의 백성들이 향가를 숭상하였다는 것은 향가가 신라인들에게 널리 향유되었다는 사실을 의미한다.

1075년에 혁연정赫連挺이 지은『균여전』에서도 '무릇 사뇌가는 세상 사람들이 즐기는 도구'[7]라고 하고 있다. 이 구절은 불교의 심원한 뜻을 이해시키기 위해 세상 사람들이 즐기는 향가에 그 뜻을 실어 펴고자 하는 균여의「보현십원가」창작동기가 나타난 곳이다. 이처럼 균여가 세상 사람들이 즐기는 도구를 향가라고 하는 데서 추측할 수 있는 의미는 향가가 매우 폭넓게 향유되었던 국민의 문학이며 민중들의 노래라는 의미이다. 향가는 우리말 노래로 불리어졌기에 민중적이고 보편적인 문학이 되었으며, 신라인들은 불교의 게송을 외우듯이 향가를 자유롭게 불렀다고 할 수 있다. 이러

---

7) 혁연정赫連挺,「가행화세분歌行化世分」,『균여전均如傳』, 夫詞腦者 世人戲樂之具.

한 자료를 통해서 신라에서 향가를 즐기고 담당한 주된 부류는 신라인들 대부분인 민중들이었다고 볼 수 있다. 그러므로 신라의 일반 민중들은 향가를 불교의 게송이나 민요처럼 생각하고 불렀다고 할 수 있다.

①의 구절을 바탕으로 하여 여기서는 신라의 향가 중에서 민중들의 정신을 가장 잘 나타내고 있는 언술의 향가를 찾아보기로 한다. 민중들의 언술을 잘 드러내고 있는 향가는 4구체 향가가 많다. 8구체나 10구체의 향가도 일반 민중들이 즐겨 노래했겠지만, 민중의 의식을 지향하는 노래는 4구체의 향가가 중심이 되고 있다. 민요체라고 하는 4구체의 향가인 「풍요」, 「서동요」, 「헌화가」 등8)의 작품은 민중들의 삶의 체취가 스며있는 노래라 할 수 있다.

설화의 기록에 의하면 「풍요」는 신라 선덕여왕 시대에 영묘사 장륙 삼존불 조성이라는 불사佛事와 관련하여 노래되었다. 경주지역의 사녀士女들이 공양하러 가며 부른 이 노래는 불사가 끝난 뒤에도 경주지방에서 계속 구전되었으며, 고려시대에는 방아를 찧으며 맞절구질을 하는 주민들 사이에서도 이 노래가 애송되었다는 기록이 있다.

오다 오다 오다	來如來如來如
오다 서럽다라	來如哀反多羅
서럽다 의내여	哀反多矣徒良
공덕功德닷ᄀ라 오다9)	功德修叱如良如來

이 작품에 대한 연구는 노동요로서의 성격10)과 불교가요로서의 성격11)

---

8) 「도솔가」는 4구체 향가이지만 그 내용이 우주론적 언술을 표상하고 있으며 인연승인 주술사가 부른 노래라서 우주론적 언술을 표출한 향가로 다루고자 한다.
9) 양주동, 앞의 책, 참조.
10) 윤영옥, 『신라 시가의 연구』, 형설출판사, 1980.
   박노준, 『신라가요의 연구』, 열화당, 1982.
11) 김종우, 『향가문학론』, 이우출판사, 1975.

을 밝히는 것으로 크게 나누어질 수 있다. 여기서는 두 가지 시각을 모두 받아들이면서 신라인의 현실인식을 밝히는 데 초점을 두고자 한다.

표면적으로 「풍요」는 경주지역 사녀들의 두터운 신심으로 스님 양지가 불상을 조성하는 일에 참여하면서 노동요로 가창되었던 공덕가라고 할 수 있다. 선남선녀들은 양지의 업적에 감동하여 다투어 진흙을 운반하는 일에 기꺼이 참여하겠다는 뜻으로 이 노래를 불렀다. 불상을 건립하는 일에 많은 민중들이 동원되어 노동의 능률을 고무시키기 위해서 기존에 알고 있던 「풍요」라는 민요를 불상을 조성하는 기원가로 자연스럽게 가창하였다고 할 수 있다.

그러나 내면적으로는 흙을 나르는 노동에 동원된 민중들의 서러움이 표현되어 있는 「노동요」라고 할 수 있다. '서럽다'의 반복은 지배층에 대한 피지배층의 불만의 토로이다. 마지막의 '공덕 닦으러 오다'에서는 피지배층이 불만을 노골적으로 표현하기보다는, 서럽지만은 종교적인 측면에서 미래지향적인 선업을 추구하면서 불만을 승화시키겠다는 의지를 간접적으로 나타내고 있다.

다음으로는 「서동요」의 배경설화와 그 작품에 나타난 현실인식을 살펴보기로 한다.

선화공주善化公主 니믄　　善化公主主隱
놈 그스기 얼어 두고　　他密只嫁良置古
맛둥방올　　　　　　　薯童房乙
바믜 몰 안고 가다[12]　　夜矣卯乙抱遣去如

『삼국유사』에서는 이 노래를 역사상 실재하는 인물인 무왕이 창작해서 전파했다고 기록하고 있지만, 연구자들은 「서동요」가 개인의 창작인 서정

---

12) 양주동, 『고가연구』, 박문출판사, 1957, 참조.

가요가 아니라 공동작의 민요라는 견해에 일치된 의견을 보이고 있다. 설화적 문맥 속에서 읽지 않고 노래 자체만을 놓고 볼 때, 이 노래는 민요이고 동요라는 점이 분명하게 나타난다. 그리고 설화의 문맥 속에서도 아이들의 입을 통하여 불리어진 민중의 노래라는 점에서 정치민요라고 하는 설이 더욱 타당하다고 할 수 있다.

「서동요」는 선화공주와 서동의 사랑에 관련된 동요이다. 낮은 신분의 남자와 높은 신분의 여자가 사랑을 성취하는 구조로 된 이 노래는 바보온달과 평강공주의 이야기처럼 한국의 전형적인 사랑의 노래라고 할 수 있다. 이 「서동요」는 『삼국유사』의 백제 무왕의 설화에 편입되면서 어린 아이들의 노래로 개편되어 실었다고 할 수 있다. 당시에 신라인들이 불러서 유행했던 민요를, 서동은 자신의 이름과 상대자인 선화공주의 이름을 넣어서 개편하고, 어린아이의 입을 통해서 자신과 선화공주의 성공적인 사랑 이야기가 완성되도록 그 매개체로서 이 노래를 활용했다고 할 수 있다.[13]

> 가) □□□□님은
> 남 그윽히 얼어두고
> □□□을
> 밤에 몰래 안고 가다
> 나) 선화공주님은
> 남 그윽히 얼어두고
> 맛둥방을
> 밤에 몰래 안고 가다

가)의 노래는 가장 원초적인 남녀 간의 사랑을 갈구하는 인간의 심리가 담겨져 있는 노래로 아주 오랜 옛날부터 신라시대까지 전해오던 우리의 고유한 민요라고 할 수 있다. 이 노래의 □□□□와 □□□ 부분에 사랑하

---

13) 임기중, 『새로 읽는 향가문학』, 아세아문화사, 1998, 14면 참조.

는 사람들의 이름인 고유명사를 넣으면 자연스럽게 새로운 사랑의 민요가 탄생하는 그런 구조가 된다. 나)의 「서동요」는 □□□□와 □□□에 [선화공주]와 서동[맛둥방]이라는 인물을 대입시켜 새로운 민요가 되고 있다. 「서동요」에는 이런 변화된 시문법이 적용되어 서동과 선화공주의 사랑노래가 탄생하게 된 것이다.

서동은 이 노래를 유행시켜서 신라의 선화공주와 국경과 신분의 장벽을 극복한 서민과 공주의 결혼이라는 위대한 사랑을 성취하였다. 이러한 서동설화는 신라사회의 신분제도에 얽힌 사연을 반영한 노래라고 할 수 있다.[14] 시골의 미천한 주인공인 서동이 생각하지도 못한 공주와 결혼하고, 인간으로서 최고의 지위인 왕위에 오르는 것은 당시 하층의 피지배층으로서는 감히 도달할 수 없는 꿈을 성취한 것이라고 할 수 있다.

이 노래는 단순한 아동들의 꿈이나 정서만을 담은 것이 아니라 강력한 의도와 예언이 숨겨져 있으며, 이 노래의 화자인 아동들은 그 의미를 이해하지 못하고 있는 일종의 정치민요[15]라고 할 수 있다. 이 정치민요의 주제는 고귀한 신분의 선화공주가 귀한 신분의 남자와 정혼을 해놓고 서동인 비천한 신분의 남자와 정을 통하러 간다는 내용이다. 그래서 처음의 혼담은 파괴되고 서동과 선화가 결혼하게 된다는 것이다.

이처럼 이 노래는 미천한 서동을 주인공으로 하여, 공주인 선화와 결혼하게 하고 선화의 계층을 하층으로 전락시켰다가, 다시 서동을 왕위에까지 오르도록 하는 신분 상승의 극적인 모습을 보여준다. 이러한 극적인 구성은 고귀한 신분인 공주를 미천한 신분의 서동에게로 시집을 보냄으로써 하층민들의 신분상승 욕구를 대리 충족시키고 있다고 할 수 있다.

「헌화가」는 성덕왕(727~737) 시대에 지어진 것으로, 이 시대에는 천재지변이 자주 발생했다. 주로 가뭄과 홍수로 기후가 고르지 못하여 흉년을 만

---

14) 윤영옥, 「서동요」, 『향가문학론』, 새문사, 1989.
15) 류해춘, 「조선시대 정치민요의 유형과 그 미학」, 『어문학』 제71집, 2000, 205면 참조.

나고 유랑민이 많이 발생한 기록16)이 있다. 순정공이 강릉태수로 부임하며 수로부인과 함께 기우제祈雨祭인 산신제山神祭와 해신제海神祭를 거행한 것은 민중들의 안녕과 평화를 위한 것이라 할 수 있다. 산신제에서는 노옹이 수로부인이 원했던 꽃을 꺾어 주며 「헌화가」를 불렀고, 해신제에서는 용에게 납치된 수로부인을 데려오기 위해 민중들은 「해가사」를 불렀다고 할 수 있다. 「헌화가」는 철쭉꽃으로 인해 수로부인과 노옹이 서로 연결되어 기우제를 거행할 수 있게 하였다. 이 작품은 당시 가뭄으로 어려운 신라인들의 갈등을 해소하려는 데에 목적이 있고 민중들에게 새로운 희망과 생명을 불어넣고 있다.

이와 같이 민중들의 삶을 노래하는 향가에는 민중들이 살아가는 현재의 어렵고 괴로운 삶에 좌절하지 않고 현실의 어려움을 극복하여 미래지향적으로 살아가려는 소망을 반영하고 있다고 할 수 있다.

3. 지식인의 찬양과 교화를 노래한 향가

일연은 ②의 구절에서 "대개 향가를 시와 송의 부류(盖詩頌之類歟)"라고 한다. 『균여전』에서도 "무릇 사뇌가를 세상 사람들이 즐기는 도구라면, 「원왕가」는 아울러 수행하는 바탕이 된다."17)라고 하며 수행자를 위하여 11수의 향가를 짓는다고 하고 있다. 불교를 공부하는 승려라면 종교인으로서 당대 지식인의 반열에 오르기 위해 노력하는 사람이라 할 수 있다. 일연이 향가를 시부와 게송偈頌과 같은 부류로 인식하였다는 것은 이 구절을 통해서 향가의 담당층이 당대 신라를 대표하는 지식인인 화랑이나 승려가 중심축을 이루고 있다는 사실을 설명해 주는 것이다.

16) 「성덕왕조聖德王條」, 『삼국사기三國史記』 권8.
17) 「가행화세분歌行化世分」, 『균여전均如傳』, 夫詞腦者, 世人戲樂之具, 願王者, 幷修行之樞.

『문심조룡文心雕龍』에서는 대체로 교화에 의해서 일국을 잠재우는 것을 「풍風」이라 하고, 풍속을 가지고 세상을 바르게 이끄는 것을 「아雅」라 하고, 용태容態를 신명에게 고하는 것을 「송頌」이라 한다. 풍과 아는 인사人事를 서술한 것이므로 정체와 변체가 있다. 송은 신에게 고하는 것을 위주로 하므로 내용도 순수한 찬미를 위주로 한다. 「노송」은 주공 단을 찬미한 노래를 편찬한 것이고, 「상송」은 전왕조의 덕을 소급해서 기록한 것이다. 이것들은 선조를 제사하는 공식의 노래로 연회석에서 부르는 일상적인 노래와는 다르다고 할 수 있다.18)

신라시대에 시부詩賦와 게송偈頌을 창작할 수 있는 계층은 당시의 지식계층이라고 할 수 있는 승려와 화랑 등이라고 할 수 있다. 지식인이 찬양과 교화를 주제로 노래하는 향가에는 「찬기파랑가」, 「모죽지랑가」, 「제망매가」, 「안민가」, 「우적가」 등이 있다. 이 작품들은 다시 지식인의 현실 이념과 그 교화의 내용을 서술하는 시부의 유형이라 할 수 있는 「안민가」, 「우적가」와 유명한 인물의 삶을 찬양하고 칭송하는 노래로 게송에 가까운 「모죽지랑가」, 「제망매가」, 「찬기파랑가」 등으로 분류할 수 있다.

먼저, 지식인의 현실적 정치이념과 그 교훈을 노래하는 「우적가」와 「안민가」에 나타난 향가의 특성을 살펴보기로 한다. 「우적가」는 노승 영재가 지리산으로 은거하러 가다가 도적의 칼날을 만났다. 영재는 그 칼날을 두려워하지 않고 태연하게 대처하여 도적을 교화하고 모두 부처님의 제자로 삼았다는 내용이다. 지리산으로 은거하러 가는 영재는 목숨 이외에는 빼앗길 것이 아무 것도 없는 무념무상의 상태였다고 할 수 있다. 영재에게 물질을 빼앗기를 바라는 도적의 칼날은 부처님에게 귀의하려는 그에게는 오히려 하나의 방편이 되었다고 할 수 있다. 영재는 「우적가」를 통해서 도적들

---

18) 유협劉勰, 『문심조룡文心雕龍』 권2, 「송찬訟讚 제9」. 夫化偃一國謂之風, 風正四方謂之雅, 容告神明謂之頌. 風雅序人事 兼變正, 訟主告神義必純美. 魯國以公旦次編, 商人以前王追錄, 斯乃宗廟之正歌, 非讌饗之常詠也.

의 칼날 앞에 스스로의 삶을 성찰하면서 칼로 위협하는 도적들까지 연민하는 인간적인 원숙함을 보여주었다고 할 수 있다.

여기서는 「안민가」 분석을 통해 당대의 지식인인 화랑이 백성을 편안하게 하려는 목적으로 창작한 향가에 나타난 특성을 살펴보기로 한다.

군은 아비여	君隱父也
신은 사랑스런 어미여	臣隱愛賜尸母史也
민은 어린아이라고 하실지면	民焉狂尸恨阿孩古爲賜尸知
민이 사랑을 알리도다	民是愛尸知古如
구물거리며 살손 물생	窟理叱大肹生以支所音物生
이를 먹여 다스리져	此肹喰惡支治良羅
이 땅을 버리고 어디 가려 할지면	此地肹捨遣只於冬是去於丁爲尸知
나라 안이 유지될 줄 알리이다	國惡支持以支知古如
아으 군답게 신답게 민답게 할리면	(後句) 君如臣多支民隱如爲內尸等焉
나라 안이 태평하리이다[19]	國惡太平恨音叱如

이 작품은 10구체 향가로서 3단락으로 구성되어 있다. 이 「안민가」에서는 나라에서의 임금·신하·백성을 가정에서의 아버지·어머니·어린이로 비유하여 각각 그 책임의식을 다하자는 것을 내용으로 하고 있다. 이 노래는 임금, 신하 그리고 백성 등의 충실한 도리를 표출하고 있으므로 신라인의 민본주의적 사상이 담겨져 있다고 할 수 있다.[20] 이때 민본주의는 아버지로서의 임금과 어머니로서의 조정 신하가 제 구실을 다할 때, 어린 아이인 백성들이 잘 살아갈 수 있다는 것이다.

이 작품의 제1단락은 제1행에서 제4행까지라 할 수 있다. 여기서 작가는 군신을 부모로 백성을 어린이로 비유하여 위정자들로 하여금 각성을 촉구하고 있다. 위정자는 백성들을 어린 아이와 같이 사랑하는 것이 기본과제

---

19) 양주동, 앞의 책, 참조.
20) 박노준, 『신라가요의 이해』, 열화당, 1982, 241면.

라 할 수 있다. 제3행과 제4행에서 "백성을 어린 아이라고 하면 백성들이 그 사랑을 알 것"이라고 한 것으로 보아 위정자가 백성에게 사랑하지 않았음을 알 수 있다. 이 당시 신라사회는 왕과 신하가 백성을 위한 정치를 하지 않고, 자신들의 권력과 부귀영화를 일삼아 백성들이 마음 놓고 편히 살아갈 수 없었다고 한다.

제2단락은 백성들의 현실적인 삶을 표현한 것으로 제5행에서 제8행까지라 할 수 있다. 경덕왕 때는 귀족들의 잘못된 정치로 일반 백성들의 삶은 몰락직전의 상황으로 심각하였다. 백성들의 편안한 삶은 위정자에게 달려있는데 위정자들은 자신들의 명예와 권력에만 치우쳤다고 할 수 있다.

제5행과 제6행에서 "구물거리며 살손 물생, 이를 먹여 다스리져"라고 한 내용은 "백성은 먹는 것으로써 하늘을 삼는다."[21]라는 격언과 통하는 의미로 민중의 삶을 현실적으로 고발한 것이다. 또 제5, 6행의 의미를 "대중을 살리는데 익숙해져 있기에 / 이를 먹여 다스리더라"[22]라고 하며 반어적인 표현으로 해독한 예도 있다. 이러한 해독은 작가가 왕에게 백성을 잘 보살피라는 충고를 왕도사상에 입각해서 반어적으로 표현한 것이다. 이러한 반어적 수법을 취한 것은 민생문제를 돌보지 않는 왕의 관심을 백성들에게 돌려놓기 위해서라고 할 수 있다.

제7, 8행은 "이 땅을 버리고 어디로 가겠느냐"라고 하면서 훌륭한 정치를 하면 '나라 안이 태평하게 된다.'는 의미를 지니고 있다. 당대의 정치사회적 현실이 백성을 편안하게 하지 않은 데서 나온 표현이다. 당시 왕의 신하였던 신충이 "홀연 하루아침에 세상을 피해 입산했으며, 여러 번 불러도 나오지 않고, 머리를 깎고 중이 되어 왕을 위해 단속사를 짓고 거기에서 살았다."[23]라는 기록도 있다. 이러한 기록을 볼 때 당시 백성들이 먹을

---

21) 김선기, 「향가의 새로운 풀이-안민가」, 『현대문학』 148호, 1967, 280면.
22) 김완진, 『향가해독법연구』, 서울대출판부, 1984, 29면.
23) 「신충괘관조信忠掛冠條」, 『삼국유사三國遺事』 권卷5.

것을 찾아 고향을 떠나게 되어 유민이 많이 발생하였을 것이다. 이는 군신이 군신다워야 하고 백성은 백성다운 데서 상하가 화합하고 나라가 태평하게 된다는 것을 보여주는 기록이다.

마지막으로 제3단락은 제9, 10행이라 할 수 있다. 이 구절은 임금과 신하 그리고 백성이 각자 자기의 책임을 다하는 데서 나라가 태평하게 된다고 하고 있다. 이러한 책임을 강조하게 된 것은 근본적으로 군신관계를 각성시키기 위한 일이라 할 수 있다. 왕이 왕답지 않은 데서 신하가 신하다울 수 없으며, 부모가 부모답지 않은 데서 자식의 도리를 바랄 수 없다. 자식의 기본적인 욕구가 이루어져야 자식의 도리를 할 수 있는 것과 마찬가지로 의식주의 문제가 선결되지 않은 상황에서 백성에게 그 도리만을 강요할 수는 없을 것이다.

「안민가」는 충담사가 경덕왕 시절의 정치적으로 불안정한 상황을 직시하고 지은 것이다. 경덕왕은 전제왕권의 강화로 인해서 군신간의 갈등을 야기하였고 자연재앙과 사회의 부조리로 정치적으로 어려운 위치에 처하였다. 충담사는 임금, 신하, 백성이 각자 자기의 책임을 다해야 한다는 현실인식을 바탕으로 「안민가」를 지어 경덕왕에게 직간하였다고 할 수 있다. 이 작품에 나타난 현실의식은 백성들의 삶의 문제와 관련하여 현실의 부조리와 정치적 불합리성을 지적하고 비판한 것이라 할 수 있다. 왕에 대한 비판은 작가가 모순된 현실사회를 비판하고 참된 삶을 추구하여 현실을 고양시키려는 현실인식의 반영이라고 할 수 있다. 충담사는 경덕왕을 깨우치기 위하여 이 노래를 지었으며, 왕에게 애민사상을 고취한 것이라 할 수 있다.

다음에는 지식인인 화랑이 지은 향가로 시경의 송과 비슷하게 인물을 찬송하는 「찬기파랑가」, 「제망매가」, 「모죽지랑가」 등을 살펴보기로 한다. 「모죽지랑가」는 이 유형의 향가에 나타난 언술의 양상과 그 현실인식을 대표한다고 할 수 있다. 이 노래는 신라의 삼국통일 전쟁에 참여하여 많은 전공을 세운 죽지랑을 사모하고, 효소왕대에 이르러 노년을 맞이한 늙은 화랑인 죽지랑을 찬송하는 것[24]이라 할 수 있다. 죽지랑은 화랑으로서 신라의 삼국 통일 시기에 전장의 풍진을 겪으며 국운을 건 전투를 승리로 이끄는 일에 몸을 바쳤다고 한다. 이 작품의 작가인 득오는 위험에 처한 자기를 구원해준 늙은 죽지랑의 훌륭한 인품을 잊지 못해서 이 노래를 지었다.

간봄 그리매	去隱春皆理美
모든 것사 우리 시름	毛冬居叱沙哭屋尸以憂音
아롬 나토샤온	阿冬音乃叱好支賜烏隱
즈싀 살쯈 디니져	皃史年數就音墮支行齊
눈 돌칠 스이예	目煙廻於尸七史伊衣
맛보옵디 지소리	蓬烏支惡知作乎下是
낭郎여 그릴ᄆᆞᅀᆞ미 녀올길	郎也慕理尸心未行乎尸道尸
다봊 굴허헤 잘밤 이시리[25]	蓬次叱巷中宿尸夜音有叱下是

제1행과 제2행은 시상을 일으키는 구절로 젊은 봄날의 화려했던 화랑시절을 회상하면서, 화려했던 시절이 지나가고 늙은 화랑의 모습으로 변해있는 죽지랑의 모습을 형상화하고 있다.

제3행과 제4행은 앞 구절의 시상을 계승하여, "세월 앞에 장사 없다."라는 속담처럼 보편적 진리를 묘사하고 있다. 즉, 죽지랑의 아름다운 모습도 시간이 흐르면 결국은 사라지고 말 것이라는 사실을 통해서 인간의 유한성을 표현하고 있다. 자연의 법칙을 거스를 수 없는 인간 스스로를 알기 때문에 죽지랑을 만나고자하는 득오의 기원은 더욱 처절할 수 있다. 여기서 화자는 죽지랑의 인간됨을 구체화하면서 아름다움의 지속과 파괴 사이에 나타나는 극도로 긴장된 모습을 보여주고 있다.

---

24) 윤영옥, 『한국의 고시가』, 문창사, 1995, 220면.
25) 양주동, 앞의 책, 참조.

이어지는 제5행과 제6행은 전환의 시행으로 화자는 제3행과 제4행에서 보여주었던 극도의 긴장을 완화시켜 줄 매개체로, 죽지랑과의 만남을 선택하고 있다. 제5행과 제6행은 화자인 득오가 죽지랑을 사모하는 마음이 극에 도달한 것이다. 화자인 득오는 죽지랑이 나이가 많은 화랑이므로 곧 삶의 피안으로 가 버릴 것을 너무나 잘 알기에 살아서 한 번만이라도 만나고자하는 간절한 소망을 담고 있다고 할 수 있다. 여기에는 삶이란 그 자체가 순간에 지나지 않는다는 것을 깨달은 인간의 무상함이 나타나 있다. 그래서 화자인 득오는 아주 짧은 순간인 눈 깜빡할 사이에라도 죽지랑을 한번 만나보고자 한다.

제7행과 제8행에서 화자는 "낭이시여"라고 하며, 사모하는 화랑의 이름을 불러 화자의 간절한 소망을 나타내고 있다. 여기서 화자는 죽지랑을 그리움의 대상으로 설정하고, 그리워하는 주체를 만나기 위해서는 '다북쑥 우거진' 것이나 '밤'과 같은 속세의 어려움도 참아 나가야 한다고 주장한다. '다북쑥'과 '밤'은 어두운 이미지로 속세의 미로가 판을 치는 그러한 세상이라 할 수 있다. 그러나 역설적으로 다북쑥과 같은 어려움이나 어두운 밤이 지나면, 다시 희망의 미래가 다가온다는 사실을 우리는 이 작품을 통해서 읽을 수 있다. 현실은 다북쑥이나 밤과 같은 세속의 어두운 상황이 우위를 점하고 있지만, 그래도 결국은 죽지랑과 같은 선한 인물이 익선과 같은 악한 인물과의 대결에서 힘들게라도 승리하는 곳이라 할 수 있다. 이처럼 결구에서는 불확실한 미래에 대한 비극적이고 염세적인 의식을 떨쳐버리고, 새로운 세상을 희구하는 희망의 음성을 전달하고 있다.

「모죽지랑가」에 등장하는 화랑은 죽지랑과 화자인 득오라고 할 수 있다. 이 작품에서 득오는 탐욕적인 익선을 통해서는 세속적인 인간의 모습을 그렸고, 죽지랑을 통해서는 자신의 어려움을 구해준 이상적인 인간의 모습으로 그리고 있다. 죽지랑은 만년의 늙은 화랑으로 당시의 사람들이 미륵의 화신으로 생각할 정도로 원숙한 인격자라고 할 수 있다. 죽지랑은 신라가 통일 전쟁을 수행할 당시에는 충신으로서 전쟁에 참여한 문무를 잘 겸비한 화랑이었고, 효소왕대의 득오는 삼국통일이 끝난 뒤 죽지랑의 휘하에서 근무를 하다가 죽지랑의 인품에 감화를 받아 이 노래를 지었다. 사람들은 인간의 세상이 각박하면 할수록 죽지랑과 같은 훌륭한 인물을 사모하게 될 것이다. 그래서 이 노래는 단순한 찬양이 아니라, 어려운 현실을 맞이하여 한계에 부딪쳐도 좌절하지 않고 화랑정신을 드러내는 인물인 죽지랑을 찬양하고 있다.

향가를 대개 '시詩와 송頌의 유형'이라고 한다면, 「안민가」와 「우적가」는 현실의 이념과 그 교화를 서술하는 내용으로 이루어진 시가詩歌라고 할 수 있고, 「모죽지랑가」, 「제망매가」, 「찬기파랑가」 등은 한 인물의 삶을 찬양하고 칭송하는 노래인 게송偈頌에 가깝다고 할 수 있다. 이 유형의 향가는 대부분 화랑이거나 승려계층에 의해서 지어진 향가이다. 이러한 화랑과 승려계층이 창작한 향가에는 당시 지식인으로서의 현실적인 이상과 그 고뇌를 노래하면서 인물을 찬양하거나 잘못된 사회를 개혁하려는 현실의식을 담고 있다고 할 수 있다.

4. 주술사의 우주론적 언술을 표출한 향가

일연은 ③의 구절에서 신라의 향가가 "천지와 귀신을 감동시킨 것이 한두 번이 아니다.(故往往能感動天地鬼神者, 非一)"라고 한다. 아마도 향가는 자주 신라인들에게 천지와 귀신을 감동시키는 마력을 보여주었을 것이다. 일연이 향가에 대하여 많은 관심을 보인 이유는 향가가 '천지와 귀신을 감동'시키는 힘이 있었기 때문이다. 사람의 마음이 입에서 나오면 말이 되고, 말이 절제되어 연주되면 가歌와 시詩, 그리도 문文과 부賦가 된다고 한다. 사방의 말은 비록 같지 않으나 말을 할 줄 아는 사람이면 각기 그 말로써 리

듬의 흐름을 삼아 천지를 움직이고 귀신을 통할 수 있다고 한다.[26]

이처럼 일연은 향가의 기능과 효능에 관심이 있었으므로 천지와 귀신을 감동시키는 향가를 『삼국유사』에 기록하였다. 이러한 작품의 담당층은 지식인이나 화랑들 중에서도 천지와 귀신을 감동시킬 수 있으며 우주의 순환원리를 이해하고 있는 인연승인 주술사로 더욱 좁아지게 된다. 이 범주의 노래는 언제든지 재현될 수 있는 다회성을 속성으로 하지 않고, 제의적 시공간에서 일어나는 일회성을 속성으로 한다.

이러한 노래에는 「혜성가」, 「처용가」, 「도솔가」, 「원왕생가」, 「천수대비가」 등의 작품이 있다. 이들 노래는 다시 현실의 어려움을 향가를 통해서 해결하려는 주술가로서의 성격이 강한 「혜성가」, 「처용가」, 「원가」와 불교의 힘을 바탕으로 기원하면서 현실에 제기된 갈등을 해결하려는 불교 찬가로서의 성격이 강한 「도솔가」, 「원왕생가」, 「천수대비가」로 나누어진다.

먼저, 불교의 산화의식을 통해서 두 해가 나타난 재앙[27]을 해결하고 있는 「도솔가」를 살펴보고자 한다.

오늘 이에 산화散花 불러   今日此矣散花唱良
바치는 꽃아 너는   巴寶白乎隱花郎汝隱
곧은 마음의 명을 부려서   直等隱心音矣命叱使以惡只
미륵좌주 뫼셔라   彌勒座主陪立羅良

『삼국유사』에는 「도솔가」를 풀이한 한시[28]가 이 노래 바로 밑에 존재한

---

26) 김만중金萬重, 『서포만필西浦漫筆』, 홍인표洪寅杓 역주譯註, 일지사一志社, 389면.
　　人心之發於口者爲言, 言之有節奏者爲歌詩文賦. 四方之言雖不同, 苟有能言者, 各因其語而
　　節奏之, 則皆足以動天地通鬼神.
27) 류해춘, 「월명사의 향가문학과 그 배경설화의 연구」, 『어문론총』31호, 경북어문학회,
　　1997, 참조.
28) 「월명사도솔가조月明師兜率歌條」, 『삼국유사三國遺事』 권7, "龍樓此日散花歌/ 挑送靑雲
　　一片花/ 殷重直心之所使/ 遠邀兜率大僊家"

다. 그 해석은 "오늘은 용루에서 산화가를 불러서/ 조각 꽃 청운 속으로 뿌려 보내요/ 정중한 곧은 맘이 시키는 대로/ 모셔라 도솔천의 미륵보살을"[29] 의 내용이 된다. 한시와 가를 비교하여 보았을 때 한시가 향가를 직역했다기보다는 의역을 했다고 할 수 있다. 그 증거는 향가의 '차의此矣'가 한시에서는 '용루龍樓', 향가의 '미륵좌주彌勒座主'가 한시에서는 '도솔대선가兜率大僊家' 등으로 표기되어 있는 것으로 보아 짐작할 수 있다.

설화의 기록에 나타난 월명사는 피리를 잘 불어 달밤에 달을 멈추게 하고 여러 가지 신비로운 현상을 보여준 인물이다.[30] 국선의 무리인 월명사는 불교의 교리와 의식은 잘 몰랐다고 하더라도 화랑의 화신이라고 할 수 있는 미륵불에 대한 신념은 확고하였다고 할 수 있다. 하늘에 해가 둘이 나란히 나타났다고 하는 것은 왕당파와 반왕당파의 대립으로 볼 수 있다. 이 때 경덕왕은 인연이 있는 승려를 불러서 제단을 설치하고 하늘의 변괴인 두 해가 동시에 나타난 현상을 막아보고자 하였다. 월명사가 의식에서 부른 노래는 불교 의식요가 아닌 향가인 「도솔가」를 불렀다. 불교의 의식요를 잘 부르는 사람은 왕과 함께 조정의 정치를 담당하던 왕당파의 불교 승려라고 할 수 있다.

자연적인 측면에서 하늘에 해가 두 개가 나타났다고 하는 것은 일식과 상관성이 깊다. 고대인들은 일식과 월식이 일어나는 이유를 국가의 정사가 어지러워 선인을 등용하지 않았기 때문이라고 여겼다. 만일 나라의 정사가 어지러워 선인을 등용하지 않아 신하들이 임금을 배반하고 처와 첩이 남편을 능멸하며, 소인이 군자를 능멸하고 오랑캐가 중국을 침략하게 되면, 음陰이 성하고 양陽이 미약해져서, 먹힐 때를 당하면 반드시 먹히니, 비록 하늘의 운행에 반듯한 도수가 있다고 하나, 이는 실로 비상한 변고가 되는 것이다.[31]

---

29) 서수생, 「도솔가의 성격과 사뇌격」, 『동양문화연구』 제1집, 동양문화연구소(경북대), 1974.
30) 월명사도솔가조 月明師兜率歌條, 『삼국유사三國遺事』 권7, 참조.

여기서는 『시전』에 의거하여 「도솔가」에 나타난 '이일병현二日竝現' 현상을 일식현상과 연결시켜 해석하고자 한다. 하늘에 나타난 일식현상은 왕당파와 반왕당파의 세력대립으로 일어났다고 할 수 있다. 하늘에 나타난 일식의 퇴치는 왕당파와 반왕당파의 세력 다툼에서 반왕당파에 있던 무리를 왕당파로 전향하게 함으로써 하늘의 변괴인 일식이 사라졌다는 의미를 지닌다. 이는 신라 하대의 지배계층인 진골세력과 육두품의 대결현상으로도 연관 지을 수 있다. 사상적인 측면에서 불교와 밀접한 관련을 가진 진골계급의 왕당파가 유교적 정치이념을 실현하려는 육두품 계열의 한 집단인 화랑세력의 통치이념을 흡수하려는 의도로 볼 수 있다.

불교의 의식요를 잘 모르는 월명사는 재야에 있던 사람이거나 반왕당파에 속해 있던 인물이라 할 수 있다. 재야에 있었던 혹은 반왕당파에 속해 있었던 월명사가 왕이 주관하는 기원의례에 주인공이 됨으로써 왕당파로 변신하게 되었다고 할 수 있다. 즉, 반왕당파에 속해 있던 화랑인 월명사가 왕이 주관하는 의례에 인연승이 되어 「도솔가」를 부르고 하늘의 재앙을 물리침으로써 왕당파로 변신한 국선이라고 할 수 있다. 이 때에 왕은 불교와 조화를 이루는 화랑의 통치이념으로 새로운 질서를 신하에게 약속하고 다가오는 미래를 위해서 「도솔가」가 필요했다고 할 수 있다.

다음으로는 현실의 어려움을 불교에 의존하지 않고 우주론적 언술로 왜군을 퇴치하려는 「혜성가」를 살펴보기로 한다. 「혜성가」는 신라 진평왕(579~631) 때에 융천사가 지은 작품으로 『삼국유사』에 작품이 전하는 가장 오래된 향가이다. 진평왕 때에는 화랑도의 사회적 인식이 급상승하면서 화랑의 활약이 두드러진 시기라 할 수 있다. 배경설화에 의하면 진평왕 때에 혜성이 나타나자 왜병이 침입하여 국가적인 위기가 초래되었는데, 융천사가 「혜성가」를 불러 위기를 모면했다는 내용이다.

---

31) 『시전詩傳, 소아小雅, 시월지교十月之交)』, 주자朱子의 주註, 참조

제오第五 거열랑居烈郎, 제육第六 실처랑實處郎, 제칠第七 보동랑寶同郎 등 세 화랑의 무리가 풍악에 유람을 가려는데 혜성이 나타나 심대성을 범했다. 낭도들이 그것을 이상하게 여겨 여행을 중지하려고 했다. 이때에 융천사가 노래를 지어 불렀더니 별의 변괴가 곧 사라졌고, 일본 군병이 그들의 나라로 돌아가니 오히려 경사가 되었다. 대왕이 기뻐하며 화랑들을 보내어 풍악을 유람하게 했다.[32]

고대사회에서 혜성의 출현은 재난을 예고하는 일이라 할 수 있다. 문제는 때마침 일본병이 혜성의 출현을 빌려서 침략을 해온 것에 있다. 따라서 여러 번의 혜성 출현이 있었어도 진평왕대의 경우에만 노래를 짓고 화랑의 행차가 멈추어지는 등의 기록이 『삼국유사』에 남아 있다. 그러면 여기에 등장한 세 화랑은 왜 풍악에 유람을 가는 것을 중지했을까? 화랑의 집단은 평화로운 시절에는 현좌충신賢佐忠臣, 전쟁의 시절에는 양장용졸良將勇卒이 되는 수련단체로서 일본군의 침략소식에 세 화랑은 출정하기 위해서 유람가는 것을 중지했다고 한다.

한편 융천사가 「혜성가」란 향가를 지어 노래하니 하늘의 혜성이 사라지게 되었다. 이러한 사실은 「혜성가」가 「도솔가」와 마찬가지로 천지를 감동시킨 노래라는 것을 증명해주는 사실이라 할 수 있다.

옛날 동쪽 물가	舊理東尸汀叱
건달파의 논 성城을랑 바라고	乾達婆矣遊烏隱城叱肹良望良古
왜군도 왔다	倭理叱軍置來叱多
횃불 올린 어여 수플이여	烽燒邪隱邊也藪也
세 화랑의 산 본다는 말씀 듣고	三花矣岳音見賜烏尸聞古
달도 갈라 그어 잦아들려 하는데	月置八切爾數於將來尸波衣
길 쓸 별 바라고	道尸掃尸星利望良古
혜성이여 하고 사뢴 사람이 있다	彗星也白反也人是有叱多

---

[32] 『삼국유사三國遺事』 권5, 융천사融天師 혜성가彗星歌 진평대왕조眞平大王條.

아아 달은 떠가 버렸더라   後句, 達阿羅浮去伊叱等邪
이에 어울릴 무슨 혜성을   此也友物比所音叱彗叱只有叱故
함께 하였습니까33)

이 작품의 제1행에서 제4행까지는 왜병의 침입과 이에 대응하는 토속신앙의 호국의식이 나타나 있다. 신라 쪽에서 보면 성지인 '건달파가 논 성'을 넘보는 왜군은 심대성을 범하는 혜성과 동일한 존재이다. 여기서 '건달파의 성'은 신기루의 의미로 쓰였음을 알 수 있다. 그 신기루는 선령이 노니는 것으로 관념화되어 있는 환상적 누각으로서 화랑도에서는 성지로 생각하는 곳이지 두려움의 대상이 아니라 할 수 있다. 그 신기루가 위치한 곳은 경주에서 동쪽 9리에 있는 화랑도의 성산聖山인 낭산狼山으로 되어 있다. 그 낭산 넘어 동해변에 왜군이 출현했다고 하는 것은 선령이 노니는 낭산의 신기루를 환기해 줌으로써 화랑도에게는 더 이상 두려움이 될 수 없는 일이다.34) 융천사는 일본의 어이없는 침입을 알고 일본 침입의 부당함을 알리기 위해서 이 노래를 지었다고 할 수 있다.

제5행에서 제8행까지는 세 화랑과 또 다른 재앙인 혜성이 직접적으로 나타나고 있다. 세 화랑이 무리를 이끌고 '산 보러 가는' 것은 화랑도의 유오산수遊娛山水35)라 할 수 있다. 유오산수는 산신과 교감하는 신성참배라고 할 수 있다. 신성한 제사를 가로막는 장애물이 왜병과 혜성이라면, 이 재앙들을 물리쳐야 할 인물은 절대적 호국의식과 전통신앙의 기저 위에 서 있는 화랑이다. 따라서 화랑은 현실적 사건인 왜병침입을 화랑도의 호국의식을 바탕으로 세 화랑이 출정하여 해결하였고, 초현실적인 사건인 혜성출현은 융천사가 가악인 「혜성가」로 천지신명에게 알려서 혜성을 사라지게 했다.

제9행의 차사인 "아아"는 시상의 대전환을 유도하는 장치이며, 호흡상

---

33) 김완진, 『향가해독법연구』, 서울대출판부, 1980.
34) 김학성, 『한국 고시가의 거시적 탐구』, 집문당, 1997, 154면.
35) 김태준, 「화랑의 풍류정신」, 『화랑문화의 신연구』, 경상북도, 1995.

의 휴지를 두고 앞뒤의 의미적 연관성을 차단하는 역할을 한다. 그리고 "달은 떠가 버렸더라 / 이에 어울릴 무슨 혜성을 함께 하였습니까"라며 시상詩想을 마무리 짓는다. 그러므로 결구는 흉조凶兆를 길조吉兆로 바꾸어 이미 이루어진 것처럼 단정하고 있다. 여기서 '달'은 원문에 '달達'로 표기되어 있는 것으로 보아 월月의 의미로 해독하는 것은 옳지 않다고 할 수 있다. 그래서 '달'을 산으로 해석하고 낭산狼山으로 추정하며, '달아라達阿羅'를 '산아래'로 해석한 견해가 돋보인다고 할 수 있다.[36] 결국 결구는 앞에서 반복된 왜병침입과 혜성출현이라는 사회적인 재앙을 물리치고 편안한 사회로 안착하는 세계관적 지평을 열어 보이는 것이다. 이처럼 이 작품에서는 화랑도의 사상인 하늘과 인간이 함께 기뻐하고 백성들의 편안함을 성취하려는 우주론적 언술로 호국의식을 담고 있다고 할 수 있다.

「도솔가」와 「원왕생가」 그리고 「천수대비가」는 사상적인 측면에서 불교와 밀접한 관련을 가지고 있으며 하늘의 변괴를 뽑아서 물리치는 신비한 현상을 보여주고 있다. 불교의식이나 수도장에서 불리어진 이들 기원가는 오랜 세월동안 차츰 양식화되어 불교의식 절차에 향가를 사용하는 고정된 형식으로 굳어져 갔다고 할 수 있다. 그 중에서 「도솔가」는 불교를 신봉하는 왕당파의 지배계층이 육두품 계열의 한 집단인 화랑 세력을 흡수하려는 의도로 불리어진 노래라고 볼 수 있다. 「원왕생가」는 광덕이나 광덕처를 비롯한 모든 불도들이 두루 부른 노래로 이해되며, 「천수대비가」는 청원자의 구체적인 탄원 내용에 따라 가사의 일부가 변하면서 불교를 찬양하고 새로운 기적을 일으키는 노래가 되었다. 이처럼 불교를 주제로 하는 기원의 노래는 인연승을 내세워 기존의 지배층이 신봉하는 불교와 화랑의 새로운 질서를 백성들에게 약속하고 다가오는 미래의 평화를 기원하고 있다고 할 수 있다.

---

36) 김승찬, 『향가문학론』, 새문사, 1989, 참조.

그리고 「혜성가」, 「처용가」, 「원가」 등에서는 현실의 어려움을 불교가 아닌 향가를 통해서 해결하려는 주술가로서의 성격을 강하게 보여주고 있다. 「혜성가」에는 하늘의 신호를 화랑 세력이 지혜를 모아 단합하고 화합하여 일본의 군사를 물리치고 있다. 이 작품에는 화랑도의 사상인 하늘과 인간이 함께 기뻐하고 백성들의 편안함을 성취하려는 우주론적 언술로 호국의식을 담고 있다. 「원가」는 단순한 노래가 아니라 간절한 사연이 담겨진 노래이다. 신충은 효성왕과 약속이 지켜지지 않아서 「원가」를 지어 궁궐에 있는 잣나무에 부치자 잣나무가 마르기 시작하였고, 왕이 신충에게 벼슬을 주자 잣나무가 다시 소생하였다는 것이다. 이러한 현상은 신충의 간절한 소망과 자연의 현상이 서로 합치되었다는 사실을 보여주는 것이다. 「처용가」에서는 처용이 밤새도록 놀이를 하고 집으로 돌아오니 집 방안에 마누라와 역신이 함께 동침하고 있었다. 처용은 역신을 물리치기 위해서 가면을 쓰고 마당에서 놀이를 하면서 「처용가」를 부르니 역신이 물러갔다고 한다.

이처럼 신라인들은 인간의 생로병사와 길흉화복이 우주질서의 변화에 의해서 나타나는 천문현상과 자연현상이 서로 연관성을 지니고 있다는 사실을 믿었다. 신라인들은 우주나 하늘에 이변이 생기면 이러한 변화가 인간 세상에도 조만간에 일어날 것이라고 생각했다. 이 때 사람들은 주술사를 불러 노래하게 하거나 그 이변의 원인을 제거하여 우주질서를 정상적으로 돌려놓으려고 했다. 이러한 상황에서 인연승인 주술사가 창작한 향가에는 하늘과 땅의 조화로운 섭리를 우주론적 언술로서 노래하는 신비로운 세계관이 담겨 있다고 할 수 있다.

5. 향가의 향유계층과 현실인식

『삼국유사』의 향가에 관한 내용으로 "① 신라인들은 일찍부터 향가를 숭상하는 자가 많았으며, ② 대개 향가는 시와 송의 부류인데, ③ 천지와 귀신을 감동시킨 것이 한둘이 아니었다."라는 구절은 일찍부터 주목을 받았다. 하지만 지금까지 이 구절을 통해서 향가의 담당층과 현실의식을 추론하고 있는 연구는 없었다. 그래서 본고는 「월명사 도솔가」 조에 있는 위의 내용을 바탕으로 향가의 언술양상과 담당층의 현실인식을 분석하였다. 위의 구절을 바탕으로 하여 이 글에서 분석한 내용을 요약하여 제시하면 다음과 같다.

첫째, 「월명사 도솔가」 조에 제시된 구절을 통해서 신라 향가의 담당층을 일반 민중이 많이 부른 향가, 시와 송을 부를 수 있는 지식인의 향가, 하늘과 땅을 감동시킨 우주론적 시가의 작가로서 수도승인 주술사가 부른 작품으로 구분하여 그 유형을 분류하였다.

둘째, 민중들의 언술을 잘 드러내고 있는 향가에는 4구체 향가가 많다. 8구체나 10구체의 향가도 일반 민중들이 즐겨 노래했겠지만 4구체 향가가 중심이 되고 있다. 민요체라고 하는 4구체의 향가인 「풍요」, 「서동요」, 「헌화가」 등의 작품은 민중들의 생생한 삶의 체취가 스며있는 노래로 미래지향적인 민중의식을 담고 있다고 할 수 있다.

셋째, 지식인들의 현실적 이상과 훌륭한 인물을 찬양하는 향가에는 5편이 있다. 「안민가」와 「우적가」는 현실정치의 이념과 그 교화를 서술하는 내용으로 이루어진 시부라고 할 수 있고, 「모죽지랑가」, 「제망매가」, 「찬기파랑가」는 한 인물의 삶을 찬양하고 칭송하는 노래인 게송에 가깝다고 할 수 있다. 이러한 유형의 향가는 대부분 화랑이거나 승려계층에 의해서 지어진 향가로 그 담당층이 화랑이라는 사실을 간접적으로 보여주는 증거가 된다.

넷째, 인연승인 주술사가 천지와 자연을 감동시킨 향가에는 6편이 있다. 이러한 향가는 언제든지 재현될 수 있는 다회성을 속성으로 하지 않고 제의적 시공간에서 일어나는 일회성을 속성으로 한다. 여기에 속하는 작품으로는 「혜성가」, 「처용가」, 「원가」, 「도솔가」, 「원왕생가」, 「천수대비가」가 있다. 이들 노래는 다시 현실의 어려움을 향가를 통해서 해결하려는 화랑 세력의 주술가인 「혜성가」, 「처용가」, 「원가」와 불교의 힘을 바탕으로 기원하면서 현실의 문제를 해결하려는 불교의 주술가인 「도솔가」, 「원왕생가」, 「천수대비가」로 나누어진다.

다섯째, 담당층이 서로 다른 세 유형의 향가는 각기 다른 현실인식과 그 세계관을 지니고 있었다. 담당층이 민중들을 지향하는 향가를 통해서는 민중들이 삶의 현장에서 경험한 체취를 숭고하게 서술하는 현실인식을 읽을 수 있었고, 지식인들이 향유한 향가를 통해서는 지식인으로서의 현실적인 이상과 그 고뇌를 찬양과 민본의식으로 승화시키는 현실인식을 보여주고 있었으며, 인연승인 주술사가 표출하는 향가를 통해서는 하늘과 땅과의 우주론적인 언술을 통해서 하늘의 땅의 섭리를 미리 예측하여 인간에게 감동을 주고 백성들에게 편안함을 주려는 정신을 담고 있었다. 이러한 세계관은 『시경』에서 시를 편집하는 순서인 풍風, 아雅, 송頌의 시정신과 유사하여 『삼국유사』의 향가와 『시경』의 시들을 비교하여 분석하는 일이 앞으로 과제라 할 수 있다.

그리고 신라인들은 현대를 살아가는 우리와는 다르게 자연을 숭배하고 영혼을 위로하는 사상을 지니고 있었다. 신라인의 특징적인 사고체계는 초자연적인 현상에 대한 신앙으로 우주의 삼라만상과 유형무형의 자연물에는 영혼이 깃들어 있다고 믿고 이를 숭배하는 고대인의 물신사상이라고 할 수 있다. 현존하는 향가의 작품 중에서 지식인과 주술사의 활약을 담은 향가가 상대적으로 많고 민중을 지향한 향가가 적은 이유는 『삼국유사』에 나타난 일연의 제작의도는 향가를 인생에 교훈을 주거나 우주에게 감동을 주는 것으로 인식하고 있는 관점과 향가가 지식인인 승려나 화랑의 문학이라고 인정하는 자세와 연관성이 깊다고 할 수 있다.

○ 참고문헌

『삼국사기』

『삼국유사』

국어국문학회편, 『향가연구』, 태학사, 1998.

김동욱, 『한국가요의 연구』, 을유문화사, 1961.

김문태, 『『삼국유사』의 시가와 서사문맥 연구』, 태학사, 1995.

김사엽, 『향가의 문학적 연구』, 계명대학교 출판부, 1979.

김승찬, 『한국상고문학론』, 새문사, 1987.

김승찬 편저, 『향가문학론』, 새문사, 1993.

김열규 외, 『향가의 어문학적 연구』, 서강대학교 인문과학연구소, 1972.

김완진, 『향가해독법연구』, 서울대출판부, 1981.

김운학, 『신라불교문학연구』, 현암사, 1977.

김종우, 『향가문학연구』, 이우출판사, 1980.

김준영, 『향가문학』, 형설출판사, 1981.

김창원, 『향가로 철학하기』, 보고사, 2004.

김학성, 『한국고시가의 거시적 탐구』, 집문당, 1997.

나경수, 『향가문학론과 작품연구』, 집문당, 1995.

류해춘, 「신라 「처용가」의 서사문맥과 그 의미」, 『문학과언어』제16집, 1995.

류해춘, 「신라향가에 나타난 화랑의 문학정신」, 『국제언어문학』제6집, 2002.

류해춘, 「화랑의 문예미학을 통해본 「혜성가」와 「모죽지랑가」」, 『국제언어문학』제5집, 2001.

박노준, 『신라가요의 연구』, 열화당, 1982.

반교어문학회 편, 『신라가요의 기반과 작품의 이해』, 보고사, 1998.

양주동, 『고가연구』, 일조각, 1968.

유협劉勰, 『문심조룡文心雕龍』(최신호 역), 현암사, 1975.

윤경수, 『향가·여요의 현대성 연구』, 집문당, 1993.

윤영옥, 『신라시가의 연구』, 형설출판사, 1981.

이연숙, 『신라향가문학연구』, 박이정, 1999.

이웅재, 『향가에 나타난 서민의식』, 백문사, 1990.

임기중, 『신라가요와 기술물의 연구』, 이우출판사, 1981.
장진호, 『신라향가의 연구』, 형설출판사, 1993.
조동일, 『한국문학통사』1(제4판), 지식산업사, 2005.
최 철, 『향가의 문학적 연구』, 새문사, 1998.
화경고전문학회편, 『향가문학연구』, 일지사, 1993.
황패강, 향가문학의 이론과 해석, 일지사, 2001.

화랑의 향가와 그 문예미학[*]

-「혜성가」와 「모죽지랑가」 그리고 「풍랑가」-

1. 화랑과 향가의 관계

20세기말 필사본『화랑세기』의 소개[1]에 자극을 받은 학자들은 향가를 화랑집단과 긴밀하게 연결시켜 이해하려는 연구를 본격적으로 진행하고 있다.[2] 향가를 연구하는 학자들은 화랑과 관련된 향가를 연구하여 화랑과 향가의 관계에 대한 일정한 성과를 내고 있다. 향가와 화랑은 어떤 관계를 지니고 있을까? 이러한 연구는 기존의 불교적 관점[3] 혹은 주술적 관점[4]에

* 이 글은 2002년 한일월드컵 공동개최를 축하하여 일본의 사가대학에서 열린 국제학술 대회에서 발표한 일본어 원고를 다시 한글로 수정하며 대폭 고친 것임을 밝혀 둔다. 당시 발표장에서 신라의 화랑과 일본의 사무라이[武人]에 관한 집중적인 질문으로 필자의 주장에 관심을 가져준 일본의 많은 학자들에게 지금도 배우고자 하는 마음의 자세를 가지고 있으며 지면으로 감사의 마음을 전하고자 한다.
1) 국제신문(1면), 「『화랑세기』 필사본 발견」, 1989. 2. 16.
   노태돈, 「필사본『화랑세기』의 사료적 가치」, 『역사학보』 147, 1995.
2) 김학성, 『한국고시가의 거시적 탐구』, 집문당, 1997, 참조.
   유효석, 「풍월계 향가의 장르성격 연구」, 성균관대(박사논문), 1993.
   허남춘, 「화랑도의 풍류와 향가」, 『신라가요의 기반과 작품의 이해』, 보고사, 1998.
3) 김종우, 『향가문학연구』, 이우출판사, 1980.
   김승찬, 『신라향가연구』, 제일문화사, 1987.

서 이해하여 오던 향가 작품을 화랑집단의 고유 신앙 혹은 화랑도와 관련지어 이해하고자 하는 새로운 시도라 할 수 있다.

향가문학의 성격을 규명하기 위해서는 먼저 향가의 주도적 향유계층인 화랑과 그들의 세계관을 이해하여야 한다. 신라인들은 고구려, 백제와 정복 전쟁을 치르는 치열한 삶을 살면서도 숭고한 이상을 가졌고, 불확실한 현재의 고통스런 삶을 살아가면서도 숭고한 이상을 가졌다. 그리고 신라인들은 공통적으로 숭고하고 우아한 세계에 대하여 기원과 찬양을 하였다. 현실의 신분적인 특권과 제약을 극복하고 숭고한 이상을 실현시키기 위해 노력하는 신라인들의 여망에 부흥하기 위해, 신라의 진흥왕은 화랑이라는 새로운 제도를 공식적으로 만들었다고 할 수 있다. 그래서 화랑도의 개인적인 세계관은 자신들이 염원하는 세상이 현실에서 실현되길 바라는 이른바 '현좌충신賢佐忠臣과 양장용졸良將勇卒'5)이 되는 것이라 할 수 있다.

현존하는 『삼국유사』와 『화랑세기』라는 책으로 미루어 볼 때 향가의 담당층은 화랑花郞이나 국선國仙이 중심이 되고 있다. 화랑제도가 정착된 시대에 지어진 화랑 관련 향가의 작품에는 「혜성가」, 「모죽지랑가」, 「풍랑가」6) 등이 있고, 삼국통일 후 화랑제도가 쇠퇴하기 시작한 후에는 월명사, 충담사 등이 지은 「도솔가」, 「제망매가」, 「안민가」, 「찬기파랑가」, 「처용가」 등의 작품이 있다. 이런 점에서 화랑과 관련된 향가를 화랑제도의 존속 여부에 따라 그 의미를 분석해 보면 향가문학을 새롭게 이해하는 단서가 될 수 있다.

　　최철, 『향가의 문학적 해석』, 연세대출판부, 1990.
4) 임기중, 『신라가요와 기술물의 연구』, 이우출판사, 1981.
　　김열규, 「향가의 문학적 연구 일반」, 『향가의 어문학적 연구』, 서강대 인문과학연구소, 1972.
　　최진원, 『국문학과 자연』, 성균관대출판부, 1981.
　　윤영옥, 『한국의 고시가』, 문창사, 1995.
5) 김대문, 『화랑세기花郞世紀』, 서문序文.
　　　　賢佐忠臣, 從此而秀, 良將勇卒, 由是而生.
6) 김대문, 『화랑세기花郞世紀』, 6세 세종조, 참조.

본고에서는 화랑제도가 정착한 초창기의 향가에 나타난 화랑의 문예사상과 그 실체를 탐색하는 작업을 시도하고자 한다. 대상 작품으로는 화랑제도가 정착한 시기의 향가인 「혜성가」, 「모죽지랑가」, 「풍랑가」 등이 중심이 된다.

2. 화랑제도의 정착과 향가의 창작

지금까지 여러 문헌에 나타난 화랑과 관련된 명칭들은 화랑花郞, 선도仙徒, 원화源花, 국선國仙, 풍월주風月主, 풍월도風月道, 풍류도風流道, 풍월지정風月之廷, 호국선護國仙, 운상인雲上人, 화주花主, 좌삼부화랑左三部花郞, 우삼부화랑右三部花郞, 전삼부화랑前三部花郞, 미륵선화彌勒仙花, 조정화주朝廷花主, 선랑仙郞 등이 있다.[7]

이렇게 다양한 이름을 지닌 화랑과 마찬가지로 화랑제도의 기원도 그 용어만큼이나 아주 다양하게 연구되어 왔다. 화랑제도의 기원설을 정리해 보면, 크게 신라 고유의 습속 또는 제도로 보는 견해와 한민족 고유의 습속이나 제도로 보는 두 가지의 경우로 나누어진다. 신라 기원설의 경우에도 신라 진흥왕대에 성립된 신라 무사단의 하나로 보는 견해[8]와 그 시대를 진흥왕대에 국한하지 않고 신라의 공동체적인 습속으로 보는 견해[9]로 나누어진다. 또 위의 견해와는 달리 화랑을 신라 고유의 것으로만 보지 않고, 한민족 공통의 것으로 보지만 그 제도와 정신이 신라사회에서 꽃피고 열매를 맺은 것으로 보는 주장도 있다.[10]

---

7) 조법종, 「화랑관련 용어의 검토」, 『화랑문화의 신연구』, 경상북도, 1995, 참조.
8) 손진태, 『한국민족사개론』, 을유문화사, 1948, 참조.
9) 한우근, 『한국통사』, 을유문화사, 1970, 참조.
10) 이선근, 『화랑도연구』, 선광인쇄주식회사, 1948, 참조.

이와 같이 화랑에 대한 연구는 다양하게 이루어지고 있는데, 본고에서는 화랑을 한민족 고유의 것으로 보고 그 제도와 정신이 신라 사회에서 꽃피고 열매를 맺은 것으로 보는 주장을 받아들이고자 한다.

2.1. 화랑제도의 정착과 그 변화

진흥왕(540-576)이 화랑제도를 정착시킨 주된 이유는 나라를 강성하게 하고자 하는 국가적 목적을 달성시키는 데 필요한 인재를 교육하는 방법으로 채택한 것이라 할 수 있다.

먼저, 화랑제도의 성립에 관한 자료를 살펴보기로 한다. 이 시기의 화랑은 '선도', '풍월도', '국선' 등의 이름으로도 불리어졌다. 화랑제도 성립에 관한 사료는 기록마다 약간씩 차이가 있고, 또 절대연대를 확정하기에는 다소 모호하게 기록되어 있다. 여기서는『삼국사기』,『삼국유사』,『화랑세기』등에 나타난 화랑의 자료를 살펴보기로 한다.

> 화랑은 선도이다. 우리나라에서 신궁을 받들고 하늘에 대제를 행하는 것은 마치 연의 동산, 노의 태산과 같다. 옛날 연부인이 선도를 좋아하여 미인을 많이 모아 국화라고 명명하였다. 그 풍습이 동족으로 흘러들어 우리나라에서도 여자로 원화를 삼게 되었는데, 지소태후가 원화를 폐지하고 화랑을 설치하여 국인으로 하여금 받들게 하였다. 이에 앞서 법흥대왕은 위화랑을 사랑하여 이름을 '화랑'이라 불렀다. 화랑이라는 이름은 여기서 비롯하였다. 옛날에 선도는 단지 신을 받드는 일을 주로 하였는데, 국공들이 행렬을 한 후에 선도는 서로 도의에 힘썼다. 이에 어진 재상과 충성스러운 신하가 이를 수행하여 빼어나고 훌륭한 장군과 용감한 병졸이 이로부터 나왔다. 화랑의 역사를 알지 않으면 안 된다.[11]

---

11) 김대문,『화랑세기 花郎世紀』서문序文.
　　花郎者, 仙徒也. 我國奉神宮, 行大祭于天, 如燕之桐山, 魯之泰山也. 昔燕夫人好仙徒, 多畜美人, 名曰國花. 其風東漸, 我國以女子爲源花. 只召太后廢之, 置花郎, 使國人奉之. 先是法

진흥왕 37년 봄에 비로소 원화를 받들었다. ……… 그 후 다시 미모의
남자를 취하여 화랑이라 이름하고 받들었다.12)

24대 진흥왕 ……… 또 천성이 풍류적이라 신선을 매우 숭상하여 인
가의 처녀 중 어여쁜 여자를 택하여 원화로 받들었다. ……… 이에 대왕이
명을 내려 원화를 폐하였다. 몇 년 후 또 왕은 또 나라를 흥성시키려면 먼저
풍월도를 정비해야 한다고 생각하여 다시 령을 내려 양가의 남자 중에 덕행
이 있는 사람을 선발하여 화랑으로 고쳤다. 비로소 설원랑을 국선으로 봉하
였으니, 이것이 화랑 국선의 시초이다. 그러므로 명주에 비를 세웠다.13)

위의 기록으로 보았을 때 화랑제도는 원화가 화랑으로 대체되고 도의道
義, 가악歌樂, 유오遊娛의 기능이 강조되면서 화랑 집단의 최고 지위인 국선
이 임명되는 진흥왕 37년(576)에 하나의 제도로 정착되었다고 볼 수 있다.
『화랑세기』에는 법흥왕 때 '화랑'의 이름을 보이고 있으며, 또 『삼국사기
(열전)』에는 진흥왕 23년에 사다함斯多含이 화랑으로 활동하고 있는 기록이
있다. 이런 점을 미루어 볼 때, 『삼국사기』와 『삼국유사』의 화랑과 원화에
대한 기록은 '화랑제도가 구체적으로 언제 성립된 것인가?' 하는 논란의 여
지를 남기고 있다. 대체로 학계에서는 진흥왕 37년(576)에 화랑제도를 국가
가 공식적으로 만든 시기라고 하는 데 동의하고 있다.

그래서 신라의 화랑제도는 제의를 관장하던 집단에서 유래한 원화源花나
선도仙徒14)를 그 선행 형태로 하고 있으며, 진흥왕 37년에 제도적으로 정착

興大王愛魏花郎, 名曰花郎, (花郎)之名始此. 古者, 仙徒只以奉神爲主, 國公列行之後, 仙徒
以道義相勉. 於是賢佐忠臣, 從此而秀, 良將勇卒, 由是而生. 花郎之史不可不知也.
12) 『삼국사기三國史記』 권4, 「신라본기新羅本紀 4, 진흥왕眞興王 37년조年條」
三十七年, 春始奉源花. ……… 其後, 更取美貌男子, 粧飾之, 名花郎以奉之.
13) 『삼국유사三國遺事』 권3, 「탑상塔像 4, 미륵선화彌勒仙花 미시랑未尸郎 진자사眞慈師」
第二十四眞興王 ……… 又天性風味, 多尙神仙, 擇人家娘子美艶者, 奉爲原花. ……… 於
是大王下令, 廢原花. 累年, 王又念欲興邦國, 須先風月道, 更下令, 選良家男子有德行者, 改
爲花娘. 始奉薛原郎爲國仙, 此花娘國仙之始. 故堅碑於溟州.
14) 이 글에서는 화랑제도의 설립시기에 대한 논란으로 진흥왕 시절에 창작되어 『화랑세

되었다고 할 수 있다. 선도는 제의의 기능이 강했던 것으로 보이고, 원화에 와서는 제의의 기능이 상당히 약화된 것으로 보인다. 이러한 사상과 의례의 전환기에 기존 무교 신앙을 갖고 있던 일반인의 사상적 혼란이나 무巫의 소외감을 최소화하고 국가에 유용한 인재의 선발기능을 강화하고자 하여 화랑제가 성립되었던 것이다. 화랑은 여자인 원화로부터 무적巫的 성격이 탈각되어 남자로 대체된 선도라 할 수 있다. 그러므로 화랑제도는 어진 재상과 충성스러운 신하를 배출하고 훌륭한 장군과 용감한 병졸을 배출하도록 한 인재 양성제도의 일환이라 할 수 있다.

다음에는 화랑제도가 급격하게 변화된 시기를 살펴보기로 한다. 화랑제도가 공식적으로 신라에서 폐지된 시기는 신문왕 원년(681년)이라고 할 수 있다. 『화랑세기』에는 신문왕 원년(681) 8월에 김흠돌의 난을 진압하고 화랑제도를 폐지하였다가 부활한 사건을 기록하고 있다.

> 자의태후가 화랑을 폐지하라고 명하고, 오기공으로 하여금 낭도들의 명단을 작성하여, 모두 병부에 속하게 하고 직을 주었다. 그러나 지방의 화랑 정치는 옛날 그대로 스스로 남아 있었다. 오래지 않아 그 풍속이 다시 서울에 점점 퍼졌다. 중신들이 모두 오래된 풍속을 갑자기 바꾸면 안 된다고 생각하였다. 태후가 이에 득도하여 국선이 되는 것을 허락하였다. 화랑의 풍속은 그리하여 크게 변하였다.[15]

위의 인용문은 신문왕 원년(681)에 화랑제도가 공식적으로 폐지되었다는 사실과 화랑제도의 변화를 서술하고 있다. 따라서 화랑제도는 681년을 기점으로 하여 크나큰 변화가 일어났음을 알 수 있다. 그 원인을 살펴보면 삼국통일(676) 후 화랑제도는 군사적 기능보다 놀이적 기능을 강화하는 쪽

기』에 실린 미실과 사다함에 관련된 향가인 「풍랑가(561)」를 함께 논의하고자 한다.

15) 김대문, 『화랑세기花郎世紀』, 「32세世 신공조信功條」.
　　慈儀太后命罷花郎, 使吳起公籍郎徒盡屬兵部, 授之以職. 雖然地方郎政依舊自存, 悉直最盛, 未幾其風又漸京中, 重臣皆以爲古風不可卒變. 太后乃許, 以得道爲國仙. 花郎之風於是大變.

으로 기울어지게 되었다. 일단 통일기에 접어들자 화랑도의 군사적 성격 내지 그 기능은 시들해지지 않을 수 없게 되었다. 더욱이 통일 후 신라인은 일찍이 체험한 적이 없는 장기간의 평화를 구가하게 되었는데, 이와 같은 평온한 시대적 분위기가 화랑도의 군사적 기능을 상실하게 했던 것이다. 이처럼 군사적 기능이 약화된 화랑도는 상대적으로 놀이적 기능을 강화했을 것이다.

화랑도의 놀이적 기능의 확대와 더불어 주목되는 것은 신문왕 2년(682)에 설치된 국학의 존재이다. 사실 유교의 교육기관인 국학은 창설 당시부터 크게 주목을 받았지만, 유교의 정치이념이 한층 고조된 9세기에 들어와서 크게 성행하였다. 그래서 삼국통일에 이르기까지 인재 양성을 독점해 왔던 화랑제도는 통일 후 국학의 발전과 함께 인재 선발의 문호가 더욱 확대 개방된 결과로 그 특권의식이 감퇴되지 않을 수 없었다. 그래서 삼국통일(676)을 이룬 7세기말에는 화랑제도가 공식적으로 폐지(681)되었다가 다시 부활되는 등 화랑제도가 급격히 변한 시기라 할 수 있다.

여기서는 진흥왕(540-576)시절부터 신문왕 원년(681)까지를 화랑제도의 정착기라 부르고자 하며, 이 시기에 나타난 화랑도의 문예사상을 중심으로 화랑을 노래한 향가 작품의 미학을 살펴보고자 한다.

2.2. 향가의 창작과 문예사상

향가에 나타난 화랑도의 문예사상은 화랑들이 체험한 명산대천의 유람활동을 통해서 유추할 수 있다. 여기서는 『삼국사기』, 『삼국유사』, 『화랑세기』 등의 문헌에 나타난 화랑의 사상과 신앙 등을 통해서 살펴보기로 한다.

먼저, 화랑들이 명산대천인 삼산三山, 오악五嶽 등을 유람하는 데 나타난 화랑도의 정신을 살펴보기로 한다. 특히 화랑들이 자주 산수山水를 유람한 동해안 지역에는 지금도 많은 화랑의 유적지가 남아 있다. 동해안의 총석

정, 삼일포, 영랑호, 경포대, 한송정, 월송정 등은 모두 사선四仙, 즉 술랑述
郎, 남랑南郎, 영랑永郎, 안상安詳 등16)의 유오지遊娛地이며 풍류도장으로 남
아 있다.17) 이런 점에서 볼 때 화랑들은 명산대천을 유오遊娛하면서 가악歌
樂을 즐기고 도의道義를 서로 갈고 닦으며 지냈음을 알 수 있다. 그리고 화
랑들이 가악을 즐길 때 자연스럽게 향가도 함께 불렀음을 추측할 수 있다.

『삼국사기』와『고려사』에는 화랑들이 명산대천을 찾아다니면서 연마한
내용을 다음과 같이 기록하고 있다.

> 이름을 화랑이라 불러서 이를 받들었다. 화랑도의 무리가 구름처럼 모여
> 들어 혹은 도의로써 서로 연마하고, 혹은 노래와 음악으로 서로 즐기며, 산
> 수를 즐겨 찾아다니며 유람하되 그들의 발길이 안 닿은 곳이 없었다. 이로
> 인하여 그 인품이 바르고 바르지 못한 것을 알게 되어 그 중에 선량한 인
> 물을 택하여 조정에 추천하였다. 그러므로 김대문의『화랑세기』에 말하기
> 를 '어진 재상과 충성스러운 신하가 여기로부터 나오고 좋은 장수와 날랜
> 군사가 이로부터 생긴다'고 하였다. 최치원의『난랑비』서문에 이르기를
> '우리나라에는 현묘한 도가 있었으니 일러서 풍류라 하였다'고 하였다. 이
> 교를 창설한 내력은 선사에 상세히 밝혀져 있으니 사실은 삼교[유儒, 불佛,
> 선仙]를 포함하여 인간을 교화하는 것이다.18)

옛날 신라에 선풍이 크게 행해져 이로 말미암아 용과 하늘이 기뻐하고,
백성과 사물이 편안하여, 할아버지 임금 이래로 그 풍속이 오랫동안 숭상
되었다. 근래의 두 서울의 팔관회가 날이 갈수록 옛날의 격식이 감해지고,

---

16)『동국여지승람東國與地勝覽』권45,「통천군通川郡 누정조樓亭條」.
　　叢石亭, ……, 新羅述郎南郎永郎安詳, 遊賞于此, 號稱四仙峰.
17) 이은창,「신라 화랑유적과 화랑도 사상」, 경상북도, 앞의 책, 1995.
18)『삼국사기三國史記』권4, 진흥왕眞興王 37년 춘조春條.
　　名花郎以奉之, 徒衆雲集, 或相磨以道義, 或相悅以歌樂, 遊娛山水, 無遠不至. 因此知其人邪
　　正, 擇其善者, 薦之於朝. 故金大問花郎世紀曰, 賢佐忠臣, 從此而秀, 良將勇卒, 由是而生.
　　崔致遠鸞郎碑序曰, 國有玄妙之道, 曰風流. 設教之源, 備詳仙史, 實乃包含三教, 接化群生.

그 유풍이 점점 쇠퇴해갔다. 지금의 팔관회는 양반의 가산이 풍족한 사람을 미리 선발하여 선가로 정하여 두었다. 옛날의 풍속에 의거하여 행하니 사람과 하늘이 모두 기뻐함에 이르렀다.[19]

위의 두 예문이 보여주는 바와 같이 화랑들이 명산대천을 찾아다니는 것은 도의를 닦고 가악을 배우며 산신山神, 용신龍神, 천신天神 등을 섬기며 백성을 편안하게 하는 데 주된 목적이 있음을 알 수 있다. 또 화랑들이 놀았던 지역의 암각화에는 인면상人面相과 동심원同心圓 등이 나타나 있다. 이는 화랑도들이 산신과 용신을 숭상하고 천신을 믿는 모습을 보여주는 예가 된다고 할 수 있다. 또 화랑들이 동해안을 유오할 때 석굴사원을 경영하여 미륵彌勒에게 예배하기도 하였고, 또는 전다구煎茶具를 구비하기도 하였다. 전다煎茶로서 미륵에게 존향尊饗하는 의식은 동해안에 있는 사선의 유오지가 미륵신앙과 전다존향의 화랑도장이었음을 짐작하게 한다.

화랑도가 찾은 명산대천은 도교적인 국선의 풍류도장이기도 하고, 한편으로는 불교적인 미륵선화의 전다도장이라고 할 수 있다. 결국 화랑들이 명산대천을 찾는 주된 이유는 신라의 전통사상인 산신山神과 용신龍神 그리고 천신天神을 신봉하는 화랑도의 미덕을 맹세하고 다짐하는 것에 있었다고 할 수 있다. 향가의 「혜성가」, 「도솔가」, 「처용가」 등에는 천신을 신봉하는 내용을 담고 있다.

다음에는 화랑도의 실천덕목을 살펴보기로 한다. 이상적인 화랑은 첫째, 어진 재상과 충성스러운 신하가 되는 것이고, 훌륭한 장수와 용감한 병졸이 되는 것[20]이며, 둘째는 공손하고 검소하며 힘을 함부로 쓰지 않는 삼미三美[21]를 갖추어야 하고, 셋째는 충절忠節, 효행孝行, 신우信友, 용전勇戰, 인자

---

19) 『고려사高麗史』 권18, 「세가世家18, 의종毅宗22년」.
　　昔新羅仙風大行, 由是龍天歡悅, 民物安寧, 故祖宗以來, 崇尙其風久矣. 近來兩京八關之會, 日減舊格, 遺風潮漸衰. 自今八關會, 預擇兩班家産饒足者, 定爲仙家. 衣行古風, 致使人天咸悅.
20) 『삼국사기三國史記』 권4, 「진흥왕眞興王 37년 춘조春條」.
　　賢佐忠臣, 從此而秀, 良將勇卒, 由是而生.

仁慈 등 오계五戒[22)를 갖추어야 한다.

처음에 나타난 어진 재상과 충신은 국가의 정치를 담당하는 인재들이고, 훌륭한 장수와 용감한 병졸은 국가의 군사적 기능을 담당한 중요한 인재들이라 할 수 있다. 이 기록은 국가의 정치적인 인재와 군사적인 인재가 화랑에서 나왔음을 알려주는 것이다. 이러한 내용은 화랑을 노래하고 있는 향가가 현좌충신을 노래하는 것인지 양장용졸을 노래하는 것인지를 구별하게 해주는 기준이 될 수 있다. 화랑제도의 정착기에 지어진『풍랑가』,『모죽지랑가』,『혜성가』등의 향가에서는 양장용졸을 많이 노래하고 있으며, 화랑제도가 일시적으로 폐지된 681년 이후에는 현좌충신을 많이 노래하고 있다.

둘째는 화랑이 지녀야 할 3가지의 미덕이다. 미덕의 첫 번째는 남의 윗자리에 있을만한 사람이 공손하여 다른 사람의 밑에 앉아 있는 것이고, 두 번째는 부자이면서 검소하게 옷을 입고 다니는 것이며, 세 번째는 원래 권세가이면서도 그 힘을 쓰지 않는 평화를 사랑하는 것이다. 이는 화랑이 지닐 수 있는 3가지의 아름다움인 휘겸撝謙, 검이儉易, 불용기위不用其威의 정신으로 공손, 검소, 평화를 지향하는 정신이다. 향가에서는 「모죽지랑가」, 「찬기파랑가」 등이 화랑이 지닌 3가지의 미덕美德을 노래하고 있다.

셋째는 원광법사가 전해준 것으로 화랑들이 실천해야 할 5가지의 계율이다. ①은 임금을 충성으로 섬기는 것이요, ②는 부모를 효성으로 섬기는 것이요, ③은 벗을 신의로써 섬기는 것이요, ④는 전장에 나가서 물러서지 않는 것이요, ⑤는 생물을 살생할 때에는 선택해야 한다는 것이다. 이 세속

---

21)『삼국유사三國遺事』권2, 「경문왕조景文王條」.
　　四十八, 景文大王, 王諱膺廉, 年十八爲國仙, 至於弱冠. 憲安大王召郎, 宴於殿中間曰, 郎爲國仙, 優遊四方, 見何異事. 郎曰, 臣見有美行者三. 王曰, 請聞其說. 郎曰, 有人爲人上者, 而撝謙坐於人下, 其一也. 有人豪富, 而衣儉易, 其二也. 有人本貴勢, 而不用其威者, 三也.
22)『삼국사기三國史記』권45, 「귀산전조貴山傳條」.
　　今有世俗五戒, 一曰事君以忠, 二曰事親以孝, 三曰交友以信, 四曰臨戰無退, 五曰殺生有擇, 若等行之無忽.

오계는 화랑들이 세속적으로 수행해야 할 필수적인 덕목이라 할 수 있다. 앞의 세 가지 덕목은 전통사상과 삼교의 정신이 융합된 것이지만 유교적인 도덕으로 문인정신을 강조한 것이라 할 수 있다. 그리고 임전무퇴臨戰無退 는 삼국정립기에 처하여 있는 신라에서는 불가피한 국가적인 덕목이라 할 수 있고, 살생유택殺生有擇의 계명은 불교적인 자비라고 할 수 있지만, 임전 臨戰하여서 살생을 선택하는 것은 무인정신을 중요시 여기는 신라의 국가 적인 요청일 가능성이 크다고 하겠다.

이처럼 화랑의 세속오계를 살펴보면 문文을 중요시여기는 덕목과 무武를 중요시여기는 덕목으로 나누어진다. 「모죽지랑가」의 죽지랑과 「풍랑가」의 사다함은 문무를 겸한 화랑도의 5계율을 잘 실천한 인물이라 할 수 있다.

20세기 말에 발견된 『화랑세기』를 살펴보면 화랑집단에는 호국선護國仙 과 운상인雲上人이란 두 개의 집단으로 나누어진다고 설명하고 있다.

> 문노의 낭도들은 무사를 좋아하였고 호탕한 기질이 많았다. 설원랑의 낭 도들은 향가를 잘하고 속세를 떠난 유람을 즐겼다. 그러므로 국인들은 문도 를 가리켜 '호국선'이라고 하였고, 설도를 가리켜 '운상인'이라고 하였다.[23]

위의 글은 화랑이 당시에도 자신의 특기에 따라 다양한 조직을 지니고 있었음을 보여준다고 할 수 있다. 호국선 계열의 화랑은 군사적 기능을 주 로 하였을 것이고, 운상인 계열의 화랑은 놀이적 기능을 주로 하여 놀기를 좋아하고 향가를 잘한다고 했다.

향가에 나타난 화랑의 문예사상은 앞으로 화랑이란 집단의 성격을 더욱 명확하게 규명할 때 더 정확하게 유추할 수 있을 것이다.[24] 향가를 비롯한

---

23) 김대문, 『화랑세기花郎世紀』, 「7세 설화랑조薛花郎條」.
   文弩之徒, 好武事多俠氣. 薛原之徒, 善鄕歌好淸遊. 故國人指文徒爲護國仙, 指薛徒爲雲上 人. 骨品之人多從薛徒, 草澤之人多從文徒, 互相磨義爲主.
24) 김주한, 「화랑의 문예사상」, 『화랑문화의 신연구』, 경상북도, 1995.

당시의 문학작품에 수용되어 있는 화랑의 문예사상은 삼미三美인 공손[휘겸撝謙], 검소[검이儉易], 평화[불용기위不用其威]와 세속오계世俗五戒인 사군이충事君以忠, 사친이효事親以孝, 교우이신交友以信, 임전무퇴臨戰無退, 살생유택殺生有擇 등의 주제를 통해서 나타난다고 할 수 있다. 결국 화랑은 하늘의 천신天神, 용신龍神, 산신山神 등을 섬기며, 도의道義를 연마하고, 가악歌樂을 즐기며, 산수山水를 유람하면서 인천함열人天咸悅[용천환열龍天歡悅], 민물안녕民物安寧, 접화군생接化群生 등을 목표로 두었다. 화랑과 관련된 이러한 이데올로기는 화랑과 관련된 문예미학의 큰 내용이고 사상이라 할 수 있다.

3. 화랑과 관련된 향가의 문예미학

화랑제도의 정착기란 신라에 화랑제도가 시작된 진흥왕(540-576) 시절부터 삼국통일 후 신문왕 원년(681)에 공식적으로 화랑제도가 폐지되기 이전까지의 기간을 말한다. 화랑제도의 정착기에는 화랑의 중심사상이 선도仙道에서 풍월도風月道로 옮겨간 시기로 볼 수 있다. 선도仙道는 고유의 토착종교로서 선도仙徒라는 화랑이 신궁神宮에서 천天에 대제大祭를 올리는 봉신奉神이 위주가 된 시기에 유행했다고 할 수 있다. 풍월도의 시기[25]는 선도仙道 시대의 기존 사상인 유교, 도교의 사상에 불교의식을 수용하여 화랑제도가 보완, 확충되는 시대에 해당한다고 할 수 있다.

이 시기에는 화랑의 우두머리를 풍월주라고도 불렀다. 화랑제도 정착기의 신라는 화랑도를 통하여 사상의 갈등과 사회의 혼란을 예방함과 동시에 신라 고유의 문화와 사상을 발전적으로 수용하여 현실에 제기된 문제점의 해결책을 제시할 수 있었다. 이 시기의 신라는 화랑제도를 정착시켜서 사

---

25) 김학성, 「향가장르의 본질」, 『한국시가연구』 창간호, 한국시가학회, 1997, 참조.

회통합을 이루고 국가가 필요로 하는 인력을 능동적으로 확보하여 국력을 결집시키고 삼국을 통일하여 비약적 성장을 이룩하게 되었다.

여기서는 화랑정착기에 노래된 화랑과 관련한 「혜성가」, 「모죽지랑가」, 「풍랑가」[26] 등의 향가를 통해서 화랑의 성격을 분석하고 그 문예사상의 특성을 살펴보고자 한다.

3.1. 혜성가

「혜성가」는 신라 진평왕(579~631) 때에 융천사가 지은 작품으로 『삼국유사』에 실려 전하는 가장 오래된 향가이다. 진평왕 때에는 화랑도의 사회적 인식이 급상승하면서 화랑의 활약이 두드러진 시기라 할 수 있다. 배경설화에 의하면 진평왕 때에 혜성이 나타나자 왜병이 침입하여 국가적인 위기가 초래되었는데, 융천사가 「혜성가」를 불러 위기를 모면했다는 내용이다.

> 제오第五 거열랑居烈郎, 제육第六 실처랑實處郎, 제칠第七 보동랑寶同郎 등 세 화랑의 무리가 풍악에 유람을 가려는데 혜성이 나타나 심대성을 범했다. 낭도들이 그것을 이상하게 여겨 여행을 중지하려고 했다. 이때에 융천사가 노래를 지어 불렀더니 별의 변괴가 곧 사라졌고, 일본 군병이 그들의 나라로 돌아가니 오히려 경사가 되었다. 대왕이 기뻐하며 화랑들을 보내어 풍악을 유람하게 했다.[27]

혜성의 출현은 하늘의 상징이라 할 수 있다. 그 문제는 때마침 일본의 병사가 혜성의 출현을 빌려서 침략을 해온 것이었다. 따라서 여러 번의 혜성 출현이 있었어도 진평왕대의 경우에는 노래를 짓고 화랑의 행차가 멈추어지는 등의 의식이 행해졌던 것이라고 추측할 수 있다.

---

26) 김대문, 『화랑세기』, 「6세 세종조」, 참조.
27) 『삼국유사三國遺事』 권5, 「융천사融天師 혜성가彗星歌 진평대왕조眞平大王條」.

여기에 등장한 거열랑, 실처랑, 보동랑 등의 화랑은 왜 풍악에 유람을 가는 것을 중지했을까? 화랑의 단체는 평화로운 시기에는 충신으로서 현명한 보좌를 하고, 전쟁의 시기에는 훌륭한 장수와 용감한 병사가 되는 수련단체였다. 혜성의 출현으로 일본 병사들의 침략소식을 알아차린 거열랑, 실처랑, 보동랑 등의 화랑은 출정하기 위해서 유람가는 것을 중지했다고 할 수 있다.

이들 화랑들의 성격을 알아보기 위하여 화랑의 조직을 살펴보기로 한다. 화랑의 조직은 제8세 풍월주 문노조에 와서 삼부三部로 나뉘었고, 각기 다른 임무를 수행한 것으로 나온다. 좌삼부左三部는 도의道義, 문사文事, 무사武事를 담당했고, 우삼부右三部는 현묘玄妙, 악사樂事, 예사藝事를 담당했고, 전삼부前三部는 유화遊花, 제사祭事, 공사供事를 담당한 것으로 나온다.[28] 그래서 이 화랑들은 양장용졸良將勇卒의 역할을 수행하기 위한 좌삼부左三部 화랑花郎이라서 금강산의 유람을 중지했다고 할 수 있다. 이들은 금강산 유람을 중지하고 출정을 준비하였을 것이다.

출정하는 병사들의 사기를 높이기 위해서는 새로운 노래가 필요하였다. 가악歌樂을 담당하는 우삼부右三部 화랑花郎을 통솔하는 융천사가 「혜성가」란 향가를 지어 노래하니 하늘의 혜성이 사라지게 되었다. 이러한 사실은 「혜성가」가 「도솔가」와 마찬가지로 천지를 감동시킨 노래라는 것[29]을 증명해주는 것이라 할 수 있다.

옛날 동쪽 물가
건달파乾達婆의 논 성城을랑 바라고,
왜군倭軍도 왔다
횃불 올린 어여 수플이여.

---

28) 이종욱 역, 『화랑세기』, 소나무, 1999, 35면.
29) 『삼국유사三國遺事』 권卷5, 「월명사도솔가조月明師兜率歌條」.
　　羅人尙鄉歌者尙矣, 盖詩頌之類歟, 故往往能感動天地鬼神者非一.

세 화랑花郎의 산山 보신다는 말씀듣고
달도 갈라 그어 잦아들려 하는데,
길 쓸 별 바라고
혜성이여 하고 사뢴 사람이 있다.
아아, 달은 떠가 버렸더라
이에 어울릴 무슨 혜성을 함께 하였습니까.[30]

이 작품의 원문은 향찰식으로 표기[31]되어 있는데, 제1행에서 제4행까지
는 왜병의 침입과 이에 대응하는 토속신앙의 호국의식이 나타나고 있다.
신라 쪽에서 보면 성지인 '건달파가 논 성'을 넘보는 왜군은 심대성을 범하
는 혜성과 동일한 것이다.

여기서 '건달파의 성'은 신기루의 의미로 쓰였음을 알 수 있다. 그 신기
루는 선령이 노니는 것으로 관념화되는 환상적 누각으로서 화랑도에서는
성지로 생각하는 곳이지 두려움의 대상이 아니다. 그 신기루가 위치한 곳
은 경주에서 동쪽 9리에 있는 화랑도의 성산인 낭산狼山으로 되어 있다. 그
낭산 너머 동해변에 왜군이 출현했다고 하는 것은 선령이 노니는 낭산의
신기루를 환기해 줌으로써 화랑도에게는 더 이상 두려움이 될 수 없다고
할 수 있다.[32]

융천사는 일본병사들의 침입을 알고 일본병사들의 침입이 부당함을 알
리기 위해서 이 노래를 지었다고 할 수 있다. 하지만 「혜성가」에서는 왜병
이 신라의 성지를 넘봄으로써 이미 신라의 왕권을 위협하는 것이며, 혜성
이 심대성을 범하는 징조를 보임으로써 왜병이 신라의 성지를 넘볼 빌미를

---

30) 김완진, 『향가해독법연구』, 서울대출판부, 1980.
31) 『삼국유사三國遺事』 권卷7, 「융천사혜성가진평왕대조 融天師彗星歌眞平王代條」
    舊理東尸汀叱 / 乾達婆矣遊烏隱城叱肹良望良古 / 倭理叱軍置來叱多 / 烽燒邪隱邊也藪也 /
    三花矣岳音見賜烏尸聞古 / 月置八切爾數於將來尸波衣 / 道尸掃尸星利望良古 / 彗星也白反
    也人是有叱多 / 後句, 達阿羅浮去伊叱等邪 / 此也友物比所音叱彗叱只有叱故 /
32) 김학성, 앞의 책, 154면.

제공한 것이라 할 수 있다.

제5행에서 제8행까지는 세 화랑과 또 다른 재앙인 혜성이 직접적으로 나타나고 있다. 세 화랑이 무리를 이끌고 '산 보러 가는' 것은 화랑도의 유오산수遊娛山水라고도 할 수 있다. 유오산수는 산신과 교감하는 신성참배라고 할 수 있다. 신성제사를 가로막는 장애물이 왜병과 혜성이라면, 이 재앙들을 물리쳐야 할 인물은 절대적 호국의식과 전통신앙의 기저 위에 서 있는 화랑이다.

따라서 현실적 사건인 일본병사의 침입은 화랑도의 호국의식을 지닌 좌삼부左三部의 소속인 호국선護國仙 계열의 화랑인 삼화랑으로 해결하고자 하고, 초현실적인 사건인 혜성출현은 우삼부右三部의 소속인 운상인雲上人 계열의 화랑인 융천사의 가악으로 천지신명에게 고해서 해결할 수 있는 것으로 생각했다. 「혜성가」의 차사는 시상의 대전환을 유도하는 장치이다. 차사는 호흡상의 휴지를 두고 앞뒤의 의미적 연관성을 차단하는 역할을 수행한다. 그리고 '달은 떠가 버렸더라. / 이에 어울릴 무슨 혜성을 함께 하였습니까'하고 시상詩想을 마무리 짓는다. 그러므로 결구는 흉조凶兆를 길조吉兆로 바꾸어 이미 이루어진 것처럼 단정하고 있다.

여기서 '달'은 원문에 '달達'로 표기되어 있는 것으로 보아 월月의 의미로 해독하는 것은 옳지 않다고 할 수 있다. 그래서 '달'을 산으로 해석하고 낭산狼山으로 추정하며, '달아라達阿羅'를 '산아래'로 해석한 견해가 돋보인다고 할 수 있다.33) 결국 결구는 전구前句에서 반복된 왜병침입과 혜성출현이라는 재앙을 무시하여 희구하는 세계로 안착하는 세계관적 지평을 열어 보이는 것이다.

지금까지 「혜성가」의 설화와 그 작품을 살펴본 결과 이 작품에 등장하는 화랑은 세 화랑과 융천사라고 할 수 있다. 세 화랑은 통일기를 대비하는

---

33) 김승찬, 『향가문학론』, 새문사, 1989, 참조.

호국선 계열의 화랑으로 현좌충신보다는 양장용졸의 화랑으로 보이며, 융천사는 운상인 계열의 가악을 전공한 화랑으로 보인다. 그래서 이 「혜성가」에는 화랑도의 문예사상인 경천애인敬天愛人하며 인천함열人天咸悅과 민물안녕民物安寧의 경지를 성취하게 하는 의미가 담겨져 있다고 할 수 있다.

3.2. 모죽지랑가

효소왕(692-702)의 재위기간에 창작된 「모죽지랑가」는 화랑과 관련된 향가의 작품으로 대표적인 것이라 할 수 있다. 이 작품은 화랑인 득오가 향가를 창작했고, 그 노래의 내용이 화랑인 죽지랑을 대상으로 하여서 많은 연구가 이루어져 있다. 「모죽지랑가」는 어학적 해독에 있어서도 차이가 심하여 노래를 이해하는 데 많은 어려움이 있다. 그 예로서는 노래제목의 '모慕'가 사모思慕인지, 추모追慕인지의 의미를 밝히는 데[34]도 그 의견의 일치를 보지 못하고 있다.

죽지랑은 삼국통일기에 통일의 대업을 완수하는 전투에서 대단한 역할을 한 인물이다. 죽지랑은 화랑이면서 주로 진덕眞德, 태종太宗, 문무文武, 신문神文 등 4대에 걸쳐 전장에서 풍진을 겪으면서 국운을 건 싸움을 승리로 이끄는 일에 몸을 바친 삼국통일의 주역이었다.[35]

다음은 죽지랑의 출생과 관련이 있는 설화이다.

이전에 술종공述宗公이 삭주朔州 도독사都督使가 되었다. 장차 임지任地로 가려하는데, 이때 삼한三韓에 병란兵亂이 있으므로, 기병騎兵 삼천명으로 그를 호송했다. 그가 떠나 죽지령竹旨領에 이르니 한 거사居士가 그 고개의 길을 닦고 있었다. 공공은 그것을 보고 탄미歎美했으며, 거사居士 또한 공공의 위세가 매우 두드러짐을 좋게 여겨 서로 마음에 감동이 있었다. 공공이 주

---

34) 이임수, 「모죽지랑가를 다시 봄」, 『문학과 언어』 제3집, 1982.
35) 박노준, 『신라가요의 연구』, 열화당, 1982, 134면.

州의 치소治所에 부임한지 한 달이 지나서였다. 꿈에 거사居士가 방 안에 들어오는 것을 보았다. 부부가 같은 꿈을 꾸었으므로 더욱 놀라고 괴이하게 여겨 이튿날 사람을 보내어 그 거사의 안부를 물었다. 사람이 '거사가 죽은지 며칠 되었습니다.'라고 하였다. 사자使者가 돌아와서 그 사실을 아뢰었다. 그가 죽은 날짜가 꿈꾸던 그날이었다. 공은 말했다. "아마 거사가 우리 집에 태어날 것 같구려." 다시 군사를 보내어 죽지령竹旨領 위 북쪽 봉우리에 장사葬事를 지내게 하고 돌로 미륵불彌勒佛 한 구軀를 새겨 무덤 앞에 두었다. 공의 아내는 꿈꾼 날로부터 태기胎氣가 있더니 이윽고 아이를 낳았다. 그래서 이름을 죽지竹旨라 했던 것이다.

죽지랑은 커서 벼슬하여 유신공庾信公을 따라서 부사副帥가 되어 삼국을 통일했으며 진덕眞德, 태종太宗, 문무文武, 신문神文의 4대에 걸쳐 재상宰相이 되어 나라를 안정시켰다. 처음에 득오곡得烏谷이 낭郎을 사모하여 노래를 지었으니 이렇다.[36]

위의 기록은 「죽지랑의 출생담」 → 「모죽지랑가」로 이어지는 삶의 단면을 조명하고 있다. 그러나 이들 기록 앞에 「득오와 관련된 사건」의 담화가 있으나 너무 길어서 생략하였다. 여기서 그 개략을 살펴보면 다음과 같다. 「득오와 관련된 사건」은 죽만랑竹曼郎의 낭도로 있던 득오得烏가 익선益宣의 창직倉直으로 차출되어 간 것에서부터 비롯되었다. 이에 죽지랑이 익선을 찾아가 득오에게 휴가를 보내줄 것을 요구했는데 익선이 거절했다. 신분상의 차이가 있었지만 익선은 죽지랑의 부탁을 거절했다. 지금까지는 죽지랑의 부탁을 익선이 거절한 것을 죽지랑의 몰락,[37] 익선의 직무수행의 적법성[38] 등으로 설명하고 있다. 그러나 여기서는 죽지랑이 지닌 인물의 훌륭함으로 설명하고자 한다.

화랑의 덕목에는 공손하고 검소하며 힘을 함부로 쓰지 않는 삼미三美[39]

---

36)『삼국유사三國遺事』권卷2,「효소왕대죽지랑조 孝召王代竹旨郎條」.
37) 박노준, 앞의 책, 135-137면.
38) 이웅재,『신라향가의 사회성 연구』, 중앙대(박사), 1988.
39)『삼국유사三國遺事』권卷2,「경문왕조景文王條」

를 갖추어야 한다고 했다. 죽지랑은 이 삼미三美 중에서 '힘을 함부로 쓰지 않는 덕목'을 잘 실천한 인물로 보아야 한다. 그래야 이 이야기의 후반부에 나오는 익선의 처벌과 모량리 사람의 처벌이 자연스럽게 이어진다. 이 글에서는 처벌의 문제를 집중적으로 따지는 일이 중심된 문제가 아니므로 이 쯤에서 이 문제를 접어두고자 한다. 죽지랑은 이와 같이 훌륭한 인품을 지닌 화랑이면서 힘을 함부로 쓰지 않고 평화를 사랑하는 화랑정신의 모범을 보인 인물이라고 할 수 있다.

또 삼국유사에도 "죽지랑은 커서 벼슬하여 유신공庾信公을 따라서 부사副帥가 되어 삼국을 통일했으며 진덕眞德, 태종太宗, 문무文武, 신문神文의 4대에 걸쳐 재상宰相이 되어 나라를 안정시켰다"라 하고 있다. 이 기록을 통해서도 죽지랑은 삼국통일기에 전공을 많이 세운 화랑으로 여겨진다.

죽지랑은 현좌충신賢佐忠臣의 역할도 수행했지만 양장용졸良將勇卒의 의무를 충실히 수행한 화랑으로 보인다. 죽지랑은 신라가 삼국을 통일하는 시기에 활약했으므로 전투에서 전공을 많이 세운 인물이다. 그래서 죽지랑은 전투에 참여하는 좌삼부左三部 화랑花郎과 호국선護國仙 계열의 화랑이라고 할 수 있다. 득오는 자기를 구원해준 죽지랑을 잊지 못해서 「모죽지랑가」를 지었다.

간 봄 그리매
모든 것사 울어 시름하는데
아름다움 나타내신
얼굴이 주름살을 지니려 하옵내다
눈 돌이킬 사이에 나마
만나 뵙도록 지으리이다
낭郎이여 그릴 마음의 녀올 길이

郎曰, 臣見有美行者三. 王曰, 請聞其說. 郎曰, 有人爲人上者, 而撝謙坐於人下, 其一也. 有人豪富, 而衣儉易, 其二也. 有人本貴勢, 而不用其威者, 三也.

다복쑥 우거진 마을에 잘 밤이 있으리이까[40]

이 노래의 원문은 향찰로 표기[41]되어 있는데, 제1행과 제2행은 시상詩想을 일으키는 것이다. 이 부분은 젊은 봄날의 화랑시절을 회상하면서 모든 것의 눈물을 동반한 시름을 노래하고 있다. 제3행과 제4행은 아름다움의 지속과 그것의 파괴 사이에서 극도로 긴장되어 있는 화자의 모습을 연상할 수 있다.

제5행과 제6행은 눈 깜빡할 사이 죽지랑을 만나보고자 한다. 여기서 작가인 득오는 죽지랑을 사모하는 마음을 지극하게 표현하고 있다. 득오는 죽지랑이 노쇠하여 곧 피안으로 가버릴 것을 너무나 잘 알았다. 그래서 득오는 죽지랑이 피안으로 가기 이전에 한 번이라도 만나 보고자 하는 간절한 소망을 드러내고 있다. 작가인 득오는 삶이란 그 자체가 순간에 지나지 않는다는 것을 깨달은 인간의 무상함을 함께 드러내고 있다.[42]

제7행과 제8행은 사모하는 화랑을 지칭하여 부르며 그리운 화자의 심경을 나타내고 있다. 죽지랑을 그리움의 대상으로 하고, 그리워하는 주체를 만나기 어려움을 '다복쑥 우거진 마을'로 제유提喩하여 더욱 구체화하고 있다. '다복쑥 우거진 마을'은 세속적인 미로迷路의 비유적인 표현이다. 즉, 죽지랑과 익선이 공존하는 것이 속세의 비유라 할 수 있다.

이 작품에서 발화자는 죽지랑을 미륵화생彌勒化生의 인물로 관념화하고 있으나, 득오는 탐욕적인 익선을 통해 세속적인 인간상을 인식하고, 자신을 구해준 죽지랑을 통해서 이상적인 인간상을 인식했다고 할 수 있다. 그

---

40) 양주동, 『고가연구』, 박문출판사, 1957.
41) 『삼국유사三國遺事』 권2, 「효소왕대죽지랑조孝昭王代竹旨郞條」.
　　去隱春皆理米 / 毛冬居叱沙哭屋尸以憂音 / 阿冬音乃叱好支賜烏隱 / 皃史年數就音墮支行齊 / 目煙廻於尸七史伊衣 / 逢烏支惡支作乎下是 / 郎也慕理尸心未 行尸道尸 / 蓬次叱巷中宿尸也音有叱下是 //
42) 윤영옥, 『한국의 고시가』, 문창사, 1995, 218면.

래서 득오는 죽지랑을 경건한 마음으로 단지 숭앙하고 찬미한 것만이 아니고, 현세에서 경험해야 할 인간의 비극적 종말인 죽음을 인식하면서 그 그리움의 대상인 죽지랑을 향가 작품으로 창작하여 사모하는 표현을 했다고 할 수 있다.

지금까지 「모죽지랑가」의 설화와 그 작품을 살펴본 결과 이 작품에 등장하는 화랑은 죽지랑과 득오라고 할 수 있다. 죽지랑은 통일 전쟁을 수행한 호국선 계열의 화랑으로 현좌충신보다는 양장용졸의 화랑으로 보이며, 득오는 죽지랑의 휘하에 있다가 삼국통일이 끝나자 운상인 계열로 부서를 옮겨 가악을 전공한 화랑으로 보인다. 득오는 죽지랑이 화랑의 문예사상인 공손[휘겸撝謙], 검소[검이儉易], 평화[불용기위不用其威]를 잘 수행한 인물이라는 확신이 서서 「모죽지랑가」를 지었고, 앞으로 죽지랑과 같은 화랑이 계속 나타나길 바라는 마음으로 이 작품을 지었다.

3.3. 풍랑가

필사본 『화랑세기』에는 미실美室이 지었다는 「풍랑가(561)」가 전해온다.[43] 미실은 5세 풍월주가 된 사다함과 서로 사랑하는 애인 관계였는데, 사다함이 가야국을 정벌하기 위해 출정할 때 위로하는 감정으로 이 노래를 지어 전송했다고 하였다.[44]

바람이 불다고 하되
임 앞에 불지 말고
물결이 친다고 하되

---

43) 이 「풍랑가」를 「송랑가」로 부르기도 한다. 김완진은 미실이 지은 향가를 「송랑가」로 제목하였고, 정연찬은 미실이 지은 향가를 「풍랑가」로 제목하였다. 본고에서는 「풍랑가」로 제목하고자 한다.
44) 『화랑세기花郎世紀』, 「육세六世 세종조世宗條」.

임 앞에 치지말고
빨리빨리 돌아오라
다시 만나 안고 보고
아흐, 임이여 잡은 손을
차마 물리라뇨[45]

   이 노래는 향찰로 표기[46]되어 있는데, 제1행과 제2행은 바람을 소재로
하여 임을 걱정하는 마음을 노래하고 있다. 제3행과 제4행은 물결을 소재
로 하여 전쟁에 나간 임을 걱정하는 마음을 담고 있다. 제5행과 제6행은
시상詩想을 돌려서 임을 다시 만나 포옹하고 싶은 마음을 노래하고 있다.
제7행과 제8행은 마지막으로 임과의 사랑을 계속 이어 나가겠다는 화자의
의지를 표현하고 있다.

   사다함이 종군하고 돌아왔을 때, 미실은 궁중에 들어가 이미 6세 풍월주
인 세종의 부인이 되어 있었다. 이런 까닭에 사다함은 「청조가」[47]를 지어
슬퍼했다. 미실의 「풍랑가」와 사다함의 「청조가」는 남녀간의 사랑을 주제
로 하고 있다. 「풍랑가」와 「청조가」는 사랑의 화답시로 우리 문학사에 있
어서 화답시의 시초를 장식하는 작품으로 볼 수 있다.

   여기서 주목할 점은 이 「풍랑가」가 진흥왕대 미실에 의해 지어진 것이

---

45) 이종욱 역, 『화랑세기』, 소나무, 1999, 74-75면.

46) 『화랑세기花郞世紀』, 「육세六世 세종조世宗條」.

   風只吹留如久爲都 / 郞前希吹莫遣 / 浪只打如久爲都 / 浪前打莫遣 / 早早歸良來良 / 更逢叱
那抱遣見遣 / 此好 郞耶 執音乎手乙 / 忍麼等尸理良奴 //

47) 『화랑세기花郞世紀』, 「육세六世 세종조世宗條」.

   파랑새야 파랑새야 저구름위에 파랑새야 / 어찌하여 나의 콩밭에 머무는가 / 파랑새
야 파랑새야 너 나의 공밭의 파랑새야 / 어지하여 다시 날아들어 구름 위로 가는가 /
이미 왔으면 가지말지 또 갈 것을 어지하여 왔는가 // 부질없이 눈물짓게 하며 마음
아프고 여위어 죽게 하는가 / 나는 죽어 무슨 귀신될까, 나는 죽어 신병되리 / (전주)
에게 날아들어 보호하여 호신되어 / 아침마다 저녁마다 전군 부처를 보호하여 / 만년
천년 오래 죽지 않게 하리 // 靑鳥靑鳥 彼雲上之靑鳥 / 胡爲乎 止我豆之田 / 靑鳥靑鳥 乃
我豆田靑鳥 / 胡爲乎 更飛入雲上去 / 旣來不須去 / 又去爲何來 // 空令人淚雨 腸爛瘦死盡 /
(吾)死爲何鬼 吾死爲神兵 / 飛入(殿主護) 護神 / 朝朝暮暮保護殿君夫妻 / 萬年千年不長減//

라면 문학사에 있어서 몇 가지 중요한 의미를 갖는다. 첫째는 현존 향가의 최고最古의 작품이라는 것, 둘째는 작가가 화랑집단에 깊이 관련된 왕실 귀족의 여인이라는 점 등이 독특하다고 할 수 있다.

이 노래에서 작가는 전쟁을 앞두고 출정을 준비하는 남녀사이의 애정관계를 전쟁 후에도 평화롭게 이어가겠다는 정신을 강렬하게 표출하고 있다. 그래서 이 작품에 나타난 화랑의 문예사상은 삼미三美의 정신인 평화[불용기위不用其威]와 세속오계世俗五戒인 사군이충事君以忠과 교우이신交友以信의 정신이라 할 수 있다. 「풍랑가」의 서술 대상이 된 사다함은 가야국을 정벌하는 전쟁에 종군한 화랑이므로 현좌충신賢佐忠臣이기보다는 양장용졸良將勇卒의 역할을 잘 수행했다고 할 수 있다.

4. 화랑제도와 향가의 기능

지금까지 화랑제도의 정착시기와 그 시기에 출현한 향가의 의미를 살펴보았다. 화랑제도의 정착기란 신라에 화랑제도가 시작된 진흥왕(540-576) 때부터 신문왕 원년(681)에 화랑제도가 일시적으로 폐지되기 이전까지의 기간을 말한다. 한편 화랑도를 폐지한 이듬해인 신문왕 2년(682)에는 국학을 세웠다는 사실을 주목할 수 있다. 이 국학은 화랑도를 폐지한 후 인재 양성을 위해 설치한 것으로 보인다. 그래서 이 시기 이후에는 주된 인재의 공급처는 화랑도가 아니라 국학으로 옮겨갔다고 할 수 있다. 화랑제도 정착 시기의 화랑에 대하여 노래하고 있는 향가는 「혜성가」, 「모죽지랑가」, 「풍랑가」 등이 있다.

화랑의 문예사상은 화랑의 수행방법과 그 목표를 통해서 유추할 수 있다. 화랑은 하늘의 천신天神, 용신龍神, 산신山神 등을 섬기며, 도의道義를 연마하고, 가악歌樂을 즐기며, 산수山水를 유람하면서 인천함열人天咸悅[용천환

열룡천환열悅], 민물안녕民物安寧, 접화군생接化群生을 목표로 두었으니, 이는 화랑 문예의 큰 내용이고 사상이라 할 수 있다.

또 화랑의 문예사상은 향가를 비롯한 당시의 문학작품에 수용되어 있는 삼미三美인 공손[휘겸撝謙], 검소[검이儉易], 평화[불용기위不用其威]와 세속오계世俗五戒인 사군이충事君以忠, 사친이효事親以孝, 교우이신交友以信, 임전무퇴臨戰無退, 살생유택殺生有擇 등을 통해서도 표현된다고 할 수 있다.

「혜성가」에 등장하는 화랑은 삼화랑과 융천사라고 할 수 있다. 삼화랑은 통일기를 대비하는 호국선 계열의 화랑으로 현좌충신보다는 양장용졸의 화랑으로 보이며, 융천사는 운상인 계열의 가악을 전공한 화랑으로 보인다. 그리고 이 「혜성가」에는 화랑도의 문예사상인 인천함열人天咸悅과 민물안녕民物安寧의 경지를 성취하게 하는 의미가 담겨져 있다고 할 수 있다.

「모죽지랑가」에 등장하는 화랑은 죽지랑과 득오라고 할 수 있다. 죽지랑은 통일 전쟁을 수행한 호국선 계열의 화랑으로 현좌충신보다는 양장용졸의 화랑으로 보이며, 득오는 죽지랑의 휘하에 있다가 삼국통일이 끝나자 운상인 계열로 옮겨 가악을 전공한 화랑으로 보인다. 그래서 득오는 쇠퇴해가는 화랑의 모습을 아쉬워하며 「모죽지랑가」를 창작했다고 할 수 있다. 득오는 죽지랑이 화랑의 사상인 삼미三美, 즉 휘겸撝謙, 검이儉易, 불용기위不用其威를 잘 수행한 인물이라는 확신이 서서 「모죽지랑가」를 지었다. 결국 이 향가는 죽지랑으로 대표되는 화랑세력의 변화와 함께 기울기 시작하는 화랑정신의 회복을 암시적으로 표현하고 있다고 할 수 있다.

「풍랑가」의 대상이 된 사다함은 전쟁에 종군한 화랑이므로 현좌충신賢佐忠臣이기보다는 양장용졸良將勇卒의 역할을 잘 수행했다고 할 수 있다. 즉 사다함은 가야국을 정벌하는데 출정했던 화랑이므로 호국선 계열의 화랑으로 현좌충신보다는 양장용졸의 의무를 잘 수행한 화랑이라 할 수 있다. 「풍랑가」는 사랑하는 님을 전쟁으로 보내는 여인의 섬세한 감정을 훌륭하게 노래하고 있는 연애시로 백미라 할 수 있다. 또 이 작품은 현재 전해오는 향가 중에서 가장 오래된 향가 작품이라 할 수 있다. 미실의 「풍랑가」와 사다함의 「청조가」는 남녀간의 열렬한 사랑을 주제로 하고 있다. 향가로 된 「풍랑가」와 한역시로 된 「청조가」는 사랑의 화답시로 우리 문학사에 있어서 화답시의 시초를 장식하는 작품으로 볼 수 있다.

「혜성가」, 「모죽지랑가」, 「풍랑가」 등에 등장하는 화랑은 전쟁에 참여한 양장용졸의 화랑이 상대적으로 많다. 전쟁에 참여하지 않은 화랑은 「혜성가」에 등장한 융천사가 그 대표적인 인물이라 할 수 있다. 그리고 「모죽지랑가」에는 통일기의 화랑인 죽지랑을 통해 쇠퇴하는 화랑정신의 모습을 아쉬워하고 있다. 결국 화랑제도 정착시기에 화랑을 노래한 향가에는 화랑들의 놀이적 기능을 강조하기보다는 군사적 기능을 잘 수행한 화랑을 많이 노래하고 있다. 또, 문학적인 측면에서 「혜성가」, 「모죽지랑가」, 「풍랑가」 등은 인천함열人天咸悅, 민물안녕民物安寧, 접화군생接化群生하는 숭고하고 우아한 미의식을 보여주는 훌륭한 작품이라 할 수 있다.

「혜성가」, 「모죽지랑가」 등에 등장하는 화랑은 전쟁에 참여한 화랑이 상대적으로 많다. 전쟁에 참여하지 않은 화랑은 「혜성가」에 등장한 융천사融天師가 그 대표적인 인물이라 할 수 있다. 「혜성가」에서는 하늘의 명령과 화랑의 정신이 화합하고 일치하는 화랑의 산수유람山水遊覽과 그 풍류정신風流精神을 통하여 숭고미를 드러내고 있다. 「모죽지랑가」에서는 미래에도 죽지랑竹旨郎과 같은 훌륭한 화랑이 계속 나타나길 바라는 마음으로 죽지랑竹旨郎을 숭상崇尙하고 찬양讚揚하는 우아미를 드러내고 있다.

결국 문학적인 측면에서 향가는 인천함열人天咸悅, 민물안녕民物安寧, 접화군생接化群生하는 화랑의 사상을 담고 있다. 이러한 화랑정신의 표출을 통해서 「혜성가彗星歌」는 풍류風流와 유람遊覽을 통해서 하늘을 섬기는 숭고미를 드러내고 있으며, 「풍랑가」와 「모죽지랑가」는 화랑의 덕목을 실천實踐하고 찬양讚揚하는 우아미를 드러내고 있다.

지금까지 살펴본 화랑정신에 나타난 미학은 조선의 선비정신과 일본의 사무라이[武士] 정신의 바탕이 되는 철학을 함께 지니고 있었으며 문무文武를 겸전하여 전인적인 인간이 되는 것이었다고 할 수 있다.

조선시대 이후 한국에서는 문인정신을 강조하며 선비정신을 실천하는 선비가 한국을 대표하는 인물로 추앙받고 있으며, 일본에서는 무사도의 정신을 강조하는 사무라이[武士]가 일본을 대표하는 인물로 추앙받고 있다. 신라의 화랑정신은 선비와 무사를 겸하고 있는 전인적인 인간이라 분석할 수 있다. 문무文武를 겸전하며 지성과 감성을 연마하는 화랑정신은 한국인의 선비정신과 일본인의 무사정신을 관통하면서 오늘날의 현대인들에도 필요한 전인적인 인간완성의 중요한 덕목을 함께 지니고 있다.

앞으로, 신문왕 원년(681) 화랑제도 쇠퇴 이후에 지어진 「도솔가」, 「제망매가」, 「안민가」, 「찬기파랑가」, 「처용가」 등의 작품을 연구하는 작업은 화랑 관련 향가를 더욱 입체적으로 분석하는 일이 될 것이다.

○ 참고문헌

『삼국사기三國史記』
『삼국유사三國遺事』
『화랑세기花郎世記』

김승찬, 『향가문학론』, 새문사, 1989, 참조.
김승찬, 『신라향가연구』, 제일문화사, 1987.
김열규, 「향가의 문학적 연구 일반」, 『향가의 어문학적 연구』, 서강대 인문과학연구소, 1972.
김완진, 『향가해독법연구』, 서울대출판부, 1980.
김종우, 『향가문학연구』, 이우출판사, 1980.
김주한, 「화랑의 문예사상」, 『화랑문화의 신연구』, 경상북도, 1995.
김학성, 「향가장르의 본질」, 『한국시가연구』 창간호, 한국시가학회, 1997, 참조
김학성, 『한국고시가의 거시적 탐구』, 집문당, 1997, 참조.
박노준, 『신라가요의 연구』, 열화당, 1982, 134면.
양주동, 『고가연구』, 박문출판사, 1957.
유효석, 「풍월계 향가의 장르성격 연구」, 성균관대(박사논문), 1993.
윤영옥, 『한국의 고시가』, 문창사, 1995, 218면.
이웅재, 『신라향가의 사회성 연구』, 중앙대(박사), 1988.
이임수, 「모죽지랑가를 다시 봄」, 『문학과 언어』 제3집, 1982.
이종욱 역, 『화랑세기』, 소나무, 1999, 74-75면.
임기중, 『신라가요와 기술물의 연구』, 이우출판사, 1981.
최진원, 『국문학과 자연』, 성균관대출판부, 1981.
최철, 『향가의 문학적 해석』, 연세대출판부, 1990.
허남춘, 「화랑도의 풍류와 향가」, 『신라가요의 기반과 작품의 이해』, 보고사, 1998.

신라 「처용가」의 서사문맥과 사회현실

1. 처용의 가면과 다양한 시각

신라의 「처용가」는 처용의 가면처럼 다양한 모습을 지니고 있다. 필자는 경주와 울산의 대학에서 삼국유사 「처용랑處容郎 망해사望海寺」를 강의하면서, 「처용가」의 배경설화가 되는 울산의 처용암과 망해사 그리고 신방사新房寺와 경주의 월명천 등에 많은 관심을 가졌다. 그리하여 실제로 그곳들을 답사하여 「처용가」에 관련된 자료를 수집하기도 하였다. 또 대학의 강의시간에 다양한 학과의 학생들과 「처용가」를 텍스트로 삼아 토론을 하였다.

지금까지 이 작품에 대한 연구는 역사학적 관점,[1] 민속학적 관점,[2] 불교적 관점,[3] 연극사적 관점[4] 등 연구자의 시각에 따라 다양하게 연구되어 왔다.[5] 이에 필자는 처음에 「처용가」를 풀리지 않는 신비로운 현상을 불교적

---

1) 이우성, 「삼국유사 소재 처용설화의 일 분석」, 『김재원박사 회갑기념논총』, 1969.
   이영범, 「처용설화의 일고찰」, 『대동문화연구』 별집 1, 1972.
2) 김열규, 「향가의 문학적 연구 일반」, 『향가의 어문학적 연구』, 서강대 인문과학연구소, 1972.
   서대석, 「처용가의 무속적 고찰」, 『한국학 논집』 제2집, 계명대 한국학연구소, 1975.
3) 황패강, 「향가 연구 시론 I -처용가의 사적 반성과 일시고」, 『고전문학연구』 제2집, 1972.
   김사엽, 『향가의 문학적 연구』, 계명대출판부, 1979.
4) 조동일, 「처용가무의 연극사적 이해」, 『연극비평』 15호, 1976.
5) 앞에 인용된 논문 외에도 1990년까지 140여 편 이상의 「처용가」에 관련된 논문이 학

으로 노래한 것으로 이해했으며, 다음에는 이 작품을 역신을 퇴치하는 무가巫歌의 삽입가요로도 이해했고, 이제는 「처용가」를 처용이라는 울산지역의 호족자체가 경주에서 결혼생활의 어려움을 극복한 노래로 이해하기에 이르렀다. 필자의 마지막 견해를 밝히기 위해서 이 논문은 집필되었다.

이 논문의 이러한 시각은 삼국유사 「처용랑 망해사」의 사찰 연기설화 속에 망해사 혹은 신방사라는 이름이 나오는데 둘 중에 신방사라는 명칭에 더욱 관심을 두고 처용설화를 이해한 것이다. 따라서 처용의 결혼생활을 중심으로 하여 처용설화를 다시 해석해 보는 작업은 의미 있는 연구의 방법이 될 것이다. 이러한 목적을 달성하기 위해서 작성된 이 논문은 먼저 「처용랑 망해사」 조의 설화를 분석하여 설화의 주제를 파악하고자 하며, 다음으로 서사문맥을 통해서 나타난 「처용가」의 의미와 서정가요 「처용가」 자체의 의미를 새롭게 규명해 보고자 한다.

2. 노래의 서사문맥과 사회현실

삼국유사 「처용랑 망해사」 조는 처용에 관련된 설화와 산신들의 출현 신화가 함께 어우러져 있다. 설화의 제목은 「처용랑 망해사」이지만 헌강왕(875~886) 시대의 신비로운 여러 현상을 모아 놓고 있다. 이러한 제목의 선택은 다양한 소재의 설화 중에서 중요한 소재를 제목으로 삼은 일연의 삼국유사 편찬 의식을 보여주는 것이다. 하지만 하나의 제목 아래 서술된 두 유형의 설화는 서로 긴밀한 관계를 유지하고 있다.

지금까지 선학들은 지나치게 「처용가」에 관련된 설화를 중점적으로 검토하는 데 치중하고, 산신과 지신의 출현 설화를 소홀하게 취급하고 있는

계에 존재한다. 하나하나의 논문마다 그 특징과 독창성을 지니고 있지만 크게 보아 앞의 4가지 연구방법을 벗어나지 않는다.

듯하다. 이러한 방법의 연구는 설화의 전편을 유기적으로 해석하는 데에 이르지 못하고 처용을 이 설화의 주인공으로 오해할 우려가 있다. 처용을 이 설화 전편의 주인공으로 보게 하는 견해는 지나치게 부분에 대한 해석에 집착한 나머지 설화의 전체적인 구조와 그 의미 파악을 가볍게 처리할 수 있다. 이러한 오류를 막기 위해서 삼국유사 기이편에 실린 「처용랑 망해사」 조의 주제와 단락별 전문을 인용하고 배경설화를 분석하고자 한다.

처용랑 망해사　處容郎 望海寺

Ⅰ. 헌강왕 시대의 태평성대
　　제49대 헌강왕대에는 서울로부터 동해의 바다 안에 이르기까지 집들이 연이어 늘어서 있고 담장이 이어져 서로 맞닿았는데, 초가집은 한 채도 없었다. 도로에는 음악과 노랫소리가 끊이질 않았으며 바람과 비는 사시사철에 아주 고르게 조절되었다.[6]

Ⅱ. 헌강왕의 개운포 행차와 동해용의 조화
　　이때에 대왕이 개운포[학성의 서남쪽에 위치하므로 지금의 울주]에서 장차 돌아오려 하였다. 낮에 물가에서 쉬고 있는데 갑자기 구름과 안개가 캄캄하게 덮여 길을 잃게 되었다. 왕이 괴이하게 여겨 좌우의 사람들에게 물으니, 일관이 아뢰었다. "이는 동해용왕의 변괴이니, 마땅히 좋은 일을 하여 풀어야 합니다." 이에 왕이 용을 위하여 근처에 절을 짓도록 유사(有司)에게 명령하였다. 명령을 내리자마자 구름이 걷히고 안개가 흩어졌다. 이에 그곳의 이름이 구름이 걷힌 포구라는 개운포가 되었다. 동해의 용왕이 기뻐하여 곧 일곱 아들을 거느리고 왕의 수레 앞에 왕의 덕을 찬양하며 춤을 추고 음악을 연주하였다.[7]

---

6) 일연, 『삼국유사』권2, 「처용랑 망해사」. 第 四十九憲康大王之代 自京師之於海內, 此屋連墻, 無一草屋, 笙歌不絶道路, 風雨調於四時.
7) 일연, 『삼국유사』권2, 「처용랑 망해사」. 於是大王遊開雲浦(在鶴城西南今蔚州), 王將還駕, 晝歇於汀邊, 忽雲霧冥曀, 迷失道路, 怪問左右. 日官奏云, 此東海龍所變也, 宜行勝事以解之,

Ⅲ. 동해용왕의 아들 처용의 결혼과 신라 처용가의 벽사진경

그 중 한 아들이 왕의 수레를 따라 서울로 와서 왕의 정치를 보필하였는데 그 이름을 처용이라 하였다. 왕이 미녀를 아내로 삼게 하고 그의 마음을 잡아 두고자 급간(級干)이라는 벼슬을 주었다. 그의 아내가 매우 아름다웠으므로 역신(疫神)이 흠모하여 사람으로 변해 밤이 되면 그 집에 와 몰래 자고 가곤 하였다. 처용이 밖에서 집에 돌아와 두 사람이 자고 있는 것을 보고는 노래를 지어 부르고 춤을 추다가 물러났는데, 그 노래는 다음과 같다.

동경 밝은 달에   /   밤들이 노니다가
들어 자리를 보니 /   다리가 넷이러라
둘은 내해였고   /   둘은 누구핸고
본디 내해다마는 /   빼앗은 것을 어찌하리오

이때에 여신이 정체를 드러내어 처용 앞에 꿇어 앉아 말하였다. "제가 공의 처를 탐내어 지금 범했는데도 공이 노여워하지 않으니 감탄스럽고 아름답게 생각됩니다. 맹세코 오늘 이후로는 공의 형상을 그린 그림만 보아도 그 문에는 절대로 들어가지 않겠습니다. 이로 인해 나라 사람들이 문에 처용의 형상을 붙여 사악함을 물리치고 경사스런 일을 맞이하려고 하였다.[8]

Ⅳ. 영취산의 망해사와 신방사

왕은 돌아오자 곧 영취산(靈鷲山) 동쪽 기슭의 좋은 땅을 가려 절을 세우고 망해사(望海寺)라 하였다. 망해사를 혹은 신방사라 했으니 이는 동

於是勅有司, 爲龍創佛寺近境, 施令已出, 雲開霧散, 因名開雲浦. 東海龍喜, 乃率七子, 現於駕前, 讚德獻舞秦樂.

8) 일연, 『삼국유사』 권2, 「처용랑 망해사」. 其一子, 隨駕入京, 輔佐王政, 名日處容. 王以美女妻之, 欲留其意, 于賜級干職. 其妻甚美, 疫神欽慕之, 變胃人, 夜至其家, 竊與之宿. 處容自外至其家, 見寢有二人, 乃唱歌作舞而退. 歌曰, 東京明期月良 / 夜入伊遊行如可 // 入良沙寢矣見昆 / 脚烏矣四是良羅 // 二肹隱吾下於叱古 / 二肹隱誰支下焉古 // 本矣吾下是如馬於隱 / 奪叱良乙何如爲理古// 時神現形, 詭於前日. 吾羨公之妻. 今犯之矣. 公下見怒, 感而美之, 誓今已後, 見畵公之形容, 不入期門矣. 因此國人, 門帖處容之形, 以僻邪進慶.

해의 용왕을 위해 세운 것이다.9)

V. 포석정 연회와 남산신 출현

또 왕이 포석정으로 행차하니 남산의 신이 나타나 왕의 앞에서 춤을
추었는데, 옆에 있는 신하들에게는 보이지 않고 왕에게만 보였다.
그래서 왕이 몸소 춤을 추어 형상을 보였다. 그 신의 이름을 혹은 상
심(詳審)이라고 하였기 때문에 지금까지도 나라 사람들이 이 춤을
전하여 어무상심(御舞詳審) 또는 어무산신(御舞山神)이라 한다. 어떤
이는 이미 신이 나와 춤을 추었으므로 그 모습을 살피어 공장(工匠)에
게 본떠 새기도록 명령하여 후대에 보이게 했으므로 상심(象審) 혹은
상염무(霜髥舞)라고도 하는데 이는 그 형상을 본떠 일컫는 말이다.10)

VI. 금강령 행차와 북악신 출현

또 금강령에 행차했을 때 북악의 신이 춤을 추자 이를 옥도금이라
했다.11)

VII. 동례전 잔치와 지신의 출현

동례전에 연회를 할 때 지신이 나와 춤을 추니 지백급간이라 불렀다.12)

VIII. 어법집의 정치민요와 그 예언

「어법집」에서는 이렇게 말하였다. 그 때 산신이 춤을 추고 노래부
르기를 '지리다도파'라 하였다. '도파'란 말은 아마도 지혜(지)로 써
나라를 다스리는 사람이 미리 사태를 알아채고 모두(多) 다라나(도)
도읍이 곧 파괴(破)파괴된다는 뜻이다. 이는 바로 지신과 산신이 장
차 나라가 망할 것을 알았기 때문에 춤을 추어 경계한 것이다. 그런
데 나라 사람들은 이를 깨닫지 못하고 상서로움이 나타난 것이라고
하면서 즐거움에 탐닉함이 점점 심해졌기 때문에 결국 나라가 망하
고 만 것이다.13)

---

9) 일연, 『삼국유사』 권2, 「처용랑 망해사」.
   王旣還, 乃卜靈鷲山東麓勝地, 置寺, 曰望海寺, 亦名新房寺, 乃爲龍而置也.
10) 일연, 『삼국유사』 권2, 「처용랑 망해사」. 又幸鮑石亭, 南山神現舞於御前, 左右不見, 王獨
    見之, 有人現舞於前, 王自作舞, 以象示之, 神之名惑曰祥審. 故至今國人傳此舞, 曰御舞祥審,
    惑曰御舞山神, 惑云旣神出舞, 審象其貌, 命工 幕刻, 以示後代, 故云象審, 惑云霜髥舞, 此乃
    以其形稱之.
11) 일연, 『삼국유사』 권2, 「처용랑 망해사」. 又幸於金剛嶺時, 北岳神呈舞, 名玉刀鈴.
12) 일연, 『삼국유사』 권2, 「처용랑 망해사」. 又同禮殿宴時, 地神出舞, 名地伯級于.

위의 8마디는 삼국유사에 실려 있는 「처용랑 망해사」의 전문[14]이다. Ⅰ 단락은 49대 헌강왕(875~886)시대의 태평성대를 나타낸다. Ⅱ~Ⅳ는 처용 에 관련된 설화의 부분으로 현재 학계에서 많은 논의가 이루어지고 있는 단락이다. 처용이 등장하고 「처용가」가 나타나는 곳으로 처용설화 부분이 라고 할 수 있다.

Ⅴ~Ⅷ은 산신과 지신에 관련된 설화이다. 남쪽과 북쪽의 산신은 나타 나지만 서쪽의 산신은 나타나지 않는다. 산신이 두 번이나 나타나고 지신 은 한번 나타나고 있다. 산신이 신라가 장차 망할 것이라고 예언을 하고 있으므로 산신설화 부분이라고 부르고자 한다. Ⅷ은 산신과 지신들의 경계 를 깨치지 못한 신라 사람들이 상서로운 일이라 하여 더욱 취락에 빠져 나 라가 망하였다는 것을 나타내고 있다.

이러한 이야기의 연결로 미루어 보아 Ⅰ~Ⅴ는 헌강왕 시대에 백성과 왕이 함께 힘을 모아 나라의 위기를 극복하는 과정을 설명하고 있는 부분 으로 여겨진다. 그래서 Ⅰ~Ⅳ의 명칭은 백성과 지도자가 화합된 모습을 보여주는 부분이 정확한 의미가 되겠다. 하지만 편의상 많이 불리려져 온 처용설화의 부분으로 명명하고 분석하고자 한다.

Ⅴ~Ⅷ은 헌강왕 시대에 백성과 왕이 서로 화합되지 못하는 모습을 나 타내고 있다. 그래서 나라가 장차 망하게 되었다는 것을 나타낸다. 이 부 분은 나라의 망함을 서술하는 설화가 정확한 의미가 되겠지만 위의 처용 설화의 명칭과 용어의 일치를 위해서 산신설화의 부분으로 명명하고 분 석하고자 한다.[15] 그러면 처용설화의 부분을 먼저 분석해 보기로 한다.

---

13) 일연, 『삼국유사』권2, 「처용랑 망해사」.
   語法集云, 于時山神獻舞, 唱歌云, 智理多都波. 都波等者, 蓋言以智理國者, 而多逃, 都邑將
   破云謂也. 乃地神山神知國將亡, 故作舞以警之, 國人不悟, 知謂爲現瑞, 耽樂滋甚, 故國終亡.
14) 일연, 『삼국유사』권2, 「처용랑 망해사」. 위의 Ⅰ-Ⅷ은 설화의 내용을 필자가 논의를
   진행하기 위하여 8단위로 나눈 것이다.
15) 대부분의 국문학자들은 산신설화의 부분을 「처용가」의 연구에서 소홀하게 취급하고
   있다. 그러나 필자는 산신설화의 부분도 「처용가」의 연구에 직접적이거나 간접적이거

2.1. 처용설화

처용설화의 부분은 신방사 혹은 망해사의 연기설화로 이해할 수 있다. 이 부분은 헌강왕이 개운포에 나들이 갔다가 동해 용왕의 아들 처용을 데리고 경주로 돌아와 신라의 미녀와 결혼시키고 울산의 영취산에 신방사 - 다른 이름이 망해사인 사찰 - 를 짓게 했다는 것으로 연결이 된다. 이 부분의 중요한 화소를 정리하면 다음과 같다.

I. 헌강왕 시대의 태평성대
II. 울산의 개운포 - 운무를 만남 - 창사의 명령 - 동해용의 축하연
III. 처용의 등용과 결혼 - 역신의 침입 - 처용가를 부름 - 처용 형상의 유래
IV. 신방사 혹은 망해사의 완공

I은 시대적 배경의 서술로 이 설화의 시작부분이 된다. 신라 49대 헌강왕 때에 서울로부터 바다에 이르기까지 초가가 없고 풍악과 노래가 끊이지 않았으며 바람과 비가 사계절 동안 알맞게 내렸다고 표현하고 있다. 이 부분은 신라의 태평성대를 의미하는데, 이 부분을 신라의 병든 도시를 역설적으로 표현했다고 이해하는 견해가 있다.[16] 즉 신라의 헌강왕 시대에 나타난 호화와 번영, 태평과 윤택의 이면에는 방탕과 사회적 기강의 해이 등이 자리를 잡고 있다는 설명이다. 상당히 근거가 있는 말이다. 하지만 삼국유사나 삼국사기[17]에 나타난 헌강왕의 초기 집권시대는 원문에 있는 그대

나 관련성을 지니고 있다며 연구한 선학들의 견해에 동조한다. (이우성, 앞의 논문, 1969; 박노준, 『신라가요의 연구』, 열화당, 1982; 윤영옥, 『신라시가의 연구』, 형설출판사, 1980.)
16) 이우성, 앞의 논문, 1969, p.116.
  박노준, 앞의 책, 1982, p.316.
  김승찬, 「처용가」, 『향가문학론』, 새문사, 1989, pp.391-392.
  조동일, 『한국문학통사』 1, 지식산업사, 1982, p.207.
17) 김부식, 『삼국사기(신라본기)』 제11, 헌강대조, 참조.

로 비교적 태평성대인 것으로 이해하고자 한다. 왜냐하면 세상은 어느 때이든지 어려운 사건이 항상 등장하기 때문이다. 그 시대의 사회를 어지럽히는 몇 개의 사건[18]으로 그 시기를 환락과 부패가 성행한 시대라고 단정하기는 어려울 것이다. 그러므로 이 설화에 나타난 기록 대로 시대적 배경이 되는 헌강왕의 초기시대는 태평성대라고 추측할 수 있다.

Ⅱ는 헌강왕이 울산 지방에 갔다가 길을 잃은 사건을 기술하고 있다. 왕의 개운포 나들이는 지방순시의 일환으로 이루어진 것이다. 울산은 신라의 가장 가까운 변방이었다. 그래서 헌강왕은 변방을 수호하기 위해서 울산을 방문했다고 볼 수 있다.[19] 왕이 경주로 돌아오기 위해서 낮에 물가에서 쉬고 있었는데 갑자기 안개와 구름이 일어나 왕이 길을 잃을 정도가 되었다. 일관은 동해용의 조화이므로 좋은 일을 행해 풀어야 한다고 했다. 그래서 왕이 용을 위해 근처에 절을 세우도록 하니, 구름과 안개가 걷혀서 개운포라고 하였다. 이에 동해용왕은 일곱 아들을 데리고 왕 앞에 나타나 왕의 덕을 찬양하고 춤과 음악을 연주하였다.

이 부분에서 문제가 되는 표현은 "홀연히 구름과 안개가 일어나 왕이 길을 잃어버렸다[忽雲霧冥曀 迷失道路]"라는 표현과 "동해용의 변화이다[東海龍所變也]"라고 하는 표현이다. 이 중에서 동해용의 정체가 풀리면 운무현상의 이해도 쉽고 설화의 문맥을 자연스럽게 이해할 수 있을 것이다. 그러면 동해용의 정체를 살펴보기로 한다.

동해용의 정체에 대한 학계의 견해는 다양하다. 그 내용을 요약하면 무巫, 용신제의의 사제자, 이슬람 상인, 지방 호족, 보살 등이다. 민속학적 측면에서 처용가를 살펴본 연구자들은 동해용을 주로 무로 인식하고 있으며, 불교적 측면에서 처용가를 살펴본 연구자들은 보살 등으로 동해용을 인식

---

18) 헌강왕 5년의 일길찬 신홍의 모반 복주 등.
19) 「처용가」를 역사적. 민속적 그리고 불교적 연구방법으로 고찰하더라도 대부분의 학자들은 이 견해에 동의를 하고 있다.

하고 있다. 그리고 역사적 측면에서 「처용가」를 연구한 학자들은 이슬람 상인이거나 지방 호족으로 동해용을 인식하고 있다. 동해용이 이슬람 상인일 가능성은 상당히 희박한 것 같다. 왜냐하면 신라시대의 가면 모습을 기술하고 있는 기록[20]에 의하면 가면의 모습은 항상 특이한 얼굴 모습을 하고 있기 때문이다.

결론적으로 말하면 필자는 동해용이 지방 호족을 상징하는 것으로 판단하고 싶다. 우리의 속담에 "개천에서 용이 났다."라는 표현이 있다. 여기서 '개천에서 용'이란 말은 태어난 환경적 조건은 뛰어나지 않지만 열심히 노력하여 성공을 거둔 사람을 의미한다. 망해사에서 흘러가는 개천의 물은 외황강을 거쳐서 동해 바다로 흘러간다. 그래서 동해용은 영축산 부근에 근거를 둔 지방호족이 동해의 용이 될 만큼 그 세력을 넓혔다는 것을 의미한다고 볼 수 있다.

다음으로 운무현상은 무엇을 의미하는 것일까? 설화의 기록에 의하면 갑자기 운무현상이 일어났다고 기록되어 있다. 이 기록을 사실로 받아들이기에는 현대인의 사고방식으로 이해가 되지 않는다. 그러므로 이 운무현상은 수증기가 증발하면서 기온의 차이에 의해 발생하는 자연현상 속에서 왕이 길을 갈 수 없는 커다란 사건이 일어났음을 의미하는 것으로 이해할 수 있다. 앞에서는 동해용을 영축산 부근에 기반을 둔 지방호족이라고 판단했다. 처용암 부근까지 세력을 넓힌 지방 호족은 왕에게 정치적으로 건의할 민원을 가지고 세력을 규합하여 운무 속에서 불을 피우며 시위를 하였다고 가정할 수 있다. 많은 인원이 동원되어 사방에서 불을 지피므로 일어나는 연기와 바닷가에 나타난 안개 등으로 인하여 왕은 갈 길을 잃어버리게 된 것이다. 그래서 왕은 지방호족의 건의를 받아들이고 서로 정치적으로 타협을 하였다. 그러자 지방호족은 정체를 드러내고 그의 부하들을 데리고 나

---

20) 삼국사기에 실린 최치원(857~?)의 「향락잡영 5수」의 내용 참조.

타나 왕의 현명한 통치를 축하하는 잔치를 벌였다.

　이 단락에 나타난 신비로운 현상을 요약하면 다음과 같다. 운무현상은 돌발적인 사태로 일어난 반란행위 등을 의미하며, 동해용은 반란을 일으킨 우두머리이고, 일곱 아들은 반란세력의 우두머리로 핵심 세력을 의미한다. 왕이 창사를 명한 것은 반란 세력에 대비책을 강구한 헌강왕의 대응정책이고 왕을 위한 춤과 음악은 왕과의 정치적 타협을 축하하는 잔치라고 규정할 수 있다. 이 중에서 헌강왕의 대응정책은 다음 단락을 연결시키는데 중요한 역할을 한다. 절을 짓는 대응책 이외에도 왕은 반란 세력의 핵심인물 한 사람을 경주로 데려가 왕정을 보좌케 하고자 하였다.

　왕의 대응정책은 호족을 통합하기 위해 실시한 정책으로 지방 호족의 자제를 중앙에 머물게 하는 기인제도其人制度[21]의 한 방편으로 처용을 신라의 서울인 경주로 이주하게 하였다. 이러한 현상을 울산의 구전설화[22]에서는 경주로 이주한 처용이 울산호족의 대표자로 신라 왕위계승의 수업을 받았다고 설명하고 있다.

　Ⅲ은 직접적으로 처용과 「처용가」에 관련된 설화이다. 동해용왕의 아들 처용은 헌강왕을 따라 경주로 와서 정치계에 입문하였으며 결혼도 한다. 헌강왕은 지방호족의 아들이며 반란세력의 핵심 인물인 처용을 미녀와 짝을 지어 혼인시키고 급간이라는 벼슬을 주었다. 여기서 미녀의 정체는 무엇일까? 미녀는 아마도 경주에 사는 신라 귀족계급의 여자일 것이다. 신라의 귀족계급은 육두품 이상이라고 할 수 있다. 처용의 아내가 된 미녀는 육두품 이상의 귀족계급의 딸로 아름다움을 겸비한 여인이었을 것이다. 울산에서 이주해 온 처용은 이 미녀와 결혼을 했다.

　처용이 헌강왕으로부터 받은 벼슬은 급간이다. 급간[23]은 신라의 중앙 관

---

21) 이우성, 앞의 논문, 1969, 참조.
22) 이 논문의 각주 26번 참조.
23) 급간의 벼슬 이름은 삼국유사 권2 「효소왕대 죽지랑」에도 보인다. "제32대 효소왕대. 죽만랑지도 유득오급간."에 급간이라는 벼슬이름이 보인다. 이병주박사는 급간을 「역

직으로 관등의 제9위이다. 원래 중앙 관직의 제9위는 급간찬이고, 외직의 같은 계급은 고간으로 외관 위계의 3등급이다.[24] 그래서 처용은 내직의 급 벌찬과 외직의 고간을 합하여 급간이라는 벼슬을 부여받았다고 보인다. 즉 급간이라는 벼슬은 급벌찬의 '급'자와 고간의 '간'자를 합하여 이루어진 이 름이라 생각된다. 통일신라의 관등 제9위인 급벌찬은 초기에 급찬이라는 이름이 많이 사용되다가 후기에는 급간으로 자주 사용되었다. 처용이 급간 의 벼슬을 받은 이유는 지방에서 중앙으로 벼슬을 옮겼기 때문일 것이다.

이 급간이라는 계급은 신라의 골품제도를 바탕으로 하여 볼 때 지방호 족인 처용을 육두품 이상의 계층으로 대우해 준 것이라 볼 수 있다.[25] 하지 만 헌강왕이 처용을 진골로 편입시키지는 않았을 가능성이 많다. 아마도 처용은 6두품 계층의 대우를 받았을 것이다. 그러므로 처용과 미녀의 결혼 은 지방호족의 아들과 중앙에 있는 관료계층 딸과의 혼인이라고 볼 수 있 다. 이러한 계층적 기반을 가진 처용의 정치인생과 결혼생활은 행복의 연 속만은 아니었다. 삼국유사의 기록으로 보면 벼슬을 받은 후 처용의 정치 생활에 대해 거의 언급되지 않고 있다. 그러므로 처용이 성공한 정치가는 아니었을 것이다. 그 원인은 현전하는 구전설화에도 실패한 정치인의 흔적 을 찾을 수 있다.[26]

그러면 처용의 결혼생활은 어떠했을까? 처용과 미녀의 결혼생활은 아내 의 방에 역신의 침입으로 중대한 위기를 맞게 된다. 그것을 목격한 처용은

주 삼국유사(광조출판사, 1980, p.240)』에서 신라 관등의 제9로 설명하고 있다.
24) 한우근, 『한국통사』, 을유문화사, 1970, p.96.
25) 이기백, 『한국사신론』, 일조각, 1982, p.67.
26) 현재 망해사의 주지 창윤 스님은 구전되어 오는 처용에 관련된 설화를 1994년 6월에 필자에게 구술해 주었다. 그 설화의 중요한 내용은 다음과 같다. 1) 아들이 없는 헌강 왕은 동해용왕의 아들 처용을 왕자로 삼기 위해 경주로 데려 갔다. 2) 처음 처용은 왕 자의 수업을 철저하게 받았다. 3) 어른이 된 처용은 경주에서 밤낮을 가리지 않고 방 에만 머물러 있었다. 4) 왕이 걱정을 해도 처용은 신라의 정치와 문화를 배우지 않았 다. 5) 그러므로 처용은 신라의 왕위를 계승하지 못했다.

역신에게 『처용가』를 불러 위기에 닥친 결혼생활을 극복하게 된다. 『처용가』의 내용은 역설적인 기법으로 혼인생활을 방해하는 세력을 물리친다. 이에 대한 자세한 고찰은 서정가요인 『처용가』를 논할 때 자세하게 논하고자 한다. 이 부분에서 문제가 되는 것은 역신의 정체이다.

역신의 해석을 대부분의 학자들은 질병으로 이해하고 있는 것 같다. 이러한 해석은 지나치게 한자어의 의미에 치우쳐 질병과 결부시킨 것이다. 필자는 역신의 정체를 중앙의 불순한 집권세력으로 이해하는데 동의하고 싶다.27) 중앙의 불순한 집권세력은 처용이 왕정을 보좌하는 위치에 있지만 그의 활동을 대수롭지 않게 여겼을 것이다.

그런 처용이 미인을 아내로 두게 된 사실을 불순한 중앙 집권세력은 질투의 눈으로 바라보았을 것이다. 그래서 처용의 처를 탐하여 불륜의 관계를 맺으려고 했다. 저녁 늦게 돌아온 처용이 이를 발견하고 역설적으로 『처용가』를 불렀다. 이런 노래를 부른 것은 힘으로써 상대를 제압할 수 없는 처용으로서는 최선의 방법이었다. 하는 수 없이 역신은 자신의 정체를 드러내고 처용에게 용서를 빌고, 다음부터는 이런 일이 없을 것을 처용에게 약속하였다. 그래서 처용은 위기에 닥친 결혼생활을 슬기롭게 극복하였다. 역신은 혼사장애28)를 슬기롭게 극복한 처용의 형상을 문에 부치게 되면 어디든지 침범하지 않겠다고 약속한다.

이 부분의 설화는 처용의 정치계 활약은 나타나 있지 않고 결혼생활의

---

27) 박노준, 앞의 책, 1982, p.319, 참조.
　　김경수, 「「처용가」 배경설화의 구조와 해석」, 『고전문학 어떻게 가르칠 것인가』, 집문당, 1994, 참조.
28) 혼사장애의 설화는 『삼국유사』의 「태종춘추공」조에 나타난다. 김유신은 가야에서 신라에 편입한 세력이고 김춘추는 신라의 왕족이다. 외부의 편입 세력과 중앙 토착 세력의 혼인이라는 점에서 처용과 미녀의 혼인과 김춘추와 김유신의 동생 문희의 혼인은 유사한 면을 지니고 있다. 김유신의 동생 문희와 김춘추의 결혼 과정도 혼사의 장애가 있었다. 김유신은 이 혼인의 장애를 슬기롭게 극복하고 김춘추를 처남으로 맞이한다.

장애 극복을 집중적으로 표현하고 있다. 처용은 이렇게 슬기로운 행동으로 중앙 불순한 집권세력이 일으킨 혼사장애를 극복했다. 그래서 백성들은 처용의 형상을 문에다 부침으로써 가정에서 신성한 결혼생활이 유지되기를 희망했다고 볼 수 있다.

Ⅳ는 신방사 혹은 망해사의 완공을 나타낸다.[29] 여기서 망해사란 의미는 바다를 바라보는 사찰이란 의미를 지니고 있다. 실제로 망해사지를 찾아보면 처용암 등이 보인다.[30] 이 사찰의 명칭은 처용의 유래와 관련된 사찰의 이름이며 자연과 지리적 배경으로 얻어진 이름이다.

그러면 망해사의 또 다른 이름인 신방사는 어떠한 의미를 지닐까? '신방'이란 신랑과 신부가 첫날밤을 치르도록 새로 꾸민 방을 의미한다. 그러므로 신방사란 절 이름은 처용의 결혼생활과 관련 있는 절 이름으로 유추할 수 있다. 처용은 경주로 가서 미녀와 결혼을 했지만 역신의 방해가 있었다. 그러나 처용은 슬기롭게 역신으로 비유된 중앙 귀족의 결혼방해를 물리쳤다. 그래서 신성한 결혼의 의미를 상징하는 신방사란 절 이름이 망해사와 함께 사용되었을 것이다. 망해사란 지리적 위치나 처용의 유래담으로부터 유래된 사찰 이름이고, 신방사는 처용이 결혼생활의 장애를 슬기롭게 극복하고 신성한 결혼을 나타내기 위한 사찰 이름이다.

여기까지가 처용설화의 부분이다. 처용설화의 주된 화소는 헌강대왕의 태평성대에서부터 울산의 개운포 나들이, 처용의 등용과 결혼 그리고 신방사[망해사]의 완공으로 이루어져 있다. 이 부분은 설화의 전반부로 헌강왕 시대에 비교적 태평한 시절을 노래하고 있는 것이다. 처용에게 닥쳤던 혼사장애의 극복도 이러한 시대적 상황으로 인해서 심한 갈등을 겪지 않고

---

29) 삼국유사의 기록에 "망해사 혹은 신방사"라고 되어 있다.
30) 날씨가 쾌청한 울산시 청양면 영축산(해발336m)에 있는 망해사지는 남동쪽(진방)으로 보면 처용암이 있는 개운포(외황강하구)와 처용리가 멀리 보인다. 그리고 영취산에서 발원한 물은 처용암을 통해서 바다로 흘러간다. 그래서 처용의 등장 배경이 되는 사찰의 이름이 망해사가 될 수 있었던 것이다.

이루어졌다고 할 수 있다.

2.2. 산신설화

산신설화의 부분은 헌강왕 앞에 나타난 산신과 지신의 춤을 중심 화소로 취하고 있다. 여기에 나타난 산신들은 남산신, 북악신, 지신 등이 있다. 엄밀하게 말하면 지신은 산신이 아니지만 그 서술 분량으로 보아 산신설화의 일부에 포함된 내용으로 볼 수 있다. 그래서 이 단락을 산신설화 부분이라고 부르고자 한다. 이 부분의 중요한 화소를 정리하여 제시하면 다음과 같다.

  V. 남산신 - 상심祥審 - 남
  VI. 북악신 - 옥도령玉刀鈴 - 북
  VII. 지신 - 지백급간地伯級干 - 중앙
  VIII. 어법집語法集의 국가에 망함을 예언

이 단락은 헌강왕과 신하 그리고 백성들이 서로 화합을 이루지 못함을 보여 준다. 왕은 현명하고 신통력을 지니고 있어서 신들의 정체를 정확하게 꿰뚫어 보고 있다. 하지만 신하와 백성들은 산신들의 정체와 그 예언을 정확하게 파악하지 못하였다. 그래서 나라가 어려움에 빠져 망할 수밖에 없음을 나타내고 있다.

그러면 산신설화의 부분에 남산신, 북악신, 지신의 정체는 무엇일까? 북쪽 금강령의 북악신은 북방에서 내려오는 세력이고, 남쪽 남산신은 남산 부근의 외침 세력이다.[31] 그리고 지신은 신라 경주의 토착 세력의 상징이다. 이와 같이 신라의 남쪽, 북쪽, 동쪽, 중앙의 세력들이 모두 나타나 신라

---

31) 김경수, 앞의 논문, p.224.

의 왕과 백성들에게 경계를 표시하고 있다. 그런데 유독 서쪽의 세력은 나타나지 않는다. 서쪽을 상징하는 신이 등장하지 않는 이유는 무엇일까?

그것은 헌강왕 시대로부터 약 90여 년 이후의 한반도 세력균형을 설명함으로써 그 원인이 드러날 수 있다. 경주의 서쪽 세력은 후백제와 다음 왕조를 이어갈 고려가 위치한 곳이다. 고려 방면에 위치한 신이 나타나 신라의 헌강왕에게 경계의 춤을 출 필요가 별로 없다. 신라인의 향락과 타락은 바로 후대에 일어나는 고려에게 한반도 집권의 기회를 제공한다. 그래서 헌강왕의 집권 말기에는 서쪽의 신은 이미 신라를 떠나 있다고 보아도 무방할 것이다. 신라가 망하기 90여 년 전에 벌써 서쪽의 부족들은 신라 왕조에 비판적인 세력으로 성장하기 시작했다고 보인다.

그러면 북악신, 남산신, 지신들의 춤을 춘 의미는 무엇일까? 이는 신라인들의 헌강왕에 대한 경계의 몸짓이다. 그러나 이러한 신들의 경계의 몸짓에 대해 헌강왕은 자신의 책임을 다하기 위해서 노력했지만 백성들은 상스러운 징조라 하여 더욱 환락과 유희에 빠졌다. 그래서 어법집에 말하기를 그때 산신이 춤을 추고 노래를 부르되 '지리다도파智理多都波'라 하였다. 도파都波 등은 대개 "지혜로 나라를 다스리는 사람이 미리 알고 많이 도망하여 도읍이 장차 파破한다."라는 뜻이다. 산신들이 춤을 추고 노래를 부른 의미는 신라의 현실을 비판하고 경계를 하는 데 목적이 있다고 보아야 할 것이다.

그러므로 이 산신설화의 부분은 헌강왕과 신하와의 현실인식의 차이로 말미암아 점차로 서로 사이가 멀어지는 내용을 담고 있다. 임금은 산신들의 춤과 노래의 의미를 신라의 당대 사회의 환락에 대한 경계로 이해했지만, 신하들은 산신들이 춤과 노래를 상서로운 징조로 이해했다. 이러한 임금과 백성의 현실인식 차이로 말미암아 신라가 망했다.

지금까지 「처용랑 망해사」의 설화를 분석했다. 첫 부분은 헌강왕대의 태평성대를 말하는 시대적 배경이 등장한다. 설화의 주인물은 헌강왕이고,

보조 인물들은 처용, 상심, 옥도령, 지백급간 등이다. 보조 인물들의 삽화가 모여서 한 편의 설화를 이룬 것이다. 네 가지의 삽화 중에서 처용에 관한 내용이 가장 분량이 많고, 다음은 남산신 상심에 관한 내용이며, 북악신과 지신에 관한 언급은 아주 간략하게 되어 있다. 그리고 설화의 마지막 부분에 어법집의 내용이 담겨 있다. 어법집의 내용에는 신라의 망함을 예언하는 말이 등장한다. 그래서 필자는 『처용가』에 직접 관련된 부분을 처용설화라고 하였으며 산신들의 춤과 노래 부분을 산신설화라고 하였다. 이러한 구성을 통해 보았을 때 이 설화의 제목은 「처용랑 망해사」라는 소재를 취했음을 알 수 있다.

그리고 「처용랑 망해사」의 주제는 태평한 시대에도 경계를 게을리 하면 국가의 망함이 빨리 다가온다는 것을 의미한다. 처용설화 부분은 왕과 신하 그리고 백성들의 화합된 모습을 찾을 수 있었다. 헌강왕은 동해변에서 일어난 사건을 해결했고, 처용도 결혼 생활의 방해 세력을 물리쳤다. 그러나 산신설화 부분은 왕과 신하 그리고 백성들은 서로 화합된 모습을 보여주지 못하고 있다. 즉 왕과 신하들은 산신들이 나타나 현실에 대한 경계를 표시해도 그 인식하는 태도가 각기 달랐다. 그래서 헌강왕 초기의 태평성대는 헌강왕 후기로 오면서 점차로 신라 말기의 혼란을 예고하고 나아가 나라가 망함을 예언하는 단계에 이르렀다.

3. 처용가의 정체와 처용설화의 의미

설화의 서사 문맥을 통해서 필자는 처용의 정체를 울산 지방호족의 자제로 경주에서 왕정을 보좌하는 6두품 계층으로 파악했다. 지방의 호족을 인질로 삼아 헌강왕은 처용에게 6두품에 해당하는 급간이라는 벼슬을 주었다. 6두품 계층이 왕정을 보좌하는 일은 한계가 많았다. 신라 말기에 최치원, 최승로 등의 6두품 출신은 신라의 개혁을 위해서 다양한 정책을 제시했지만 채택되지 않았다. 진골세력들의 반발로 인해 개혁정책은 저지당했다.[32] 이와 마찬가지로 6두품 이주민인 처용은 계층적 한계를 지니고 있었으므로 신라의 서울인 경주에서 자신의 정치적 능력을 마음껏 발휘하지는 못했다. 그러던 중에 미녀를 처로 맞이한 처용은 역신으로 상징되는 부패한 집권세력에 의해 결혼생활마저도 위기에 직면했다. 이때 부패한 집권세력에 의해 결혼생활의 위기에 처한 처용이 이 노래를 불렀다.

이 장에서는 먼저 『처용가』와 직접 관련이 있는 설화 부분의 해석을 바탕으로 설화에 담긴 이 노래의 의미를 파악하고, 다음으로는 서정가요 『처용가』의 내용을 구체적으로 분석해 보기로 한다. 설화에 담긴 V단락의 의미를 이해할 수 있는 부분은 "그 자식의 한 명이 왕을 따라 경주로 가서 왕정을 보좌했는데 그 이름이 처용이고 이에 왕이 미녀로 하여금 결혼하게 하였다."에서부터 "이름하여 망해사 또는 신방사라고 하고 용을 안치시켰다."까지가 해당된다.[33] 그리고 V의 구체적인 분석을 통해 8구체 향가인 이 노래의 구성에서 나타나는 작가의식을 구체적으로 살펴보기로 한다.

먼저 설화 속에 나타난 처용가의 의미를 살펴보기로 한다.

3.1. 설화에 담긴 뜻

헌강왕은 울산에서 처용을 데리고 경주로 돌아와 미녀와 처용을 결혼시킨다. 그런데 처용의 결혼생활에 방해자가 생겨 처용은 『처용가』를 불렀다. 이 향가에 대한 지금까지의 견해는 아주 다양하다. 그 중에 중요한 몇 가지 주요한 연구내용을 인용해 보기로 한다.

---

32) 이기백, 앞의 책, p.116, 참조.
33) 일연, 『삼국유사』 권 제2, 「처용랑 망해사」.
　　 其一子. 隨駕入京, 輔佐王政, 名曰處容. 王以美女妻之'에서부터 '曰望海寺, 亦名新房寺, 乃爲龍而置也.

현용준(1968) : 의례에 기능하던 무가 중의 축적逐敵 사설.
정병욱(1972) : 10구체 향가에 비해 8구체 지방 문학의 산물.
김종우(1972) : 처용의 불교적 주문呪文인 다라니多羅尼.
김열규(1972) : 주술기원의 재연과 역신퇴치주술의 핵을 이룬 주사呪詞.
서대석(1975) : 처용신의 유래를 설명한 서사무가에 삽입된 주술무가.
조동일(1976) : 역신을 물리치고 주저하며 고민하는 노래.
김학성(1977) : 아내의 정조유린의 비애를 골계적으로 표현한 민요격 향가.
윤영옥(1980) : 역신이 굴복해서 다시는 침범하지 않겠다고 맹세한 노래.
박노준(1982) : 간부姦夫에게 아내를 빼앗기고 체념을 언어로 나타낸 것.

이와 같이 『처용가』의 성격에 대한 견해는 연구자의 관점에 따라 다양하게 도출되어 왔다.[34] 여기서 필자는 연구자들의 이러한 견해에 대한 개별적인 검토를 지양하고 설화의 문맥을 바탕으로 『처용가』의 의미를 살펴보고자 한다. 처용이 신라에 와서 역신을 물리쳤다는 설화의 주된 내용은 다음과 같이 연결된다.

ㄱ. 역신이 처용의 아내를 범한다.
ㄴ. 처용이 『처용가』를 부르다.
ㄷ. 처용이 역신을 물리치고 아내를 되찾다.

위의 내용을 보았을 때 처용은 아내라는 대상을 상실하였다가 다시 획득하는 과정을 보여준다. 처용은 그 매개체로 『처용가』를 부르게 되었다. 처음에는 역신의 힘이 우위에 있어 처용은 아내의 상실이라는 위기를 맞는다. 그러나 처용이 『처용가』를 매개체로 하여 역신에게 반격을 가하자 곧 역신은 항복을 한다. 이때 처용은 역신을 물리치고 아내를 되찾는 승리자가 된 것이다. 이 노래의 의미는 여기에서 찾아야 할 것이다. 경주에서 처용과 미녀의 결혼생활이 역신의 침범으로 위기를 맞게 되었다. 『처용가』를

---

34) 김승찬, 앞의 논문, 1989, P.404, 참조.

부르자 역신은 자신의 모습을 나타내고 처용에게 항복을 했다.

그러므로 이 노래는 처용이 혼사의 장애를 극복하기 위해 부른 것이다. 사찰의 연기설화에 나타난 신방사라는 명칭은 이와 연관이 있을 것이다. 즉 처용이 신라의 경주에서 발휘한 결혼생활의 성공을 축하하기 위한 이름으로 볼 수 있다는 것이다. 사찰의 연기설화는 일연이 삼국유사를 편찬하면서 넣은 설화[35]일지라도, 신방사란 명칭을 붙인 것은 처용이 신라에서 결혼생활의 방해를 물리친 것과 상관성이 깊다.

이 노래가 『처용가』라는 이름으로 불리어지게 된 원인은 고려의 『처용가』속에 삼국유사의 신라 노래가 일부 전해오기 때문일 것이다.[36] 그리고 처용이 역신과의 대결에서 아내를 구해내게 된 사실은 처용의 모습이 사귀 邪鬼를 물리치고 경사스러운 일을 맞는 역할을 부여받게 된 것이다. 그래서 처용의 모습은 경사로움을 부르는 행위의 주체가 되어 민간에 전파되었다.

ㄹ. 처용의 형상은 사악함을 피하는 경사로움을 상징하였다.
[ㅁ. 처용가의 노랫말도 사악함을 피하는 경사로움을 상징하였다.]

나라의 사람들은 처용의 형상을 문 앞에 붙이고 집안의 경사를 빌었다. 이것은 처용의 모습이 인간에게 경사를 주는 매개체의 역할을 하게 된 것을 의미한다. 혼사장애를 극복한 『처용가』도 처용의 형상과 마찬가지의 역할을 하게 되었다. 『처용가』의 노랫말도 처용의 형상과 마찬가지로 사악함을 피하고 경사로움을 부르는 의미를 담고 사람들에게 전파되었다. 그 증거가 신라와 고려의 『처용가』로 남아 있다.

---

35) 김학성, 「처용설화의 형성과 변천과정」, 『한국고전시가의 연구』, 원광대출판부, 1980, 참조.
36) 전체 8구중에서 고려 『처용가』에 전 6구가 실려 있다.

3.2. 노래 자체의 뜻

신라의 『처용가』는 8구체의 향가로 존재한다. 원문 중에서 가장 문제가 되는 것은 제8구의 해독이다. 제8구의 해독을 시적 화자의 태도와 관련지어 "빼앗은 것을 어찌 하리오"로 보고 적극적인 관용을 통한 간접적인 위협으로 해석하고자 한다.[37] 삼국유사에 실린 원문과 해독 문을 제시하면 다음과 같다.

동경 밝은 달에	東京明期月良
밤들이 노니다가	夜入伊遊行如可
들어 자리를 보니	入良沙寢矣見昆
다리가 넷이어라	脚烏矣四四是良羅
둘은 내해였고	二肹隱吾下於叱古
둘은 누구핸고	二肹隱誰支下焉古
본디 내해다마는	本矣吾下是如馬於隱
빼앗은 것을 어찌하리오[38]	奪叱良乙何如爲理古

8구체로 이루어진 『처용가』는 2구체씩 하나의 의미로 연결되어 4개의 의미단위로 나누어진다. 4개의 의미단위를 차례로 제1~2구는 A, 제3~4구는 B, 제5~6구는 C, 제7~8구는 D로 구분해 볼 수 있다. A는 공간과 시간을 동시에 알려주는 시어들이 등장한다. 공간을 알려주는 시어는 동경이 중심이 되고, 시간을 알려주는 시어는 밤이 중심이 된다. 그리고 밝은 달은 시간적인 측면에서 밤이라는 의미를 지니지만 공간적인 측면에서 하늘이라는 의미를 동시에 지닌다. 그래서 A는 경주라는 공간에 시간적 의미로는 보름달밤에 시적 화자가 놀았다는 것을 말한다. 이 시에서 가장 넓은

---

37) Michael Riffaterre, 『Semiotics of Poetry』, Indiana University Press, 1978, p.5, 참조.
38) 김완진, 『향가해독법 연구』, 서울대출판부, 1980, p.94.

공간을 제시하고 있다. B는 방이라는 축소된 공간의 현실적 상황을 설명한다. 방의 의미는 안정의 공간이요 평화의 공간인데 여기서는 갈등의 공간으로 설정하고 있다. 이 갈등의 공간은 더 이상 축소된 공간으로 발전하기보다는 시적 화자의 내면의식을 전면에 내세우게 한다. 그래서 C는 B에서 제기된 '다리가 넷이러라'의 정체를 규명하고 있다. 둘은 나의 것인데 나머지 둘의 정체를 은근히 비꼬고 있다. 즉 시적 화자는 드러내서 말하고 싶지 않은 불유쾌한 상황에서 다른 둘의 정체를 나무라고 있다.

C에서 시적 화자는 외래자 혹은 침입자에 대한 간접적인 질타를 표출하는 것이다. D는 시적 화자의 내면적 의지가 집약되어 표출된 것으로 "빼앗음을 어찌할 것인가"[39]는 빼앗아가도 나는 혼란에 빠지지 않는다는 의식을 담고 있다. 이와 같은 위협적이고 역설적인 언술을 나타냄으로써 역신은 자신의 정체를 드러내고 처용에게 항복을 했던 것이다.

그러므로 A, B는 시적인 공간배경을 통해서 문제를 제기하고 있다. 시적 공간은 경주의 밤하늘에서 집안의 방으로 축소되고 있다. 여기서 방은 안정된 공간이 아니라 갈등의 공간으로 설정되어 있다. 그래서 C, D는 시적 화자의 내면의식을 집중적으로 나타내게 된다. C는 침입자에 대한 간접적인 질타를 표시하고, D는 위협적이고 역설적인 언술로 침입자를 물리친다는 의미를 담고 있다.

결국 8구체 향가인 『처용가』는 경주의 달밤을 배경으로 화자의 방에 침입한 외침자를 물리치는 위협적이고 역설적인 언술을 청자에게 건네고 있는 것이다. 이러한 견해는 설화적 맥락에서 이해한 혼사장애 극복의 노래라는 의미와 연관시키면 더욱 자연스러운 해석이 된다.

---

39) "빼앗음을 어찌 하리오"는 "빼앗아도 어떻게 할 것인가?"라는 의미를 지닌다. 이는 시적 화자의 관용을 바탕으로 은유한 위협적인 언술이다. 이 위협적인 언술은 시적 화자가 청자의 잘못된 행위에 대한 역설적인 표현이다. 이러한 표현은 고려 『처용가』의 "열병신熱病神이사 회膾ㅅ가시로다"라고 하는 위협적인 언술을 보이는 것과 같다고 할 수 있다.

4. 혼사장애 극복의 노래

지금까지 『처용가』의 서사문맥과 노래의 의미를 살펴보았다. 이 논문에서 논의한 중요한 내용을 요약하여 제시하면 다음과 같다.

「처용랑 망해사」의 주인물은 헌강왕이고, 보조 인물들은 처용, 상심, 옥도령, 지백급간 등이다. 보조 인물들의 삽화가 모여서 한 편의 설화를 이룬 것이다. 네 가지의 삽화 중에서 처용에 관한 내용이 가장 분량이 많고, 다음은 남산신 상심에 관한 내용이며, 북악신과 지신에 관한 언급은 아주 간략하게 되어 있다. 그래서 필자는 『처용가』에 직접 관련된 부분을 처용설화라고 하였으면 산신들의 춤과 노래 부분을 산신설화라고 하였다.

처용설화의 부분은 전체 설화의 전반부로 헌강왕 시대의 비교적 태평한 시절을 노래하고 있다. 처용설화에 나타난 상징적인 표현은 다음과 같은 의미를 지닌다. 운무현상은 돌발적인 반란 행위자의 연기 피움 등을 상징하고 동해용은 반란을 일으킨 우두머리이며, 일곱 아들은 반란 우두머리의 아들을 포함한 반란의 핵심 세력을 의미한다. 왕이 창사創寺를 명한 것은 반란 세력에 대비책을 강구한 헌강왕의 대응책이고, 왕을 위한 춤과 음악은 왕과의 정치적 타협을 축하하는 잔치라고 규정할 수 있다. 그리고 처용은 울산 지역에 있는 호족의 자제로 신라의 6두품 계층에 편입된 관리이며, 역신은 처용과 미녀의 결혼 생활을 방해하는 중앙의 불순한 집권세력이다.

산신설화의 부분은 헌강왕과 신하와의 현실인식의 차이로 말미암아 점차 신라가 어려움에 빠지는 내용을 담고 있다. 임금은 산신들의 춤과 노래의 의미를 신라의 당대 사회 환락에 대한 경계로 이해했지만, 신하들은 산신들의 춤과 노래를 상스러운 징조로 이해했다. 이러한 임금과 백성의 현실인식 차이로 말미암아 신라는 점차로 멸망해감을 예측할 수 있었던 것이다. 그러므로 「처용랑 망해사」의 주제는 태평한 시대에도 경계를 게을리

하면 국가의 망함이 빨리 온다는 사실을 내포하고 있다.

설화 속에 나타난 『처용가』의 의미는 다음과 같다. 경주에서 처용과 미녀의 결혼생활은 역신의 침범으로 위기를 맞게 되었다. 처용이 『처용가』를 부르자 역신은 자신의 모습을 나타내고 처용에게 항복을 했다. 그러므로 이 노래는 처용이 자신의 결혼생활의 장애를 극복하기 위해 부른 서정가요이다. 사찰의 연기설화에 나타난 신방사라는 명칭은 이와 연관이 있을 것이다.

그래서 8구체 향가인 『처용가』는 경주의 달밤을 배경으로 하여 화자의 방에 침입한 외침자를 물리치는 역설적인 언술을 청자에게 건네고 있는 서정가요이다. 이러한 견해는 설화적 맥락에서 이해한 혼사장애 극복의 노래라는 의미와 연관시켜 『처용가』를 해석한 것이다.

○ 참고문헌

김부식, 『삼국사기』
일 연, 『삼국유사』

김경수 외, 「「처용가」 배경설화의 구조와 해석」, 『고전문학 어떻게 가르칠 것인가』,
　　　집문당, 1994.
김사엽, 『향가의 문학적 연구』, 계명대출판부, 1979.
김승찬, 「처용가」, 『향가문학론』, 새문사, 1989, pp.391-392.
김학성, 「처용설화의 형성과 변천과정」, 『한국고전시가의 연구』, 원광대출판부, 1980.
김완진, 『향가해독법 연구』, 서울대출판부, 1980, p.94.
박노준, 『신라가요의 연구』, 열화당, 1982.
서대석, 「처용가의 무속적 고찰」, 『한국학 논집』제2집, 계명대 한국학연구소, 1975.
윤영옥, 『신라시가의 연구』, 형설출판사, 1980.
이기백, 『한국사신론』, 일조각, 1982, p.67.
이영범, 「처용설화의 일고찰」, 『대동문화연구』 별집 1, 1972.
이우성, 「삼국유사 소재 처용설화의 일 분석」, 『김재원박사 회갑기념논총』, 1969.
조동일, 「처용가무의 연극사적 이해」, 『연극비평』 15호, 1976.
조동일, 『한국문학통사』 1, 지식산업사, 1982, p.207.
한우근, 『한국통사』, 을유문화사, 1970, p.96.
김열규, 「향가의 문학적 연구 일반」, 『향가의 어문학적 연구』, 서강대 인문과학연구소, 1972.
황패강, 「향가 연구 시론 I -처용가의 사적 반성과 일시고-」, 『고전문학연구』 제2집, 1972.
Michael Riffaterre, 『Semiotics of Poetry』, Indiana University Press, 1978.

월명사의 「도솔가」 조에 나타난 사회현실[*]

1. 월명사와 향가문학

일연(1206~1289)이 편찬한 삼국유사의 『월명사 도솔가』 조에는 월명사가 8세기인 경덕왕(742~762) 시절에 지은 향가 두 편이 실려 있다. 그 향가는 「도솔가」[1]와 「제망매가」인데, 신라의 경덕왕(742~762)은 8세기에 나라를 통치했고, 삼국유사가 편찬된 시기는 13세기이므로, 노래가 가창된 시기와 편찬된 시기는 약 500년의 시간적 편차가 난다. 500여 년의 시간을 거슬러 올라가 삼국유사의 편찬자인 일연은 노래와 설화를 함께 기록하는 방법으로 월명사의 향가문학을 재구성하여 조명하고 있다.

다시 필자가 『월명사 도솔가』 조를 분석하는 현재의 시점은 삼국유사가 편찬된 시기로부터 700여 년이 지난 과학기술의 시대이다. 「도솔가」와 「제

---

* 이 글은 1989년 5월 서울대학교 문화관에서 열린 국어국문학회 전국학술발표대회에서 「삼국유사 「월명사 도솔가」에 나타난 주술현상」이라는 발표문을 다시 다듬고 고친 것임을 밝혀 둔다.
1) 「도솔가」에는 월명사의 「도솔가」와 유리왕대 「도솔가」가 있다. 여기서 「도솔가」는 월명사가 지은 「도솔가」를 말하는 것임을 밝혀 둔다. 유리왕대에 지어진 「도솔가」는 그 가사가 전해오지 않고 있으며, '민속환강民俗歡康', '차가악지시야此歌樂之始也', '유차사사뇌격有嗟辭詞腦格' 등의 의미로 그 성격을 파악하는 논의가 이루어져 왔다.

망매가」라는 두 향가가 신라시대에 유행한 후, 1200여 년이 훨씬 지난 오늘날에 향가문학과 그 배경설화를 연구하는 것은 삼국유사의 『월명사 도솔가』 조에 나타난 신비로운 현상을 비교적 합리적이고 과학적인 현대인의 사고로 해석해 보고자 하는 데 그 목적이 있다.

「도솔가」와 「제망매가」가 실려 있는, 삼국유사 『월명사 도솔가』 조에는 월명사란 인물을 중심으로 몇 가지의 신비로운 사건들을 서술하고 있다. 본고에서는 『월명사 도솔가』 조에 나타나 있는 신비로운 사건들 중에서 네 가지의 신비로운 현상에 주목하고자 한다. 첫째는 '이일병현二日竝現' 현상이고, 둘째는 정체불명의 동자가 차와 염주를 받아 내원탑으로 사라진 것이며, 셋째는 광풍이 종이돈을 날려 서쪽으로 가져간 것이고, 마지막으로는 월명사가 피리소리로 달을 멈추게 했다는 것이다. 이러한 신비로운 현상이 중요한 화소로 작용하여 한편의 설화가 만들어지고 있다.

이 글에서는 배경설화에 담겨 있는 네 가지 신비로운 현상을 합리적으로 분석하여 그것이 상징하는 의미를 찾아내고자 한다. 이와 같은 목적을 달성하기 위해서 본고는 다음과 같은 순서로 연구를 진행하고자 한다. 첫째로는 배경설화에 나타난 월명사의 정체를 명확하게 밝히고자 한다. 이 일을 수행하는 동안 월명사는 자신의 삶과 그 정체를 드러낼 것이다.

둘째로는 배경설화에 나타난 네 가지 신비로운 현상을 두 향가의 의미 분석을 통해 밝혀내고자 한다. 「도솔가」와 「제망매가」의 배경이 되는 신비로운 현상들은 설화의 이면을 통해 상징하고 있는 자연적인 측면, 정치적인 측면, 그리고 종교적인 측면의 분석을 바탕으로 드러나게 될 것이다.

셋째로는 두 편의 향가가 실려 있는 배경설화의 서술방식을 분석하고자 한다. 배경설화의 분석을 통해 필자는 월명사의 삶의 흔적과 일연 스님의 서술방식을 서사문맥 속에서 함께 밝히고자 한다. 월명사의 향가문학과 그 배경설화에 관한 이러한 연구방법은 향가의 배경설화에 나타난 신비로운 현상을 비교적 과학적이고 합리적인 사고로 풀어보고자 하는 노력의 한 방편이라 할 수 있다.

2. 월명사의 변신과 정체

삼국유사의 설화에 기록된 월명사는 국선지도國仙之徒2)이며 피리를 잘 불어 달밤에 달을 멈추게 하고 사천왕사四天王寺에 거주하고 있는 능준대사 能俊大師의 제자이다.3) 이렇게 삼국유사『월명사 도솔가』조에 표면적으로 나타난 월명사의 정체를 필자는 설화 속에 나타난 월명사의 행적과 서사문 맥의 의미를 통해서 구체적으로 살펴보고자 한다.

설화 속에 나타난 월명사의 정체는 「도솔가」의 부대설화에 나타난 월명 사와 「제망매가」의 부대설화 속에 나타난 월명사의 정체로 나누어 살펴볼 수 있다. 먼저 「도솔가」의 부대설화 속에 나타난 월명사의 정체를 살펴보 기로 한다.

「도솔가」의 부대설화 속에 나타난 월명사는 다음과 같은 의미를 지닌다. 월명사의 정체를 파악하기 위해서는 '이일병현二日竝現 협순불멸挾旬不滅'이 라는 문구를 자세히 분석해 볼 필요가 있다. 여기서는 이일병현二日竝現의 해석과 「도솔가」의 내용 분석에 따라 월명사의 정체도 세 가지 측면에서 다양하게 해석할 수 있다. 이 세 가지는 자연적인 측면, 종교적인 측면, 정 치적인 측면 등으로 나누어진다.

첫째, 자연적인 측면에서 월명사를 해석해 보기로 한다. 월명사라는 한 자어를 어의語義대로 해석하면 『달의 이치에 밝은 스승』이라는 의미를 지 닌다. 이 의미는 『두 해가 나란히 나타난 이일병현二日竝現 현상』을 일식日

---

2) 일연, 『삼국유사』, 「월명사 도솔가조」, 臣僧但屬於國仙之徒.
3) 일연, 『삼국유사』, 「월명사 도솔가조」, 明常居四天王師, 善吹笛. 嘗月夜吹過門前大路, 月 馭爲之停輪, 因名其路月明里. 師亦以是著名, 師卽能俊大師之門人也.

蝕 현상으로 해석할 수 있는 근거가 된다. 태양계에 나타난 일식은 달 때문에 생기는 자연현상이라 할 수 있다. 일식은 지구에서 볼 때 달의 그림자가 태양의 일부분 또는 전부를 가리는 것이다. 두 해가 나란히 나타났다는 것은 일식 중에서도 부분일식일 때보다는 금환일식일 때에 더욱 분명하게 나타난다고 할 수 있다. 왜냐하면 금환일식은 달의 그림자가 완전히 태양의 중앙에 들어가 반지의 고리모양으로 태양에 달의 그림자가 형성되기 때문이다. 그러므로 부분일식이나 금환일식이 일어나면 하늘에는 두 해가 등장하는 것이다. 어떤 일식이 일어나도 두 해가 나란히 나타났다고 볼 수 있다.4) 그래서 우리는 자연적인 측면에서 하늘에 금환일식이나 부분일식이 일어났을 때 하늘의 해가 둘이 나타났다고 할 수 있다.

월명사는 달의 이치를 탐구하는 천문연구가로서 하늘에서 일어나는 일식과 월식을 누구보다도 자세히 관찰할 수 있는 인물이었다. 이러한 상황을 종합하였을 때 월명사는 달의 현상을 잘 관측하는 천문연구가로 일식과 월식 등을 관찰하는 천문연구가고 할 수 있다.

둘째, 정치적인 측면에서 월명사는 왕의 신뢰를 얻지 못하는 집단에 속해 있다가 왕의 신뢰를 획득하는 집단으로 이적하게 된 사람으로 볼 수 있다. 하늘에 해가 둘이 나타났다는 것은 왕당파와 반왕당파의 대립5)으로 볼 수 있다. 이때 경덕왕은 인연 있는 승려를 불러서 하늘의 변괴인 두 해가 동시에 나타나는 현상을 막아보고자 하였다. 이때 월명사는 인연이 있는 승려가 되어 제단에 제사를 올리자, 하늘의 변고가 사라지게 되었다. 월명사가 조원전에서 부르는 노래는 범성梵聲이 아니라 향가인 「도솔가」이다. 범성을 잘 부를 줄 아는 사람은 왕과 함께 조정의 의식을 거행할 수 있는

---

4) 1997년 3월 9일(오전 8시 47분부터 11시 27분경까지)에 약 2시간 동안 우리나라의 전 지역에서 부분일식이 진행되었다. 이때 태양의 모습은 보는 시각에 따라 달의 그림자 때문에 『사라지는 태양』과 『떠오르는 태양』으로 상징되는 두 개의 해가 함께 나타나 보였다.
5) 윤영옥, 『신라가요의 연구』, 형설출판사, 1980.

왕당파라야 한다. 그러므로 범성을 모르는 월명사는 재야에 있는 사람이거나 반왕당파 소속의 인물로 볼 수 있다. 재야에 있던 사람이거나 혹은 반왕당파에 속해 있었던 월명사는 왕이 주체하는 의례에 주인공이 됨으로써 왕당파로 이적하게 되었다고 볼 수 있다. 즉, 반왕당파에 속해 있던 월명사는 왕의 제사에 인연승이 되어 「도솔가」를 부르고 일괴日怪를 물리침으로써 왕당파로 변신한 국선이라 할 수 있다.

셋째, 종교적인 측면에서 월명사의 의미를 찾아보기로 하자. 월명사는 인연 있는 승려로 「도솔가」를 지었다. 이 작품의 내용에는 도솔천 왕생을 원하는 미륵신앙을 신봉하는 부분이 있다. 이 작품보다 일찍 지어진 「제망매가」에서는 "아야! 미타찰彌陀刹에 만날 나 도 닦아 기다리고져"라는 문구로 보아 월명사는 일생의 초창기에는 미타신앙을 신봉하는 태도를 보여준다. 그러나 「도솔가」를 지을 시기에 오면 월명사는 미륵신앙을 신봉하는 승려로 변하여 신앙에 있어 서로 대비가 된다고 하겠다. 이러한 대비는 월명사가 「제망매가」를 부른 시절에는 미타신앙을 신봉하였으며, 「도솔가」를 노래하는 시절에는 미륵신앙을 신봉하고 있음을 보여준다. 이와 같이 설화 속에서 월명사는 미타신앙을 믿기도 하며, 미륵신앙을 믿기도 하는 주술승이라 할 수 있다.

그래서 「도솔가」의 부대설화 속에 나타난 월명사는 자연적인 측면에서 보면 달을 연구하는 천문연구가이고, 불교적인 측면에서 보면 월명사는 불승의 일원으로 미륵신앙을 믿는 주술승이며, 사회정치적인 측면에서 보면 월명사는 재야나 반 왕당파에 소속되어 있다가 왕당파로 옮긴 국선으로 볼 수 있다.

다음으로 「제망매가」의 부대설화에 나타난 월명사의 정체를 살펴보기로 한다. 이 부대설화에 나타난 월명사는 미타신앙을 믿고 있으며, 사물의 현상을 양과 음으로 나누었을 때 음의 요소를 많이 띠고 있다. 삶이 양이라면 죽음은 음이라 할 수 있다. 해가 양이라면 달은 음이 된다. 태양을 동動이라

하면 달을 정靜이라 할 수 있으며, 태양을 생명의 탄생에 견준다면 달은 생명의 거둠에 비유될 수 있다. 그러므로 「제망매가」의 지은이인 월명사의 이름에 나타난 '월명'은 생명의 거둠, 즉 죽음을 밝혀서 명확하게 하는 사람으로 볼 수 있다. 그래서 월명사는 누이의 죽음을 위로하기 위하여 미타찰에 제사를 지내고 지전을 서쪽으로 날아가게 하는 마력을 보여주어 죽은 누이의 영혼을 극락왕생하게 하였던 것이다.

마지막으로 월명사가 사천왕사에 거주하고 있었다는 것을 살펴보기로 한다. 사천왕사는 나라를 지키는 호국사찰이며, 이 절에는 능준대사와 그 제자들이 있었는데 월명사는 달의 현상을 관찰하는 천문을 연구하는 일에 전문가였다. 그래서 월명사가 달밤에 피리를 불면 움직이던 달이 멈추어서 그 피리소리를 감상했다.[6] 그러므로 「제망매가」의 부대설화에 나타난 월명사는 불교의 미타신앙을 믿으며, 달의 현상을 잘 파악하고 있는 천문연구가로서의 자격을 지닌 사람이라 할 수 있다.

지금까지 살펴본 「도솔가」와 「제망매가」의 부대설화에 나타난 월명사의 의미를 종합하여 살펴보면 다음과 같다. 설화의 전반에 나타난 월명사는 달의 현상을 잘 파악하고 있으며, 국선에서 불승으로 옮겨간 사람이고, 승려이면서 범성을 모르는 승려, 그 승려 중에서도 미타신앙을 신봉하다가 미륵신앙을 함께 수용한 승려라 할 수 있다.

이러한 의미를 통해 보았을 때 삼국유사『월명사 도솔가』 조에 나타난 월명사는 국가를 보호하고 재앙을 제거하여 복을 부르는 밀교密敎를 수용하는 연각승緣覺僧의 인물로 보아야 할 것이다. 연각승이란 불법의 수행이 학승과 달라 '세월이 흐른다' 혹은 '꽃이 진다' 등의 현상을 보고 깨쳐서 부처가 되는 승려를 말한다. 이런 연각승은 주로 마력이나 신통력을 받아들여 귀신이나 신에게 기원하는 일을 주로 맡아서 행하게 된다. 밀교를 믿

---

6) 일연, 『삼국유사』, 「월명사도솔가」, 明常居四天王師, 善吹笛, 嘗月夜吹過門前大路, 月馭爲之停輪, 因名其路月明里, 참조.

는 연각승은 불교의 모든 사상과 교리와도 서로 상관성을 지니며, 민간신 앙과도 잘 어울릴 수 있는 승려라고 할 수 있다.[7] 결국 월명사는 국선지도 라는 신분으로 지전을 날리는 주술력을 지녔으며 자연과 내통할 수 있는 초인간적 능력을 지닌 인물로서 밀교를 믿는 연각승이라 할 수 있다.

화랑이며 불교를 믿는 연각승인 월명사는 죽은 동생의 극락왕생과 하늘 의 변괴인 이일병현二日並現의 변괴變怪를 그가 지닌 주술적, 기본적 능력으 로 해결하였다. 덧붙여서 말하면 설화에 나타난 월명사를 불교를 믿는 연 각승으로 보아야만, 설화에 나타난 월명사의 다양한 모습인 국선國仙, 범성 梵聲을 모르는 승려, 주술사, 천문연구가, 정치인 등을 포괄적으로 설명할 수 있다.

3. 두 향가의 상징성과 주술현상

삼국유사와 삼국사기의 기록을 바탕으로 살펴볼 때 신라인들은 현대를 살아가는 우리와는 다르게 자연을 숭배하고 영혼을 위로하는 사상을 지니 고 있었음을 알 수 있다. 고대인의 특징적인 사고체계는 초자연적인 현상 에 대한 신앙으로 우주의 삼라만상과 유형무형의 자연물에는 영혼이 깃들 어 있다고 믿고 이를 숭배하는 것이라 할 수 있다.

그래서 고대인은 인간의 생로병사 길흉화복이 우주질서의 변화에 의해 서 나타나는 천문현상과 서로 연관성을 지니고 있다고 믿었다. 고대인들은 우주나 하늘에 이변이 생기면, 이러한 변화가 인간 세상에도 조만간에 일 어날 것이라 생각했다. 그래서 자연에 이변이 생겼을 때 사람들은 주술사 를 불러 그 이변의 원인을 제거하고 우주질서를 정상적으로 돌려놓아야 했

---

7) 김승찬, 『한국상고문학론』, 새문사, p.157, 참조.

다. 이 때 주술사는 초자연적인 존재인 신이나 정령 혹은 주력의 힘을 빌려서 이변을 물리치려고 했다. 『월명사 도솔가』조에 나타난 주술현상은 바로 향가라는 노래를 통하여 인간과 우주의 질서를 바로 잡으려는 인간의 의지를 통해 나타난다.

인간은 누구나 논리적 사고에 벗어난 사건이 일어나면 초자연적인 신비로움에 의지하여 문제를 해결하려는 의식을 지니고 있다. 고대인뿐만 아니라 현대인도 살아가는 삶의 무게와 미래의 불확실성 때문에 풀려지지 않는 신비로운 자연현상에 어떤 상징성을 부여하여 자신의 미래를 내맡기기도 한다. 삼국유사『월명사 도솔가』조에는 자연의 이변을 원인으로 불리어진 「도솔가」와 인간의 영혼을 위로하기 위해 지어진 「제망매가」가 각각 다른 창작배경을 가지고 들어있다. 그래서 설화와 노래의 문맥에 나타난 신비로운 현상의 상징성을 구체적으로 살펴볼 필요가 있다.

3.1. 도솔가

신라 경덕왕 19년(760), 하늘에 '이일병현二日竝現'이라는 괴이한 현상이 나타나자, 이를 불길한 징조로 여긴 조정에서는 일관日官의 주청을 받아들여 월명사로 하여금 「도솔가」를 부르게 했다.[8] 「도솔가」의 주된 내용은 하늘에 산화행법散花行法을 거행하고 '이일병현二日竝現'으로 상징되는 일괴日怪의 현상을 물리치는 것이었다.

오늘 이에 산화散花 불러	今日 此矣散花唱良
솟아나게 한 꽃아 너는	巴寶白乎隱花良汝隱
곧은 마음의 명命에 부리워져	直等隱心音矣命叱使以惡只

---

8) 일연,『삼국유사』,「월명사도솔가」, 참조. 景德王19年庚子四月朔, 二日竝現, 挾旬不滅, 日官奏請, 緣僧作散花功德.「중략」明乃作 兜率歌賦之.

미륵좌주彌勒座主 뫼셔 벌라9)   彌勒座主陪立羅良

위의 인용문은 향가 「도솔가」와 그 내용을 살펴 본 것이다. 삼국유사에
는 한문으로 번역된 「도솔가」가 있다.

해 시 解 詩	현 대 역 現代譯
오늘사 용루에서 산화가散花歌 불러	용루차일산화가 龍樓此日散花歌
조각 꽃을 청운 속에 뿌려 보내오	도송청운일편화 挑送靑雲一片花
정중한 곧은 맘이 시키는 대로	은중직심지소사 殷重直心之所使
모셔라 도솔천兜率天의 미륵보살을10)	원요도솔대선가 遠邀兜率大遷家

위의 「도솔가」 해석에서 문제가 되는 것은 '꽃'의 상징성과 '이일병현二
日竝現'의 상징적인 의미를 찾아내는 것이라 할 수 있다.

① 꽃

하늘에 꽃을 뿌리는 의식을 행하게 된 원인은 '이일병현二日竝現'의 현상
때문이었다. 신라 경덕왕 19년(760) 사월 일일에 두 해가 나란히 나타나 열
흘 동안 없어지지 않았다. 일관이 말하기를 연승을 청하여 산화공덕散花功德
을 지으면 재앙을 물리치겠다고 하였다. 이에 조원전朝元殿에 깨끗한 단壇을
설치하고 청양루靑陽樓에 나아가 연승緣僧을 기다렸다. 이때에 인연승으로
월명사가 선정되었다.11)

'조원전에 단을 설치하고 청양루를 찾아가 인연승을 맞이하였다'는 문장
은 새로운 출발과 정화를 의미한다고 생각할 수 있다. 청양루는 그 이름으

___

9) 김완진, 『향가해독연구』, 서울대출판부, 1980, 참조.
10) 서수생, 「도솔가의 성격과 사뇌격」, 『동양문화연구』 제1집, 경북대동양문화연구소,
    1974.
11) 일연, 『삼국유사』, 「월명사도솔가」, 참조.

로 볼 때 동쪽에 위치한 누각으로 볼 수 있다. 왜냐하면 청靑은 오행상 오른쪽을 표시하고, 청양靑陽은 봄의 이칭이고, 봄은 방위상 동쪽을 지칭하기 때문이다. 봄은 사계절의 시작으로 암흑의 겨울에서 새로운 밝음을 나타내듯이 여기서 청양루는 계절의 변화에 따른 정화를 갈망하는 마음을 암시하고 있다고 할 수 있다. 삼국사기에는 조원전에 관한 '진덕왕5년(651) 춘정월 초하루에 왕이 조원전에 나아가 백관들로부터 축하를 받았는데 정초의 예의는 이에서 비롯된다.[12]라는 글귀가 나온다.

이글은 조원전에서 왕이 신년하례식을 거행함을 나타내고 있다. 이 장소의 명칭인 조원은 '하늘을 찾는다' 또는 '일 년의 맨 첫날을 찾는다'라는 의미를 지니고 있어 신년하례식에 적합한 장소가 된다. 그러므로 조원전에 단을 설치했다는 것은 새로운 시작과 정화를 의식한 행위라 할 수 있다.[13] 이상의 의미를 살펴볼 때 경덕왕이 단을 조원전에 설치하고 연승을 청양루에서 맞이하려는 행위에는 새로운 출발과 정화를 암시하고 있다고 볼 수 있다.

산화공덕에 사용된 꽃의 의미도 새로운 출발과 정화를 암시하고 있다는 바탕 위에서 해석해야 할 것이다. 여기서 산화散花하는 행위는 하늘과 땅 사이를 이어주는 사제장이 하늘에 제사를 지내면서 하늘의 뜻이 땅에서도 이루어지도록 비는 매개체가 된다. 그러므로 꽃은 하늘과 땅을 매개하여 주는 매개물로 비유되어 있다.

여기서는 이와 같은 의미를 지닌 꽃의 기능을 몇 가지 측면에서 살펴보기로 한다. 「도솔가」에 문맥에 나타난 꽃은 특정한 종류의 꽃을 말하는 것 같지 않다. 이 꽃은 그냥 부정칭의 꽃으로 노래되고 있다. 이 부정칭의 꽃은 작품 해석의 방향에 따라 다양하게 그 의미를 찾을 수 있다.

---

12) 김부식, 『삼국사기』 권5, 「신라본기제5」.
　　眞德王五年, 春正月朔, 王御朝元殿, 受百官正賀, 賀正之禮始於此.
13) 양희철, 「월명사의 「도솔가」와 그 관련 설화 연구」, 『인문과학논총』 제8집, 1989.

자연적인 측면에서 꽃은 하늘에 던지는 꽃으로 하늘의 뜻과 지상의 뜻을 이어주는 매개물이라고 할 수 있다. 즉 「찬기파랑가」에 나타난 잣나무 가지의 끝과 비슷한 의미를 지니고 있다. 「찬기파랑가」에서 잣나무 가지 끝은 하늘의 뜻이 땅에서도 똑 같이 펼쳐지기를 바라는 구심점이 되고 있다.

여기서도 하늘이라는 공중으로 던져진 꽃은 하늘의 뜻과 땅의 뜻을 조화시키는 매개물이 되는 것이다. 그러므로 하늘에 던져진 꽃으로 인해 지상에서 노력하는 인간의 뜻이 하늘에 전달되는 것이다. 하늘에 솟아올랐다 내려앉기 시작하는 공중의 장소는 하늘의 뜻과 인간의 뜻을 매개하는 신성한 지점이 될 수 있다. 이 지점을 우리는 신라시대의 소도蘇塗로 상징이 되는 신성한 장소로도 생각할 수 있고, 자연물이나 깃대 등은 그 신성한 장소를 표시하는 상징물이라고 할 수도 있다.

사회적인 측면에서 꽃의 의미는 반란 세력을 물리치기 위해서 반란의 우두머리에게 꽃다발을 전달하여 전쟁에서 자신감을 과시하며 승리를 상징하는 고대인의 속신관과 밀착되어 있다. 꽃은 생번력의 상징이며 자신감의 과시라고 볼 수 있다. 고대인은 꽃을 회생력과 재생력을 지닌 주물呪物로 생각했다. 하나의 불길한 징조에 처한 조정은 재생력을 나타내는 꽃을 매개로 하여 왕권에 도전한 비왕당파의 변고를 피해갈 수 있었다. 그러므로 사회적인 의미에서 꽃은 왕권의 재생을 은유한다고 볼 수 있다.

이런 관념으로 꽃을 인식하고 있는 문학작품에는 판소리로 유명한 「심청전」에서 심청이가 물에 빠져 연꽃이 되어 재생하는 의미와 비슷하다고 할 수 있다. 그리고 소설 「구운몽」에서 성진이가 석교 위에서 팔선녀와 수작할 때 길을 양보하지 않으려는 팔선녀에게 던져 팔선녀를 명주明珠로 변신하게 한 꽃과 비슷하다. 또 김소월의 「진달래꽃」에도 떠나가신 임이 다시 돌아오길 바라는 원상회복의 관념을 담고 있다고 볼 수 있다.[14] 여기에 등장한 「도솔가」의 꽃은 원상태로의 회귀를 바라는 월명사의 축원 기도를 수용하여 왕권을 다시 태어나게 한다.

종교적인 측면에서는 「도솔가」에 나타난 부정칭의 꽃을 연꽃이나 연화
좌대蓮花座臺로 볼 수 있다. 즉, 이 꽃을 직관적으로 산화공덕에 쓰이는 연
꽃으로 볼 수 있다는 것이다. 그러면 이 연꽃의 상징적 기능은 무엇일까?
연화는 곧 불보살의 좌대를 상징한다고 볼 수 있다.[15] 이렇게 「도솔가」의
꽃을 연꽃이라 할 때 이 꽃의 상징적인 의미가 밝혀질 수 있다. 불보살의
좌대를 연화좌라 하는데, 우리는 현재까지 만들어진 어느 부처님의 좌대를
보아도 모두 연화좌로 이루어져 있음을 알 수 있다. 이런 점에서 이 작품에
나타난 꽃은 부처님을 모시는 좌대 곧 연화좌를 상징한다고 볼 수 있다.

이 꽃이 연화좌를 상징한다면 이 연화좌에 앉은 부처는 「도솔가」에 나타
난 문맥상의 의미로 볼 때 미륵부처가 된다. 미륵보살은 도솔천의 내원에서
4천년[인간 세상의 56억 7천만년]을 지난 후에 인간 세상에 태어나서, 화림원
華林園 용화수하龍華樹下에서 정각正覺을 이룰 보살이다. 미륵의 정토는 안온
하고 원적怨敵이 없으며, 수화水火, 도병刀兵, 기근饑饉, 해독害毒의 난이 없다.
그러므로 미륵보살을 모신 세상에서는 '이일병현二日竝現'의 변괴를 소멸시
켜서 이상향의 낙원을 건설하고 왕권을 수호한다는 의미를 지닌다.

총체적으로 「도솔가」에 등장한 꽃의 해석은 현대시인 김춘수 시의 「꽃」
에서처럼 연구자나 독자가 꽃을 부르는 방법에 따라 다양하게 해석될 수
있다는 의미나 결론을 도출할 수 있다.

지금까지 논의한 「도솔가」의 산화공덕에 사용된 꽃의 의미는 하늘과 인
간의 상호 교감을 나타내는 신성한 매개체이며 매개지점이 된다. 그 매개
지점은 신라시대의 소도에 세운 나무와 같은 구실을 하며 신성한 지점을
상징하는 물건으로도 인식될 수 있고, 왕권의 재생을 비는 정화물로서도
해석될 수 있으며, 또 불교에서 부처님을 모시는 연화좌대를 상징한다고

---

14) 양희철, 「월명사의 「도솔가」와 그 관련설화 연구」, 『인문과학논총』 제8집, 1989, 참조.
15) 양희철, 앞의 논문, 참조.

볼 수도 있다.

② 이일병현

다음은 '이일병현二日並現 협순불멸俠旬不滅'의 현상을 자연적인 측면, 정치적인 측면, 종교적인 측면으로 풀어보고자 한다. '이일병현二日並現 협순불멸俠旬不滅'의 해석을 우리말로 해석할 때, 가장 문제가 되는 것은 '순旬'의 해석이 될 수 있다. 여기서는 '순旬'의 해석을 다양하게 하여 '이일二日'의 정체를 규명하고자 한다.

자연적인 측면에서 '순旬'의 의미는 '두루 덮힌다'의 의미로 해석할 수 있다. 그 예는 『시전詩傳』에서 "완피상유菀彼桑柔, 기하후순其下侯旬. 랄채기유捋采其劉, 막차하민瘼此下民".(무성한 저 부드러운 뽕나무여, 그 아래에 그늘이 두루 덮히니, 잎을 한 번 따서, 下民들을 병들게 하도다.)에서 찾을 수 있다.[16] 또 『시전』에는 "왕명소호王命召虎, 래순래의來旬來宜. 문무수명文武受命, 소공유한召公維翰. (왕께서 소호를 명하사, 와서 두루 하며 와서 베풀게 하시다. 문무께서 천명을 받으실 적에, 소공이 기둥이 되었으니.)"라는 기록이 있다.[17] 그러므로 자연적인 측면에서는 '순旬'을 '두루 덮힌다'로 해석하는 것이 바람직하다 할 수 있다. 이때 '이일병현二日並現 협순불멸狹旬不滅'의 해석은 '하늘에 두 해가 나타남은 (달의 그림자가 태양에) 두루 덮혀서 사라지지 않기 때문이다'로 해석할 수 있다.

정치적인 측면에서 '순旬'의 의미는 '열흘'의 의미로 해석할 수 있다. 이 해석은 지금까지 학계의 '순旬'에 대한 보편적인 해석이라고 할 수 있다. 『삼국유사』에는 "제32대 왕 때에 죽만랑의 무리 중에 득오 급간이 있었는데, 풍유황권에 이름이 올라 날마다 출동하더니 한 열흘 동안 보이지 아니하였다"는 기록이 있다.[18]그러므로 사회적인 측면에서 '순旬'을 열흘로 해

---

16) 『시전(대아, 상유)』 중에서.
17) 『시전(대아, 강한)』 중에서.

석할 수도 있다. 이때 '이일병현二日竝現 협순불멸挾旬不滅'의 해석은 '하늘에
두 해(왕당파와 반왕당파)가 나타나 거의 열흘 동안 사라지지 않았다'로 해
석할 수 있다.

종교적인 측면에서 '순旬'의 의미는 '잠깐'의 의미로 해석될 수 있다. 불
교에서 '旬(열흘)'은 '아주 잠깐'의 시간적인 의미를 지닌다. 특히 미륵불교
에서 미륵보살이 도솔천 내원궁에서 지낼 4천 년은 인간세상의 56억 7천
만년에 버금가는 햇수이다. 그러므로 인간세상에서 '열흘'은 도솔천에서는
'잠깐'의 의미를 지닐 수 있다. 이때 '이일병현二日竝現 협순불멸挾旬不滅'의
해석은 '하늘에 두 해가 [불교에서는 미타교와 미륵교로] 비유되어 나타나
잠깐 동안 사라지지 않았다'로 해석할 수 있다.

이제는 세 가지로 살펴본 '순旬'자의 해석을 바탕으로 '이일병현二日竝現'
의 구체적인 의미를 살펴보기로 한다.[19] 첫째 '이일병현二日竝現'의 의미를
자연적인 측면에서 분석해 보기로 한다. 하늘에 해가 둘이 나타났다는 것
을 계절제의의 현상으로 접근해 풀이할 수도 있다.[20] 그러나 이 글에서는
하늘의 일식 현상을 주목해 왔다. 일식현상이란 태양과 지구 사이에 달이
들어가서 지구에서 볼 때 태양의 전부 혹은 일부가 달에 의하여 가려져 보
이지 않는 것이다. 이러한 현상은 한 해에도 두 번 내지 다섯 번 일어나지
만 거의 육안으로는 관측되지 않는다. 지구의 각 지역마다 다르게 관측되
는 일식으로는 부분일식과 금환일식이 있다.

이런 현상이 일어날 때에 고대인들은 하늘의 태양에 이변이 생기므로
하늘에 두 개의 태양이 생겼다고 생각했다. 하늘의 해가 두 개가 생기는

---

18) 일연, 『삼국유사(효소왕대 죽지랑)』,
　　第三十二代 孝昭王代 竹曼郎之徒 有得烏級干, 隷名於風流黃卷 追日仕進 隔旬日不見.
19) '순旬'의 의미가 이와 같이 세 가지의 뜻으로 해석될 수 있는 문장은 『삼국사기』에도
　　존재한다. 필자가 찾아본 문장은 "경덕왕 3년終景德王三年終 요성출중천妖星出中天 대
　　여오두기大如五斗器 협순내멸挾旬乃滅"이다.
20) 현용준 「월명사 도솔가 배경설화고」『한국언어문학』 제10집, 한국언어문학회, 1973.

것은 일식의 현상 중에서 부분일식이거나 금환일식일 때에 모두 뚜렷하게 관찰할 수 있다. 이때에 해가 두 개가 생기도록 한 원인은 달이 된다. 일식 현상이 일어났을 때 두 해는 '떠오르는 태양'과 '사라지는 태양'으로 비유된다고 볼 수 있다. 일식이 끝나려면 달은 지구와 태양 사이를 빠져나와야 하고, 이 때 태양에는 달의 그림자가 생기지 않아 태양은 다시 정상적으로 돌아온다. 이러한 현상을 당시에 인지하고 있었던 사람은 천문관측자이고 그 중에서도 달을 연구하는 천문관측자이자 주술사였을 것이다. 이때에 고대인은 달 노래를 불렀을 것이다.

「도솔가」를 고대어의 해석상 『달 노래』라고 부를 수 있다는 연구[21]는 그 신빙성을 더해준다고 볼 수 있다. 그러므로 고대인들은 이 달 노래를 아이들로 하여금 부르게 해서 하늘의 이변을 빨리 물리치려고 하였다. 요약하자면 자연적인 측면에서 '이일병현二日竝現'은 하늘의 일식현상으로 파악할 수 있다. 삼국시대와 고려시대에 우주를 관측한 능력은 코페르니쿠스가 지동설(1543)을 주장하기 전의 일이므로 "지구는 움직이지 않고 하늘에 있는 태양과 달이 함께 돌아간다."라고 생각했다. 그래서 지금처럼 정확한 일식과 월식의 관측은 이루어지지 않았다. 고대에는 일식이 일어나리라고 예상을 했지만 일어나지 않은 기록도 있다. 이러한 점을 중심으로 살펴보았을 때 자연적인 측면에서는 일식현상을 상징적으로 '이일병현二日竝現'으로 나타냈다고 볼 수 있다.

둘째, 사회정치적인 면에서 '이일병현二日竝現'의 의미를 살펴보기로 한다. 해가 임금을 상징한다고 할 때, 하늘에 해가 둘이 나타났다는 것은 임금에 반대하는 세력이 출현했다는 것을 의미한다. 『시전詩傳』에는 다음과 같은 시가 있다.

---

21) 이웅재, 「신라향가의 사회성 연구」, 중앙대(박사), 1988, p.83.

시월의 일월日月이 서로 만나는	十月之交
초하루 신묘일辛卯日에	朔日辛卯
해가 먹힘이 있으니	日有食之
또한 심히 추악하도다	亦孔之醜
저 달은 이지러질 수 있지만	彼月而微
이 해의 이지러짐이여	此日而微
이제 백성들이	今此下民
또한 심히 가엾도다.22)	亦孔之衰

위의 노래는 자연현상인 일식이 일어났을 때 백성들에게 근심이 일어난다는 내용을 담고 있다. 일반적으로 일식과 월식이 자연의 원칙에 의해 일어난다고 생각한 고대인들은 일식과 월식이 국가의 정사가 어지러워 선인을 등용하지 않았기 때문이라고 여겼다. 만일 나라에 정사가 어지러워 선인을 등용하지 않아 신하들이 군부를 배반하고 첩부가 남편을 능멸하며, 소인이 군자를 능멸하고 이적夷狄이 중국을 침략하게 되면, 음이 성하고 양이 미약해져서 먹힐 때를 당하면 반드시 먹히니, 비록 하늘의 운행에 떳떳한 도수가 있다고 하나 이는 실로 비상한 변고가 되는 것이다.23)

여기서는 「도솔가」의 배경설화에 나타난 일식현상을 비상한 변고와 연결을 짓고자 한다. 이 비상한 변고는 주로 왕당파와 반 왕당파의 대립으로 해석할 수 있다. 하늘에 나타난 일식의 퇴치는 왕당파와 반 왕당파의 세력 다툼에서 반 왕당파에 있던 무리를 왕당파로 전향하게 하므로 하늘의 변괴는 사라졌다는 의미를 지닌다. 이는 지배계층을 중심으로 하는 진골계열과 육두품의 대결현상으로 풀어 볼 수 있다. 이는 사상적인 측면에서 불교와 밀접한 관련을 가진 진골계급이 유교적 정치이념을 실현하려는 육두품 계층의 한 집단을 흡수하려는 의도로 볼 수 있다. 이때에 왕은 새로운 질서를

---

22) 『시전(소아, 시월지교十月之交)』, 참조.
23) 『시전(소아, 시월지교, 주자의 주)』, 若國無政, 不用善, 使臣子背君父, 妾婦乘其父, 小人陵君子, 夷狄侵中國. 則陰盛陽徵, 當食必食, 雖日行有常度, 而實爲非常之變矣.

신하에게 약속하고 다가오는 미래를 위해서 다스림의 노래, 즉 치리가治理歌를 필요로 했다. 이런 과정에서 왕은 다양한 행사를 준비하고 인연이 닿는 승려인 월명사를 초청해서 노래를 부르게 했다.

마지막으로 종교적인 측면에서 제기할 수 있는 '이일병현二日竝現'의 의미를 살펴보기로 한다. 이 「도솔가」의 배경설화에 가장 짙게 깔린 종교는 불교이다. 신라의 미륵신앙은 미륵하생신앙과 미륵상생신앙 등이 있었는데 여기서는 미륵상생신앙을 보여준다. 미륵신앙은 자력신앙을 근간으로 하여 도솔천 왕생을 궁극적인 목적으로 하는 것으로 귀족적 지식계급의 발원으로 현실성을 가지고자 했으나, 대중화는 이루지 못했다. 미타신앙은 타력신앙을 근간으로 해 극락왕생을 신봉하는 것으로 서민층과 평민계층에 먹혀들었다. 월명사는 처음에는 미타신앙을 믿다가 나중에는 귀족불교인 미륵신앙에 의지해 조정에서 일고 있는 종교적 대립을 해소했다고 볼수 있다. 배경설화의 해석에서 월명사는 미타신앙을 믿다가 미륵신앙을 믿는 쪽으로 방향을 바꾼 승려라는 것을 밝혀내었다. 그러므로 '이일병현二日竝現'에서 두 해는 미타신앙과 미륵신앙의 대립으로 볼 수 있으며, 「도솔가」의 배경설화에서는 미륵신앙이 미타신앙을 누르고 극복하는 현상으로 해석할 수 있다.

또 다른 신비로운 현상의 하나인 설화의 문면에 등장한 동자는 종교적인 측면에서 가장 구체적으로 나타나 미륵불의 하생임을 짐작할 수 있고, 자연적인 측면에서 동자는 민요를 부르는 아이의 은유로 해석할 수 있으며, 사회적인 면에서 동자는 정치세력 간에 일어났던 대립의 해소를 알리는 연락병의 상징으로도 파악할 수 있다.

지금까지 해석한 '이일병현二日竝現'의 의미를 바탕으로 「도솔가」에 나타난 상징성을 세 가지 측면에서 설명하면 다음과 같다.

① 자연적인 측면 : 일식 - 달 노래(민요) - 일식현상이 풀어짐

② 사회적인 측면 : 반대세력의 출현－치국의 노래(치리가)－갈등해소
③ 종교적인 측면 : 미타교와 미륵교－불교가요(도솔가)－미륵불 하생

이와 같이 『월명사 도솔가』 조에 들어 있는 「도솔가」는 이일병현二日並現의 해석에 따라 세 가지 측면에서 그 의미파악이 가능하다. 자연적인 측면에서 「도솔가」는 『달 노래』로 일식현상을 풀어나가는 것이라고 할 수 있고, 사회적인 측면에서 「도솔가」는 대립된 반대세력을 『다스림의 노래』로 제기된 갈등의 요소를 해결하는 것이라 할 수 있으며, 종교적인 측면에서 「도솔가」는 미타불과 미륵불의 대립에서 미륵불을 믿는 『도솔천 왕생의 노래』로 해석할 수 있다.

3.2. 제망매가

월명사의 「제망매가」는 "월명사가 일찍 죽은 누이를 위해서 향가를 지어 제사를 올렸는데, 홀연히 돌풍이 불어와 종이돈을 서쪽으로 날려갔다"라는 관련 설화와 함께 전해온다.[24] 이 작품에서 논의할 수 있는 상징성은 영혼의 존재여부와 결합된 인간사의 문제이다.

월명사는 죽은 동생의 영혼을 위로하기 위하여 제사를 지내면서 「제망매가」를 불렀다. 그 제사의 효험이 있어서 자연은 돌풍을 일으켜 노자 돈을 바람에 날려 서쪽으로 가져갔으므로, 동생이 서방정토에서 극락왕생했다는 것이다. 바람은 현대적인 의미로 기압의 고저에서 오는 공기의 이동으로 파악한다. 돌풍이란 기압의 변화가 갑자기 크게 이루어져 일어나는 바람이다. 주술에 걸린 동생의 영혼은 극락왕생하기 위해 필요한 노자인 돈을 별안간 일어나는 바람을 통해 가져갔다. 그러므로 월명사는 돌풍을

---

24) 일연 『삼국유사』, 「월명도솔가」.
　　明又嘗爲亡妹營齊, 作鄕歌祭之. 忽有驚颰吹紙錢, 飛擧向西而沒.

예견할 수 있는 지혜를 가진 사람으로 바람의 원인에 대해서도 상당한 지식을 가진 사람이라 할 수 있다.

그러면 「제망매가」의 작품을 3단락으로 나누고 그 의미를 살펴보기로 한다.

생사生死길흔	生死路隱
이에 이샤매 머뭇그리고,	此矣有阿米次肹伊遣
나는 가느다 말ㅅ도	吾隱去內辭叱都
몯다 니르고 가느닛고	毛如云遣去內尼叱古
어느 フ슬 이른 ᄇᄅ매	於內秋察早隱風未
이에 뎌에 ᄠᄅ러딜 닙곤	此矣彼矣浮良落尸葉如
ᄒ돈 가지라 나고	一等隱枝良出古
가논 곧 모ᄃ론뎌	去奴隱處毛冬乎丁
아야 미타찰彌陀刹아 맛보올 나	阿也 彌陀刹良逢乎吾
도道 닷가 기드리고다.25)	道修良待是古如

위의 「제망매가」를 세 단락으로 나누어 보았을 때 첫 단락은 인생무상을 노래한 부분이 된다. 인생무상의 문제를 노래한 부분은 "생사生死길흔 / 이에 이샤매 머뭇거리고 / 나는 가느다 말ㅅ도 / 몯다 니르고 가느닛고"이다. 인생의 무상을 생각하게 된 것은 누이의 이른 죽음이다. 누이의 이른 죽음은 시적 화자에게 누이의 영혼을 위로해야겠다는 의지를 가지게 하였다. 특히 누이가 유언도 남기지 못하고 요사夭死한 점을 시적 화자는 매우 안타깝게 여기고 있다. 그래서 시적 화자는 다음 단락에서 자연의 무상함을 가져와 인생의 무상함과 서로 비교하게 된다. 이 단락의 시적 화자가 의도하는 주된 목적은 동생의 영혼을 위로하여야 한다는 문제 제기라 할 수 있다. 그러나 이별의 문제는 인간만의 전유물이 아니라 자연도 이별을 지니고 있

---

25) 김완진, 『향가해독연구』, 서울대출판부, 1980.

다고 생각하여 화자는 다음 단락에서 자연의 무상함을 노래하고 있다.

둘째 단락은 "어느 ᄀ술 이른 ᄇᄅ매 / 이에 뎌에 ᄠ러딜 닙곤, / ᄒᄃᆞᆫ 가지라 나고 / 가논 곧 모ᄃᆞ론뎌."라는 부분이 있다. 여기에 나타난 나뭇잎 이 조락凋落 한 것은 첫 단락에 나타난 동생의 요사와 비교될 수 있다.그리 고 첫 단락에 나타난 "아무런 말도 없이"라는 의미는 둘째 단락에서 "가는 곳 모른다"라는 의미와 동일한 것이다. 또 첫 단락의 인생은 둘째 단락의 자연과 그 의미가 동일하다.

그러므로 첫 단락과 둘째 단락은 인생의 문제와 자연의 문제를 똑같은 내용으로 비유하여 반복하고 있다고 할 수 있다. 둘째 단락의 중심 내용은 초가을 바람이 불어 한 가지에서 나온 낙엽들이 일찍 떨어져서 헤어지고는 가는 곳을 모른다는 것이다. 이 단락은 이별이라는 자연의 순리를 극복하 지 못한 화자의 안타까운 마음을 서정적으로 잘 나타내고 있다.

셋째 단락은 "아야 미타찰彌陀刹아 맛보올 나 / 도道 닷가 기드리고다"의 부분이 된다. 이 단락은 불문귀의 뜻을 지니고 있으며 인생과 자연이 지닌 미해결의 문제를 종교적인 측면에서 해결하고자 하는 시적 화자의 의지가 담긴 부분이다. 요사한 동생을 만나기 위해서 시적 화자 자신은 미타찰에 서 도를 닦아 기다리겠다는 의지를 표출하고 있다. 결국 이 단락에서는 첫 단락과 둘째 단락에서 제기된 이별의 문제가 미타찰에서 도를 닦아 극락왕 생하게 되면 해결 된다는 것을 나타낸다.

지금까지 이 작품을 세 단락으로 나누고 분석한 것을 요약하여 제시하 면 다음과 같다.

① 인생무상 : 인생　 － 요사夭死 － 불능유언不能遺言 － 영혼위로
② 자연현상 : 나뭇잎 － 조락凋落 － 부지거처不知居處 － 가을바람
③ 불문귀로 : 생사로 － 도道　 － 미타찰彌陀刹　 － 극락왕생

①과 ②는 자연과 인생의 허무함을 노래하고 있으며 자연과 인생에서 결핍된 문제를 제기한다. ③은 제기된 결핍의 문제를 해결하기 위하여 영혼이 미타신앙을 믿어 불문에 귀의하여 극락왕생하도록 하는 것이다. 그러므로 「제망매가」는 원래 자연과 인간의 서정을 노래하는 요소를 지니고 있다가 불교적인 미타사상과 서로 결합하여 죽은 영혼을 위로하는 의식요로 변했다고 볼 수 있다.

월명사는 피리를 잘 불었다. 일찍이 달 밝은 밤에 피리를 불며 문 앞 큰 길을 지나니 달이 가기를 멈추었다. 이로 인하여 그 길을 월명리라 하였다. 이 현상에서 우리가 주목해야 할 것은 달을 멈추게 한 주술의 매개체가 피리소리라는 점이다. 이러한 괴력을 지닌 피리소리로 인해서 사람들은 달의 움직임보다는 피리소리의 아름다움에 더욱 매료되어 있으므로 달이 움직이지 않는다는 착시현상을 경험하게 된다. 결국 신라인들이 느낀 착시현상은 온 천지가 월명사의 피리소리에 집중되어 월명사의 피리소리가 달의 움직임을 멈추게 한 것으로 생각했다는 점이다.

지금까지 살펴본 바와 같이 『월명사 도솔가』조는 일관되게 비합리적이고 신비로운 현상을 상징적으로 기술하고 있다, 그래서 우리는 이러한 신비로운 현상을 비교적 합리적인 사고로 분석하여 그 상황을 치밀하게 해석하려고 노력하였다. 다음 장에서는 배경설화의 짜임새를 통해 설화에 나타난 시간과 공간의 의미를 살펴보기로 한다.

4. 배경설화의 분석과 그 의미

『월명사 도솔가』조의 서술방식을 살펴보기 위해서는 설화의 서사 문맥을 검토할 필요가 있다. 이 설화의 서사 문맥을 월명사의 주요 행적을 중심으로 5단락으로 나누면 다음과 같다.

Ⅰ. 「도솔가」의 부대설화
Ⅱ. 「제망매가」의 부대설화
Ⅲ. 월명리의 유래
Ⅳ. 신라인의 향가관
Ⅴ. 찬시

Ⅰ은 다시 몇 개의 화소로 나누어질 수 있다. ① 경덕왕 19년 하늘에 '이일병현二日竝現'의 현상이 나타났다. ② 일관이 인연승을 청해 산화공덕을 하면 재앙을 물리칠 수 있다고 하였다. ③ 왕이 조원전에 단을 설치하고, 남쪽길을 가는 월명사를 불러 계啓를 지어라 했다. ④ 월명사가 범패梵唄를 모른다고 하자 왕이 향가라도 좋다고 하였다. ⑤ 월명사의 「도솔가」및 「도솔가」의 한역시가 나온다. ⑥ 일연이 「산화가」와 「도솔가」를 구별한다. ⑦ 일괴가 사라진다. ⑧ 왕이 내린 차와 수정염주의 하사품을 동자가받는다. ⑨ 왕은 이 동자를 월명사의 종자로 알았고, 월명사는 왕의 사자로알았으나 그렇지 않았다. ⑩ 왕이 동자를 쫓아가니 동자는 내원탑으로 사라지고, 차와 염주는 미륵상 앞에 놓여 있었다. ⑪ 월명사의 지극한 덕이하늘에 닿아 있으므로, 왕은 더욱 공경하여 비단 일백 필을 하사하였다.

Ⅱ는 3개의 화소로 나누어진다. ①은 월명사가 일찍이 동생을 위해서 향가를 지어 제사를 지냈다. ② 그 때 홀연히 돌풍이 불어 종이돈을 서쪽으로날아가게 했다. ③ 향가 「제망매가」가 나온다. Ⅲ에는 월명사가 사천왕사에 거주하였는데 피리를 불어 달을 멈추게 했다는 월명리의 유래가 나온다. Ⅳ에는 신라인이 향가를 숭상하였는데 향가가 천지와 귀신을 감동시킨일이 자주 있다고 한다. Ⅴ에는 찬시가 나온다.

Ⅳ와 Ⅴ는 신라인의 향가관과 찬시라고 할 수 있다. 신라인의 향가관과찬시에 나오는 내용을 바탕으로 배경설화의 서술원리를 분석하기로 한다.신라인의 향가관 부분에는 신라 사람들이 향가를 많이 숭상하였는데 대개시와 송의 유형으로 종종 천지와 귀신을 놀라게 한 것이 한 번이 아니라고

하는 내용이 나온다.

> 신라인들은 향가를 숭상한 사람이 많았다. 대개 시송의 부류인데 자주
> 천지와 귀신을 놀라게 한 일이 있었다.[26]

이 내용에서 우리가 주목해야 할 것은 영혼인 귀신을 놀라게 한 것과 천
지를 놀라게 한 것을 구별하는 일이다. 여기서 사람의 영혼을 놀라게 한
것은 「제망매가」라 할 수 있으며, 천지를 놀라게 한 것은 「도솔가」가 된다.
이와 같이 향가에 나타난 공간은 하늘과 땅 그리고 저승 등으로 다양하다
고 할 수 있다. 이러한 점은 배경설화를 공간적인 측면에서 살펴보도록 하
는 단서를 제공한다. 그리고 마지막에 나오는 찬시도 설화의 내용을 모두
요약하고 있어 배경설화를 분석하는 데 도움을 얻을 수 있다. 그러면 찬시
를 살펴보기로 한다.

바람은 돈을 날려 누이의 노자로 삼고	風送飛錢資逝妹
피리소리 밝은 달에 올라 항아에 머무르네	笛搖明月住姮娥
도솔이 하늘 멀리 이어졌다고 하지마라	莫言兜率連天遠
만 가지 덕을 지닌 꽃이 한 노래를 맞으리라	萬德花迎一曲歌

이 찬시는 설화의 내용을 요약하여 제시하고 있다. 먼저 일어난 사건인
피리소리가 달을 멈추게 한 내용과 돌풍이 종이돈을 가져간 내용을 먼저
서술하고, 다음에 「도솔가」에 관련된 내용이 나온다. 그러므로 이 칠언절
구의 한시 형태로 된 찬시는 기起와 승承의 내용이 먼저 일어난 사건이고,
전轉과 결結의 내용이 뒤에 일어난 내용임을 알 수 있다. 그런데 기와 승의
내용 중에 승이 기보다 먼저 일어난 시간의 기술이라는 것을 알 수 있다.

---

26) 일연 『삼국유사(월명사도솔가)』.
　羅人尙鄕歌者尙矣, 盖詩訟之類與, 故往往能感動天地鬼神者非.

왜냐하면 설화의 내용 중에 월명사는 일찍이 피리를 잘 불었는데 피리를 잘 불어 달을 멈추게 했다는 지명설화가 함께 전해오기 때문이다.[27] 이와 같이 일연의 향가관과 찬시의 내용은 월명사의 일대기를 공간의 크기와 시간의 선후관계로 노래하는 특성을 보여주었다.

지금까지 신라에 나타난 신라인의 향가관과 찬시의 내용을 바탕으로 하여,『월명사 도솔가』조의 설화를 시간과 공간의 변화로 분석할 바탕을 마련하였다고 할 수 있다. 이제부터 좀 더 구체적으로『월명사 도솔가』조에 나타난 시간과 공간의 변화를 분석해 보기로 한다.

먼저, 설화에 나타난 공간현상을 축소지향적인 주변공간을 통해서 살펴보기로 한다. 월명사의 설화에 나타난 공간의 현상은 축소지향적으로 이루어져 있다. 공간배경은 국가가 나오고 다음은 마을로 축소되고 있다. 이런 공간현상은 월명사가 궁궐에 나아가 나라의 전반적인 문제를 다루는「도솔가」에서 한 가족사의 문제를 다루는 것으로 축소하여「제망매가」를 노래하고, 다음으로는 월명리라는 마을로 그 다음으로는 사천왕사라는 공간으로 축소하고 있다. 그러므로『월명사 도솔가』조에 나타난 공간현상은 축소지향적인 공간현상이라 할 수 있다.

다음으로는『월명사 도솔가』조에 나타난 시간현상을 찾아보기로 한다. 이 설화에 나타난 시간현상은 월명사의 일대기를 시간의 역전기법으로 보여주고 있다고 할 수 있다. 경덕왕 19년(760)에서부터 설화에 서술된 시간은 시작되고 있지만 과거로 회상하고 있는 시간의 역전기법을 많이 사용하고 있다. 즉 이야기의 서술이 시간의 흐름을 계속 거슬러 전개되고 있다.「도솔가」에 관계된 이야기가 시기적으로 제일 나중에 일어났지만, 이를 먼저 기록한 후에「제망매가」와 관련된 설화를 기록하였으며, 다음으로 월명리에 관계된 과거의 이야기를 기록하고 마지막으로 사천왕사에 들어가 능

---

27) 일연,『삼국유사』,「월명사도솔가조」.
　　　明常居四天王寺, 善吹笛. 嘗月夜吹過門前大路, 月馭爲之停輪, 因名其路曰月明理.

준대사의 제자가 된 것을 기술하고 있다. 그러므로 이 설화의 이야기는 월명사의 삶을 시간적으로 역전시켜 서술한 것이라 할 수 있다.

설화의 마지막 부분에 나타나 있는 찬시는 지금까지 설화의 내용을 요약하여 시로 말한다. 특히 이 찬시는 설화의 주요한 화소를 중심으로 노래하며 설화의 내용을 요약하는 기능을 한다.

지금까지 분석한 이 설화의 주된 서술원리는 축소지향적인 공간현상과 시간의 역전기법이라고 할 수 있다. 여기서 시간과 공간의 현상은 분리되어 존재하는 것이 아니라 일연이 사건을 기술하는 순서를 정하도록 결정하는데 일조를 했다. 본고의 연구 대상이 된 『월명사 도솔가』 조는 월명사의 일대기 중에서 중요한 사건을 뽑아 시간의 역전기법으로 서술하고 있다. 이 이야기는 월명사가 살아가며 경험한 중요한 사건을 축소지향적 공간현상과 시간의 역전기법을 통해서 기록하고 있다. 이러한 기록의 방법은 오늘날 신문기사 작성법의 하나인 역피라미드형 기사작성법과 비슷한 기술방식을 취하고 있다고 볼 수 있다.

이 설화에 나타난 시간과 공간의 현상은 분리하여 존재하는 것이 아니라 서로 연관되어 밀접한 관계를 지니고 있다. 일연은 설화 속에서 월명사가 살아온 삶의 진행과정인 시간과 공간의 크기를 적절하게 조정하여 서술하고 있다. 다시 말하면 월명사의 나이가 많을수록 월명사가 활약한 무대가 넓어지고, 월명사가 젊었을 때는 그가 활약한 공간도 좁았다는 사실이 그 증거가 된다. 그러므로 이 설화의 구성은 사람이 나이가 많아 경험이 많아지면 국가를 위해 봉사할 수 있고, 나이가 어리거나 경험이 부족할 때는 가족과 자기 자신의 수신을 위해서 노력해야 한다는 것을 간접적으로 보여주고 있다.

5. 월명사의 정체와 현대인의 추리

지금까지 삼국유사『월명사 도솔가』조의 향가와 설화를 월명사란 인물의 변신과 설화의 서술방식을 중심으로 분석해보았다.

설화의 문맥에 나타난 월명사는 달의 현상을 잘 파악하고 있으며 국선에서 불승으로 옮겨간 사람이고 불승에서도 미타신앙을 믿다가 미륵신앙으로 전향한 승려로 의미가 규정된다. 이러한 월명사의 변신은 설화에 나타난 월명사를 밀교密敎를 믿는 연각승緣覺僧으로 여기도록 한다. 월명사를 믿는 연각승으로 보아야만, 국선지도國仙之徒, 미타승彌陀僧, 미륵승彌勒僧, 천문연구가天文硏究家, 제사장祭祀長, 정치인政治人 등의 다양한 성격을 지닌 월명사라는 인물의 특성을 포괄할 수 있다.

「도솔가」의 배경설화에 나타난 '꽃'과 '이일병현二日竝現'은 세 가지 측면에서 해석할 수 있다. 산화공덕에 사용된 꽃의 의미는 하늘과 인간의 상호교감을 나타내는 매개지점인 소도의 상징물로도 인식될 수도 있고, 왕권의 재생을 축도하는 정화물로도 해석할 수 있으며, 또 불교에서 부처를 모시는 연화좌대를 의미한다고도 할 수 있다.

자연적 측면에서 '이일병현二日竝現'의 해결은 일식이 일어나 그를 해소할 방법으로 주술사가 아이들로 하여금 민요인 달 노래를 부르게 하여 일식을 풀었다는 의미로 해석할 수 있다.

사회적인 측면에서 '이일병현二日竝現'의 해결은 왕당파와 왕을 위협할 반대세력이 등장하여 그 대립을 해소하기 위해 치리가治理歌 성격의 도솔가를 왕당파가 불러 대립하는 세력을 해소했다는 의미를 지닌다.

종교적인 측면에서 '이일병현二日竝現'의 해결은 미륵신앙과 미타신앙의 대립에서 이 노래를 불러 미륵신앙이 조정에서 승리했다는 의미를 나타낸다. 이때는 미륵불이 하생하여 신라의 전체 백성을 구하는 것이다.

그래서 자연적인 측면에서 「도솔가」는 『달노래』로 일식현상을 풀어나가는 의미를 지니고 있으며, 정치적인 측면에서 「도솔가」는 왕의 권력에 대립하는 반대세력을 다스리는 치리가治理歌의 성격을 지니고 있고, 종교적인 측면에서 「도솔가」는 미타불과 미륵불의 대립에서 미륵불의 승리를 나타내는 『도솔천 왕생의 노래』로 인식할 수 있다.

다음으로 정체불명의 동자를 자연현상으로 유추했을 때는 고대사회에서 일식이 일어났을 때 달 노래를 부르는 아이들로 파악할 수 있고, 사회적인 측면에서는 사건의 경위를 알려주는 연락병으로 해석할 수 있으며, 불교적인 측면에서는 미륵불의 하생현상으로 이해할 수 있다.

「제망매가」의 설화에 나타난 월명사는 바람이 일어나는 현상도 어느 정도 이해하고 있었던 사람으로 생각된다. 바람은 두 지역의 기압 차이에서 일어나는 공기의 흐름으로 발생한다고 보았을 때 돌풍은 기압의 급변화로 일어나는 것이다. 기압의 급한 변화에 맞추어 월명사는 누이를 위로하는 제사를 지내고 누이의 영혼을 극락왕생하게 했다. 그리고 피리소리에 달이 멈추는 신비로운 현상은 착시현상으로 설명이 가능하다.

「제망매가」는 세 단락으로 나누었을 때 ①과 ②는 자연과 인생에서 미해결로 남아 있는 문제를 제기하는 원인이 되는 단락이고 ③은 결핍의 충족을 만족시키는 단락이라고 할 수 있다. 즉 「제망매가」는 인생과 자연의 한계를 불교의 미타신앙이 풀어주어 누이와 화자를 극락왕생하게 한다는 의미를 지닌 노래이다.

이 설화의 서술원리는 축소지향의 주변공간과 개인사의 역전된 기록으로 설명할 수 있다. 이 설화와 노래의 편집순위는 축소지향의 공간과 시간의 역전기법을 통해서 편집자인 일연 스님이 자료를 두고 중요한 사건부터 먼저 기록하는 방법으로 정했다. 그러므로 월명사의 일대기를 보여주고 있는 이 설화의 구성은 사람이 나이가 많아 경험이 많아지면 국가를 위해 봉사할 수 있고, 나이가 어리거나 경험이 부족할 때는 가족과 자기 자신의 수신을 위해서 노력해야 한다는 것을 간접적으로 보여주고 있다.

앞으로 우리는 삼국유사와 삼국사기에 실려 있는 신비로운 이야기를 현대인의 합리적이고 과학적인 사고로 관찰하여 그 상징적인 의미를 체계적으로 설명하도록 노력하여야 하겠다.

○ 참고문헌

『시전』

김부식, 『삼국사기』

일연, 『삼국유사』

김동욱, 『한국가요의 연구』, 을유문화사, 1961.

김문태, 『삼국유사의 시기와 서사문맥 연구』, 태학사, 1995.

김열규외, 『향가의 어문학적 연구』, 서강대학교 인문과학연구소, 1972.

김승찬, 『신라향가연구』, 제일문화사, 1987.

김완진, 『향가해독법연구』, 서울대학교출판부, 1980.

김종우, 『향가문학연구』, 이우출판사, 1980.

김준영, 『향가연구』, 형설출판사, 1983.

박노준, 『신라향가의 연구』, 열화당, 1982.

서재극, 『신라 향가의 어휘 연구』, 계명대학출판부, 1975.

양주동, 『증정 고가연구』, 일조각, 1965.

윤영옥, 『신라시가의 연구』, 형설출판사, 1982.

임기중, 『신라가요와 기술물의 연구』, 이우출판사, 1981.

조동일, 『한국문학통사1』, 지식산업사, 1982.

최용수 엮음, 『한국고시가』, 태학사, 1996.

최철, 『향가의 문학적 해석』, 연세대학교출판부, 1990.

이외 향가에 관련된 다수의 논문.

2부
봉건사회, 녹색담론과 정치현실

고운 최치원의 시세계와 녹색정신

1. 녹색담론과 전통사회

한국의 전통문화에서도 녹색정신을 만날 수 있다. 한국의 전통사상에는 자연과 생명을 소중히 여기는 인본정신과 생명사상을 담은 녹색정신의 담론이 존재하고 있다. 우리의 전통사회에서 이루어진 삶과 문화를 통하여 생성된 생명사상을 찾는 일은 환경이 파괴되고 생명의 존엄성이 가볍게 여겨지는 오늘날에 더욱 필요한 작업이라 여겨진다.

여기서는 신라시대 지식인인 최치원(857~?)의 시세계에 나타난 작가의식을 그가 체험한 삶의 궤적과 녹색정신[1]의 상관성을 통해 살펴보고자 한

---

1) 여기서 녹색정신이란 인간의 생태계와 관련된 산수자연과 인간사회에서 조화로운 삶을 모색하는 생태주의의 기본사상으로 우리 문화에 나타난 인본정신과 생명사상 등을 녹색정신이라 부르고자 한다. 한국에서의 녹색담론은 1990년대 유럽을 중심으로 한 서구의 녹색담론과 생태주의 이론의 수용과 함께 본격적으로 논의되었다. 하지만 30여 년이 다된 지금에도 생태주의가 한국사회의 자생적 요인에 의한 확대인지 외국이론의 적용에 의한 확대인지, 혹은 두 요인에 의한 확대인지의 논의가 지속되고 있다. 현실에 주어진 상황이 복잡할수록 그 상황을 바라보는 어떤 한 가지의 견해가 잘못임을 밝히기가 더욱 어려워지므로 그 상황에 대한 타당성 있는 견해의 수도 그만큼 늘어난다. 여기서는 이러한 논쟁을 피하기 위해서 녹색정신이란 용어의 뜻을 정의하여 그 논란을 피하고자 한다.

다. 최치원은 신라의 육두품 계층에서 태어나 당나라(618~907)에 유학하면서 치열한 삶을 살다가 다시 신라로 돌아와 멸망해가는 신라사회의 재건을 위해 최선을 다한 정치인이자, 역사가요, 철학자이자, 문학인이다. 그가 살아온 삶의 궤적은 신라 말의 육두품 지식인들의 삶의 모습을 그대로 대변하고 있으며, 삶의 현실에 주어진 문제를 해결하기 위해 고뇌하면서 치열하게 생활했음을 보여주고 있다.

우리나라 인문학계에서 최치원에 관한 대표적 연구로는 문학, 철학2), 비평3) 등에서 다양하게 이루어져있다. 지금까지 최치원의 문학에 관한 연구4)는 그의 자료를 정리하고 다양한 방법으로 살펴보고 있다. 하지만 최치원의 시세계에 담겨있는 작가의 의식지향을 녹색정신으로 분석한 연구는 거의 없다고 할 수 있다. 이 글에서는 최치원의 시세계를 녹색정신을 바탕으로 세 시기로 구분하여 살펴보고자 한다. 첫 번째 시기는 중국의 유학시절에 지은 시이고, 두 번째 시기는 당나라와 신라에서의 관료시절에 지은 시이며, 마지막 시기로는 가야산으로 입산한 은둔시절 전후에 지은 시 등으로 나눌 수 있다.

첫째, 유학시절에 지은 시는 현실세계를 활용하여 입신양명하자는 의식지향을 담고 있다. 이러한 의식지향은 최치원의 유학시절과 그의 성장기를 관통하는 실천정신으로 주어진 환경을 활용하고 적응하여 아버지의 훈계에 따라 주어진 환경에 적응하며 열심히 노력하여 입신양명을 추구하는 것으로 '생태계를 활용하자'는 정신세계를 보여주고 있다.5)

다음으로 관료시절에 지은 시에는 정치사회의 모순된 현실을 극복하고

---

2) 최영성, 『최치원의 철학사상』, 아세아문화사, 2001.참조.
3) 조동일, 『한국문학사상사 시론』, 지식산업사, 1978, 참조.
4) 김중렬, 『최치원 문학연구』, 고려대학교(박사), 1983. 참조
   이구의, 『신라한문학연구』, 아세아문화사, 2002, 참조
   김태호, 『최치원 시의 연구』, 성균관대학교(박사), 2011.
5) 존 S. 드라이제크(정승진 역), 『지구환경정치학 담론』, 에코, 2005, 186면, 참조.

자 현실을 비판하면서 생태계와 공생을 모색하는 자아성찰과 그 인식을 표출하는 시세계가 있다. 이 시기에 지어진 시는 주로 당나라와 신라에서 벼슬을 하던 시기에 창작한 것으로 자신에게 주어진 정치현실과 공생을 모색하면서 '생태계와 공생하자'는 입장으로 그의 시에는 현실을 비판하면서 자아의 성찰을 통해 사회문제를 해결하고자 하는 정신세계를 보여주고 있다.6)

마지막으로 은둔시절에 지은 시에서는 최치원이 신라로 귀국하여 현실정치의 쓴 맛을 보고 신라의 개혁과 그 변혁의 의지가 좌절되자 자연으로 돌아가 은둔하며 현실을 초월하는 정신세계를 보여준다. 이 시기의 시세계는 현실세계를 초월하여 자연에 은둔을 하는 것으로 자연의 '생태계로 돌아가자'는 녹색정신을 보여주고 있다.7)

이처럼 최치원의 시세계에 나타난 녹색정신은 '생태계를 활용하자'는 주제, '생태계와 공생하자'는 주제, '생태계로 돌아가자'는 주제 등 세 가지로 나누어 접근할 수 있다.

1990년대 이후 한국의 문학에서도 생태주의나 녹색문화에 관련된 연구가 많이 이루어지고 있다.8) 이러한 연구에 힘입어 이 글에서는 한국의 고대사회를 대표하는 유학자인 최치원의 시세계에 나타난 작가의식을 녹색정신과 관련하여 분석하고자 한다.

---

6) 존 S. 드라이제크(정승진 역), 『지구환경정치학 담론』, 에코, 2005, 301-302면 참조.
7) 존 S. 드라이제크(정승진 역), 『지구환경정치학 담론』, 에코, 2005, 293-300면, 참조.
8) 도정일, 『시인은 숲으로 가지 못한다』, 민음사, 1994.
   박희병, 『한국의 생태사상』, 돌베개, 1999.
   김욱동, 『한국의 녹색문화』, 문예출판사, 2000.
   손민달, 『한국생태주의 문학담론 연구』, 고려대(박사), 2008.

2. 유학시절, 현실사회를 활용하는 시

최치원의 유학시절(868~884)은 당나라에서 외로운 이방인異邦人으로 생활하면서 사회제도에 적응하여 입신양명立身揚名하는 과정이라 할 수 있다. 신라의 육두품으로 태어난 최치원은 신라의 귀족계층인 성골聖骨이나 진골眞骨에 비해 엄청난 신분의 제약이 있었다.

그는 계급사회로 성골, 진골들의 세상인 신라를 떠나 일찍이 당나라로 유학을 가야했다. 12살(868)에 당나라로 유학을 간 그 순간부터 최치원은 아버지의 뜻을 이어받아 과거에 급제하기 위해 노력했다. 최치원이 당나라로 유학한 것은 그의 부친이 이른바 '10년을 공부하여 과거에 급제하지 못하면, 나의 아들이라 말하지 말라고 하면서, 중국에 가서 열심히 공부하라.'[9]는 것에서 알 수 있듯이 중국의 빈공과賓貢科에 급제하기 위함이었다. 중국의 과거에 급제하였다는 사실은 육두품이라는 신분의 한계를 뛰어넘음과 동시에 새로운 지식인이 되었다는 자부심을 지니게 되는 것이었다.

당나라에 유학한 최치원은 스승을 찾아서 배움을 게을리 하지 않고 학문에 열심히 정진하였다. '실제로 남이 백 번을 한다면 나는 천 번을 한다.'는 노력으로 그는 중국에 유학한 지 6년 만에 금방金牓에 이름을 걸게 되었다.[10] 이처럼 유학한 지 6년 만에 빈공과에 합격한 최치원은 20세에 율수현위漂水縣尉에 임명되었다. 빈공과의 합격(874년)이 외국에서 유학 온 처지에서는 대단한 것이었지만 종9품의 현위縣尉라는 미관말직微官末職은 최치원의 입신양명立身揚名을 위한 준비단계에 불과한 것이었다.

당나라의 유학생이라면 누구나가 태학太學에서 익혀야 하는 학습의 양과 진사進士의 시험에 부담감을 가지고 있었으나, 최치원은 874년에 중국의

---

9) 『계원필경집(자서)桂苑筆耕集(自序)』, 右臣自年十二, 離家西泛, 當乘桴之際, 亡父誡之日, 十年不第進士, 則勿謂吾兒, 吾亦不謂有兒, 往而勤哉, 無墮乃力.
10) 『계원필경집(자서)』, 實得人百之己千之 觀光六年 金名牓尾.

인재들과 더불어 과거에 급제하여 이름을 금방에 올렸다. 그 즐거움을 시로 표현한 내용은 유학시절에 그가 매진해온 과거급제의 자부심을 나타내고 있다.

과거급제의 축하연에 참석한 최치원은 「급제 후에 진사 전인의에게 보여줌」이라는 시를 창작하여 중국의 현실정치와 관료사회에 잘 적응할 수 있는 자신감과 친화력을 표출하고 있다.

> 꽃동산에 취해 헤어질 때 꽃은 소매에 가득하고　　　　芳園醉散花盈袖
> 오솔길 읊조리며 돌아오는 길에 달빛은 장막에 드리우네　幽徑吟歸月在帷[11]

위의 시는 최치원이 열심히 중국의 유학생활에 적응하여 과거시험에 합격한 즐거움을 표현하고 묘사한 것이다. 밤늦게까지 과거급제의 연회석에 참석하여 꽃을 꺾어서 소매에 넣은 숫자가 많음은 많은 사람들에게 축하를 많이 받아 술에 취해 있음을 의미한다. 그는 열심히 노력하여 빈공과에 급제하여 유학생활의 생태계에서 과거급제라는 자아성취를 실현하였다. 작가는 연회석에서 봄날의 기운에 휘둘려 벗들과 함께 주거니 받거니 하니 그 취기는 자연의 달빛과 물아일체物我一體가 되어 합일을 추구하고 있다. 작가의 의식지향은 주어진 자연과 그 생태계를 활용하여 장막에 드리워진 달빛처럼 오솔길을 따라 흥에 겨운 노래를 부르면서 자유로운 상태를 유지하고 있다.

빈공과에 합격하기 위해 작가는 '다른 사람이 백 번을 하면 나는 천 번을 한다.'는 정신으로 아버지의 뜻을 이어 받아 효도를 실천하였다. 하지만 빈공과에 급제한 후 작가는 입신양명立身揚名을 위해서 큰 뜻을 세우고 고급관리가 되기 위해서 박학굉사과博學宏辭科[12]라는 과거시험에 다시 응시하

---

11) 『천재가구千載佳句』 권하卷下, 「급제 후에 진사 전인의에게 보여줌(成名後酬進士田仁義見贈)」.

기로 하였다.

최치원이 빈공과라는 과거시험에 급제한 후 신라로 귀향하지 않은 것은 육두품의 한계를 벗어나기 위한 선택이었다. 신라가 최치원을 귀중히 여겨서 그의 능력과 지위에 합당한 사회적 위치와 정치적인 역할을 허용했다면, 그는 귀국하여 조국과 민족을 변화와 개혁을 위하여 현실정치에 보다 적극적으로 참여했을 것이다. 하지만 신라의 사정은 고통을 감내하며 중국의 과거에 급제한 지식인에게 기껏해야 왕당파의 끝줄에 서서 외교문서를 작성하거나 천문이나 역법 등을 따지고 논하는 말단의 기술직이나 어느 지방의 관청에서 허송세월을 보내는 것이 고작이었다.13) 그래서 최치원은 온전한 입신양명과 부귀영화를 위해서 중국인과 함께 겨루는 과거시험인 박학굉사과를 준비하기로 하였다.

이처럼 중국의 유학생활에 나타난 최치원의 의식지향은 '생태계를 활용하자.'라는 구호로 집약될 수 있다. 초기의 유학시절에 최치원은 자식이 과거에 급제하여 성공하기를 바라는 아버지에게 효도하기 위해서 학문에 정진하였다. 부친의 엄격한 훈계를 실천하기 위해서 육신의 고통을 잊고 열심히 공부하였다. 한편 빈공과에 급제한 이후에도 최치원은 신라의 육두품 출신인 자기한계를 인식하고 중국에서의 입신양명立身揚名을 목표로 삼아 중국의 생태계를 활용하여 더 큰 성공을 위해서 열심히 노력하였다.

다음은 장안長安의 여관에서 우신미于愼微 장관을 만나서 교유한 시를 살펴보기로 한다.

상국에서 타향살이 오래되어	上國羈栖久
만리타향의 사람이라 부그러워하네	多慙萬里人

---

12) 당나라 현종 때 설치된 것으로 상서이부(尙書吏部)에서 문장 3편으로 시박능문(詩博能文)의 인재를 뽑는 관리 선발제도이다.
13) 신형식, 「숙위학생고宿衛學生考」, 『역사교육』 11·12합집, 역사교육연구회, 1969, pp.71~96면, 참조.

어떻게 안씨의 누항에서	那堪顏氏港
맹가의 이웃에 살게 되었네	得接孟家隣
도를 지키며 옛일을 생각하니	守道唯稽古
정을 나눔에 가난하다고 싫어하리	交情豈憚貧
타향이라 나를 아는 사람이 적으니	他鄉少知己
자주 찾는다고 싫어하지 마소	莫厭訪君頻[14]

이 시는 최치원이 장안에 머물고 있을 때 여관 곁에 사는 우신미라는 장관에게 보낸 작품이다. 작품의 화자는 자신의 직위보다 높은 위치에 있는 장관에게 시로써 앞으로의 우의와 교류를 부탁하는 입장에서 글을 쓰고 있다.

작가는 수련首聯에서 중국의 타향살이가 오래 되었지만 외국인이라 부끄러워하는 작가의 성격을 표현하고 있다. 장안이라는 지역에는 높은 지위에 있는 사람들이 많이 살고 있어 많은 능력이 있는 인물들과 교류하여 자신의 입신양명을 완성하기 위해서 노력해야 하는 곳이다. 작가는 자신의 능력을 인정하는 지기知己인 친구를 찾기 위해서 장관과의 교류를 주제로 하여 시를 쓰고 있다. 함련頷聯에서 수신자인 우신미 장관을 높이며 칭송하고 있다. 작가는 당시 장관長官이라는 벼슬이 각 주州와 현懸의 도독부都督府의 행정을 총괄하는 고위직의 관원임[15]을 파악하고 있었다. 그래서 상대방과의 좋은 교류를 위해서 안회顏回가 가난하면서도 도를 즐겼던 사실[16]과 맹자의 어머니가 자식을 교육하기 위해 좋은 이웃이 있는 곳으로 세 번이나 이사를 했듯이 자신도 좋은 이웃을 만났다고 상대방을 칭찬하는 것이다.

경련頸聯에서 작가는 자신이 옛날의 도를 지키며 공부하는 사람이니 자

---

14) 『동문선東文選』 권 9, 「장안여관에서 이웃에 사는 우신미 장관에게(長安旅舍與于愼微長官接隣)」.
15) 심영환, 「당대 지방의 문서안과 관문서 작성」, 『장서각』 25집, 한국학중앙연구원, 2011, pp.190-218 참조.
16) 『논어(옹야편)論語(雍也篇)』, 賢哉回也 一簞食 一瓢飲, 在陋巷, 人不堪其憂, 回也不改其樂, 賢哉回也.

신이 가난하다고 우신미 장관이 자신과의 교유가 소홀하지 않아야 한다고 주장하고 있다. 미련尾聯에서 작가는 외국인으로서 지기知己가 많지 않으니 자주 방문하겠다는 의지를 표현하고 있다. 이러한 표현의 숨겨진 의도에는 작가의 입신양명을 위한 출세지향의 의식을 함축하고 있다. 이 시기에 작가는 입신양명하기 위해 동분서주東奔西走하였고, 출세를 위한 인맥과 그 생태계를 조성하기 위해서도 열심히 노력했다.

9세기 말 중국의 관료선발과 등용정책은 벼슬자리를 두고 경쟁이 치열하였다. 중국에는 태학에서 공부하는 선비들의 숫자는 늘어나고 과거에 급제를 하여도 인맥이 없으면 좋은 벼슬자리가 생기지 않았다. 벼슬자리는 한정이 되어 있었고 중국인과 중앙정계의 인맥에 의해 벼슬자리의 독점이 강화되자 외국인 급제자들의 위치는 더욱 위축되었다. 그래서 작가는 이러한 불합리한 현실을 타개하기 위해 정치계의 요직에 있는 사람들과 교류하게 되었다. 작가는 중국을 관광觀光하고 유람하면서 현실정치의 상황을 잘 파악하여 중국의 생태계에 적응하기 위해 중앙 정치권과 인맥을 맺으려고 열심히 교류하였다.

여기서 작가는 외국인이고 주변인이지만 주류사회에 들어가기 위해서 열심히 노력하는 모습을 보여주고 있다. 인간은 혼자서 살아갈 수 없는 것이므로 이 시기에 작가는 자신의 성장과 중국에서의 더 큰 발전을 위해서 정계의 인맥과 교류를 넓히기 위해서 노력했다. 그리고 중국인과 함께 경쟁하는 관료선발제도인 박학굉사과博學宏辭科에 도전하여 중국에서 관료생활을 지속하기로 결심하였다. 이러한 작가의식은 자신에게 주어진 사회제도의 장점을 선택하여 그 생태계에 적응하고 경쟁하여 자신의 성장과 발전을 지속하고자하는 녹색정신을 포함하고 있다.

지금까지 살펴본 유학시절에 지어진 시세계에 나타난 작가의식은 "생태계를 활용하자."라는 녹색정신으로 요약할 수 있다. 이러한 작가의식은 주어진 현실의 제도정치를 활용하여 자신의 성장과 발전을 추구하고 현실의 모순을 개혁하고 변화시켜서 공동체에 적응하겠다는 녹색정신이라 할 수 있다. 이처럼 작가는 중국에서 부조리한 관료제도와 현실정치를 체험하였지만 좌절하지 않고 치열하게 정치현실의 모순을 극복하면서 정치사회를 활용하여 자신이 주도하는 생명공동체를 만들기 위해서 노력하였다.

3. 관료시절, 현실사회와 공생하는 시

최치원은 884년 당나라의 벼슬을 유지하면서 신라로 파견되는 사신의 이름으로 귀국을 결심하였다. 최치원이 중국을 떠나(884년) 신라로 향할 때는 대단한 포부를 가지고 귀국하였다고 한다. 그는 신라로 귀국하면서 자신의 계급인 육두품의 한계를 극복하고 신라에서 정의사회를 실현하여 선진조국의 건설을 활기차게 펼칠 자신을 상상하고 있었다.[17] 당나라에서도 입신양명立身揚名과 금의환향錦衣還鄕을 목표로 삼았지만 당시 중국 정계의 부정부패와 황소의 반란(875~884)으로 대과인 박학굉사과博學宏辭科의 과거시험에 응시할 기회를 가지지 못하였다. 뿐만 아니라 신라인으로서 인맥도 변변한 것도 아니어서 신라출신의 국적은 오히려 자신의 출세를 가로막는 태생의 한계일 따름이었다. 그래서 그는 신라의 발전과 번영을 위해서 귀국을 단행하였다.

최치원의 생애 중에서 가장 왕성하게 사회활동을 하던 시기는 18세(874)에 당나라에서 빈공과에 급제한 후에 884년 신라로 귀국하기 전까지의 중국체류 시기와 885년부터 신라에서 정치생활을 하면서 898년 해인사로 은둔하기 전까지라 할 수 있다. 중국체류 시기에 작가는 중국에서 벼슬살이를 하면서 외국인으로서의 차별을 극복하기 위해 열심히 노력하였다. 그는

---

17) 최영성, 『역주 최치원 전집(1)』, 아세아문화사, 1998, 참조.

875년쯤에 율수현위로 임용되어 근무하다가 사직하고 박학굉시과를 준비하기 위해 입산수학을 하고, 879년쯤에는 고병高骿 (821~884)의 막하幕下에 부임하여 벼슬을 하며 881년에는 「격황소서檄黃巢書」를 작성하여 천하에 문명을 천하에 떨쳤고 부모의 이름을 영화롭게 했다.

중국에서 많은 문장을 연습한 최치원은 885년 신라로 귀국한 후 많은 문장과 글을 남겼다. 이후 신라에서 최치원은 한림翰林, 학사學士 등의 벼슬을 역임하면서 문장으로서 이름을 날려 진성왕眞聖王(887~896) 시절에는 병부시랑兵部侍郎과 서서감瑞書監 등의 벼슬을 역임하면서 한때는 신라정치의 실세가 되었다. 그가 894년에 신라에서 주창한 시무책時務策에는 신라의 발전과 번영의 개혁안을 담아 자신의 정치적 이상을 실현하고자 하였다.

최치원은 「진감선사비문眞鑑禪師碑文」(887)의 첫머리에 "도는 사람으로부터 멀리 있지 않으며 사람에게는 이국이 따로 없다.(道不遠人 人無異國)"라고 하였다. '도불원인道不遠人'은 '도는 사람에게서 멀리 있지 않으니, 사람이 도를 하면서 사람을 멀리 한다면 도라고 할 수 없다.'[18]라는 『중용』에 있는 문장이다. 결국 최치원은 도道가 사람을 멀리하지 않고 누구나 열심히 노력하면 도道를 깨칠 수 있다는 진리를 터득하였다.

인무이국人無異國이란 '온 천하가 왕의 나라이니 백성들에게 다른 나라가 따로 없다.'[19]는 의미이다. 이 말은 최치원이 외국인으로서 중국과 체험한 경험과 내국인으로서 신라에서 체험한 내용을 요약하는 구절이다. 최치원이 말한 사람에게 출신국가에 따른 차이가 없다는 말을 한 마디로 요약하자면 인간이 도를 체험하는 진리에는 국경이 없다는 말로 연결된다. 이러한 최치원의 사상은 신라인의 주체적 자각에 따른 자아각성과 서로 연관이 있다.

당시 당나라는 세계적인 대제국이자 문화의 선진국으로서 국제무대의

---

18) 『중용中庸』 제13장, 子曰, 道不遠人, 人之爲道而遠人, 不可以爲道.
19) 『고문진보』, 「이사李斯, 상진황축객서上秦皇逐客書」, 地無四方 人(民)無異國 四時充美 鬼神降福.

주인공이었다. 당나라는 세계문화의 중심국이고 주변의 나라들은 문화가 열등한 미개국이라 하여 야만시하는 것이 다반사였다. 최치원은 당나라의 이러한 태도에 정신적으로 저항하는 의미에서 인간에게 타국이 없다는 주체성의 확인으로 신라와 중국이 대등하다는 의식을 주장하였던 것이다.

그리고 최치원은 귀국 전후에 많은 시를 지으면서 현실사회의 부조리와 자아성찰의 과정을 다양하게 표출하고 있다. 이 시기에 작가는 부귀와 영화가 현실 사회에서 세속의 가치를 지니는 것으로 삶의 유한성을 나타낸다고 하면서 자신이 추구하는 영원한 삶을 도불원인道不遠人과 인무이국人無異國이라는 용어로 표현하고 있다.

인본정신으로 '도불원인道不遠人'과 '인무이국人無異國'의 실천이라 할 수 있는 자아의 성찰은 도가 사람을 멀리하는 것이 아니고 인간에게는 타국이 없다는 정체성의 확립으로 이어진다. 이러한 명제는 동물과 식물이 대등하고, 작은 나라와 큰 나라가 대등하다 의미로 생명공동체인 현실사회의 '생태계와 공생하자'는 녹색정신과 상관성이 깊다.

먼저 「옛날의 생각에(고의古意)」라는 시에 나타난 작가의식과 녹색정신의 상관성을 살펴보기로 한다. 이 시에서 작가는 정명正名사상을 주장하지만, 세상에 존재하는 성聖이 속俗의 세계를 부정하지 않고 함께 포용하여 공생하고자하는 자세를 보여주고 있다.

여우는 미녀로 변하고	狐能化美女
삵괭이는 서생이 되네	狸亦作書生
누가 다른 무리들을 알리	誰知異類物
사람과 같이 변해서 홀리는 것을	幻惑同人形
변화하기는 오히려 어렵지 않으니	變化尙非難
마음잡기는 진실로 어려워라	操心良獨難
참과 거짓을 분별하려거든	欲辨眞與僞
마음의 거울이나 닦고 보아라	願磨心鏡看[20]

이 시에서 작가는 인간과 동물의 비유를 통해서 현실세계를 풍자하고 있다. 세속의 인간들이 변화와 변신을 통해서 참된 학자인 것처럼 행동하는 부도덕한 세태와 부정한 위정자의 실상을 풍자적으로 고발하고 있다.

여기서 작가는 정신을 수양하여 참과 거짓의 판단을 유보하면서 인간의 마음을 수양하는 일이 더 급하다고 주장하고 있다. 수련首聯에서는 여우가 미녀로 변신한다고 하고 삵괭이가 선비가 된다고 했다. 함련頷聯에서는 사악한 인간의 변신한 모습을 알 수 있는 사람이 없다는 것이다. 여우가 미녀로 변신하는 것과 삵괭이가 선비로 변신하는 것을 파악해 낼 사람이 없다는 것이다. 왜냐하면 인간의 형체는 그대로 존재하기 때문일 것이다.

경련頸聯에서는 미녀나 선비로 변하는 것은 어렵지 않으나 마음을 올바르게 가지는 것만은 참으로 어렵다고 한다. 원래는 진위眞僞, 정사正邪, 시비是非, 선악善惡 등을 엄격하게 분별하고자 한다. 하지만 이 시에서는 참과 거짓을 분별하는 의도와 함께 더 나아가 사람들이 원래는 진위와 시비의 구분이 없는데 마음을 잡지 않아서 만들어 낸다는 것이다.[21] 그래서 미련尾聯에서는 참과 거짓을 분별하려거든 마음을 닦고 거울을 보아야 한다고 한다.

작가는 진위眞僞의 변별은 마음을 잡고 다스리는 것에서 비롯한다고 하였다. 마음의 거울을 닦아 속마음을 잘 다스려야 모든 환상과 미혹함을 떨쳐버리고 진위眞僞와 시비是非를 볼 수 있음을 밝힌 것이다. 이처럼 작가는 한갓 문장에만 힘썼던 문학인이 아니라 심오한 철학에도 뜻을 두었던 학자였다고 할 수 있다.

위의 시는 마음을 닦는 일에 관심을 표명하면서 참과 거짓을 판명하는 일보다도 마음을 닦아서 참된 판단을 해야 한다고 주장한다. 그러므로 참과 거짓, 그리고 올바름과 거짓을 정확하게 판단하는 마음을 닦는 일이 더

---

20) 『동문선東文選』 권卷4, 「고의古意」.
21) 『장자莊子(제물편齊物論)』, 道惡乎隱而有眞僞, 言惡乎隱而有是非, 道惡乎往而不存, 言惡乎存而不可, 道隱於小成, 言隱於榮華.

중요하다고 여긴다. 이러한 작가의식은 선과 악, 올바름과 거짓 등 이분법 판단의 피해를 설명하는 것으로 선과 악을 판단하기 전에 인간의 마음 수양이 필요한 것이라고 한다. 즉, 미녀나 선비를 선善을 대표하는 비유로 여우나 삵괭이를 악惡으로 설정하는 것이 아니라 선악의 판단을 유보하는 마음을 수양하는 일에 초점을 맞추고 있다. 마음을 수양하면 선악善惡, 진위眞僞, 시비是非, 정사正邪 등의 판단을 유보하고 서로 공생하는 삶을 살아갈 수 있다는 사실을 증명한 것이다.

선악, 시비, 진위, 정사 등을 정확하게 구별하지 않고 판단을 보류하고 유보하여 마음을 수양하면서 서로 상생하고자 하는 최치원의 의식지향은 우주의 삼라만상이 자신의 특색을 지니고 있어 동행하며 공생해야 하는 녹색정신을 표출하고 있다. 이런 진보된 상상력은 정신과 물질이 균형 있게 성장하기를 바라는 공생하는 녹색정신의 발현이라 할 수 있다.

다음은 「가을 밤의 비 소리에(추야우중秋夜雨中)」에 나타난 시세계를 살펴보기로 한다.

> 가을바람에 외롭게 읊나니 　　　　　秋風惟苦吟
> 세상에는 날 알아주는 사람이 드물구나 　　擧世少知音
> 창밖에는 한밤중에 비가 내리고 　　　　窓外三更雨
> 등불 앞에 내 마음은 만리를 치달리네 　燈前萬里心[22]

이 시는 중국에서 신라를 그리워하면서 창작하였다는 설[23]과 신라에 귀국하여 지었다는 설[24]이 있다. 이러한 견해는 시의 창작을 너무 최치원의 귀국 시점에 맞추어서 창작시기를 논정하는 과정의 논란이라 할 수 있

---

22) 『동문선』 권19, 영인표점 한국문집총간1.
23) 김혜숙, 『최치원의 시문연구』, 서울대(석사), 1981, 69-70면, 참조.
24) 박종화, 「고운최치원전」, 『지방행정』 8권 11호, 1959, 244면.
　　염기閻琦(조성환 편역), 「최치원일시전증崔致遠佚詩箋證」, 『중국의 최치원 연구』, 심산, 2009, 380면.

다.25) 여기서는 작가가 중국에서 빈공과에 합격(874년)한 후에 자신의 재주를 활짝 펴지 못하던 시기에 지었거나, 아니면 신라로 귀국(885년)한 후에 해인사로 은둔(898년)하기 전의 시기인 관료생활을 하던 시절에 지은 작품으로 추정하고자 한다. 이러한 시각에서 이 시는 작가가 출세를 위해 빈공과에 합격(874년)한 후부터 해인사로 은둔하기(898)까지의 25년간의 관료시절에 창작한 것으로 추측할 수 있다.

작가는 자신이 연마한 문장 능력으로 당나라와 한국에서 중요한 벼슬자리를 차지하여 큰 역할을 수행할 수 있다고 여겼으나, 정치현실에서 소외되고 좌절한 자신의 외로움을 이 시에 표현하고 있다. 정치현실에서 소외된 이유는 중국과 신라에서 조금씩 다르다고 할 수 있다. 중국에서 작가는 외국인으로서 중국인과 대등한 경쟁에서 불리한 입장이었고, 신라에서 작가는 육두품의 신분으로 자신의 능력을 마음껏 발휘하기 힘들었던 것이다.

현실정치에서 소외되고 핍박받은 것은 자신의 출신성분이 육두품이며 외국인이라는 것에 그 원인이 있다. 당시 중국과 신라에 나타난 현실정치의 사회에서는 외국인과 중국인, 육두품과 진골 등으로 이원화시켜서 인물을 판단하였다. 이러한 이원론의 세계관은 최치원을 더욱 비참하며 외롭고 쓸쓸하게 만들었다.

그래서 최치원은 중국에서 대인관계를 넓히기 위해 노력했으며, 당시 신라가 지닌 계급사회의 정치현실에서도 성공하기 위해서 열심히 노력했다. 양국에서 관료생활을 하면서 작가는 현실의 정치사회에 적응하여 외국인과 중국인, 육두품과 진골의 귀족세력이 서로 공생하는 방법을 찾기 위해 자아성찰을 계속했다.

그러한 자아성찰의 과정을 거치면서 찾아낸 명제가 바로 '인능홍도人能弘道와 인무이국人無異國'이라는 단어이다. 사람은 자신의 노력에 의해서 도

---

25) 김태호, 『최치원 시의 연구』, 성균관대학교(박사), 2011, 102면.

를 넓힐 수 있으며, 사람에게 타국은 존재하지 않는다는 것이다. 외국과 자국의 구분 그리고 시비의 구분을 극복하고자 하는 최치원의 이러한 시각은 선과 악을 양분하는 이원론의 세계관이 지닌 문제점을 극복하기 위해서 선과 악이 더불어 유기체로 상생하며 공존해야 한다는 녹색정신을 지니고 있다.

지금까지 살펴본 관료시절에 지은 최치원의 시세계에는 외국인의 차별과 정치사회를 비판하면서도 주어진 '생태계와 공생하자'는 자아성찰의 녹색정신이 담겨 있다. 또한 인간이 세계를 지배하고 소유하려는 욕망의 근원인 물욕과 모순된 이성을 버리고 순수한 현실세계의 이상을 추구할 때 인간과 현실세계는 서로 공생이 가능하다는 녹색정신을 표현하고 있다.

4. 은둔시절, 자연으로 돌아가는 시

최치원은 885년(헌강왕 11)에 신라로 귀국하여 처음에는 문장의 재능을 인정받아 자신의 정치적 포부를 펼 수 있었다. 하지만 886년에 이루어진 정권교체는 최치원으로 하여금 외직을 전전하며 무기력하게 6년의 세월을 보내게 했다. 이 시기에 최치원의 벼슬은 한림학사翰林學士와 시독侍讀을 거쳐 문장으로 인정을 받아 병부시랑兵部侍郎과 서서감瑞書監까지 올랐다.

하지만 가야산으로 들어가는 최치원의 은둔隱遁은 성군聖君을 도와 신라를 태평하게 만들겠다는 그의 의욕이 물거품으로 변하는 시기가 되었다는 뜻이다. 진성왕眞聖王의 즉위(887년)와 함께 각간角干 위홍魏弘(?~888년)의 활약으로 정치가 안정되었다고 할 수 있었지만 곧이어 위홍26)魏弘의 죽음으

---

26) 『삼국사기三國史記』 권卷11, 신라본기新羅本紀11, 진성왕眞聖王 2년, 춘春2월月, 참조.
  위홍(魏弘, ?~888)은 왕명을 받아 대구화상(大矩和尚)과 함께 신라의 향가를 모아 「삼대목三代目」이라는 향가집을 만들기도 했다.

로 신라의 정치와 사회는 다시 혼란에 빠졌다.

이 시기부터 신라가 회복이 불가능한 국운의 상태에 이르렀음을 인식한 최치원이 선택한 마지막 길은 가야산으로 은둔하는 일(898년)이었다. 최치원은 진성왕(887~897) 시절에 시무책時務策을 건의하여 난국의 타개책을 제시했으나 정치는 반왕당파 세력의 압력과 비판으로 수습할 수 없었다.

그래서 최치원은 '선양(禪讓)'이라는 유교적인 방법을 통해 진성왕에게 정치적 공세를 가하는 외부세력과 타협을 시도했다.[27] 그래서 육두품 계층은 평화적인 왕위교체로 진성왕의 신변을 보장받겠다는 의도로 선양을 주장하였다. 이로써 진성왕과 효공왕의 왕위교체(897년)는 순조롭게 이루어졌다. 그러나 최치원은 죄를 얻어 면직(898년 11월)이 된다. 이렇게 최치원은 복잡한 정치상황에 얽혀 조정에서 물러나 은둔생활을 할 수밖에 없었다.

최치원은 898년 가야산에 입산하면서 은둔생활을 시작한다. 은둔시절의 시세계에 나타난 최치원의 작가의식은 현실을 초월하여 "자연으로 돌아가자."라는 표어로 요약할 수 있다. 동양에서 전원문학이라고 하면 도연명陶淵明(365~427)의 「귀거래사歸去來辭」나 「도화원기桃花源記」에서 그 유래를 찾는 것이 일반적인 현상이다. 우리나라의 경우에는 전원문학의 개념을 목가적 이념 내지 정신만으로써 논한다면 그 기원은 서정시의 시작과 함께 거슬러 올라 갈 수 있다. 하지만 기록의 선후를 바탕으로 귀거래歸去來를 관리생활을 그만두고 산수전원으로 돌아가는 것으로 한정한다면 최치원의 시 작품이 우리나라 전원문학의 선두에 설 수 있다.

「제가야산독서당題伽倻山讀書堂」에는 작가가 세상과 결별하고자 하는 격렬한 열망을 가지고 입산을 하여도 못내 떨치기 어려운 현실세계를 억지로 흐르는 물로 감싸게 하여 자연으로 돌아가겠다는 의지를 표현하고 있다.

---

27) 『고운선생문집孤雲先生文集』 권卷1, 「讓位表」, 「嗣位表」, 「謝恩表」.
　　전기웅, 「신라 효공왕대의 정치사회 변동」, 『신라문화』 27집, 동국대신라문화연구소, 2006, 51~52면.

무수한 돌 사이를 미친 듯이 흘러 산봉우리를 만드니　　狂奔疊石吼重巒
사람의 말은 가까운 거리라도 분별하기 어렵네　　　　　人語難分咫尺間
시비하는 소리가 귀에 이르는 것을 두려워하여　　　　　常恐是非聲到耳
짐짓 흐르는 물로 하여금 산을 두루 감싸도록 한다　　故敎流水盡籠山[28]

　이 시는 가야산의 해인사 입구에 있는 농산정 앞의 홍류동 계곡의 화강
암 바위에 최치원의 친필로 새겨져 전해오고 있었다고 한다. 세월이 흘러
친필의 모습이 거의 사라지자 맞은편 계곡의 바위에 우암 송시열宋時烈
(1607~1689)이 쓴 초서체의 글씨로 전해 내려오고 있다.

　이 시의 배경이 되는 계절은 여름철이다. 기구起句에서는 여름철에 산을
울리는 거센 홍수의 물이 연이어서 산봉우리가 되어 그 소리가 계곡에 울려
서 퍼지는 광경을 시청각을 활용하여 묘사하고 있다. 승구承句에서는 홍수
로 넘쳐나는 물소리 때문에 사람의 말을 가까운 거리에도 분간하기 어렵다
고 한다. 물의 소리가 크기 때문에 사람들의 말소리가 들리지 않는 것이다.

　전구轉句에서는 세상에서 항상 시비하는 소리가 귀에 들릴까 두려워하고
있다. 마지막으로 결구結句에서는 흐르는 물로 산을 감싸게 해서 세상의 다
투는 소리를 피하고 있다. 이 작품에서 작가는 가야산의 미친 듯이 뿜어져
나오는 물소리가 온 산을 뒤덮어 버릴 정도로 시끄럽지만 세상에서 시비를
따지면서 다투는 소리보다는 좋다는 것이다. 작가는 현실세계의 괴로움을
옳고 그름이 없는 산수자연으로 돌아와서 심신을 달래고 있다.

　최치원은 귀국 후에 신라에서 벼슬을 하면서 육두품의 한계를 극복하지
못하고 주변의 시기와 질투로 자주 벼슬자리에서 파직되기도 했다. 그래서
작가는 신라의 정치가 혼란하여 전쟁과 흉년이 지속되는 상황이 계속되어
도 현실정치에는 개입하고 싶지 않았다. 초월세계인 자연으로 돌아온 작가
는 더 이상 신라의 현실정치에 참여하지 않았다. 작가는 부정과 부패로 얼

---

28) 『고운선생문집孤雲先生文集』 권卷1, 「제가야산독서당題伽倻山讀書堂」.

룩진 정치현실을 떠나서 초월세계인 산수와 자연을 자신의 고통을 달래주는 안식처로 생각했던 것이다.

다음은 그가 현실정치에서 좌절을 체험하고 세상을 멀리하여 자연으로 돌아가고자 하는 심정을 읊고 있는 「산승에게贈山僧 혹은 입산시入山詩」라는 작품을 살펴보기로 한다.

스님 청산이 좋다고 말하지 마오　　　僧乎莫道靑山乎
산이 좋다면서 어찌 산을 떠나오　　　山好何事更出山
두고 보오 다른 날 나의 자취를　　　試看他日吾踪蹟
한번 청산에 들면 다시는 돌아오지 않으리　一入靑山更不還[29)]

위의 시는 산속의 스님에게 준 것으로 작가는 자연에 귀의하겠다는 뜻을 분명하게 밝히고 있다. 한번 입산하여 자연에 귀의를 하면 다시는 인간의 속세로 나오지 않겠다는 단호한 각오가 나타나 있다.

작가는 복잡한 현실세계와 단절하고 청정무구한 산수자연에 몰입하려는 강한 정신을 표현하고 있다. 스님은 산이 좋다고 푸른 산으로 들어갔지만 다시 산을 떠나 속세로 내려가고 있다. 하지만 작가는 한번 속세를 버리고 청산에 들어가면 영원히 속세로 돌아오지 않겠다는 약속을 강조하고 있다. 작가가 자연에 귀의하는 것은 영원히 자연에 귀의하는 것이지 일시적으로 떠나는 것이 아니었다. 42세쯤에 속세를 떠난 작가는 그 후로 영원히 현실의 정치세계로 돌아오지 않았고 속세를 떠나 남은 삶을 전국의 자연을 유람하면서 여생을 신선처럼 보냈다. 이때부터 작가는 산수자연을 시인의 정서에 이입하여 자연과 인간의 조화로운 녹색정신을 노래하고 있다.

처음에 최치원이 자연 속으로 들어갔을 때에 그는 현실에 대해 완전히 미련을 버리지 못하는 의식을 지니고 있었다. 하지만 차츰 시간과 세월이

---

29) 고운최치원선생문집간행위원회, 『한글번역 고운최치원선생문집孤雲崔致遠先生文集』, 제일문화사, 1982, 522면.

흘러서 「화개동花開洞」이라는 시에 이르면 완전히 현실세계의 물욕에는 관심이 없어졌고 오직 자연 속에서 달관의 경지에 이르게 되었다.

우리나라 화개동이란 곳은	東國花開洞
항아리 속의 별천지	壺中別有天
신선과 함께 한잠 자고 일어나니	仙人推玉枕
이 몸과 세상은 어느 새 천년이 흘러	身世欻千年[30]

이 시는 『지봉유설』에 실려 있다. 지리산의 석굴에서 어느 스님이 발견한 최치원의 시첩에는 16편이 있었는데 그 중에서 8편이 전해지고 있고 그 첫 작품이다. 작가는 우리나라의 별천지인 화개동천의 아름다운 자연과 그 문화를 항아리 속의 별천지로 묘사하고 신선이 사는 별천지의 세계로 표현하고 있다.

이 시는 2015년 중국 관광의 해를 맞이하여 시진핑(習近平) 중국 국가주석이 고운 최치원의 시詩를 '동국의 화개동은 호리병 속의 별천지(東國花開洞 壺中別有天)'라는 구절을 인용하여 최근에 더욱 유명해진 작품이다.

이러한 유명세에 힘입어 최근 하동군에서는 문화와 역사가 어우러진 최치원의 탐방로를 조성하여 하동 100년 미래관광 자원으로서 고운 유람길을 탐방로로 조성하는 사업에 박차를 가하고 있다. 고운 유람길은 고운 최치원 선생의 흔적이 있는 쌍계사에서 불일폭포로 이어지는 계곡을 따라 길이 1.5㎞의 탐방로를 조성하는 사업이다. 탐방로가 설치되는 이 일대는 고운 선생이 짓고 쓴 국보 제47호 '진감선사탑비'를 비롯해 쌍계사 입구의 '쌍계석문' 각자, '청학을 불러 놀았다'는 '환학대' 등 선생의 발자취가 곳곳에 남아 있어 말년 지리산에서 소요한 선생의 생애를 되새겨볼 수 있다.

이 시에 등장하는 동국의 화개동은 신선神仙이 사는 지리산의 부근으로

---

30)『지봉유설』 권13.

확고한 우리의 주체의식을 드러내고 있다. 여기서 작가는 한漢나라 선인仙人인 호공壺公이 항아리를 집으로 삼고 술을 즐기며 세속을 잊었다는 고사를 가져와서 화개동의 지리산도 신선이 사는 곳으로 옥으로 된 베개로 잠을 자고 나니 세월이 천년을 흘러갔다고 표현하고 있다.

이 작품은 작가가 귀국 후에 지리산으로 유람하면서 지리산의 화개동에 와서는 신선이 사는 정경으로 묘사하고 있다. 심기제沈旣濟는 중국 중당中唐의 전기작가傳奇作家로, 당대唐代 전기소설의 대표작인『침중기枕中記』를 저술하였다. 그 속에 노생盧生이 한단邯鄲의 장터에서 도사 여옹呂翁의 베개를 베고 잠들어 있는 동안 일생의 경력을 모두 꿈꾼 고사에서 나온 말로, 인간 일생의 영고성쇠榮枯盛衰는 한바탕 꿈에 지나지 않음을 비유한 고사를 인용하고 있다. 화개동이라는 곳은 인간세계와는 동떨어진 신선의 세계이다. 신선이 한번 자고 일어났는데 인간세상에서는 천 년이라는 기나긴 세월이 흘렀다. 영원한 생명의식을 표출하는 표현이다. 그래서 작가는 세속을 완전히 초월하고 달관의 상태인 신선의 세계로 나아가는 자연으로 돌아가 생태계와 하나가 되는 상황으로 돌아간 것이다.

가야산으로 은둔한 시절 이후에 지은 최치원의 시세계는 현실세계를 초월하는 의식세계를 지향하고 있다. 초월의 세계를 지향하는 시간은 일직선의 시간이기보다는 자연처럼 순환하며 영원히 지속하는 시간이라 할 수 있다. 이처럼 벼슬을 그만 둔 작가는 초월세계인 자연으로 돌아와 생활하며 자연의 '생태계로 돌아가자'라는 녹색정신을 표현하고 있다. 인간이 자연에서 태어나 자연으로 돌아간다는 말은 인간이 근원적으로 생태계와 한 몸이라는 인식의 표현이다. 하지만 오늘날 인간은 자연에서 나고 자연으로 돌아간다는 사실을 의식하지 않고 살아가고 있다. 인간이 태어난 생태계인 자연으로 돌아간다고 할 때에는 자연과 더불어 건강하게 살아간다는 것을 전제로 하고 있다.

5. 작가의식과 녹색정신

지금까지 살펴본 최치원의 시세계와 작가의식에는 우리 선조들이 자연과 현실세계를 인식하는 세계관인 녹색정신의 변화를 잘 반영하고 있다. 최치원이 유학시절에 지은 시에는 현실세계에 적응하여 그 세계를 활용함으로써 입신양명을 추구하고자 노력하는 내용을 자주 표출하였다. 그리고 빈공과에 급제하여 관료생활을 했던 시기의 시와 귀국 후에 관료시절에 지은 시세계에는 현실정치와 현실세계의 부조리를 비판하면서 생태계와 함께 공생하고자 하는 모습을 자주 표현하고 있다. 마지막으로 신라로 귀국하여 자연에 은둔하기 전후의 시에는 초월세계이며 영원한 안식처인 생태계인 자연으로 돌아가고자 하는 시인의 정신세계를 보여주고 있다.

작가가 유학시절에 지은 시는 60여 편이 된다. 60여 편의 시중에서 유학시절의 시세계와 작가의식을 잘 드러내는 「성명후진사전인의견증」, 「장안여사여우진미장관접린유기」 등의 작품을 통해서, 현실사회에 적응하고 입신양명을 위해서 생태계를 활용하는 작가의 녹색정신을 살펴보았다. 다음에는 작가가 신라로 돌아와 관료시절에 지은 시는 40여 편의 시가 있다. 이 중에서 당나라에서 귀국한 전후의 관료시절에 창작한 시로 「고의」, 「추야우중」 등의 시를 분석하고 현실정치의 부조리와도 공생을 모색하는 치열한 작가의식을 녹색정신과의 관련성을 통해 분석하였다. 마지막으로 최치원이 가야산으로 은둔하기 전후에 지은 시는 30여 편의 시가 있다. 이 중에서 「가야산독서당」, 「입산시」, 「화개동」 등의 시세계를 분석하고 자연으로 돌아가기를 지향하는 작가의 녹색정신을 살펴보았다. 유학시절의 시에 나타난 녹색담론은 현실정치와 제도에 적응하여 목적을 달성하려는 정신을 담고 있는 녹색정신을 담고 있으며, 관료시절의 시에는 부조리한 사회현실에서도 자아성찰을 하여 물질과 정신의 균형 있는 삶을 추구하는 녹색정신을 견지하고 있었고, 은둔전후기의 초월세계를 노래하는 시에 나타난 녹색담론은 귀거래를 통한 귀향의식을 주된 미의식으로 하는 녹색정신을 견지하고 있다.

요약하자면 유학시절에 지은 최치원의 시에는 입신양명과 과거급제에 몰입하여 성공하기 위해서 열심히 노력하며 현실의 생태계에 적응하고 활용하는 실용주의의 녹색정신을 표출하고 있다. 중국과 신라의 관료시절에 지은 최치원의 시에는 관료사회라는 생태계와 공생을 주장하는 녹색정신이 깃들어 있어 생태계와 공생을 추구하는 합리주의의 모습을 보여주고 있다. 초월세계를 지향하는 은둔전후의 시에는 초월세계인 생태계로 영원히 돌아가자는 녹색정신을 반영하고 있어 근본주의에 가깝다고 할 수 있다.

최치원의 시세계에 나타난 녹색정신을 분석하는 작업은 우리의 고대사회인 신라시대의 문화 속에 감추어져 있는 녹색정신의 정보꾸러미들을 해석하고 분석하여 일관된 설명이나 이야기를 할 수 있도록 논리를 부여하는 연구다. 앞으로 남은 과제는 최치원의 문학 중에서 산문을 중심으로 작가의식의 변화를 녹색정신으로 분석하는 일이 남아있다.

○ 참고문헌

『고운선생문집孤雲先生文集』 권卷1

『계원필경집(자서自序)』

『논어論語(옹야편雍也篇)』

『동문선東文選』

『장자莊子』

『지봉유설』 권13

『천재가구千載佳句』 권하

고운최치원선생문집간행위원회孤雲崔致遠先生文集刊行委員會, 『한글번역 고운최치원선
　　　　생문집孤雲崔致遠先生文集』, 제일문화사, 1982, 522면.

김욱동, 『한국의 녹색문화』, 문예출판사, 2000.

김주한, 「최고운의 문학관」, 『영남어문학』 제13집, 영남어문학회, 1986.

김중렬, 『최치원 문학연구』, 고려대학교(박사), 1983. 참조.

김태호, 『최치원 시의 연구』, 성균관대학교(박사), 2011.

김혜숙, 『최치원의 시문연구』, 서울대(석사), 1981, 69-70면, 참조.

도정일, 『시인은 숲으로 가지 못한다』, 민음사, 1994.

박희병, 『한국의 생태사상』, 돌베개, 1999.

박종화, 「고운최치원전」, 『지방행정』 8권 11호, 1959, 244면.

서경보, 「한국문학작가론-최치원론」, 『영남대논문집』(인문사회과학)12집, 1979.

서수생, 「동국문종 최치원의 문학(상, 하)」, 『어문학』 1~2권, 한국어문학회, 1956~1958.

성낙희, 『최치원의 시정신 연구』, 관동출판사, 1986.

송준호, 「최고운 시의 위상」, 『동방학지』 36·37합집, 연세대학교, 1984.

손민달, 『한국생태주의 문학담론 연구』, 고려대(박사), 2008, 참조.

양광석, 「최고운의 사상과 문학」, 『한국문학론』, 일월서각, 1981.

엄기嚴耿(조성환 편역), 「최치원일시전증崔致遠佚詩箋證」, 『중국의 최치원 연구』, 심산, 2009, 380면 참조

유성준, 「나당시인교류고-전당시소재 시를 통해서」, 『한국한문학연구』 제5집, 한국한문
　　　　학연구회, 1981.

이구의, 『신라한문학연구』, 아세아문화사, 2002, 참조.

조동일, 『한국문학사상사 시론』, 지식산업사, 1978, 참조

고려가요 「정과정곡」의 의미구조와 그 형상화

1. 작품과의 소통과 대화

12세기에 창작된 「정과정곡鄭瓜亭曲」은 동래로 유배를 간 문신인 정서鄭 敍가 지은 작품이다. 고려가요 중에서 유일하게 작자의 생애와 작품의 창작 배경 등이 전해오는 노래로서 그 의미가 크다고 할 수 있다. 또한 이 노래 는 훈민정음 창제 이후에 제작된 『악학궤범』(1493)이란 책에 실린 한글로 기록된 작품이다.

고려가요의 많은 작품이 사람과 사람의 관계에서 일어난 불화不和의 문 제를 다루고 있지만, 「정과정곡鄭瓜亭曲」은 왕권의 문제를 두고 왕의 친인 척 간에 갈등을 전제로 작품이 지어졌다는 점에서 다른 고려가요의 작품과 차이를 지니고 있다.

군신 간에 나타난 충忠의 갈등은 후대의 작품에도 많이 등장하고 있다. 이런 점을 착안해서 많은 연구가들이 「정과정곡」을 연구하였다. 하지만 대 부분의 연구는 「정과정곡」에 대한 개설槪說, 어학적語學的 주석註釋에 그치 고 있으며 고려가요를 전반적으로 고찰할 때에 한 부분으로 처리하고 있 다. 본격적인 작품론의 연구는 극히 드물고, 이루어지고 있다고 해도 배경적인 측면에서 작가론을 위주로 하여 추상적으로 이루어지고 있다. 개별적인 작품은 작품 외적인 여러 가지 사건들도 중요하지만, 그 작품에 담겨져 있는 시어와 그 내용을 중시하면서 작품을 분석해야만 한다. 개별 작품을 분석하는 데에 있어서는 먼저 그 작품을 통하여 계획적인 독서를 수행하여 작품과 대화를 나누어야 한다. 그냥 문맥의 파악이나 재미로 독서를 하면 작품의 진정한 의미를 파악할 수 없다. 하나의 목적을 세워두고 작품과의 진정한 대화를 통해서 그 작품의 세계가 지닌 비밀을 하나씩 밝혀내는 작업을 성실히 수행해야 한다.

시어의 배열과 작자가 지닌 의식의 지향이라는 측면에서 「정과정곡」을 바라볼 때, 이 작품은 하나의 의미가 부여된 의미체계이며 독자들은 그 의미체계를 적극적으로 해독하여 시적 화자와 의사소통에 참여해야 하는 처지에 놓인다. 상징적인 의미체로서의 「정과정곡」은 1차적 설명인 지시와 전달의 의미와는 상당히 다르게 가변적인 언어로 이루어져있어 의사소통이 쉽게 이루어지지 않는다. 그러므로 「정과정곡」의 의미를 파악하기 위해서는 시어의 배열과 단락을 구분하고 작자의 의미 지향에 관심을 두어 계획적인 독서를 수행해야 한다. 문헌적인 뒷받침이 확실한 고려가요의 작품이므로 제작과정과 시적 배경을 먼저 검토한 후에 작품의 시어 배열과 시어가 지향하는 의미 등을 논의하여 그 상관관계를 알아보기로 한다..

2. 시 제작의 과정과 배경

「정과정곡」의 올바른 이해를 위해서 우리는 먼저 이 노래에 관련된 역사적 배경을 검토하고 제작과정과 시적 배경을 살펴보아야 한다. 이 노래의 창작 원인은 군신君臣 간의 갈등으로 인해 유배를 당한 신하가 임금을 그리워하며 자신의 심경을 토로하는 데 있다. 「정과정곡」에 관련된 문헌文

獻을 중심으로 이 작품의 제작과정과 시적 배경을 상관관계로 묶어서 이야기의 진행방식에 의거하여 다섯 가지의 의미덩어리로 나누어 제시해 보면 다음과 같다.

① 내시랑중內侍郎中 정서鄭敍가 탄핵을 받아 의종毅宗 5년年(1151)에 그의 고향인 동래東萊로 유배를 가게 되었다.[1]
② 의종毅宗은 멀지 않아 정서鄭敍를 다시 조정에 부르겠다고 했으나 그 약속은 지켜지지 않고 정서鄭敍는 계속 귀양살이를 하게 되었다.[2]
③ 정서鄭敍는 자신의 서러운 마음을 정화시키고자 하여 「정과정鄭瓜亭」이란 노래를 짓고 거문고에 실어서 애절한 마음을 노래했다.[3]
④ 노래를 부른 후 정서鄭敍는 벼슬에 바로 복귀하지 못하고 의종毅宗 11년年(1157)에 다시 거제현으로 유배를 가게 되었다.[4]
⑤ 무신의 난으로 의종毅宗(24년, 1170년 8월)이 폐출되고 명종明宗 원년(1170년 10월)에 정서鄭敍가 벼슬자리에 복귀되었다.[5]

①에서는 정서鄭敍가 동래東萊로 유배를 가게 된 것을 말하고 있다. 유배의 원인을 간접적인 것과 직접적인 것으로 나누어 살펴볼 수 있다. 간접적인 원인은 정서鄭敍 자신의 성격적인 문제로 주위를 살피지 않고 자기 마음대로 대령후大寧侯 경暻과 교결交結하여 놀았기 때문이고, 직접적인 원인은

---

1) 『동국통감東國通鑑』권卷24, 「의종毅宗 5년年 5월조月條」.
　　流鄭敍等于遠地,…將行王謂曰今日事迫於朝議也, 行當召還.
2) 『고려사高麗史』권71, 「악지樂志」2,
　　鄭瓜亭, 內侍郎中鄭敍所作也. 敍自號瓜亭. 聯婚外戚 有寵於仁宗 及毅宗卽位 放歸其鄕東萊曰 今日之行 迫於朝議 不久當召還 敍在東萊日久 召命不至.
3) 『고려사高麗史』권71, 「악지樂志」2,
　　及撫琴而歌之 詞極悽惋 李齊賢 作詩解之曰 憶君無日不霑衣 政似春山蜀子規 爲是爲非人莫問 只應殘月曉星知.
4) 『고려사절요 高麗史節要』권11, 「莊孝大王十一年條」.
　　流弟大寧侯暻天安府 貶南京留守崔惟淸爲忠州牧使 ‥‥‥ 徒配鄭嗣門于巨濟縣 嗣門卽敍也.
5) 앞의 책, 「장효대왕24년조莊孝大王二十四年條」. 冬十月大赦 ‥‥‥ 加朝臣爵一級召還 金胎永李綽介鄭敍 等.

정함鄭諴과 김존중金存中 등이 과장하여 반역죄를 거짓으로 얽어서 정서鄭敍의 잘못에 대한 왕의 의심을 가중시켰다. 이에 왕은 왕제王弟의 세력을 사전에 봉쇄함으로써 왕권을 굳세게 하기 위해서 그를 유배 보내게 되었다.

여기에서 주목이 되는 것은 정서鄭敍가 정치적인 과실이나 부정·부패에 관련이 되어 유배를 간 것이 아니라 주로 감정적인 차원에서 왕권의 찬탈이라는 죄목이 씌워져 있다. 이런 이유를 들어 당시 의종毅宗은 정치적 결단으로 그를 동래로 유배를 보내게 된다. 이로 미루어보아 정서鄭敍는 죄가 거의 없지만 그의 성격6)과 연루가 되고 다른 신하의 모함이라는 정치적인 이유로 유배를 가게 되었다는 것이다.

그리고 정서가 유배를 간 또 다른 이유는 정서鄭敍의 처세가 현명하지 못했다고 생각이 된다.7) 그의 재주가 있고 모여서 놀기를 좋아하는 성격은 곧바로 무리를 지어서 밤에 술을 마시는 일로 연결이 된다. 이에 의종毅宗은 자신의 왕위에 대한 도전적 세력으로 파악하게 되어 정서鄭敍는 큰 죄를 짓지도 않고 동래東萊로 유배를 가게 되었다.

②에서는 주로 의종毅宗의 주관적인 의지와 당시의 시대적인 상황, 그리고 조정의 상황 등에 미루어 논의할 수 있다. 여기서는 정서鄭敍의 입장을 중심으로 논의를 하며 잡다한 기록을 나열하는 일은 가급적 줄이고자 한다. 당시의 조정에는 많은 간신들이 있어서 왕이 훌륭한 정치를 하는데 방해를 했다. 또 왕은 자신의 왕권을 유지하는데 있어 정서鄭敍같은 인물이 별로 필요하지 않았을 것이다.

다만 「정과정가鄭瓜亭歌」의 직접 생성의 원인이 된 "일구日久 소명부지김召命不至"와 "박의조의야迫於朝議也 불구당소환不久當召還"이라는 이 말은 왕이 가진 본심의 마음이라기보다는 상대방인 정서鄭敍를 위로하기 위한 헛된

---

6) 『고려사高麗史』 권90, 「열전列傳」. 『동국통감 東國通鑑』 권24. 『고려사절요高麗史節要』 권11, 「의종5년조 毅宗五年條」, 참조. 앞의 책들에는 정서鄭敍의 성격과 관련하여 「성경박性輕薄」이라는 문구文句가 나온다.
7) 권영철, 「정과정가 신연구」, 경북대(박사), 1973, p.14.

약속이었다. 그래서 작자인 정서鄭敍는 왕의 "불구당소환不久當召還"이라는 행위에 대하여 배신감을 느꼈을 것이다. 정서鄭敍는 귀양살이의 고달픔과 정신적인 상처를 치유할 대체물을 찾았고, 바로 그 대체물이 「정과정곡鄭瓜亭曲」이란 노래로 나타나게 되었다.

③의 내용은 「정과정곡」의 제작시기와 지어진 장소를 알 수 있는 단서가 된다. 문헌의 기록은 정서鄭敍가 동래東萊로 유배당하여 이 노래를 지었다고 언급하고 있다. 그런데 이 작품이 지어진 시기와 장소를 거제라고 하며 의종毅宗 24년 9월과 10월 사이에 지어진 작품으로 보는 견해가 있다.[8] 이러한 견해는 창작의 배경이 되는 문헌의 기록과 상반되며 또 연군의 대상을 다른 임금[명종明宗]으로 잡더라도 이는 너무 유추가 심한 해석이라 할 수 있다. 그 이유는 노래의 제작 과정에서 살펴보았듯이 비극적 유배생활의 한을 작품에 실어서 자기 자신이 가진 감정을 정화시키고 있는 노래를 목적의식이 투철한 노래로 보고 있기 때문이다.

이 노래에 등장하는 작가인 정서鄭敍의 님은 어느 특정인을 지칭하는 것이 아니고 의종毅宗이든 명종明宗이든 자신이 처한 현실의 비극적 유배생활을 해결해 줄 수 있는 님이면 되는 것이다. 아마 당시의 정치적 상황을 통해 실권을 잡고 있는 사람은 의종毅宗이었으므로 이 작품 제작 당시의 '님'은 의종毅宗일 가능성이 크다고 할 수 있다.

그래서 이 노래의 님을 명종明宗으로 잡고 창작시기를 논의하는 관점은 신빙성이 없고 또 논리적인 고찰이 되지 못한다. 따라서 이 작품의 제작시기와 장소는 작가가 동래東萊에 있던 시기時期에 과정瓜亭이란 정자를 짓고 지었다고 할 수 있다.[9] 정서鄭敍는 동래東萊로 유배를 와서 바위 주변에 정자亭子를 건설하고 오이인 과瓜를 심고 기르면서 이 노래를 거문고에 실어

---

8) 이가원, 「정과정곡연구」, 『이가원전집』 2, 정음사, 1986, pp.9-23. 김쾌덕, 「정과정곡소고」, 『국어국문학』 20집(부산대), 1983, pp.23-34.
9) 권영철, 앞의 논문(pp.32-34)에서는 정과정의 위치와 장소 등을 현재의 위치까지도 상세히 논의하고 있다.

서 불렀다. 그러므로 이 노래는 작가가 의종毅宗 때 귀양을 와서 동래에 있었던 시기에 지은 작품이라 할 수 있다.

다음은 동래에 있었던 시기가 의종毅宗 5년에서 의종毅宗 11년까지 되므로 이 기간 중에 어디에 속하는가 하는 것이 문제된다. 이에 대한 논의는 권영철의 설10)을 받아서 의종毅宗 10년 전후로 생각한다.

「정과정곡」이란 노래는 다시 곡曲과 사詞로 나누어 논의할 수 있는데, 곡曲은 「삼진작三眞勺」이라는 기록으로 악학궤범樂學軌範에 들어있는 것이고, 대학후보大樂後譜에는 「진작 1,2,3 眞作 一, 二, 三」이라고 하고 이 작품을 싣고 있다. 본고는 음악적인 주변의 관심을 뒤로 하고 있으므로 이 음곡과 시를 정서鄭敍가 모두 지었다고 보기보다는 기존에 있어온 곡曲, 즉 향가鄕歌의 10구체句體 가락에다 시를 지어 노래를 불렀을 것이라는 사실을 의심하지 않는다. 「정과정곡」이 빨리 전파되어 애송된 것은 바로 다른 선비나 사람들이 익숙한 음곡에다가 가사를 실어 불렀으므로 가사가 쉽게 전승되고 전파되었을 것이다. 본고에서는 문학적 측면에서 논의를 진행하고 있으므로 음악적인 측면에서의 논의를 간략하게 소개하고자 한다.

음악적音樂的인 논의論議는 이 「정과정곡」의 제목과도 상호 연관성을 지니고 있는 것으로, 각 문헌文獻에 나타나 있는 명칭을 살펴보면 「삼진작三眞勺」,11) 「진작眞勺 일이삼(사)一二三(四)」,12) 「정과정곡鄭瓜亭曲」,13) 「과정곡瓜亭曲」,14) 「과정계면조瓜亭界面調」,15) 「정과정가鄭瓜亭歌」 혹은 「정과정곡鄭瓜亭

---

10) 권영철, 앞의 논문, p.32.
11) 『樂學軌範』 권5, 「학연화대처용무합설 鶴蓮花臺處容舞合說」.
12) 『대악후보大樂後譜』, 참조.
13) 『고려사高麗史』 권72, 「악지樂志」 2.
　　류숙柳淑, 『사암집思庵集』. 他鄉作客頭輝白, 到處逢人眼不靑, 淸夜沈沈滿窓月, 琵琶一曲鄭瓜亭.
　　이숭인李崇仁, 『도은문집陶隱文集』. 琵琶一曲鄭瓜亭, 還鄉悽然不忍聽, 俯仰古今多小恨, 滿窓疏雨讀騷經.
14) 『동국여지승람東國與地勝覽』 권23의 「동래군조 東萊郡條」와 『교남지嶠南誌』 권49의 「동래군조東萊郡條」에는 다음과 같은 윤훤尹暄(1573-1627)의 시詩가 있다. 山下淸江萬

曲」16) 등으로 불리고 있다. 하지만 이 작품은 문학적인 측면에서 「정과정곡」이라고 불리어 온 지 오래되었으므로 이 글에서는 악학궤범樂學軌範에 나타난 「정과정鄭瓜亭」이라는 명칭보다 독자들의 감정에 깊이 인식되어 있는 「정과정곡鄭瓜亭曲」이라는 명칭으로 부르고자 한다.

④의 기록記錄은 신라시대에 군신君臣 사이의 충忠을 모티프로 한 「원가怨歌」와의 비교를 통해 살펴보았을 때, 「원가怨歌」에 등장한 '잣나무'는 구체적이고 실증적인 단서가 되고 있다. 그래서 같이 맹세한 약속을 임금은 지킬 수밖에 없는 것이다. 그러나 이 작품에 등장한 '남은 달', '새벽별'의 이미지는 누구나 볼 수 있고 추상성을 띤 비유가 되므로 자연히 임금에게 그의 사랑이 전달되기는 힘들 것이다. 이러한 차이는 신라 향가에 나타난 신라인의 정서표출과 고려가요에 나타난 고려 사람의 정서표출이 서로 다르기 때문이라고 생각한다.

이 노래를 부른 후 정서鄭敍는 곧바로 벼슬에 복귀하지 못하고 있다. 작가가 주장한 무죄의 약속은 구체적인 증거를 지니지 못했고 다시 정서鄭敍는 거제로 귀양을 가게 된다. 유배를 해제하라는 왕명은 다시 이르지 않았고 정서鄭敍는 의종毅宗 11년 2월에 다시 거제도로 유배를 옮기게 된다. 그러므로 의종毅宗은 약속을 지키지 않았고 정서鄭敍는 홀로 유배의 괴로운 나날을 보내게 된 것이다.17)

⑤는 정서鄭敍가 그러한 고생을 한 후에 무신의 난(1170)이 일어나 명종明

古斜, 晚潮讒落露寒沙, 無人解唱瓜亭曲, 日暮秋風蘆荻花.

15) 이익李瀷, 『성호사설星湖塞說』 권4, 「예악 禮藥」. 今之瓜亭界面調 亦衣傷流酒 舉桑問一套 士大夫暮不學習.

16) 권영철, 앞의 논문, 참조 이 논문(p.9)에서는 노래를 곡곡과 가歌로 분류하여 문학적인 의미에서는 「정과정가鄭瓜亭歌」로 음악적인 의미에서는 「정과정곡鄭瓜亭曲」으로 하고 논의하고 있다. 하지만 이 글에서는 궁중의 정식적인 음악으로서 「정과정가」라는 명칭을 사용하기보다는 고려시대 이후로 양반사대부가 즐겨서 부른 노래의 가사라는 의미로 「정과정곡」이라는 명칭을 사용하고자 한다.

17) 『고려사절요 高麗史節要』 권11, 「장효대왕11년조莊孝大王十一年條」. 流弟大寧候暻天安府 貶南京留守崔惟淸爲忠州牧使 …… 徒配鄭嗣門于巨濟縣 嗣門卽敍也.

宗이 왕위에 등극하자 유배지에서 풀려나게 되었다. 명종明宗은 정서鄭敍의 유배와 직접적으로 관련된 대령후大寧侯 경暻이 아니고 동생 익양후翼陽侯 호皓이다. 그는 인종仁宗의 3남男으로 정서鄭敍와는 의종毅宗과 마찬가지로 이모부와 이질의 관계가 성립되고, 의종毅宗이 왕으로 있던 시절에 비슷하게 박해를 받은 인물人物이다. 그러므로 명종明宗은 부당하게 유배 가 있는 정서鄭敍에게 동정을 가지고 있었다. 그래서 명종明宗 원년元年에 다시 벼슬에 복귀하게 된 것이다. 역사의 아이러니는 정서鄭敍가 다시 조정으로 복귀되고 의종毅宗은 거제도로 폐출된다는 것이다.

우리는 의종毅宗이 제위시절, 왕권을 마음대로 하고 동생을 의심하고 했던 것이 아마도 그가 겪었던 어린 시절의 경험, 즉 자신이 지닌 역량이 주위사람에게 왕위의 계승자로 부적합하게 판명을 내렸던 일을 회고하고 마음을 잡지 못했던 것이 아닌가 하는 연민의 정을 함께 생각해야 한다.[18]

어머니인 임씨任氏 공예태후恭睿太后는 차자次子를 사랑하여 대령후大寧侯 경暻을 왕위에 올리려고 했다. 그래서 의종毅宗은 즉위를 하면서도 그 서운한 마음을 잊지 못했다. 그러던 중에 그를 왕위에 올려놓은 일등공신인 정습명鄭襲明이 죽자(의종毅宗 4년3월) 그는 어떤 해방감을 느꼈을 것이다. 인종仁宗이 병중에 이야기했던 "나라를 다스리는 데 습명襲明의 말을 들어야 한다."라는 말에서 자유로울 수 있었을 것이다.

그러자 의종은 공예태후恭睿太后인 어머니에게도 지난날의 서운함을 발설하기 시작했다. 또한 지난날의 감정을 되살려 대령후大寧侯를 미워하기 시작했고 그와 가까이 지내던 정서鄭敍도 미움의 대상이 되었다. 그러던 중에 정함鄭諴, 김존중金存中 등에 의해 참소가 들어오자 그를 유배시킨다. 왕은 정서鄭敍를 유배 보낸 후 몇 번의 사면령[19] 을 내리지만 풀어주지 않는

---

18) 『고려사절요高麗史節要』, 의종5년 3월조. 王嗣位, 怨太后前事 一日侍坐 語侵之…
19) 왕은 8년 4월 사면赦免을 내린 이후 10년 8월, 11년 4월, 12년 3월, 8월, 15년 7월, 16년 5월. 17년 4월, 18년 4월, 22년 4월, 24년 4월 등 몇 차례에 걸쳐 작은 특사와 대사 면령을 내리지만 정서鄭敍는 풀려나지 못했다.

다. 이는 바로 의종毅宗이 대령후大寧侯 경暻에 대한 미움이 정서鄭敍에게도 영향을 미쳤다고 생각된다. 여기서 우리는 어쨌든지 세상을 살아가면서 열등감과 시기심이 증오심으로 옮겨지는 것을 막아야 한다는 세상살이의 격언을 다시금 회상할 수 있다. 이는 인간사가 자신의 의사와는 관계없이 무거운 원죄를 입게 되는 결과를 초래할 수 있다. 사실 정서鄭敍도 구체적인 죄명도 없이 유배를 가서 고생을 했다.

이로 인해서 이 노래는 고려시대에도 이제현李齊賢, 유숙柳淑, 이숭인李崇仁 등에 의해 한역이 되고, 다른 조선의 선비들도 그의 충성스런 마음을 높이 평가해 많이 불렀다. 그리고 선비들만이 아니라 기녀들에게도 불렀다.[20]

여기까지 「정과정곡鄭瓜亭曲」의 제작과정과 시적인 배경을 검토하였다. ①, ②의 내용은 이 시가 지어진 동기와 관련이 깊다. 작가인 정서는 인간 사이의 불화 중 하나인 군신간의 갈등을 화제로 설정을 하여 신하의 잘못보다는 임금의 부족함으로 야기된 신하의 유배생활에 대한 괴로움과 임금의 임시방편적인 말을 믿은 순수한 신하가 그 약속이 지켜지지 않아 고민을 하면서 자신의 서글픈 심정을 노래하게 된 작품의 창작동기를 말하고 있다. ③은 과거의 지난 일을 함축적인 시어로 표현하여 자신의 감정을 정화하고 자신의 허물이 없음을 논하는 것으로 이는 작품해석의 배경이 되고 작품과 가장 밀접한 사건이 된다. ④, ⑤는 노래가 불린 이후의 이야기로 작품 후의 배경이 되는데 이는 작품이 지어진 후에 일시적으로는 정서鄭敍의 무고가 논의되지 못하고 다시 고난의 심화가 이루어지는 것으로 해석을 할 수 있다.

결국 무신의 난으로 명종明宗이 왕위에 오르자 정서鄭敍는 다시 고난에서 벗어나게 된다. 결국 잘못이 없는 신하는 언젠가 다시 그의 무고가 벗겨진다고 믿어 조선조의 선비들은 이 노래를 애송했을 가능성이 있다.

---

20) 『악학궤범樂學軌範』 권5. 奏鳳凰吟, 急機連奏三眞勺, 妓唱其歌.

현대인이 지닌 우리의 감정은 정서鄭敍가 왜 어려운 시기에 다양한 인간 관계를 설정하지 않았느냐고 반문할 수도 있으나, 이는 현대적인 가치관과 봉건시대 가치관의 차이에서 오는 인간관계를 통한 정의실현의 차이라고 생각할 수 있다.

본고는 이러한 시적인 배경을 바탕으로 하여 이 작품의 의미구조를 분석하고자 한다. 이는 「정과정곡」의 작품론을 논하기 위한 예비적 과정으로 창작배경을 설정하고 시적인 역사와 정치의 상황을 살펴본 것이기도 하다. 다음으로는 「정과정곡」의 시어 배열에 드러난 시의 의미와 그 상징성을 살펴보기로 한다.

3. 시어 배열과 형식을 통해본 의미

「정과정곡」에 나타난 시어詩語의 배열은 주로 그 형식적인 특징을 나타내게 되며 이는 표면구조 속에 드러난 기술적 의미를 논의하는 데 도움을 줄 것이다. 먼저 작품의 원문을 인용하고 시의 표면구조나 형식 등을 살펴 기술적인 의미가 보여주는 가능성을 탐색해 보기로 한다. 본고에서 선택한 텍스트는 '악학궤범'에 들어있는 「정과정鄭瓜亭」[21]이다.

> 내 님믈 그리ᅀᆞ와 우니다니
> 산山접동새 난이슷 ᄒᆞ요이다.
> 아니시며 그츠르신돌 아으

---

21) 『악학궤범』은 성종 24년(1493)에 간행된 것이나 초간본은 보이지 않고 광해군 2년 (1610)에 간행된 중간본이 현전한다. 일본日本 봉좌문고蓬左文庫에 있는 『악학궤범』 은 임란 전에 간행된 것으로 보인다. 두 본의 표기차이는 'ㅇ'이 부엽附葉에 있는 것이 봉좌본蓬左本이고, 중간본은 '이'로 되어 있으며, 힛마러(중간본)가 '힛마리'로 '웃브뎌' 가 '웃븐뎌'로 되어 있다. 중간본과 『대악후보』를 비교하면 '그리 와' → '그리 와', '힛 마러신뎌 → 힛마리신뎌', '웃브뎌 → 웃븐뎌', '괴오소셔 → 괴요쇼셔' 등이 있다.

잔월효성殘月曉星이 아르시리이다.

넉시라도 님은 혼디 녀져라 아으

벼기더시니 뉘러시니잇가

과過도 허믈도 천만千萬업소이다.

물힛 마러신뎌

술읏븐뎌 아으

니미 나를 ᄒ마 니ᄌ시니잇가

아소 님하 도람드르샤 괴오쇼셔

　음악의 악조구성을 나타내는 부호, 전강前腔, 중강中腔, 후강後腔, 부엽附葉, 대엽大葉, 이엽二葉, 삼엽三葉, 사엽四葉, 오엽五葉 등을 빼면 원문은 위와 같다. 「정과정가鄭瓜亭歌」의 시를 살펴보았을 때 먼저 단련체單聯體로 이루어진 고려가요이며 정서라는 작가가 창작했다는 사실을 특징으로 하고 있다.

　「정과정곡」을 대하는 독자는 작품이 시작되는 문장의 첫째 단어인 '내 님믈'이라는 단어로부터 시작하여 마지막 문장(Sentence)의 마지막 단어인 '괴오쇼셔'라는 단어를 읽음으로써 일단 독서행위를 마치게 된다. 이때 우리의 독서행위에는 시간적인 요소가 개입하고 시각화된 문자로 일차적인 사고를 하게 된다. 이 일차적인 사고와 관찰은 작품을 해석하고 감상하고자 하는 독자에게 작품에 나타난 외적인 형태의 관찰에 먼저 관심을 두게 한다. 이것은 육안으로 볼 수 있는 형식적인 차원이다. 구체적으로 말하자면 우리는 시의 길이가 얼마나 되는가, 이 작품의 시어는 어떻게 배치되어 있는가, 각 행의 길이는 얼마나 되는가, 감탄사는 어느 위치에 놓이는가, 표면적 의미는 어떻게 나누어지는가 하는 점 등을 이 일차적인 독서를 통해 파악할 수 있다.

　논의를 위한 일차적인 단계로 「정과정곡」의 외적인 형태를 기술해보면 다음과 같다.

　「정과정곡」의 첫 글자는 '내'라는 것과 마지막 글자는 '셔'라는 것, 그리고 첫 단어는 '내님믈'이라는 것과 마지막 단어는 '괴오쇼셔'라는 것 등이 있다. 각 시행의 길이는 11자, 12자, 13자, 6자 등으로 구성이 되고 있으며, 11자가 6행이고 12자가 1행이며 6자가 2행이고 13자가 2행이다. 시어는 주로 '님'과 '나'가 주종을 이루고 있으며 그 외의 단어는 이 시어와 쉽게 결합될 수 있는 것들이다. 의미의 단위는 대부분 2행으로 되어 있는데 4번째 의미의 덩어리는 3행으로 되어 있다. 그 원인은 음악악조의 구성상의 의미를 가진 말 때문인 것이다.

문학적인 측면에서 '몰잇 마러신뎌'를 한행으로 보고, '술읏븐뎌 아으'를 합쳐서 한행으로 보면 이 의미의 단락도 두 행으로 생각할 수 있다. 그러면 의미의 덩어리는 5개로 나눌 수 있다. 이 작품에서 감탄사는 「아으」인데 제3, 5, 9행의 끝에 쓰이고 있으며 다른 고려가요에도 쓰이고 있지만 시의 문학적 의미해석에는 별반 도움이 되지 않는 허사이다. 「아소 님하」는 마지막 행의 첫 구로 사용되어 노래 전체를 맺는 구실을 한다. 이는 일반적으로 노래의 결사에 와서 관용적으로 노래를 마무리하는 역할을 한다. 향가 10구체의 영향으로 이루어진 듯하고 시조에서도 자주 나타난다.

외형적으로 이 작품은 총 116자로 되어 있으며 다섯 덩이의 의미로 나누어진다. 이와 같은 기술은 누가 설명을 하여도 동일한 결과를 가져오게 되는 것으로 객관적 사실의 제시에 불과하다.

앞의 서술과 같이 언어의 형식적 의미에 중점적 관심을 가지게 되면 독서를 할 때에 독자는 언어의 은유적인 의미와 상징적인 의미를 놓치게 된다. 이러한 과정은 누구나 다 겪게 되는 과정이고 이때에 독자들은 작품에 나타난 표면적인 의미, 곧 일상적이고 형식적인 의미를 먼저 짚고 넘어가게 되는 것이다. 이렇게 어떤 작품의 상징성이나 은유된 의미를 고려하지 않고 외적 형태나 일차적 의미만을 받아들이는 경우 독자는 그 작품을 하나의 무기체로 바라보는 것이 된다.

이때 작품이라는 대상은 참된 의미의 차원으로 부상하지 못하고 기껏해야 형식적인 면, 지표의 차원으로 존재하게 된다. 먼저 논의를 했듯이 하나의 작품을 의미체, 즉 담화의 한 양식으로 받아들이기 이전에 우리는 의식적이든 무의식적이든 이 지표에 드러난 의미 차원을 거치게 된다.

먼저 「정과정곡」의 외적인 형태를 도표화하면 아래와 같다.[22]

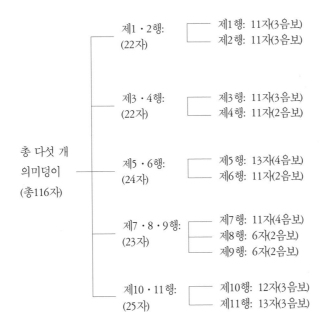

위의 표를 통해 「정과정곡」의 표면적 의미를 다섯 덩이로 나누어 살펴보면 다음과 같다.

제1·2행 : 님을 그리워하여 울고 있는 모습이 산접동새와 비슷하다고 한다.
제3·4행 : 님이 나를 아니라고 하며 거슬린다고 한들 남은 달, 새벽 별
이 알 것이다.

---

22) 음보를 나누고 의미덩이를 구분하는 데 있어서 다른 주장을 할 수도 있다.

제5·6행 : 넋이라도 님과 함께 가고 싶다고 하던 사람이 누구였던가를
  따지며 임금이 자기를 버린 것을 원망했다.
제7·8·9행 : 과실도 허물도 없다하며 그 모두가 말하고 싶지 않으니
  그냥 사라지고 싶다고 한다.
제10·11행 : 님이 벌써 자신을 잊고 있는지 마음을 돌리어 뒷받침해 줄
  것을 바란다.

위와 같은 시어 배열과 단락을 통해본 의미는 외적인 객관의 사실을 기술하는 데 그치기 때문에 독자는 여기에 어떤 해석이나 가치판단을 첨가하지 않는다. 이와 같이 자명하게 드러난 가시적 형태나 형식적인 의미로 요약할 경우에는 시적인 효과의 실제적인 결과를 예측하기는 거의 힘들다고 할 수 있다. 형식의 다양성과 향가 10구체의 잔존형식이라든지 율독의 의미에 의한 음보를 다르게 논의하더라도 실제적인 작품의 상징성을 추출해 내기는 힘든 작업이다. 이처럼 형식의 다양성에 치중해서 논의하게 되면 사실상 독자는 표면적인 의미마저도 통일된 구도 속에서 읽어내지 못하는 경우가 종종 있을 수 있다. 이러한 논의는 곧 일차적인 독서의 완성, 즉 행간의 의미를 읽지 않는 것으로 이해한다. 이것은 곧 입체적인 독서를 수행하기 위한 예비적인 단계로 생각할 수 있다.

4. 시어의 의미지향과 그 형상화

시 작품을 이해하기 위해서는 기존에 가졌던 관념의 지배를 완전히 탈피하기기는 힘들다. 하지만 새롭게 시를 이해하려면 가능한 기존의 시에 대한 접근방법과는 다르게 접근하는 것이 필요하다. 고려가요도 하나의 시 작품으로 보았을 때 이에서 예외가 되지 못한다. 고려가요 중에서 그 시어가 아름다워 후대에까지 널리 불려진 「정과정곡」은 고려 의종毅宗 10년

(1156) 전후에 정서鄭敍가 동래東萊에 유배를 와서 지은 것으로 개인적인 슬픔과 원망을 아름다운 시어로 연결시키고 있다. 따라서 이 「정과정곡」에는 정서鄭敍 개인이 지닌 서정을 담고 있으며 당시의 사회문제를 반영하고 있어, 후대에 많은 사람들이 애송을 하고 한역漢譯하여 전승하고 있다. 여기서는 먼저 정서鄭敍의 개인 서정이 어떻게 시어의 의미를 선택하고 있는가를 살펴본 다음, 개인이 여행한 현실탐색이 어떻게 사대부들에게 애송되는지를 사회화과정을 통해서 살펴보고, 또 시어의 상징성을 밝혀 사랑노래와는 어떤 연관을 가질 수 있는 지도 함께 살펴보고자 한다.

4.1. 개인의 서정과 시어의 의미지향

12세기에 창작된 「정과정곡」은 고려가요로서 서정시이다. 이 작품이 하나의 서정시라고 생각하면 우리가 그로부터 탐색해내고자 하는 것은 그 의미체가 어떠한 개인의 감정과 결합되어 그로부터 시어가 지향하는 의미가 무엇인지를 찾아야 한다. 개인의 서정과 시어가 지향하는 의미를 뚜렷이 분리해서 논의하는 것은 불가능하다. 그래서 정서鄭敍가 지닌 감정을 시어를 통해서 분석하고 찾아내야 한다.

본고는 시어의 의미와 개인의 서정적인 요소를 능력이 미치는 곳까지 상상하고 그 지식을 지각화하도록 노력할 것이다. 이를 통해 우리는 그냥 눈으로 보거나 직관으로 알아내기보다는 계획적인 독서를 수행해서 개인의 감정이 시어의 선택과 어떤 상호 연관관계를 지니고 있는 지를 지각하고자 한다. 그러면 「정과정곡」이 지닌 상징적 의미와 작품의 질서를 이끌어가는 구조가 밝혀질 것이다.

그런데 실제로 복잡한 인간의 감정과 서정을 밝혀내는 작업은 여러 가지의 논의가 있을 수 있다. 여기서는 우선 면밀한 독서와 끊임없는 시어의 의미파악에 중점을 두고 의미가 지향하는 바를 수차례의 독서와 사전 등의 도움으로 해결해 나가고자 한다. 또 언어적인 표현 하나 하나에 최대한의 관심을 쏟으며 공평한 독서를 하고자 한다. 이때에 「정과정곡」에 드러난 육안으로는 인지할 수 없는 시상이 다가오고 풍부한 의미가 여기저기서 새롭게 탄생하게 된다. 이런 계획적이고 입체적인 독서를 수행할 때는 가까이 있는 것을 떼어놓기도 하고 또 멀리 있는 것을 가까이 붙이기도 한다. 이는 인상주의적인 오류를 범할 우려도 있지만 다양한 작품의 의미를 찾아내는 데에 보탬이 된다. 이때에 우리가 미처 인식하지 못했던 이 작품의 내면구조가 재창조된다. 즉 가시적 거리나 물리적인 시간의 관계와는 다르게 작품을 구성하고 있는 언어들은 새로운 질서와 상호관계를 형성하게 된다. 이때에 「정과정곡」은 그 작품이 지니고 있는 본연의 모습을 드러내고 작품의 다양한 현상을 더욱 심화시키는 의미를 지니게 된다.

그러면 「정과정곡」이라는 작품의 시어를 각 의미단위마다 해석을 하고 작품의 내적 질서를 파악해보자.

먼저, 제1·2행으로 이루어진 첫째 연의 의미를 보자.

　　　　내님믈 그리ᄉᆞ와 우니다니
　　　　산山접동새 난이슷 ᄒᆞ요이다.

여기서는 내 님을 그리워서 우는 것이 산에서 우는 접동새와 자기가 비슷하다고 표현한다. 여기서 중심이 되는 단어는 '님'과 '나'이다. 제1행에는 그리움의 대상이 되는 「님」이 설정되어 있고, 제2행에는 그리워하는 자아인 「나」를 산접동새라는 자연물의 이미지로 묘사하고 있다.

먼저, 「님」의 정체가 어떤 의미를 지니고 있는 지를 살펴보자. 우리는 '님'을 임금[23]으로 보고 있지만 연인戀人으로 볼 수 있다. 이는 우리의 언어

---

23) 대부분의 논문에서는 의종毅宗으로보고 있지만 명종明宗으로 보는 경우도 있으나 여기에서는 앞의 장(Ⅱ)에서 논의한 것처럼 의종毅宗으로 보고자 한다.

言語에서 「님」 자체가 복합적인 뜻을 지니고 있다는 것과 관련이 있다. 연인戀人, 민족民族, 국가國家, 종교宗敎, 우주宇宙 등의 의미로도 '님'은 해석되고, 또 '님'은 아버님·어머님·선생님·부처님·하느님·별님·달님·해님 등 접미사로 쓰여 존칭을 나타내는 의미도 지닌다.

이런 다양한 의미를 지닌 「님」이 작품에서는 어떤 모습을 지니고 있을까? 이 시는 여성적인 시적 화자를 등장시켜 정서鄭敍의 생애와 제작과정을 살피지 않으면 여성女性이 그리워하는 남성男性 혹은 연인戀人으로 생각할 수 있다.[24] 하지만 이 노래의 작가作家인 정서鄭敍를 중심中心으로 그의 생애를 통해보면 여기서 '님'은 바로 임금이 되며 그것도 의종毅宗이 된다. 정서는 동래東萊로 유배를 왔어도 왕이 한 약속인 '불구소명不久召命'을 믿고 있었던 것이다. 그러나 여기서 '님'은 좀 더 포괄적인 의미를 지닌다고 보아야 한다.

조선시대의 사대부士大夫가 이 「정과정곡」을 애독愛讀했을 때는 아마 「님」을 의종毅宗이 아닌 '훌륭히 통치하는 임금'으로 생각하고 노래했고, 기녀가 노래하든지 사랑에 빠진 남녀가 후대에 이 작품을 불렀을 때 '님'은 연인戀人이 된다.

다음으로는 자아인 「나」에 대해서는 '산'과 '접동새'란 이미지를 통해 「나」의 현상태를 알아보자. 「나」는 '산접동새'로 비유되어 있다. 시행의 배열과 문장에서 주어 '나는'이 도치되어 있지만 이것은 쉽게 파악된다. 내님이 그리워서 우는 것은 일차적인 인간의 감정에서 발로된 것이지만, 산에 있는 접동새와 비유되어 있으므로 주목을 요한다.

먼저 '산'에 대한 단어와 대치할 수 있는 단어를 대립되고 연관되는 것을 비교해서 그 의미를 찾아보자. '산'이라는 표현 대신에 도시·마을·길가·아파트·강·들·냇가·뒤뜰·뜰 등의 수많은 계열체의 단어들을 생

---

24) 신경숙, 「정과정연구」, 『한성어문학』 1, 1982. pp.116-117.

각하고 이 단어들과 비교해 볼 때, '산'이라는 단어가 어떤 의미를 환기시키는가에 대해 알아보자. 이런 시각에서 '산'을 환유적인 표현으로 조명한다면, '산'의 이미지는 속세와 대조되고 인간 삶의 터전인 당시의 사회생활과는 유리된 '산'의 상징성이 드러난다. 즉, 정서鄭敍가 개경開京에서 고향故鄕인 동래東萊로 유배를 온 것이라 생각되며, 그것도 작가인 정서가 정자亭子를 짓고 오이를 심어둔 그 장소場所와 밀접한 관계를 지닌다.

화자가 벼슬살이를 하며 의종毅宗의 의심을 받기 전까지 살았던 공간은 인간세상이 되고, 벼슬을 내어 놓고 유배 와서 현재 머무르고 있는 정자亭子는 바로 인위성이 배제되고 모든 것이 순리順理에 따라 생물生物들이 삶을 진행하는 자연 그대로인 녹색의 생활공간이 된다. '도시'라는 이미지가 인간 세상을 속세에 물들이고 계획성과 절제성을 지닌 행동을 요구한다면 '산'은 인공의 가미를 거부하고 홀로 우뚝 솟아 있는 신비로움을 지니게 한다.

이는 정서鄭敍의 성격性格과도 연관관계가 지어지는 것이다. 의종毅宗이 지닌 패배의식이 물론 정서의 죄를 심하게 뒤집어씌우도록 했지만 작가인 정서의 성격性格[25]은 궁중의 권력구조에 상관하지 않고 비굴하게 아첨도 하지 않았으며 자기의 신념대로 살아가고자 한 것이다. 이것은 조정의 신하로서 사소한 문제에 신경을 쓰지 않고 대령후大寧侯 경暻과 연회를 베푼 것에 기인한다고 생각된다.

다음은 '산'과 '들'의 이미지를 비교해보자. 이 때 산은 높이와 깊이를 뚜렷이 부각시키며 수직적인 구성을 지니고 있는 반면에 '들'은 넓이의 표상물로 수평적인 의미를 지니고 있다. 정서鄭敍의 성격性格은 야인野人적인 기질보다는 산림인山林人의 기질이 더 강했다고 추측된다.

---

25) 『고려사高麗史 권97, 열전列傳 10』, 「정항鄭沆(1080-1135)조」.
　　敍任至內侍郎中 以恭睿太后妹壻, 有寵於仁宗, 性輕薄有才藝, 交結大寧侯暻常與遊戲, 鄭諴
　　金存中等 誣構敍罪以聞 毅宗疑之 臺諫勅敍陰結宗室 夜聚宴飮 乃流于東萊 語在大寧侯傳.

그의 성격은 경박하고 음주가무를 좋아하지만 그와는 다른 재주가 있었다는 설명이 나온다. 자신의 재주와 배경을 어느 정도 믿고 경박하게 행동한 것으로 보아 정서鄭敍는 폭넓은 인간성을 가진다거나 활발히 움직이고 생산의 원동력이 되는 '들'의 이미지보다는 언제 비가 내릴지 모르는 등의 변덕스러운 기후를 지니고 있는 '산'에 가깝다고 할 수 있을 것이다. 즉, 일반인이 살아가는, 자연적인 노동이 깃들어 생산을 하는 '들'과는 달리 선이 굵고 뚜렷한 '산'의 성격을 지닌 것이 아닌가 한다. 이때의 산은 인공적인 가식과 허위를 거부하고 홀로 고고하게 서있는 신비로움의 존재이다.

다음으로 '접동새'26)의 의미는 대립對立되는 단어와 연관관계를 일으키는 단어 나열로 그 이미지를 통해 파악해보자. 대립되는 존재인 참새·독수리·파랑새·앵무새 등의 수많은 단어와 연관시킬 수 있다. 이 중 몇 가지의 계열체 단어를 접동새와 비교하여 생각해 보자. 참새의 이미지는 수다스럽게 무리를 지어 날아다니는 의미를 지니고 있어 홀로 우는 접동새와는 다른 면을 지니고 있으며, 독수리는 육식성 새로써 관리 중에서 높은 관직을 지닌 그러나 탐욕이 있는 이미지를 지니므로 서민적인 접동새와는 다르다. 파랑새는 희망을 지니고 있다는 점에서 또 미지의 새라는 점에서 다르고, 앵무새는 자신의 의사 표시를 잘하지 못하고 똑같은 내용을 반복한다는 점에서 인간의 감정도 다르게 나타난다. '접동새'는 작품 속의 화자 자신으로 표현되고 있으며 슬픔과 원한에 사무친 모습을 나타내고 있다. '접동새'는 한 번 울면 피를 토할 때까지 우는 철저한 서러움으로 상징이 된다.

그러므로 작품 속에서 드러나는 화자는 님을 향한 그리움에 가득 차 있

---

26) 접동새는 두견새, 소쩍새, 자규子規, 불여귀不如歸, 귀촉도歸蜀道, 두우杜宇, 등의 20여 종의 새 이름을 가지고 있으며, 슬픈 유래를 가지고 있다. 촉왕본기蜀王本記에서는 "두우는 망제인데 그 신하인 별령의 처와 음탕하여 왕의 자리를 물려주었다. 이때에 자규라는 새가 울어서 촉나라의 사람들은 두견새를 보고 망제를 생각했다. 杜宇爲望帝, 淫其臣鼈靈妻 乃禪位立去, 時子規鳥鳴 故蜀人見鵑而思望帝."라고 기록하고 있다.

으며 화자의 자아는 님의 소환을 기다리고 있지만 '님'은 '나'와는 철저히 분리되어 있는 비극적인 상황을 연상하게 한다.

'접동새'가 울면서 살 수 있는 곳은 '도시'나 '들'보다는 '산'이 알맞은 곳이다. 즉 속세를 떠나 유배 가서 고생하는 작자의 심정은 결국 외로이 홀로 고고하게 살다가는 접동새와 비슷하다고 말하고 있는 것이다. 이는 작자가 작품을 지을 때의 모습이 산접동새와 더욱 친화력을 가지는 것이다.

다음은 제3·4행으로 이루어진 둘째 연의 의미를 보자.

> 아니시며 그츠르신들 아으
> 잔월효성殘月曉星이 아ᄅ시리이다.

이 단락에서는 '아니시며 그츠르신'의 해석이 먼저 되어야겠다. 이에 관한 많은 논의가 이루어져 있다.[27] 하지만 이 시행이 도치되어 있는 것에 관심을 가지고 해석을 시도하지 않고 있다. '아니시며 그츠르신'은 '그츠르신 아니시며'로 놓고 해석을 해보자.

'그츨다'는 첫째 '거스르다' 혹은 '허망虛妄하다'의 뜻이고, 다음은 '거칠다(荒)'의 뜻이다. 앞의 뜻은 현대어로 '거스르다'의 뜻이 되며 '① 순종하지 않고 거역하다. ② 세를 따르지 않고, 반대되는 길을 잡다. ③ 순리를 벗어나다.' 등의 의미를 지니고 있다. 뒤의 뜻은 '① 곱게 연마되거나 정하

---

27) 양주동(여요전주麗謠箋注, 을유문화사, 1985, 재판, p.211)은 '비非이며 망위妄僞인 줄을'로 해석한다. 김형규金亨奎(고가주석, 백영사, 1955, p.144)는 '참소자의 말이 비非요 허망虛妄한 줄일'로 해석한다. 권영철(앞의 논문, p.143)은 '(서울에) 안 있으면, (여기)동래에 (와서) 있다 하더라도'라고 해석한다. 서재극(정과정곡신석시도, 어문학 6호, 1960, p.90)은 '(내가 또는 그 누가 그리고 허황한 줄)'로 본다. 강길운(정과정의 노래 신석, 현대문학 통권 68, p.149)은 '아무것도 아닌 즉 허황하신 줄 모르고 미련스럽게 곧이 들었구나'로 본다. 최기호의 논문 「정과정 「아니시며……」 연구, 연세어문학 13집, 1980, p.10」에서는 '옳은 것이 있으면 그른 것[非]이 있는 줄'로 해석한다. 박병채(고려가요 어석연구, 선명문화사, 1973, p.180.)는 '왕王이 취하신 거조擧措가 비非요 망妄이신 줄을' 또는 '참언자의 말이 비非요 망위妄僞인 줄을'로 본다.

게 정돈되지 못하다. 결이 곱지 않다. ② 순하지 못하고 격렬하다. ③ 손버릇이 나쁘다. ④ 정(精)하지 않다. ⑤ 성질이 온순하지 않다 난폭하다.'로 해석된다.

여기서 주목되는 것은 '거스르다'의 '② 세를 따르지 않고 반대되는 길을 잡다'와 '거칠다'의 '⑤ 성질이 온순하지 않고 난폭하다'이다.[28] 전자는 정서鄭敍가 의종毅宗을 따르지 않고 혹은 조정의 일에 순종하지 않고 다른 길을 갔다는 의미와 상통한다. 이에 대한 반응으로 의종毅宗은 왕권의 유지와 군신 간의 기강을 세워나감에 있어 적지 않은 저해요인으로 생각했을 것이다. 이런 생각의 근거는 작가인 정서가 왕의 의중도 짐작하지 못하고 대령후大寧侯 경暻과 가까이 지내는 반면 당시에 조정의 신하인 정함鄭諴·김존중金存中·최유청·문공원·박소 등과는 잘 어울리지 않고 지냈다는 데서 찾아볼 수 있다.

다음으로 '성질이 온순하지 않고 난폭하다'는 의미를 보자. 이는 위의 논의와 독립해서 말하기는 힘들지만 「고려사절요」 및 「동국통감」·「고려사열전」 등에 '성경박性輕薄 유재예有才藝'의 기록이 있어 작가인 정서의 인물평을 알 수 있다 '성질이 경박하고 예술적인 재질이 있다'는 말로 보아 그는 예술적인 재질은 갖추었으나 성격이 중후하지 못한 인물로 평가할 수 있겠다. 정서鄭敍는 거친 것이 아니라 가볍고 경박하여 무겁지 않은 성격으로 인해서 다른 중신들에게 대세를 거스르고 반대의 입장을 취한 것처럼 보였던 것이다. 따라서 이러한 해석은 작가가 표현하고자 하는 '거츠르신'이 의미와는 맞지 않다고 볼 수 있다.

그러므로 '아니시며 그츠르신'은 바로 작가인 정서 자신이 죄를 짓거나 왕의 명령을 거역한 것이 없다는 의미로 해석해야 한다. 즉 '아니시며 거슬린 것은'으로 해석되며 도치된 것을 바로 잡으면 '거슬린 것은 아니시며'로

---

28) 이희성李熙昇, 『국어사전國語辭典』, 민중서관 1974, p.61, p.63 참조.

된다. 여기서 '시'는 시적 화자의 입장에서 겸양의 표현으로 사용된 것으로 별 뜻이 없는 음절이 된다. 즉 이는 '시'가 주체존대어로 사용된 예이다.

다음은 제4행의 '잔월효성殘月曉星이 아르시리이다'를 보자. 여기서 중심이 되는 단어는 잔월殘月과 효성曉星이다. '잔월殘月'은 '남은 달'이 되고 '효성曉星'은 '새벽 별'이 된다. 먼저 '남은 달'의 이미지를 여러 계열체 말들과 연관시켜 살펴보자.

먼저 '남은 달'이라는 이 언어적 표현을 다른 계열체들과의 관련 위에 놓아 보는 것이 필요하다. 예를 들면 '남은 달'이라는 표현 대신에 둥근달, 반달, 보름달, 초승달, 그믐달 등의 의미로 대치시킬 수 있다. 여기서는 밝음에 있어 의미가 약한 초승달과 그믐달의 의미를 비교하여 남은 달의 의미가 어떤 상징성을 내포하는 가를 살펴보자. 초승달은 초저녁 서쪽하늘에서 관측할 수 있는데 밝음의 정도가 작아도 일정 시간 동안 물체의 구별에 도움을 준다. 반면에 그믐달은 새벽에 동쪽하늘에서 잠깐 관측되다가 해가 떠오름으로 인해 금새 빛을 잃는다. 달을 쳐다보는 사람의 입장에서는 밤중에 달이 없다가 새벽에 잠깐 나타나는 그믐달이 초승달에 비해 사물을 관찰하기에 매우 어려움을 겪는 달로 인식할 수 있다.

이제 남은 달의 의미를 살펴보기로 한다. 이 달의 이미지는 몇 가지로 나누어진다. 먼저 가득하지 않는 달의 의미도 되고 다음으로 달이 떠서 새벽이 되어도 넘어가지 않아 해와 같이 만나게 되어 상대적으로 어둠이 감소하는 달이라는 의미도 되며, 또 개기월식이 일어나 해의 그림자가 달의 밝음을 가려버린 부분 월식 때의 상황이거나 해가 완전히 달의 밝기를 가려버렸을 때의 의미도 생각해 볼 수 있다. 결국 이들 모두는 밝기가 떨어져 사물을 식별할 수 없을 정도의 그런 어두운 달의 의미를 내포하고 있다. 이러한 상황 의미를 내포하고 있는 '남은 달빛'은 화자인 정서鄭敍가 허물과 과실이 없음을 알 수 있다는 해석이 된다.

다음은 '새벽별'의 의미를 살펴보기로 한다. 이 새벽별은 밝음의 의미를 지향하고 있으나 실제로 사물의 모습을 파악하는 것에는 도움을 주지 못하는 밝기를 지니고 있다. '새벽별'의 의미는 다음에 언젠가는 훌륭한 역할을 할 것이라는 미래지향적인 성격을 지니고 있는 것이 '남은 달'보다는 더 희망적이라 할 수 있다. 작가 자신의 잘못이 없다는 것은 현재의 임금인 의종이 더 잘 알고 있지만 현실은 자신이 유배를 와서 고통을 받고 있다는 것이다. 왕의 통치는 하늘의 밝기에 도움을 주지 못하는 남은 달처럼 자신을 명예를 회복하는 일에는 아무런 도움을 받지 못하고 있음을 나타내고 있다. 그래서 작가는 현재의 임금인 의종을 남은 달로 다음의 임금인 명종을 새벽별로 비유하고 있다.

왕을 별로 비유한 표현은 여러 글에서 자주 볼 수 있다. 논어는 북극성을 임금으로 비유하고, 또 정철도 「관동별곡」에서 선조宣祖를 북극성에 비유하고 있다. 결국 이 새벽별의 의미는 다음에 임금이 될 사람을 표시하는 의미가 되고, '남은 달'은 의종毅宗으로 의미가 규정된다. 다음에 임금은 명종明宗이 되었으니 「정과정가鄭瓜亭歌」의 작품에서 '새벽별'은 명종明宗으로 단정할 수 있다.[29]

그런데 이 시에서 문학적 의미의 형상화는 큰 것을 쫓아서 가는 것이 아니라 남은 달이나 새벽별처럼 작고 약한 의미로 시적 화자의 심상을 표현하고 있다. 인간은 슬픔이 더해지면 왜소해지는 자신이 모습을 늘 작은 것과 미미한 것을 통해 나타내게 된다. 이 시에서 작가인 정서鄭敍는 유배를 와서 고통을 겪는 자신의 처지에 가장 충실한 모습을 노래하고 있다. 그러면서 현재 왕인 의종의 잘못을 은유적으로 비꼬는 태도는 잘 드러나 있다.

결국 이 단락에서는 왕의 뜻을 거역한 자신의 잘못이 없다는 사실을 남은 달과 새벽 별도 안다는 것이다. 이로써 왕의 잘못을 간접적으로 원망하

---

29) 이 작품에서 남은 달과 새벽 별이 꼭 다른 임금이나 의종毅宗으로 해석될 필요는 없다. 하지만 정서鄭敍가 이 작품을 지었을 당시의 상황으로 미루어 남은 달과 새벽 별의 이미지를 유추해서 얻은 결과이다.

고 한탄하는 모습으로 표출하고 있다. 결국 새벽별을 상징하는 명종이 무신의 난으로 임금이 되자 작가는 유배를 벗어나 명예를 회복하게 되었다..

다음으로 제5·6행의 의미를 살펴보자.

> 넉시라도 님은 훈디 녀겨라 아으
> 벼기더시니 뉘러시니잇가

여기서는 님과 떨어져 있는 자기 자신의 처지를 회상하며 죽어도 님과 함께 있고자 했던 자신을 이렇게 님과 분리시켜 놓은 사람이 누구인가를 생각해 보고 있다. 여기에서 중심이 되는 단어는 '넋'이다. '넋'은 사람이 지닌 정신으로 사람이 죽으면 넋은 남는다고 생각하는 고대인의 의식에서부터 나온 것이다.

이 단어의 연관관계와 의미관계를 알아보기 위해 계열체를 나열해보면 정신精神, 혼魂, 백魄, 혼백魂魄 등을 상정할 수 있다. 정신精神이란 말은 마음이나 생각이라는 의미를 지니고 있고, 또 형이상학에서 설정되는 비물질적인 실체라는 의미를 지닌다. 그러니 대부분 정신이라면 물질의 반대개념으로 생각하고 있어 이 용어가 주는 이미지는 현실세계에서 눈으로는 보이지 않지만 우리의 감정을 통해 의식이 보이지 않는 상황에서도 전달된다는 내포적인 의미를 지닌다. 또 이 정신이라는 단어는 살아있는 생명체의 또 다른 면을 보여주는 것으로 현상 이외의 의미로 쓰인다. 그러므로 '넋'이 지니고 있는 죽음으로써 또 다른 의식 세계가 설정되는 것과는 다른 것이다. 혼·백·혼백이라는 계열체의 단어는 상당히 절제된 모습을 하고 우리를 의식적으로 죽음의 무서운 상황과 연결하고 있는 듯한 느낌을 준다. 만약 이러한 단어가 시어로 선택된다면 그 시는 황량하고 처량한 모습의 이미지를 표출할 것이다.

따라서 화자는 영혼이 깃든 '넋'이라는 순수한 우리말을 시어로 선택해서 죽음이 존재할 수 있지만 완전히 죽음도 아니고 살아있는 어려운 상황에서 죽음을 가상할 수 있는 이미지로서 정신과 영혼의 의미를 부각시킨다. 즉 어느 정도 죽음의 상황이 내포되어 있는 정신과 영혼의 의미를 지닌 '넋'을 시어로 상정해서 살아서도 영원히 님과 함께 있고 죽어서도 님과 함께 있고 싶다는 의미를 표상하고 있다.

그러나 다음 행에서 갑자기 '벼기더시니 뉘러시니잇가'라 하여 현실의 통념을 깨고 독자들의 긴장을 요구한다. 여기서 유추되는 것은 과거의 상황으로 정서鄭敍에게 잘못이 있다고 우기던 사람에 대한 원망을 표출하고 있다. 화자 자신이 동래로 유배를 오게 되면 조정과 사회는 조용해야 하는데 그렇지 않고 더욱 어수선해 가고 있었던 것이다. 이는 조정과 정치사회에 대한 간접적인 원망이라고 할 수 있다.

제1·2행과 제3·4행의 화자는 작가인 정서 자신이다. 화자는 자신의 처지를 자연물과 비유하고 있지만, 앞의 두 행은 '나'와 비유된 '산접동새'에 초점이 맞추어져 있고, 뒤의 두 행은 '님'이라는 의미와 연결되는 '잔월효성'에 초점이 맞추어져 있다. 이 단락에서 중심되는 내용은 자신이 왕에게 거스름 없이 충성을 다했지만 유배를 와있다는 것이다. 그렇다면 여기서 생각해 보아야 할 것은 도대체 왜 자신은 충성을 다했는데 이렇게 귀양을 와있느냐는 것이다.

이에 대한 답은 작품의 표면에 나타나 있는 것으로만 해석이 불가능하다고 생각한다. 그러나 제5·6행을 통해 추측해 볼 수 있는 것은 시적 화자는 자신이 처한 현실을 통해 간접적으로 사회의 모순에 저항하고자 하는 의미를 담고 있을 것이라는 것이다. 이는 의종毅宗의 가까이에 있는 신하는 왕과 함께 오래도록 부귀영화를 누리지 못할 것이라는 의미이다. 여기서는 시인이 가진 예지의 눈으로 의종의 현실적인 욕망과 미래의 상징이 서로 충돌되고 있음을 나타낸다. 즉, 님과 나의 현실적인 고리를 이어주는 정신으로 표현된 '넋'이 뭇 간신들의 탄핵으로 정확하게 전달되지 않음을 나타낸다.

다음은 제7·8·9행을 살펴보기로 한다.

> 과過도 허물도 천만千萬 업소이다.
> 몰힛 마러신뎌
> 술읏브뎌 아으

여기서 화자는 자신에게는 과실도 허물도 전혀 없으며 말하기도 싫고 사라지고 싶다고 한다. 앞 단락의 의미를 이어받아 더욱 구체적으로 자신의 처지와 마음을 나타내고 있다.

이 단락의 의미는 제7행과 제8·9행이 서로 대립되어 있다. 제7행은 "과過도 허물도"라는 구절 사용으로 한자어와 한글의 조화를 보여주는 표현을 하고 있다. '과過도' '허물도'의 의미 반복은 자신에게 잘못이 없다는 것을 강조하기 위해서 사용한 것이다. 더욱이 다음 구절에서 부사어인 '천만千萬'이라는 시어를 사용하여 점층적으로 화자의 허물없음에 대한 의미를 강조한 것은 시인이 자신의 강렬한 감정을 그대로 표현한 것으로서 지나친 감정의 넘쳐흐름이 아닌가 할 수 있다.

8행의 '몰힛 마러신뎌'는 상당히 난해한 표현이다. 이 어구의 해석은 '중참언衆讒言이러신뎌,[30]' '뭇 참소讒訴를 그만 두도다',[31] '몰림말이 있는 것이여'[32] '말짱한 말씀이시엇구나'[33] 등 많이 있으며, 위의 4가지 중에 '말짱한 말씀이시었구나'가 주목된다. 이 뜻을 이어서 여기서는 '몰힛마리신뎌'를 '말도 그만두시고'로 해석하고자 한다. 즉 중신들의 뭇 견해를 일일이 시비를 따져서 가릴려고 노력하느니보다 차라리 행동으로 사라져 없어

---

30) 양주동, 앞의 책, p.216.
31) 김형규, 앞의 책, p.147.
32) 권영철, 앞의 논문, p.151.
33) 서재극, 앞의 논문, p.90.

지고 싶다는 것이다.

제7행에서는 적극적으로 자신의 허물이 없다는 것을 강조하고 있으나, 제8·9행에서는 소극적으로 말도 하지 않고 사라지고 싶다고 했다. 이는 임금의 사랑을 존재의 차원으로 이해하여 소유하고자 하는 것이 아닌 체념 적으로 쟁취하고자 하는 의미가 담겨져 있다.

다음으로는 제10·11행의 의미를 살펴보자.

> 니미 나를 ᄒᆞ마 니즈 시니잇가
> 아소 님하 도람드르샤 괴오쇼셔.

여기서는 님이 나를 벌써 잊고 있음을 원망하면서 님이 돌이켜 생각하 여 자신을 다시 사랑하소서라고 호소한다. 이는 맨 처음의 제1·2행과 대 립되는 그런 상황에 있다. 처음에는 자신이 처한 현실에서 현재의 상황을 묘사하고 있고 마지막은 미래의 왕이 자신을 사랑해서 자신의 입장을 이해 해주기를 바라고 있다. 이 부분에서는 님과 나의 갈등 문제를 님이 나를 사랑해서 해결해 줄 것을 바라고 있다. 결국 이 단락은 님과 나의 사이에 생긴 문제를 해결하는 것은 님이 나에 대해 신뢰와 믿음을 가지고 다시 생 각해야 된다는 것을 강조한다. 즉, 님과 나의 신뢰는 임금의 약속 불이행으 로 깨어진 것이기 때문에 임금의 마음을 돌리고자 하는 강한 소망이 담겨 있다.

이 시의 전체에 흐르는 느낌은 '나와 님'으로 이미지가 연결되고 '님'은 나의 문제에 절대자인 의미를 가지고 존재하는 대상이며, 시적 화자인 '나' 는 존재하는 절대자에 은혜를 입고자하는 간절한 마음을 표현하는 자아로 나타난다.

지금까지 비교적 치밀하게 「정과정곡」의 의미를 살펴보며 시적 화자가 지닌 개인의 감정을 통해 시어가 지향하는 의미를 분석하려고 노력했다.

다음으로는 개인이 체험한 유배를 소재로 한 서정시가 어떻게 후대의 다른 사람들에게 형상화되어 애창곡으로 전승되었는지를 살펴보기로 한다.

4.2. 작품의 형상화와 사회화 과정

「정과정곡」은 5개의 의미덩어리로 나누어진다. 하지만 의미단락을 이끌어 나가는 시적 모티프는 '님'과 '나' 그리고 '사랑'이다. 여기서 '님'은 임금으로 상징되고 '나'는 신하를 의미한다. 신하는 충忠을 다했는데 임금이 '사랑'하지 않아서 일어난 문제로 이는 다시 임금의 사랑을 받고자 하는 시적 화자의 소망이 담겨있는 것이다.

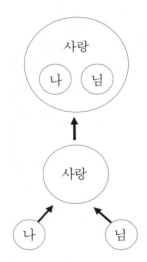

옆의 그림과 같이 정과정곡의 의미를 표현해 볼 수 있다. 즉 '나'와 '님'과의 신뢰가 멀어져 있는 아래의 그림에서 위의 그림으로 상승해가는 모습을 보여주고 있다. 여기에서 갈등이 생긴 이유는 임금이 나와의 약속을 지키지 않았기 때문이다. 신라 향가의 「원가怨歌」에 나오는 신뢰의 표시는 '잣나무'로 구체적인 사물이었는데 비해 여기서는 막연한 약속인 '오래지 않아 부르겠다'이다. 임금이 구체적인 사물이나 생명체를 약속의 징표로 주지 않고 그냥 한 말을 정서鄭敍는 약속으로 믿었다. 두 작품에서 화자의 복귀 과정을 비교해 보면, 「원가怨歌」에서의 신충信忠은 잣나무가 마르자 다시 벼슬에 복귀했지만 정서는 오랫동안 벼슬에 복귀하지 못하고 있다가 사회적인 변동인 무신의 난 이후에야 복귀되었다.

전항에서 살펴본 것을 중심으로 「정과정곡」의 뼈대가 되는 전체 구조를 살펴 작품의 형상화를 도표화하면 아래와 같다.

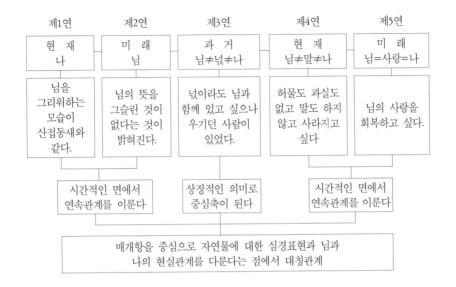

다음은 이 노래가 오랫동안 불리게 된 정황을 살펴보기로 한다.

지금까지는 작품을 분석함에 있어 화자를 지은이 자신인 '정서' 혹은 '신하'로 설정하여 이해하였으나 다음은 남녀 간의 사랑 노래로 설정하여 분석해 보고자 한다.

이렇게 보았을 때, 「정과정곡」에 설정된 시적 화자는 여성이다. '님[男子]'과 '나[女子]' 사이의 관계는 이별 때문에 일어난다. 이별이라는 것은 인류의 공통된 고통으로 신분이라는 지위를 막론하고 가진 감정이다. 이러한 개인의 감정을 표출한 작품 중에서 우수한 표현이 있으면 따오기 마련이다. 여기서는 작가가 충성이라는 감정을 표현한 작품이 사랑하는 연인들의 사랑노래, 혹은 선비들의 충성을 노래하는 것과 어떤 구성상의 동일점을 가지고 있나 하는 점을 중심으로 살펴 작품의 독자층을 형성하게 된 동기를 알아보자.

남자와 여자의 관계는 사랑을 바탕으로 한 부부관계가 대표적인 것이다.

동양의 윤리와 철학에서 남자는 천天이고 여자는 지地에 자주 비유되면서, 과거부터 부부관계는 남자男子가 상위上位에 놓이고 여자女子는 순종을 해야 한다는 관습이 있었다. 임금과 신하의 관계도 마찬가지였다. 그래서 정서鄭敍의 개인감정의 발로인 「정과정곡」이 많은 사람에게 애송되었다. 이러한 이유는 아래의 그림과 같이 비슷한 구조를 지니고 전해졌기 때문이다.

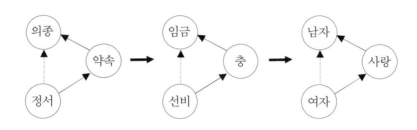

결국 「정과정곡」의 시적인 배경은 여러 문헌에 드러난 바와 같이 처음에는 정서鄭敍와 의종毅宗의 약속회복을 위한 노래였다가 후대와 와서는 선비들이 임금에게 충성을 약속하는 노래로 변하기도 하고, 또 실연한 여인은 사랑을 구애하는 노래로 가창하기도 하였다. 이와 같이 「정과정곡」은 다양한 가면을 쓰고 약속의 노래, 충성의 노래, 사랑의 노래 등으로 다양하게 변모하면서 후대의 독자들에게 접근함으로써 오랫동안 전승될 수 있었다.

5. 문화콘텐츠로서의 고려가요

「정과정곡」의 작품을 분석하는 작업은 작가의 창작의도를 드러내는 일도 아니고 작품의 제작과정과 시적 배경을 검토하는 것으로 끝나는 일도 아니다. 작품의 주제를 연주충군지사戀主忠君之事라고 해도 나머지의 다양한 문제는 남는다. 그러나 작품의 세계는 그 작품의 시적 배경을 검토하고 그 제작과정을 살펴보고, 또 시어가 배열된 형식을 살피고, 또 시어의 의미지향을 살핌으로써 어느 정도 작품구조의 실상을 규명할 수 있다. 본고는 기존에 연구한 선학들의 작업 성과와는 상당히 다르게 작품론을 중심으로 이 노래를 살펴보았다. 지금까지 논의한 내용을 요약하면 다음과 같다.

첫째, 시적 배경과 제작과정을 살펴보면서 작가의 유배를 간접적인 원인과 직접적인 원인으로 살펴보았다. 작가인 정서의 유배와 관련해 직접적인 원인은 정서의 성격과 연루된 것으로 조정의 신하가 정서의 죄를 거짓으로 얽어서 보고했기 때문이고, 간접적인 원인으로는 의종毅宗이 어릴 때에 겪은 왕위계승자로서의 부적합하다는 평판으로 인간적인 악감정을 지니고 있었던 사실에 작가인 정서가 휘말려 들었다는 것이다.

위의 두 사건은 모두 의종毅宗이 왕제王弟의 세력을 사전에 봉쇄함으로써 왕권을 굳세게 하기 위해서 보복적으로 정서를 동래로 유배를 보냈다는 사실이다. 여기서 주목이 되는 유배의 원인은 작가인 정서의 정치적인 과실이나 부정·부패가 아니라 주로 감정적인 차원에서 왕권의 찬탈이라는 죄목에 씌워져 있었다.

둘째, 시적 배경을 이야기 방식으로 다섯 단계를 나눔으로써 시의 배경과 제작과정을 쉽게 파악하도록 했으며 후대의 전승과 그 변화를 파악할 수 있도록 하는 기초를 만들었다. 여기에서 정서가 「정과정곡」의 음악과 가사 모두를 지었다고 볼 수는 없었다. 아마도 이러한 사실은 작가인 정서는 전해오는 악곡인 10구체 향가鄕歌의 음곡에 변형을 가해서 이 노래의 가사를 지었다고 할 수 있다.

다음으로 작품의 표면에 나타난 외연적인 의미를 살펴보면서 이 작품의 총 글자의 수인 116자를 바탕으로 다섯 개의 의미덩어리로 나누었다. 그 과정에서 음보는 2음보와 4음보가 병존해 있다는 것을 밝혀냈다. 이러한 시형식의 접근은 일차적인 독서로 가시적이고 물리적인 독서이지만 다양한 의미파악에 기초자료가 된다.

다음으로는 시어의 의미 지향과 작품의 형상화에서 얻은 사항들을 열거하면 아래와 같다.

제1,2행의 의미를 접동새와 관련해 접동새는 울면서 사는 곳이 '산'이므로 '도시'나 '들'보다 접동새와 잘 어울리는 단어로 생각했으며, 작가인 정서는 과정瓜亭이란 정자亭子가 바로 속새를 떠나 유배를 와서 고생하는 자신의 심경과 비슷한 의미를 주는 것으로 파악했다. 이러한 현상은 작자의 현재 모습과 산에 사는 접동새라는 단어를 통해 더욱 친화력을 지니는 시어로 나타난다.

제3,4행의 「아니시며 그츠르신돌」의 시어는 도치되어 있는 것으로 「그츠르신 것은 아니시며」로 새로운 해석을 했고, 그래서 의미는 「거슬린 것은 아니시며」의 의미가 된다. 「남은 달」과 「새벽별」의 의미는 전자를 의종毅宗에 비유된 것으로 보았고 후자를 자신의 억울한 심정과 유배생활을 풀어 줄 수 있는 사람으로 규정을 했다. 이 의미단위는 자신이 잘못해서 왕의 뜻을 거역하게 한 것이 없다는 것으로 왕의 잘못을 원망하고 탄식한다.

제5,6행은 유배 와 있는 작가 자신의 처지가 불합리하다는 것과 뭇 간신들의 탄핵으로 자신의 의사가 바로 전달되지 못하고 있다는 것을 말하고 있다. '님과 나' 사이에 현실적 고리를 이어주는 '넋'이 바로 문제의 핵심어가 되며 정서가 현실적인 어려움을 통해 간접적으로 사회의 모순에 저항하고 있음을 의미한다고 할 수 있다.

제7,8,9행은 자신이 과거에 허물이 없음을 강하게 주장하고 왕을 향한 구애(求愛)의 의지를 체념적인 자세로 표출하고 있다. 이 단락에서 「물힛마러신뎌」를 「말도 그만 두고」의 '말해서 무엇하리'의 의미로 해석한다.

제10,11행은 결국 약속 불이행의 원인이 된 임금의 무관심과 자신에 대한 미운 마음을 돌리고자 하는 강렬한 소망이 함께 담겨져 있다.

이러한 의미를 지닌 이 작품은 후대로 내려오면서 변모되어 독자층에 접근되었다. 이러한 양상을 작가인 정서의 입장, 선비의 입장, 여성의 입장을 통해 논의해서 약속의 이행이 충의 회복과 사랑의 성취로 변화됨을 살펴보았다.

지금까지 이 노래의 변화와 그 의미를 살펴보았다. 이제는 일천여 년의 세월의 흐름과 유배지의 공간이 아닌 항구도시 부산의 한 복판에서 역사의 공간으로 연면히 이어져오는 「정과정곡」의 콘텐츠를 문화유산으로 잘 가꾸어야 하겠다. 이 노래가 문화콘텐츠로의 다시 살아나는 것은 오늘날 과학과 기술의 시대에 화두인 부산시 동래의 도시재생과 관련하여 새로운 의미를 찾을 수 있겠다.

○ 참고문헌

『고려사高麗史 권97, 열전列傳 10』
『고려사절요高麗史節要』
『악학궤범』
이익李瀷, 『성호사설星湖僿說』
『동국여지승람東國與地勝覽』
『교남지嶠南誌』
류숙柳淑, 『사암집思庵集』
이숭인李崇仁, 『도은문집陶隱文集』

권영철, 「정과정가 신연구」, 경북대(박사), 1973.
강길운, 「정과정의 노래 신석」, 『현대문학』 68, 1961. 통권 68.
김쾌덕, 「정과정곡소고」, 『국어국문학』 20집(부산대), 1983.
김형규, 『고가주석』, 백영사, 1955.
박병채, 『고려가요 어석연구』, 선명문화사, 1973, p.180
서재극, 「정과정곡 신석 시도」, 『어문학』 6, 1960.
신경숙, 「정과정연구」, 『한성어문학』 1, 1982.
이희성, 『국어사전國語辭典』, 민중서관, 1974.
양주동, 『여요전주麗謠箋注』, 을유문화사, 1985.
이가원, 「정과정곡연구」, 『이가원전집』 2, 정음사, 1986.
최기호, 「정과정곡 "아니시며……" 연구」, 연세어문학13집, 1980, p.10」

고려시대 정치민요의 기능과 그 미학

1. 민중의 노래와 정치민요

민요는 민중들이 부르는 노래이다. 민중들이 생활의 필요에 의해 부르는 노래인 민요에는 그 기능이 뚜렷하게 존재하는 경우가 많다. 민요가 가지는 기능은 민요가 존재할 수 있는 근거를 마련해 주는 것으로서 그 가치가 매우 중요하다고 할 수 있다. 민요의 기능은 노동기능, 유희기능, 종교기능, 정치기능 등으로 나누어질 수 있다.[1]

이 때 민요가 노동의 기능을 강하게 드러내면 노동요, 유희적 기능을 강하게 드러내면 유희요, 종교의 의식기능을 강하게 드러내면 종교의식요, 정치적 기능을 강하게 드러내면 정치민요 등으로 부를 수 있다. 여기서는 민중의 입에서 가창되는 민요 중에서 정치적 사건을 비판하거나 그 사건의 시작과 끝을 예언하는 정치적 기능을 주제로 하는 민요를 정치민요라 명명

---

1) 고정옥, 『조선민요연구』, 수선사, 1949.
   임동권, 『한국민요연구』, 이우출판사, 1980.
   장덕순 외, 『구비문학개설』, 일조각, 1981.
   김무헌, 『한국민요문학론』, 집문당, 1987.
   최철, 『한국민요학』, 연세대출판부, 1992.

하고자 한다.

20세기 이전에는 정치민요를 신라의 「서동요」에 나타난 것처럼 동요라고 부르기도 하였다.[2] 동요는 순수동요, 정치민요, 창작동요 등으로 나누어질 수 있다.[3] 현재 우리가 쓰고 있는 오늘날의 동요는 주로 순수동요나 창작동요를 의미한다고 할 수 있다. 20세기 이전의 문헌에 나타난 동요라는 용어는 전승민요로서 순수동요를 뜻할 때도 있고, 정치적 비결秘訣을 노래하는 참요讖謠로서 정치민요를 뜻할 때도 있었다. 그래서 20세기 이전에 사용된 동요라는 용어의 일부는 현대의 정치민요에 상당히 가깝다고 할 수 있다. 고려시대의 정치민요는 『고려사』, 『동국통감』, 『증보문헌비고』, 『용천담적기』 등에 주로 동요라는 이름으로 전해 온다. 그 작품은 「보현찰요」, 「만수산요」, 「아야요」, 「남구요」, 「목자요」, 「완산요」, 「묵책요」, 「대우후요」, 「호목요」 등 9수가 전부라고 할 수 있다.[4]

이들 자료를 가지고 여기서는 먼저 봉건시대의 지식인들이 고려시대 정치민요를 이해하는 시각을 살펴보고, 다음에는 고려시대 정치민요를 국왕의 실정을 노래하는 모티프, 외국의 침략을 노래하는 모티프, 조선왕조의 건국을 예언하는 모티프 등으로 분류하여 이들 정치민요에 나타난 예언, 사회비판, 여론형성, 선전·선동 등의 기능[5]을 살펴보고자 한다. 마지막으로는 고려시대 정치 민요에 나타난 은유와 환유의 미학[6]을 정치적인 언술로써 고찰하고자 한다.

---

2) 『삼국유사三國遺事』 권卷2, 然後知薯童名, 乃信童謠之驗.
3) 정동화, 『민요의 사적 연구』, 일조각, 1981, 285쪽.
4) 이외에도 김무헌은 『한국민요문학론』(집문당, 1987, 244쪽)에서 「사리화」, 「역벽풍요」 등을 정치민요에 포함시켜 논하고 있으며, 임동권은 『한국민요사』(집문당, 1969, 55쪽) 에서 「놋다리요」를 정치민요에 포함시키기도 한다.
5) 최철, 앞의 책, 1992, 참조.
6) 마이클 라이언(나병철 이경훈 옮김), 『포스터 모더니즘 이후의 문화와 정치』, 갈무리, 1996, 참조

2. 정치민요를 보는 시각

고려시대에는 정치적으로 큰 사건이 있을 때마다 그와 관련 있는 정치민요가 출현하였고, 민중들은 이런 정치민요를 활용하여 미래를 예언하거나 예견된 조짐을 노래하기도 하였다. 특히 고려시대에는 국왕의 실정이나 외국의 침략 그리고, 조선의 건국을 예언하는 모티프의 정치민요가 나타나 오랫동안 지속되었다.

동양의 정치는 "예禮, 악樂, 형刑, 정政이 천하에 널리 행해져 어긋남이 없으면 왕도王道는 저절로 갖추어 진다"는 것이다.[7] 현실적으로 예, 악, 형, 정에 어긋난 내용을 사람들은 말이나 글로 나타낸다. 그래서 동양의 정치가는 정치상황과 사회분위기를 반영하는 당대의 민요나 노래의 수집에 많은 관심을 기울였다.

동양의 정치가들은 정치민요인 동요를 하늘의 뜻으로 여겼다. 요임금이 천하를 다스린 지 50년이 되어 천하의 다스려짐을 잘 알지 못하였다. 이에 "요임금이 몸소 서민의 의복으로 변장을 하고 번화한 거리에 나가 동요를 들었다"고 한다.[8] 이는 동요를 정치의 자료로 삼은 예가 된다. 하늘은 그 뜻을 민중들의 입을 통하여 나타낸다. 그 중에서도 세상의 비리나 부정에 물들지 않은 어린 아동들이나 민중의 입을 통하여 표현되는 정치민요는 현실 정치를 잘 반영하고 있는 가장 믿을 만한 여론의 제공처가 될 수 있다. 요임금은 동요가 민심의 동향이나 사회상을 반영시킨 민중생활의 솔직하고 소박한 호소였다는 생각에서 번잡한 거리에 나아가 동요를 들었다고 볼 수 있다.

요순시대에는 천하가 태평스러워 백성이 무사하고 노인들이 땅을 치면서 「격양가」를 불렀다. 그 노래는 다음과 같다.

---

7) 『예기禮記(악기樂記)』, 禮樂刑政 四達而不悖 則王道備也.
8) 『열자列子(중니편仲尼篇)』, 堯治天下五十年 不知天下治歟, 乃微服遊於康衢 聞童兒謠.

해가 뜨면 일하고
해가 지면 휴식하네
우물파서 물 마시고
밭갈아 밥 먹으니
임금의 힘이야
나와 무슨 상관있으리[9]

이 노래는 요순시대의 태평성대를 표현하는 정치민요이다. 나라가 태평하면 그 민요도 이와 같이 편안함을 노래하게 된다. 제왕이 정치를 잘하여서 민중들은 안정되고 평화로운 생활을 누려 그들의 민요가 왕의 선정을 찬양하였다. 그러나 폭군이 나타나 학정을 했다면 민중들이나 아동들의 노래는 위정자를 심판하는 내용의 노래를 하였을 것이다.

정치민요의 특성을 설명할 수 있는 다음 예문을 살펴보기로 한다.

시詩는 뜻이 가는 바이다. 마음에 있으면 지志요, 말로 발하면 시詩가 된다. 정情은 마음속에서 움직여 말로 나타나니, 말이 부족하기 때문에 노래로 하고, 노래가 부족하면 자신도 모르게 손으로 덩실거리고 껑충거리게 되는 것이다. 정情은 소리로 발하고, 소리에 무늬가 있으면 이를 음音이라 이른다. 잘 다스려지는 시대의 음악은 편안하니, 즐거운 것은 그 정치가 평화롭기 때문이고, 어지러운 시대의 음악은 원망하니, 원망이 있는 까닭은 그 정치가 어긋났기 때문이며, 망한 나라의 음악은 슬프니, 우울한 것은 그 백성이 곤궁하기 때문이다. 따라서 옳고 그름을 바로잡고, 천지를 움직이며, 귀신을 감동시키는 데는 시보다 가까운 것이 없다.[10]

---

9) 『제왕세기帝王世紀』, 帝堯之世, 天下太和, 百姓無事, 有八九十老人擊壤而歌. 歌曰, 日出而作, 日入而息, 鑿井而飮, 耕田而食, 帝力于我何有哉.

10) 이택후李澤厚, 『화하미학華夏美學』, 동문선東文選, 1990, p.47. 『시詩(대서大序)』 참조. 詩者, 志之所之也. 在心爲志, 發言爲詩, 情動於中, 而形於言. 言之不足故嗟歎之, 嗟歎之不是故詠歌之, 詠歌之不足, 不知手之舞之足之蹈之也. 情發於聲, 聲於文謂之音, 治世之音安, 以樂其政和, 亂世之音怨, 以怒非其政乖, 亡國之音哀, 以思其民困. 故正得失, 動天地感鬼神, 莫近於詩.

여기서 우리가 정치민요를 공부하면서 관심을 가져야 할 것은 "옳고 그름을 바로잡고, 천지를 움직이며, 귀신을 감동시키는 데는 시보다 가까운 것이 없다"라는 구절이다. 여기서 시는 민요나 정치민요로 대치되어도 아무런 하자가 없다.

연구자들은 이러한 정치민요가 발생한 원인으로 다양한 견해를 제시하고 있다. 김무헌은 정치민요의 기원을 수직문화에서 기원되었다고 한다. 그는 정치민요가 인간의 질서가 종적 질서로 발전하면서 수직문화를 형성하여 인간 상호간의 경쟁이 심화되고 이해와 목적을 가진 인위적 집단이 생겨나고 법과 질서를 찾으며 사회가 상하층으로 갈라지면서 발생하였을 것이라고 주장하고 있다.[11] 또 정치민요의 창작배경을 다음과 같이 구분하기도 한다. 정치민요의 발생배경은 잠재적 요인으로 다신교적 토속신앙, 풍수지리설 및 도교의 유입, 실제적 요인으로 정치사회적 위기 및 부패, 인위적 조작 등을 들 수 있다.[12]

고려시대의 사람들은 정치민요를 국가나 왕의 운명과 관계되는 중대한 사건과 관련하여 그것을 예언하는 소박한 관점으로 이해하고 있다.[13] 이와 같은 관점으로 고려시대의 정치민요는 민중의 생활 및 사회의 정치 상황을 반영해낸다고 할 수 있다. 정치가 평안하면 즐거운 민요가 많이 불리어질 것이고, 정치가 어긋나면 민요는 원망하면서 노여워하는 가락을 지닐 것이다.

> 잘 다스려지는 시대의 음악은 편안하면서도 즐거우니, 그 정치가 화평하기 때문이며, 어지러운 세상의 음악은 원망하면서도 노여워하니, 그 정치가 어긋나 있기 때문이며, 망한 나라의 음악은 슬프고도 음울하니, 그 백성이 곤궁한 때문이다. 음악의 이치는 정치와 통한다.[14]

---

11) 김무헌, 『한국민요문학론』, 집문당, 1991, 239쪽.
12) 박연희, 「정치민요의 현실반영과 그 해석」, 『한국민요론』(최철 편저), 집문당, 1986, 참조
13) 임동권, 『한국민요연구』, 이우출판사, 1980, 139쪽.

특히 민요 중에서도 정치민요라는 장르는 문학의 다른 장르보다 더욱 위의 구절에 적절하게 그 기능을 수행한다고 해도 과언이 아니다. 그래서 우리는 정치와 정치민요가 밀접한 연관성을 지니고 있다는 선인들의 시각을 예언, 여론형성, 정치비판, 선전선동 등 정치민요의 기능과 연결시켜 다음 장에서 논의하고자 한다.

3. 정치민요의 모티프와 그 기능

백성이 부르는 노래가 민요이고, 국가를 통치하는 것을 정치라고 할 수 있다. 이러한 두 용어의 합성어인 정치민요는 시대가 어수선하고 어려울 때 자주 등장하고 있다. 고려시대에 출현한 9편 정치민요의 주된 모티프는 국왕의 실정, 외국의 침략, 조선의 건국 등으로 나누어 질 수 있다. 이 때 정치민요의 기능은 예언, 사회비판, 여론형성, 선전선동 등의 기능을 지니고 있다고 할 수 있다. 여기서는 정치민요의 주제와 기능을 구체적으로 살펴보기로 한다.

3.1. 국왕의 실정

국왕의 실정을 모티프로 하고 있는 작품에는 「보현찰요」, 「묵책요」, 「아야요」 등이 있다. 이들 작품에 나타난 정치민요의 기능을 「보현찰요」부터 살펴보기로 한다.

---

14) 『예기禮記(악기樂記)』, 治世之音安以樂 其政和, 亂世之音怨以怒 其政乖, 亡國之音哀以思 其民困, 聲音之道 與政通矣.

① 보현찰요

어디가 보현사냐   何處是普賢刹

이곳에 따라와 다 죽네   隨此盡同力殺 15)

이 작품은 고려시대 무신의 난(1170)과 고려 18대 의종의 실정失政을 예언한 노래이다. 왕은 무신을 천대하고 문신을 우대하여 문신과 함께 유락을 일삼으며 정사政事를 소홀히 하였다. 왕이 문신들과 함께 보현사에 가서 소풍을 즐기고 있을 때, 평소 왕의 불공평한 처사에 불만을 품고 있었던 정중부, 이의방, 이고 등이 난을 일으켜 왕과 문신들을 모두 죽이는 사건이 있었다. 이 작품은 의종의 실정으로 일어난 무신의 난을 풍자하고 그 실상을 예언한 노래로서의 그 의미를 가진다.

② 묵책요

여러 조각의 베로 만든 도목   用綜布作都目

정사가 모두 까맣게 되었구나   政事盡墨冊

내가 기름을 먹이고자 해도   我欲油

금년에는 삼씨조차 적으니   今年麻子少

아 얻을 수 없구나   噫不得16)

이 노래는 고려 충숙왕(1313-1339) 때에 민중들 사이에 떠돌던 정치민요이다. 당시에 인사관리를 맡아 보던 김지경 등의 무리가 이조吏曹를 장악하고 정실로 사람을 등용하느라고 도목都目에 붉은 색과 검은 색으로 사람의 이름을 휘갈겨 써 놓았다. 인명을 '지웠다 썼다'하기를 수없이 반복하니 도

---

15) 『증보문헌비고增補文獻備考』 권卷11(상위고象緯考), 『동국통감東國通鑑』 권卷25.
16) 『증보문헌비고』 권11(상위고).

목都目이 엉망이 되어 더럽혀 졌고 묵책墨冊 정사政事란 말이 나돌게 되어 이런 민요가 불려 졌다고 한다.[17] 이 민요를 통해 민중은 왕의 잘못된 관리 임용으로 일어난 지배층의 부정과 부패한 정치를 고발하고 있다.

③ 아야요

아야 망고지나 　　　　　阿也麻古之那
이제 가면 언제 오리 　　　　從今去何時來[18]

이 노래는 고려 28대 충혜왕(1330-1344) 때 불려진 정치민요이다. 충혜왕은 원래 음행이 극심하여 즉위 후에 폐위가 되었다가 다시 복위하는 과정을 겪었다. 그래도 왕은 횡포와 학정을 그치지 않아 급기야는 1343년 11월에 원나라의 사신이 그를 원나라로 소환하여 데려 갔다. 이 작품은 원나라로 간 충혜왕이 원나라에서 돌아오지 못하고 죽은 사실을 예언한 노래이다. 이 민요를 『동국통감』에서는 충혜왕이 원나라의 악양에 붙잡혀 가서 고국에 돌아오지 못하고 작고한 것을 풍자한 노래라고 해석하고 있다.[19]
위에서는 국왕의 실정을 모티프로 하는 「보현찰요」, 「아야요」, 「묵책요」 등의 작품형성의 배경과 그 의미를 살펴보았다. 이들 노래에서는 「보현찰요」와 「아야요」가 현실의 상황에 근거하여 미래에 일어날 일을 미리 추측하는 예언의 기능이 강하고, 「묵책요」는 인사정책의 잘못으로 인한 파국의 정권에 대한 정치비판의 기능을 수행하고 있다. 이처럼 국왕의 실정을 모티프로 하는 고려시대의 정치민요는 예언의 기능과 정치비판의 기능을 많

---

17) 『증보문헌비고』 권11(상위고). 及金之鏡等掌銓曹, 用事者, 爭相塗抹, 朱與墨相渾, 謂之墨冊政事.
18) 『증보문헌비고』 권11(상위고).
19) 『동국통감東國通鑑』 권卷45(충혜왕忠惠王5년年), 至是人解之曰, 岳陽亡故之難, 今日去何時還.

이 담고 있다.

3.2. 외국의 침략

외국의 침략을 모티프로 하고 있는 작품에는 「호목요」, 「우대후요」, 「남구요」, 「만수산요」 등이 있다. 먼저 몽고의 침입을 노래하고 있는 「호목요」의 비유와 그 기능을 살펴보기로 한다.

① 호목요

박나무 가지 잘라 물 한 접시	瓠之木枝切之一水鐥
느티나무 가지 잘라 물 한 접시	陌台木枝切之一水鐥
가세 가세 멀리 가세	去兮去兮 遠而去兮
저 산마루 넘어 멀리 가세	彼山之巓 遠而去兮
서리가 오기 전에	霜之不來
낫 갈아 삼 베러 가세	磨鎌刈麻去兮[20]

이 민요는 『증보문헌비고』의 기록에 의하면 고려 23대 고종 36년(1249) 11월에 널리 유행한 노래임을 알 수 있다.[21] 고종 36년(1249)년 11월 「호목요」가 불리어지던 시기는 고려가 국내외적으로 혼란한 시기라고 할 수 있다. 국내적으로는 무인정권의 횡포와 권문세가의 토지겸병으로 농민들은 토지를 버리고 유랑의 길을 택해야 했으며, 국외적으로는 몇 차례에 걸친 몽고병의 침입으로 남녀가 징병에 끌려가게 되었다. 이 시기는 극심한 부역을 견디지 못한 민중들이 고통을 참을 수 없어 멀리 멀리 산 너머로 피난할 수밖에 없는 상황이었다. 이와 같은 상황에서 「호목요」인 도피와 피

---

20) 『증보문헌비고』 권11(상위고).
21) 『증보문헌비고』 권11(상위고). 高宗三十六年十日月, 有童謠.

난의 노래가 창작되어 불렀다.

이 작품은 「호목」, 「호목가」, 「박노래」, 「드레박노래」 등으로 다양하게
불려지고 있다고 하면서 「거혜去兮」 혹은 「거혜요去兮謠」로 부르자는 견해
도 있다.[22] 「호목요」를 「거혜요去兮謠」 등으로 부르는 일은 주제를 부각시
키는 제목의 이름으로 타당하다고 할 수 있으나, 대부분 시가의 제목이 주
제로 이루어져 있지 않으므로 시가의 제목을 제고하자는 주장은 하나의 견
해로 생각이 된다. 또, 양주동은 이 노래를 백성의 원망과 저주가 섞인 하
층계급의 유행가요[23]로 보기도 한다.

여기서 「호목요」를 의미론적으로 살펴보았을 때 박나무의 비유를 몽고
의 침입으로 인한 피해로 상정해 볼 수 있다. 왜냐하면 외국인의 침입은
일시적으로 이루어지고 언젠가는 물러가는 특성을 지니는데, 박나무가 봄
에 싹이 텄다가 여름을 지나 가을이 지나면 시들어 버리는 것과 비슷하기
때문이다. 이와 달리 느티나무의 비유는 국내 지배층의 비리와 착취로 인
한 피해로 생각할 수 있다. 왜냐하면 느티나무는 우리나라를 상징하는 나
무로 전국에서 자라고 있으므로 국내 지배층의 비리를 연상시킬 수 있기
때문이다. 이 작품에서 서리는 몽고의 침입과 지배층의 가혹한 착취를 동
시에 상징하는 의미를 지니고 있다. 그러므로 이 노래는 너나 나나 할 것
없이 지배층의 가혹한 착취에다가 몽고가 침입하면 살기 어려우니 멀리 살
길이나 찾아서 피난가자고 민중들을 선동하고 있다고 할 수 있다.

② 우대후요

소가 크게 우니 용이 바다를 떠나   牛大吼龍離海
얕은 물에서 맑은 물결치며 노네   淺水弄淸波 [24]

---

22) 오상태, 「「호목」연구」, 『어문학』 제59호, 1996, 91쪽.
23) 양주동, 『여요전주』, 을유문화사, 1971, 31쪽.

공민왕이 홍건적의 난을 피해 안동의 영호루에 간 적이 있다. 이 노래는 그 사실을 예언한 정치민요라고 한다. 여기서 '우牛'는 홍건적이 침입한 신축년辛丑年인 소의 해를 말함이고, '대후大吼'는 큰 울음으로 난리를 상징하며, '용리해龍離海'는 왕이 궁궐을 떠나 피난함을 말한 것이다. 그리고 '천수淺水'는 바다와 비교해서 얕은 물인 낙동강을 끼고 있는 피난처, 안동의 영호루映湖樓를 의미하고, '롱청파弄淸波'는 피난처인 안동의 영호루에서 편안하게 지내면서 뱃놀이하는 것을 뜻한다.

공민왕이 피난지에서도 국가의 어려움을 수습할 생각을 하지 않고, 영호루에서 배를 타고 재미있게 노는 것을 풍자하고 비판하는 노래이다.

③ 남구요

갑자기 남쪽의 도적이 나타나니 　　　　　 忽有一南寇
와우봉으로 깊이 들어오네 　　　　　　　 深入臥牛峯25)

이 노래는 「우대후요」와 마찬가지로 홍건적의 난(1368)을 예언한 것이다. 여기서 '남구南寇'는 홍건적을 뜻한다. 남南은 오행설에서 붉은 색인 적赤을 나타내어 홍건적을 암시하고, '심입와우봉深入臥牛峯'은 신축년辛丑年인 소의 해에 홍건적이 침입하여 왕이 '와우봉臥牛峯'이라는 명당자리를 지니고 있는 영호루에서 편안하게 뱃놀이함을 의미한다고 할 수 있다. 이 지역에는 옛날부터 「남구요」와 「우대후요」가 전해 왔었는데, 공민왕이 홍건적의 난을 만나 피난을 오니 바로 그 노래의 체험이 나타나게 되었다고 할 수 있다.26) 그러므로 이 노래는 홍건적이 침입할 것을 예언한 노래이며 지배층

---

24) 『증보문헌비고』 권11(상위고), 『고려사高麗史』 권卷39(공민왕恭愍王10年), 『용천담적기龍泉談寂記』.

25) 『증보문헌비고』 권11(상위고). 『고려사高麗史』 권卷39(공민왕恭愍王10년年), 『용천담적기龍泉談寂記』.

의 무능을 함께 비판하는 기능을 지니고 있다.

④ 만수산요

만수산이 안개에 가리웠네   萬壽山煙霧蔽[27]

이 노래는 고려 25대 충렬왕(1274-1308) 때 유행했던 노래로 원나라 세조의 죽음을 예언한 작품이다. 이 작품에 등장한 만수산은 연경에 있는 산이며, 안개는 불길한 징조를 나타내는 것이니 상징적인 수법으로 원세조의 죽음을 암시하고 있다. 당시에 원나라는 고려를 점령하고 있었는데 이 노래는 외국의 침입을 모티프로 하여 침입국의 왕인 원나라의 임금의 변을 예언하고 있다.[28]

지금까지 외국의 침략을 모티프로 하는 「호목요」, 「우대후요」, 「남구요」, 「만수산요」 등의 작품 배경과 그 의미를 살펴보았다. 사회적인 측면에서 「호목요」는 정치비판, 선전선동의 기능을 지니고 있으며, 「우대후요」, 「남구요」 등은 사회의 정치를 비판하는 기능과 함께 홍건적이나 몽고의 침략을 예언하는 기능을 지니고 있다. 「만수산요」는 당시에 고려를 침략한 원나라의 임금이 죽음에 다다랐음을 예언하는 기능을 지니고 있다. 이 유형의 노래들은 예언, 정치비판, 선전선동의 기능을 함께 지니고 있다.

3.3. 조선의 건국

조선 건국을 모티프로 한 노래에는 「이원수요」, 「목자요」 등이 있다. 이들

---

26) 『증보문헌비고增補文獻備考』 권卷11(상위고象緯考). 恭愍王時, · · · , 及辛丑, 王避紅巾亂, 南奔安東, 幸映湖樓, 至是人曰, 昔聞其語, 今見其驗.
27) 『증보문헌비고』 권11(상위고).
28) 『증보문헌비고』 권11(상위고). 忠烈王二十年正月, 有童謠云, 萬壽山煙霧蔽, 未幾之世祖訃至.

작품에 나타난 정치민요의 기능을 「이원수요」부터 살펴보기로 한다.

① 이원수요

서경성 밖에는 불빛이요	西京城外火色
안주성 밖에는 연기로다	安州城外煙光
그 사이를 오락가락하는 이원수야	往來其間李元帥
우리 백성 구해 주소서	願言救濟黔蒼[29]

이 작품은 이성계의 위화도 회군(1388)과 함께 고려의 종말을 예언하면서 선동하는 노래이다. 그 당시의 상황을 보면 우왕禑王 때에 최영은 명나라를 정벌하고자 군사를 일으켜 팔도도총사가 되어 왕과 함께 평양으로 와서 요동 정벌을 계획하였다. 이성계가 군대를 거느리고 압록강을 건너 요동을 치기로 하였으나, 위화도의 장마 때문에 강을 건널 수 없다는 이유로 회군하고 말았다. 그 당시의 정치 상황을 빗대어 표현하고 있는 이 민요는 이성계가 우리 백성들을 구해줄 수 있다고 여론을 형성하며 선전적이고 선동적인 내용을 담고 있다. 위화도 회군을 예상하면서 지어진 이 노래는 후에 조선의 건국을 예언하는 기능도 함께 지니고 있다.

② 목자요

나무아들 나라얻네	木子得國[30]

이 노래에 관한 해석에는 "이씨李氏의 건국"을 예언하여 불렀다는 설과 "왕씨의 혈육이 아닌 남의 아들"을 빗대어 불렀다는 설[31]이 있는데, 여기

---

29) 『증보문헌비고』 권11(상위고).
30) 『증보문헌비고』 권11(상위고), 『고려사高麗史』 권卷137.

서는 앞의 설을 따르고자 한다. 『고려사』에서는 조선 태조가 위화도 회군 (1388)할 때에 불렸던 노래로 기록되어 있고,[32] 『증보문헌비고』에서는 우왕 21년(1388)에 요동을 정벌할 때 불렸던 노래로 기록되어 있다.[33] 이 노래는 당시 백성과 군인 그리고 남녀노소에게 두루 퍼져서 모르는 사람이 없을 정도가 되었다. 그래서 이 노래는 "목木 + 자子 = 이李"가 되어 이성계가 왕이 된다는 여론을 형성하며 일반인을 선동하는 기능을 수행하고 있다고 할 수 있다.

지금까지 조선의 건국을 모티프로 하는 두 편의 정치민요를 살펴보았다. 「목자요」와 「이원수요」는 이성계가 조선을 건국하는 것이 당연하다고 여론을 형성하며, 또 일반인에게 조선 건국의 당위성을 선전하고 선동하는 기능을 수행하고 있다.

이상으로 고려시대 정치민요의 모티프와 그 기능을 분석하여 보았다. 고려시대의 정치민요는 국왕의 실정과 외국의 침략을 노래하는 민요가 주로 예언과 정치비판의 기능 그리고 선전선동의 기능을 맡고 있으며, 조선의 건국을 모티프로 하는 노래는 여론형성과 선전·선동의 기능을 지니고 있다. 이를 통해서 고려의 정치민요는 일반적인 정치민요의 기능인 예언, 정치비판, 여론형성, 선전·선동의 기능을 전부 드러내고 있는 특성을 지녔음을 확인할 수 있다.

---

31) 임동권, 『한국민요사』, 집문당, 1969, 137쪽.
32) 『고려사』 권137, 朝鮮太祖威化島回軍, 童謠有, 木子得國之說, 軍民無老少歌知.
33) 『증보문헌비고』 권11(상위고), 辛禑二十一年, 犯遼東, 童謠有, 木子得國之語, 軍民無老少, 皆歌云.

4. 정치민요의 미학

문학작품의 특성이라고 하면 보통 다른 글보다 언어의 비유적 표현이 많이 담겨있는 것이라 할 수 있다.

정치민요에서 언술의 연결은 수직적으로 이루어지기도 하고 수평축으로 이어지기도 한다. 수직축으로 이어지는 언어의 비유적 표현은 서로 각각 다를지라도 동일한 기능을 수행하거나 한 문장 안에서 같은 위치에 올라와 있는 일련의 단어들과 서로 연관 관계가 맺어져 은유 혹은 대체 및 계열체의 영역으로 의미축을 형성한다. 한편 수평축으로 이어지는 언어의 비유적 표현은 문장 안에서 단어들이 서로 의미를 확장하며 계기적인 순서로 연관 관계가 맺어져 환유 혹은 치환 및 통합체의 영역으로 의미축을 형성한다.[34] 그래서 정치민요에서 은유의 미학은 수직축을 통해 의미의 동일성을 추구하는 정적인 구조라 할 수 있고, 환유의 미학은 수평축을 통해 의미를 확대시켜 나가는 동적인 구조라 할 수 있다.[35]

고려시대에 불리어진 정치민요들은 은유의 미학으로 민중들의 견해를 표출한 작품이 있기도 하고, 또 환유의 미학으로 민중들의 견해를 표출한 작품이 있기도 하다. 먼저, 은유의 미학을 나타내고 있는 고려시대의 정치민요를 분석하고자 한다.

4.1. 은유의 미학

은유의 미학은 같은 계열의 값을 가진 낱말들을 결합하는 선택축의 원리에 의해 비롯된 비유라고 할 수 있다. 은유는 두 사실의 유사성과 상호

---

34) 마이클 라이언(나병철, 이경훈 옮김), 『포스터 모더니즘 이후의 정치와 문화』, 갈무리, 1996, 197쪽.
35) 이어령, 『시 다시 읽기』, 문학사상사, 1996, 25쪽.

관련성을 근거로 1 : 1의 대등한 유추적인 관계를 암시하고 있다. 은유의 스타일은 계열체적 순서를 의미하며 단어들의 종속적 관계를 따르며 선언적이다. 다시 말해 은유의 의미는 앞으로 결정될 것이라기보다는 수직적으로 이미 결정되어 있다.[36)

여기서 은유의 미학을 활용하고 있는 「호목요」를 먼저 살펴보기로 한다.

박나무 가지 잘라 물 한 접시	瓠之木枝切之一水鐥
느티나무 가지 잘라 물 한 접시	陋台木枝切之一水鐥
가세 가세 멀리 가세	去兮去兮 遠而去兮
저 산마루 넘어 멀리 가세	彼山之顚 遠而去兮
서리가 오기 전에	霜之不來
낫 갈아 삼 베러 가세	磨鎌刈麻去兮

고종 36년(1249) 11월에 민중들에게 노래된 이 「호목요」는 도피와 피난의 노래라고 할 수 있다. 고려의 정치민요는 대부분 1행 내지 2행이 주류가 되며 많아야 4행인데 이 노래는 6행으로 이루어져 있다. 그래서 이 노래가 6구체 형식으로 2구를 한 단위로 하면 향가에서 말하는 삼구육명三句六名의 형식과 관련이 있다고 주장하기도 한다. 그리고 3구句의 구句를 장章이라 하고 6명名의 명名을 구句라 하면, 시조의 3장章 6구句라는 형식과 서로 부합된다고 할 수 있다.[37)

먼저, 이 노래의 제1행과 제2행에 나타난 은유의 미학을 살펴보기로 한다. 은유는 선택축의 원리에 의해서 빚어진 비유라고 할 수 있다. 제1행인 '박나무 가지 잘라 물 한 접시'와 제2행인 '느티나무 가지 잘라 물 한 접시'라는 표현은 박나무와 느티나무라는 같은 선택축에 있는 두 단어의 유사성에 의해 비롯되었다고 볼 수 있다. 박나무와 느티나무의 통사적 위치는 똑

---

36) 마이클 라이언, 앞의 책, 200쪽, 참조.
37) 유창균, 「고려가요 「호목」에 대한 해독」,『어문연구』제91호, 한국어문교육연구회, 1996.

같다. 말하자면 같은 선택축에 있는 것으로 등가적이라 할 수 있다. 은유는 이렇게 여러 가지 사항 중에서 하나를 선택하지 않고 두 개 이상을 다 같이 한 자리에 놓을 때 발생한다.

다음으로 이 노래의 제3행에서 제6행까지 이루어진 은유의 미학을 살펴보기로 한다. 이 부분에서 이루어진 은유의 미학은 '가세'라는 단어를 잘 살펴봄으로써 찾을 수 있다. '가세'라는 단어가 5번이나 반복되면서 이 부분에서는 떠남의 의미를 강조하고 있다. '저 산마루 너머 멀리 가세'와 '낫 갈아 삼 베러 가세'는 떠남의 의미를 강조하는 선택의 축에 있는 것으로 등가적이다. 은유는 이와 같이 몇 가지 상황 중에서 하나 만을 선택하지 않고 두 개를 다 같이 한 자리에 펼쳐서 그 의미를 반복시킨다. 여기에 나타난 은유적 표현은 이렇게 거의 같은 의미를 계속해서 반복함으로써 우회적으로 주제를 강조하는 언술이라고 할 수 있다.

다음에는 상징적인 수법으로 은유의 미학을 드러내는 「목자요」와 「만수산요」를 살펴보기로 한다.

① 나무 아들 나라 얻네   木子得國

② 만수산이 안개에 가리웠네[38]   萬壽山煙霧蔽

①의 노래는 결론적으로 이씨의 건국을 상징하고 있는 작품이다. 여기서 목자木子는 나무 목木변에 글자를 지닌 모든 성씨들이 나라를 얻을 수 있다는 동일성의 세계를 함축하고 있다. 나무 목木이 들어가는 성씨는 이李씨, 박朴씨, 임林씨, 유柳씨 등이 있다. 당시에 이 노래가 유행했으며 이씨가 왕위를 얻지 못하고 나무 목자木字가 들어가는 다른 성씨가 왕이 되어도 의미

---

38) 이와 비슷한 구조로 이루어진 사람들이 수 없이 많이 모이는 현상을 표현한 '만수산에 구름 모이듯'이라는 속담이 있다.

가 완결되는 병렬적 구조를 이 작품은 지니고 있다. 또 해석에 있어서 '목자木子'의 음차로 "남의 아들 나라 얻네"라는 의미로도 읽을 수 있다. 이와 같이 한 줄의 시이지만 다양한 병렬적 의미를 지니고 있는 표현을 은유적 미학이라 할 수 있다.

그러나 이 노래의 배경을 통해서 살펴보면 이씨가 왕위를 얻었으므로 목자木子가 들어가는 성씨를 의미하는 하는 것이 아니라, 바로 '목木 + 자子 = 이李'를 상징하는 의미를 지니고 있다. 이러한 역사적 사실로서의 이 작품의 해석은 협상의 대상도 아니고 논의의 대상도 아니고 그대로 '이씨李氏가 나라를 얻네.'로 받아들이면 된다. 이와 같이 은유의 미학은 전통 및 권위와 결합하여 병렬적 의미를 발생시키고 서로 다른 의미를 동일하게 만드는 상징적 의미를 함께 지니고 있다.

②의 노래는 원나라의 임금의 죽음을 예언한 작품이다. 여기서 만수산은 중국 북경에서 서북쪽으로 약 18㎞ 지점에 있는 동산으로 누각이 아름다워 세계적으로 이름난 곳을 말한다. 또 다른 의미로 만수산은 우리나라 개성에 있는 송악산의 다른 이름이라 할 수 있다. 여기서 만수산은 원나라의 대궐을 의미하고, 안개는 원세조의 죽음을 상징하고 있다. 이 노래는 고려의 만수산이라는 의미로 해석되어도 무방하나 원나라 세조의 죽음과 연결됨으로써 고려의 임금과는 아무런 관련이 없게 되는 것이다. 만수산과 안개의 상징은 그 현실적 구체적 상황을 거치면서 의미가 분명해지고 그 상징의 의미를 드러내게 된다.

지금까지 고려시대 정치민요에 나타난 은유의 미학을 살펴보았다. 은유의 미학은 상징과 은유 등과 같은 비유법으로 결합되어 변화하지 않는 동일성의 세계를 함축하는 정적인 구조를 지니고 있다. 그리고 은유의 미학은 민요가 전개되면서 그 뜻이 다르게 전개되기보다는 이미 민요의 첫부분에 그 의미가 정해져 있다고 해도 과언이 아니다. 그래서 은유의 미학은 기호와 관념 사이를 모순 없는 등가관계로 연결시켜 예언적인 세계를 펼쳐낸다.

4.2. 환유의 미학

환유의 미학은 같은 층위에서 모종의 방식으로 채택된 낱말과 낱말을 결합시키는 결합의 축에서 빚어지는 비유라고 할 수 있다. 환유는 은유의 이상화하고 상징화하는 경향과 궁극적으로 모순되며, 그것을 허물어뜨리는 물질성에 해당된다. 환유는 이상적이고 보편적이기 보다는 경험적이고 특수한 것이다.[39] 환유의 미학은 규약이나 범례와는 상관없이 우연한 의미를 산출한다. 그래서 환유의 의미는 이미 결정된 사실이라기보다는 앞으로 수평적으로 확대된다는 것이다.

여기서 환유의 미학을 활용하고 있는 「묵책요」를 먼저 살펴보기로 한다.

여러 조각의 베로 만든 도목	用綜布作都目
정사가 모두 까맣게 되었구나	政事盡墨冊
내가 기름을 먹이고자 해도	我欲油
금년에는 삼씨조차 적으니	今年麻子少
아 얻을 수 없구나	噫不得

이 노래는 지배층이 행한 관리임용의 부정과 부패를 묵책墨冊 정사政事에 비유하여 비판하고 있다. 이 노래의 제1행과 제2행은 관리임용의 장부인 도목都目이 붉고 검게 쓴 글씨로 엉망진창이 되었음을 말하고 있다. 제3행에서 제5행까지는 자기 자신이 부정행위를 해서 벼슬자리를 얻고자 해도 얻을 수 없음을 삼씨가 적음을 핑계로 삼고 있다.

속담에 '삼대 들어서듯 한다.'라는 말이 있다.[40] 이 속담은 삼밭에 삼대가 들어서듯이 무슨 물건이 빽빽하게 모여 있다는 의미를 지니고 있다. 이 속담에 나타난 삼밭의 삼은 바로 부의 상징이 된다. 그러므로 이 노래에서

---

39) 마이클 라이언, 앞의 책, 201-202쪽.
40) 송재선 엮음, 『우리말 속담 큰사전』, 교육출판공사, 1993, 528쪽.

삼씨가 적다는 것은 자금의 활용이 원활하지 않아 벼슬을 얻기 위한 노력을 할 수 없음을 나타낸다고 할 수 있다. 이 정치민요는 환유의 기법으로 시적 화자의 의미표현을 '묵책정사 → 기름을 치고자 함 → 삼씨의 적음 → 기름을 치지 못함'으로 확대하고 있다. 이와 같이 이 작품은 민요의 행이 진행되면 될수록 첫 행이 지닌 의미의 환상은 깨어지고 새로운 시상으로 전개되는 환유의 구조를 지니고 있다.

다음은 환유의 미학을 활용하고 있는 「우대후요」를 살펴보기로 한다.

> 소가 크게 우니 용이 바다를 떠나　　　　牛大吼龍離海
> 얕은 물에서 맑은 물결치며 노네　　　　淺水弄淸波

이 노래는 홍건적의 침입(1368)을 예언한 정치민요이다. 일반적으로 은유적인 표현은 용이 바다를 떠나면 하늘로 승천하여 하늘의 용이 되어야 한다. 그런데 여기서는 용이 승천하지 못하고 얕은 물에서 물결치고 놀고 있음을 표출하는 환유의 역설적인 미학을 담아내고 있다. 소는 소의 해인 신축년을 의미하고, 크게 우는 것은 홍건적의 침임을 의미하며, 용은 임금을 의미한다고 할 수 있다. 그리고 얕은 물은 낙동강을 끼고 있는 영호루를 의미하며, 물결치고 노는 것은 안동에서의 뱃놀이를 의미한다.[41]

이러한 의미를 통해 이 작품을 분석하면 '홍건적의 침입 → 대왕의 피난 → 영호루 → 뱃놀이' 등으로 확대된다. 일반적으로 전쟁을 만나면 왕들은 피난처에서도 나라를 지키기 위해 온갖 노력을 다 기울이는 모습을 보여주는데, 이 노래는 상식을 깨뜨리고 왕이 한가롭게 뱃놀이를 하는 담론을 보여준다.

다음으로는 은유의 미학을 활용하면서 환유의 미학을 표현하고 있는

---

41) 『증보문헌비고』 권11(상위고), 『고려사高麗史』 권卷39(공민왕恭愍王十年), 『용천담적기龍泉談寂記』, 참조.

「이원수요」를 살펴보기로 한다.

서경성 밖에는 불빛이요 　　　　　　西京城外火色
안주성 밖에는 연기로다 　　　　　　安州城外煙光
그 사이를 오락가락하는 이원수야 　　往來其間李元帥
우리 백성 구해 주소서 　　　　　　願言救濟黔蒼

고려시대 요동정벌(1388)을 배경으로 하는 이 정치민요는 한시의 표현방법인 기승전결의 형식을 잘 활용하고 있는 노래이다. 첫 행은 평양성을 노래하고 있으며, 둘째 행은 안주성을 노래하고 있어 그 의미가 등가적이다. 즉, 첫 행에서 평양성 주변의 화색의 의미와 둘째 행이 지닌 안주성 주변의 안개는 같은 계열의 의미를 지니고 있다고 할 수 있다. 이러한 표현은 은유적인 미학으로 둘째 행까지의 의미인 위험한 정세가 첫 행에서 함께 노래되어 있다고 할 수 있다.

셋째 행에서는 이원수를 지칭하고 있으며, 넷째 행에서는 백성구제를 표현하고 있다. 즉 위험한 지역을 오락가락하는 이원수를 지칭하여 우리 백성을 구해달라고 시적 의미를 확대해가고 있다. 이러한 표현은 환유의 미학으로 그 의미를 확대해가며 새로운 질서를 준비하는 화자의 의지를 보여주는 구체적이고 특수한 내용이 된다. 그러므로 이 노래는 '위험한 상황→이원수→백성구제'라는 내용으로 의미를 확대시키는 환유의 미학이 주된 수사법이라 할 수 있다.

이와 같이 환유의 미학은 경험적이고 특수한 것이며, 같은 층위에서 다양한 방법으로 관련되는 단어와 문장을 통합적으로 연결시킨다. 그래서 환유는 은유의 이상화하려는 성질과 궁극적으로 다르며 그것을 허물어 버리는 의도성에서 출발한다. 은유가 보수적인 표현이라면 환유는 진보적인 표현이 되고, 은유가 전통 지향적이고 정적이며 결정적인 반면 환유는 미래지향적이고 동적이며 미결정적이라 할 수 있다.

5. 정치사회와 정치민요의 기능

20세기 이전의 문헌에 나타난 동요라는 용어는 전승민요로서 순수동요를 뜻할 때도 있고, 참요로서 정치민요를 뜻할 때도 있다. 20세기 이전에 사용된 동요라는 용어의 일부는 현대의 정치민요에 상당히 가깝다고 할 수 있다. 고려시대의 정치민요는 『고려사』, 『동국통감』, 『증보문헌비고』, 『용천담적기』 등에 주로 동요라는 이름으로 전해 온다. 그 작품은 「보현찰요」, 「만수산요」, 「아야요」, 「남구요」, 「목자요」, 「완산요」, 「묵책요」, 「대우후요」, 「호목요」 등 9수가 중심이 된다고 할 수 있다.

고려시대의 사람들은 정치민요를 국가나 왕의 운명과 관계되는 중대한 사건과 관련하여 그것을 예언하는 소박한 관점으로 이해하고 있다. 정치가 평안하면 즐거운 정치민요가 많이 불리어 질 것이고, 정치가 어긋나면 정치민요는 원망하면서 노여워하는 가락을 지닐 수 있다.

국왕의 실정을 모티프로 하는 「보현찰요」와 「아야요」는 현실의 상황에 근거하여 미래에 일어날 일을 미리 추측하는 예언의 기능을 지니고 있고, 「묵책요」는 인사정책의 잘못으로 인한 파국을 야기한 정권에 대해 정치비판의 기능을 지니고 있다. 이로써 국왕의 실정을 모티프로 하는 고려시대의 정치민요는 예언의 기능과 정치비판의 기능을 많이 담고 있음을 알 수 있다.

외국의 침략을 모티프로 하는 「호목요」, 「우대후요」, 「남구요」 등은 정치비판, 선전선동의 기능과 홍건적이나 몽고의 침략을 예언하는 기능을 함께 지니고 있다. 「만수산요」는 당시에 고려를 침략한 원나라의 임금이 죽음에 다다랐음을 예언하는 기능을 지니고 있다. 이 유형의 노래는 대부분 정치를 비판하는 기능과 함께 예언의 기능을 함께 지니고 있다.

조선의 건국을 모티프로 하는 「목자요」와 「이원수요」는 이성계가 조선을 건국하는 것이 당연하다는 여론을 형성하고, 조선 건국의 당위성을 선전·선동하는 기능을 수행하고 있다.

고려시대의 정치민요 중에서 국왕의 실정과 외국의 침략을 모티프로 하는 노래는 주로 예언의 기능과 정치비판의 기능을 맡고 있었으며, 조선의 건국을 모티프로 하는 노래는 여론형성과 선전·선동의 기능을 수행하고 있었다. 이를 통해서 고려의 정치민요는 일반적인 정치민요의 기능인 예언, 정치비판, 여론형성, 선전·선동의 기능이 모두 나타나고 있음을 알 수 있었다.

고려시대 정치민요인 「호목요」, 「목자요」 등에 나타난 은유의 미학은 상징과 병렬 등의 비유법으로 결합되어 변하지 않는 동일성의 세계를 함축하는 정적인 구조를 지니고 있었다. 그리고 은유의 미학은 민요가 전개되면서 그 뜻이 다르게 전개되기보다는 이미 민요의 첫 부분에 그 의미가 정해져 있다고 해도 과언이 아니다. 그래서 은유의 미학은 기호와 관념 사이를 모순 없는 등가관계로 연결시켜 그 작품 세계를 펼쳐내고 있다.

고려시대 정치민요인 「이원수요」, 「묵책요」 등에 나타난 환유의 미학은 경험적이고 특수한 것이며, 같은 층위에서 다양한 방법으로 관련되는 단어와 문장을 통합적으로 연결시키는 구조를 지니고 있다. 그래서 환유는 은유의 이상화하려는 성질과 궁극적으로 다르며 그것을 허물어뜨리려는 의도성에서 출발한다. 은유가 보수적인 표현이라면 환유는 진보적인 표현이 되고, 은유가 전통 지향적이고 정적이며 결정적인 반면 환유는 미래지향적이고 동적이며 미결정적이라 할 수 있다.

지금까지 분석한 정치민요는 역사의 산증인으로 조선시대를 거쳐 오늘날에도 많이 노래되고 있다. 21세기인 현대에도 정치성을 띤 로고송이 대통령 선거 때나 국회의원 선거철이 되면 많이 노래되고 있으니, 이런 정치민요들은 고려시대의 정치민요를 계승하여 발전시키고 있다고 할 수 있다.

○ 참고문헌

『고려사高麗史』
『동국세시기東國歲時記』
『동국통감東國通鑑』
『신증동국여지승람新增東國輿地勝覽』
『용천담적기龍泉談寂記』
『조선왕조실록朝鮮王朝實錄』
『증보문헌비고增補文獻備考』

고정옥, 『조선민요연구』, 수선사, 1949.
김무헌, 『한국민요문학론』, 집문당, 1987.
김사엽·방종현·최상수, 『조선민요집성』, 정음사, 1949.
유종목, 『한국민간의식요 연구』, 집문당, 1990.
임동권, 『한국민요연구』, 이우출판사, 1980.
장덕순 외, 『구비문학개설』, 일조각, 1981.
정동화, 『민요의 사적 연구』, 일조각, 1981.
조동일, 『서사민요연구』, 계명대출판부, 1970.
최　철 편, 『한국민요론』, 집문당, 1986.
최　철, 『한국민요학』, 연세대출판부, 1992.
Michael Ryan(나병철·이병훈 옮김), 『포스트모더니즘 이후의 정치와 문화』, 갈무리, 1996.

조선시대 정치민요의 기능과 그 미학

1. 정치비판과 민중노래

민중들이 부르는 민요에는 그 기능이 뚜렷하게 존재하는 경우가 많다. 민요의 기능에는 노동기능, 유희기능, 종교기능, 정치기능 등으로 나누어질 수 있다. 이때 우리는 민요가 노동의 기능을 강하게 드러내면 노동민요, 유희적 기능을 강하게 드러내면 유희민요, 종교적 기능을 강하게 드러내면 종교민요, 정치적 기능을 강하게 드러내면 정치민요 등으로 부를 수 있다.[1] 본고에서는 정치를 비판하거나 정치적 사건의 시작과 끝을 암시하는 정치적 기능이 강한 민요를 정치민요라 부르고자 한다.

20세기 이전에는 이 정치민요가 중국의 요임금 시대에 동아요童兒謠[2]라고 불린 후, 우리나라에서는 신라의 「서동요薯童謠」에서 보여주는 것처럼

---

1) 고정옥, 『조선민요연구』, 수선사, 1949.
　임동권, 『한국민요연구』, 이우출판사, 1980.
　장덕순 외, 『구비문학개설』, 일조각, 1981.
　김무헌, 『한국민요문학론』, 집문당, 1987.
　최철, 『한국민요학』, 연세대출판부, 1992.
2) 『열자列子』, 「중니편仲尼篇」. 堯治天下五十年, 不知天下治歟不治歟, 乃微服遊於康衢, 聞童兒謠.

동요3)라고 많이 불려졌다. 물론 속요(俗謠4), 승요(僧謠5), 시정가(市井歌6), 맹속가요(氓俗歌謠7) 등의 명칭으로 불리어진 정치민요도 있었다. 그러나 대부분의 문헌에서는 정치민요의 작품들을 동요(童謠8)라고 소개하고 있다. 20세기 이전에 사용된 동요라는 명칭은 현재의 관점에서 순수동요, 창작동요, 정치민요 등을 함께 포함하고 있다고 할 수 있다. 하지만 20세기 이후에 우리가 일반적으로 사용하는 동요라는 명칭은 순수동요나 창작동요를 의미한다고 할 수 있다. 20세기 이전의 문헌에 나타난 동요라는 용어는 전승민요로서 순수동요를 뜻할 때도 있었고, 이 논문에서 분석하는 정치민요를 동요라고 부를 때도 있었다. 그래서 20세기 이전에 주로 동요라고 소개된 민요에는 상당수의 정치민요가 존재하고 있다. 기존의 연구자들은 현재에 사용되는 동요의 개념과 변별하기 위하여 정치민요, 참요 등의 용어를 사용하여 왔는데, 본고에서는 참요라는 종교적 성격의 명칭보다는 21세기 정보화시대에는 더욱 정치의 조절능력이 더욱 중요하다는 점을 고려하여 그 명칭을 정치민요라고 부르고자 한다.

조선시대 동요, 속요 등의 이름으로 소개된 정치민요는『증보문헌비고』, 『희락당문고(용천담적기)』, 『패관잡기』, 『왕조실록』, 『한거만록』, 『혼정록』, 『동계만담』, 『지봉유설』, 『오산설림초고』 등의 문헌과 20세기에 구비민요를 수집한『한국민요집』9),『구비문학대계』10) 등에서 찾을 수 있다.

조선시대 문헌에 전해오는 조선시대의 정치민요로는「남산요」, 「교동요」, 「수묵묵요」, 「만손요」, 「슬파곤요」, 「로고요」, 「망마다요」, 「순흥요」, 「존

---

3)『삼국유사三國遺事』권2, 然後知薯童名, 乃信童謠之驗.
4)『희락당고希樂堂稿』권8, 自古採俗謠察民言者, 於斯而不可忽焉.
5)『증보문헌비고增補文獻備考』권11. 舊時僧謠陳達, 人皆驚異之.
6)『희락당고希樂堂稿』권8, 初燕山主流喬桐, 市井歌之曰.
7)『한거만록閒居漫錄』, 氓俗歌謠, 出於無心, 而往往有驗於後.
8)『증보문헌비고增補文獻備考』권11(상위고象緯考), 참조.
9) 임동권,『한국민요집』1, 집문당, 1961.
10) 한국정신문화연구원,『구비문학대계』, 1981.

요」, 「구맥요」, 「금차요」, 「사월요」, 「사혈요」, 「수원요」, 「요지요」, 「회복요」, 「망국자요」, 「금자옥자요」, 「불여월요」, 「미나리요」 등 20여 편이 있고, 구전되다가 20세기에 수집된 조선시대의 정치민요에는 「간드렁요」, 「나비잠요」, 「이경화요」, 「경복궁요」, 「매화요」, 「왜장청정요」, 「할미성요」, 「매화타령」, 「가보세요」, 「개남요」, 「봉준요」, 「파랑새요」, 「녹두새요」, 「홍경래난요」, 「병자난요」 등 20여 편이 된다.

기존의 정치민요에 대한 연구는 정치민요의 존재양상을 문헌에서 찾아내고, 정치민요의 전반적인 문학적 특성을 살펴보는 작업으로 많이 이루어지고 있었다.[11] 여기서 필자는 정치민요가 불리어진 시기를 고려시대와 조선시대로 구분하여 시대별로 불리어진 정치민요의 변별적인 특징을 살펴보고자 한다. 앞 장에서는 고려시대에 나타난 정치민요의 문학적 특성을 이미 살펴보았으며[12], 여기서는 조선시대 정치민요의 기능과 그 문학적 특성을 살펴보고자 한다.

앞에서 제시한 작품을 대상으로 이 글에서는 조선시대 사람들이 정치민요를 바라보는 관점을 바탕으로 먼저 정치민요의 기능을 살펴보고자 한다. 다음으로는 조선시대 정치민요의 유형을 왕권의 계승, 지배층의 비판, 민중의 의지 등으로 분류하여, 각 유형의 정치민요에 나타난 천명天命의 예언, 사회비판, 여론형성, 선전선동 등의 기능을 살펴보고자 한다. 마지막으로 조선시대 정치민요에 나타난 은유와 환유의 미학을 정치적인 언술을 가지고 분석하고자 한다.

---

11) 임동권, 『한국민요사』, 집문당, 1974.
　　김무헌, 『한국민요문학론』, 집문당, 1987.
　　최철, 『한국민요학』, 연세대학교출판부, 1992.
　　박연희, 「정치민요의 현실반영과 그 해석」, 『한국민요론』(집문당, 최철 편저), 1986.
　　전원범, 「한국고대참요연구」, 『세종어문연구』 제3·4집, 세종어문학회, 1987.
　　권오경, 「참요의 기능과 유형적 특징」, 경북대(석사), 1990.
12) 류해춘, 「고려시대 정치민요의 기능과 그 미학」, 『어문학』 제65집, 1998.

2. 정치민요의 기능

조선시대에는 정치적으로 큰 사건이 있을 때마다 그와 관련이 있는 정치민요가 자주 등장하였고, 민중들은 이 정치민요를 부르면서 앞날의 정치를 예언하거나 예견된 조짐을 노래하기도 하였다. 조선시대 정치의 이념은 동양의 일반적인 정치 이념과 비슷하다고 할 수 있다. 동양의 정치는『예禮, 악樂, 형형刑, 정정政이 천하에 널리 행해져 어긋남이 없으면 왕도는 저절로 갖추어진다』[13]는 것을 주된 내용으로 한다. 현실 생활에서 예, 악, 형, 정이 어긋나게 되면 사람들은 글이나 말로 혹은 노래로 어긋난 내용을 표현하였다. 이 어긋난 내용의 표현이 사람들 사이에서 공감대를 형성하면 그 사회는 걷잡을 수 없는 혼란에 빠질 수 있다. 그래서 동양의 정치가들은 고대로부터 정치상황과 사회분위기를 반영하는 당대의 민요나 노래의 수집에 많은 관심을 기울였다.

보통 구술문화 속에 사는 사람들은 말에는 마술적인 힘이 있다고 생각한다. 바로 이러한 사실은 그들의 말에 대한 감각, 즉 말이란 반드시 발화되어 소리로서 울리는 것이며 그리고 힘에 의해서 지배되는 것이라는 감각을 최소한 무의식적으로나마 분명히 지니고 있었다.[14] 정치민요를 향유한 사람들은 한결같이 말속에 위대한 힘이 들어 있는 것과 마찬가지로 그 민요 속에 일정한 힘이 있어 세상을 변화시킨다고 생각했다.

연구자들은 정치민요가 발생한 원인으로 다양한 견해를 제시하고 있다. 김무헌은 정치민요의 기원을 수직문화에서 기인되었다고 한다. 그는 정치민요가 인간의 질서가 수평적 질서에서 종적 질서로 발전하면서 수직문화를 형성하여 인간 상호 간의 경쟁이 심화되고 이해와 목적을 가진 인위적인 집단이 생겨나고 법과 질서를 찾으며 사회가 상하층으로 갈라지면서 발

---

13) 『예기禮記(악기樂記)』, 禮樂刑政, 四達而不悖, 則王道備也.
14) 이기우, 임명진 옮김, 『구술문화와 문자문화』, 문예출판사, 1995, 54쪽.

생하였을 것이라고 주장하고 있다.[15] 다른 연구자들은 정치민요의 발생배경을 잠재적 요인으로 다신교적 토속신앙, 풍수지리설 및 도교의 유입, 실제적 요인으로 정치와 사회적 위기 및 부패, 인위적 조작 등[16]을 들기도 한다.

고대로부터 동양의 정치가들은 정치민요로 불리어진 동요를 하늘의 뜻으로 여겼다. 먼저 중국 요임금 시대의 정치민요를 살펴보기로 한다. 요임금이 천하를 다스린 지 50년이 되자 천하의 다스려짐을 잘 알지 못하였다. 이에『요임금이 몸소 서민의 의복으로 변장을 하고 번화한 거리에 나아가 동요를 들었다』[17]고 한다. 이는 정치민요를 정치의 자료로 삼은 인류 최초의 예증이 된다고 할 수 있다.

이때부터 위정자들은『하늘이 그 뜻을 민중들의 입을 통해 드러낸다』고 믿었다. 그것도 세상의 비리나 부정에 물들지 않은 어린 아동들이나 민중의 입을 통하여 나타난 정치민요의 내용은 현실정치를 가장 잘 반영하고 있으며, 가장 믿을 만한 여론의 제공처가 될 수 있었다. 요임금도 이처럼 동요가 민심의 동향이나 사회상을 잘 반영시키며 하늘의 뜻이 담겨져 있다고 생각해서 번잡한 거리에 나가서 동요를 들었다고 할 수 있다.

고려시대 이전의 사람들은 정치민요의 기능을 국가나 왕의 운명과 관계되는 중대한 사건과 관련되어 그러한 조짐을 예언하고 비판하는 비교적 소박한 관점으로 이해하고 있다고 할 수 있다.[18] 고려시대 이전에 나타난 정치민요의 모티프를 살펴보면 국왕의 실정, 외국의 침략, 조선의 건국 등[19]이 주가 된다. 이것은 이 시기의 정치민요가 국가의 흥망에 주된 관심을 보인다고 할 수 있다. 그러나 조선시대에 오면 국가의 흥망뿐만 아니라 지

---

15) 김무헌,『한국민요문학론』, 집문당, 1991, 239쪽.
16) 박연희,「정치민요의 현실반영과 그 해석」,『한국민요론』(최철 편저), 집문당, 1986, 참조.
17)『열자列子』중니편仲尼篇. 堯治天下五十年, 不知天下治歟不治歟, 乃微服遊於康衢, 聞童兒謠.
18) 임동권,『한국민요연구』, 이우출판사, 1980, 139쪽.
19) 류해춘,「고려시대 정치민요의 기능과 그 미학」,『어문학』제69집, 1998.

배층을 비판하며 민중의 의지를 노래하는 정치민요가 상당한 부분을 차지하고 있다. 그러므로 조선시대의 정치민요는 삼국시대나 고려시대의 정치민요보다 훨씬 다양한 주제와 상징적인 기법을 사용하여 당시의 정치상황을 풍자하고 비판하며 민중의 염원을 적극적으로 표현해내고 있다고 할 수 있다.

이제는 조선시대 사람들이 정치민요를 보는 관점과 그 기능을 살펴보기로 한다. 먼저, 조선시대『증보문헌비고』에서는 동요를「예문고藝文考」에서 다루지 않고「상위고象緯考」에서 다루고 있다.「상위고」가 자연현상의 이변을 다룬 항목인데 여기서 정치민요인 동요를 취급하고 있는 이유는 정치민요를 문학으로 생각하기보다는 하늘에 나타난 자연현상의 이변을 노래하는 내용이라고 파악했을 가능성이 크다. 이때 정치민요는 당시의 사람들에게 자연의 소리, 하늘의 소리, 천심과 인심을 담은 목소리로 천명天命을 예언하는 기능으로 이해되었던 것이다.

다음으로 조선시대의 정치민요에 대하여 설명하고 있는 김안로(1481-1537), 정재륜(1648 -1723) 등의 견해를 살펴볼 필요가 있다. 그들의 정치민요에 관한 몇 가지 견해를 인용하여 보기로 한다. 인용문에 나타난 이들의 견해는 정치민요를 예언, 여론형성, 사회비판, 선전선동 등의 기능을 지닌 노래로 이해하고 있다고 할 수 있다.

> ① 옛부터 마을 거리에 동요가 불려짐은 처음에는 의의가 없이 무정無情에서 생기니, 인간의 거짓이 섞임을 용납하지 아니하고, 허령虛靈의 하늘이 순수하여 스스로 전정前定에 감통하여 예언함에 이르니 지나침이 없다.[20]
> ② 나라의 흥망은 천명天命과 인심人心에 배향背嚮된 것이니, 반드시 먼저 조짐이 보이니, 옛부터 그러하다.[21]

---

20)『희락당고希樂堂稿』권8, 自古街巷童謠之興, 初無意義, 而出於無情, 不容人僞之雜純乎, 虛靈之天, 自能感通前定, 讖應不爽.

③ 천지간 일사일물一事一物의 성훼생몰成毁生沒이 무릇 전정前定이 아님이 없으니, 오직 현玄을 보고 미微를 아는 선비가 된 후에 웃으면서 앞의 일을 알 수 있다.[22]

④ 이는 비리조학鄙俚嘲謔의 입에서 나왔으나 기풍譏諷함을 품어서 한 때의 일을 담고 있어 스스로 그 실체가 가리워지는 것을 용납하지 않는다. 옛부터 속요를 채집하여 백성의 말을 살핌은 이 때문에 소홀히 할 수 없는 것이다.[23]

⑤ 맹속가요氓俗歌謠는 무심에서 나왔으나 때때로 후대에 가서 사실을 경험하기도 한다. 따라서 역대의 사관은 그러한 노래를 빠뜨리지 않고 갖추어 수록하였다.[24]

위의 예문은 ①, ②, ③, ④, ⑤는 모두 정치민요의 예언적 기능을 강조하고 있다고 해도 과언이 아니다. 그런데 위의 예문들을 분석해 보면 조선시대의 사람들은 정치민요를 통해서 천명을 예언하기도 하고, 여론을 형성하는 기능을 수행하기도 했으며, 또 사회비판과 선전선동의 기능을 이해하고 있었다고 할 수 있다. 정치민요가 여론형성의 기능을 수행했다는 증거는 ④와 ⑤ 부분에 나와 있는 『속요와 맹속가요의 수집으로 민심의 동향을 살폈다』는 점에서 유추할 수 있다. 여기서 우리는 속요와 맹속가요 등으로 명명된 정치민요가 당대의 백성들에게 형성된 정치권을 향한 여론의 향배를 가늠할 수 있는 자료로 이용되었던 것을 알 수 있다.

또 정치민요가 사회비판의 기능을 담당하고 있다는 이론은 위의 인용문 ④가 뒷받침하고 있다. 이 부분은 정치민요가 『서민들의 입에서 나와 정치를 희롱하고 풍자하는 내용을 담고 있다』고 한다. 즉, 사회와 정치를 풍자

---

21) 『희락당고希樂堂稿』권8, 國之廢興, 天命人心之背響, 必有先兆之見, 自昔而然.
22) 『희락당고』권8, 是知天地間, 一事一物成毀生沒, 凡所云莫非前定, 惟覽玄識微之士, 然後可坐笑而前知之也.
23) 『희락당고』권8, 斯盖皆出於鄙俚嘲謔之口, 而中含譏諷, 各存一時之事, 而自不用掩其實, 自古採俗謠察民言者, 於斯而不可忽焉.
24) 『한거만록閒居漫錄』, 氓俗歌謠, 出於無心, 而往往有驗於後, 故歷代史官, 多備錄而具載之.

하는 내용이 담긴 정치민요는 "그 실체가 가리워지는 것을 용납하지 않는다."라고 하여 강력한 사회비판 기능이 있음을 암시하고 있다.

다음으로 정치민요가 지닌 선전선동의 기능은 ③의 내용에 나타난 "오직 현玄을 보고 미微를 아는 선비가 된 후에 웃으면서 앞의 일을 알 수 있다."라는 구절에서 유추할 수 있다. 앞의 구절에 나타난 현玄이 일반적이고 추상적인 현상을 말한다면, 미微는 구체적이고 특수한 현상을 말한다고 할 수 있다. 정치민요를 보는 조선시대 선비들은 일반적이고 추상적인 현상에서 구체적이고 특수한 현상으로 정치민요를 이해하면서 그 속에 인간의 작위적인 정신인 선전선동의 기능이 그 속에 개입될 가능성을 열어놓고 있었다.

그래서 ①에서 보여주는 "인간의 거짓이 섞임을 용납하지 아니하고"라는 구절은 역으로 인간의 거짓과 가식이 섞인 노래가 현실에서 가창되고 있었음을 알 수 있게 해 준다. 그러므로 정치민요에는 선전과 선동의 기능을 수행하는 작품이 등장할 수밖에 없다고 할 수 있다. 이와 같이 조선시대 정치민요는 당시의 사람들이 선전과 선동의 관점으로는 이해하지 않았음에도 불구하고, 그 작품에는 다음 장에서 보여주는 것과 같이 선전선동의 기능이 자주 등장하는 특징을 지니고 있다고 할 수 있다.

3. 정치민요의 유형

국가를 통치하는 것을 정치라 하고, 백성이 부르는 노래를 민요라 한다. 정치와 민요란 두 용어의 합성어인 정치민요는 시대가 어수선하고 어려울 때 자주 나타나고 있다. 조선시대 지어진 40여 편의 정치민요의 유형은 크게 왕권의 계승, 지배층의 비리, 민중의 의지 등을 노래하고 있다고 할 수 있다. 이러한 유형의 노래들은 앞의 장에서 살펴본 정치민요의 기능인 예언, 사회비판, 여론형성, 선전선동 등을 함께 지니고 있다. 여기서는 노래의 각 유형과 정치민요가 지닌 기능의 상관성을 함께 분석하고자 한다. 먼저, 왕권의 계승을 노래하고 있는 작품을 통해 이러한 내용을 구체적으로 살펴보기로 한다.

3.1. 왕권의 계승

조선시대에는 왕위계승에 관련된 예측과 예언을 하는 정치민요가 많이 지어졌다. 왕권의 계승에 관한 정치민요는 왕권의 계승이 평화롭지 못하고, 지배층 사이에서 다툼에 의해 정권이양을 도모하려 할 때 자주 등장하였다. 이러한 정치민요는 왕권의 계승에 관한 사건이 발생할 것이라는 사실을 예측할 뿐만 아니라 정치적 사건의 처리 결과를 미리 예언하고 있는 경우도 있다. 왕위의 계승을 노래하고 있는 정치민요는 다시 왕권의 순조로운 승계를 노래하는 경우와 왕권의 상실에 관련된 노래로 나누어진다.

먼저 왕권의 계승에 관련된 노래를 살펴보기로 한다.

> 저 남산에서 돌을 깨러 가니 　　　彼南山往伐石
> 정이란 남음이 없네 　　　　　　釘無餘[25]

이 민요는 조선의 개국(1392) 초에 불렸던 것으로 이방원이 정도전과 남은을 살해하고 임금이 되는 상황을 예언하고 있는 것이라 할 수 있다. 여기서 『정釘』은 정도전의 성姓인 『정鄭』과 동음이며, 『여餘』의 훈訓이 『남은』이므로 음과 훈을 이용하여 『정도전과 남은』의 죽음을 암시하고 있다. 여기서 『남산』은 역사적 사건의 결과로 태종인 이방원을 상징한다고 볼 수 있다. 따라서 「남산요」는 정도전과 남은의 죽음을 예측하면서 태종인 이방원이 왕권을 계승할 것을 예언하고 있다.

---

25) 『증보문헌비고增補文獻備考』 권11卷十一(상위고象緯考).

이와 같은 노래에는 「수묵묵요」, 「순흥요」, 「존읍요」, 「간드렁요」 등이 있으며, 이들 작품은 각각 왕권계승을 위해 예언이나 선전선동의 기능을 수행하고 있다.

다음은 왕권 상실에 관한 노래를 살펴보기로 한다.

충성 사모야   忠誠詐謀呼

거동 교동야   擧動喬桐呼

홍청 운평 어디 두고   興淸運平置之何處

가시 밑에 돌아 가노   乃向荊棘底歸乎26)

이 민요는 연산군(1494-1506)의 무절제한 정치와 방탕한 성생활을 풍자함과 동시에 그의 비극적 종말을 예언하고 있는 것이라 할 수 있다. 연산군은 신하들의 사모紗帽에 『충성忠誠』이라는 글자를 써서 부치고 다니게 했다. 연산군에게 충성할 것을 강조하는 뜻에서 사모紗帽에 『충성忠誠』이라는 글자를 써서 부쳤으나 신하들의 마음은 그렇지 못하였다. 신하들은 마음으로 충성하지 못하고 겉으로만 충성을 가장假裝하였으니, 이 민요에서 『사모紗帽』가 『사모詐謀(속여서 꾸민것)』로 그 뜻이 전이되어 나타났다. 즉 『사모紗帽』와 『사모詐謀』는 음이 같으므로 『충성사모忠誠紗帽』가 아니라 『충성사모忠誠詐謀』가 되었다. 그러므로 『충성사모』는 『충성이라고 쓴 모자』가 아니라 『충성을 속여서 꾸민 것』이 되었다.

교동喬桐은 강화도에 속한 섬으로 강화도의 북쪽에 위치하고 있다. 연산군의 무절제한 정치는 연산군을 왕에서 물러나게 했으며 강화도의 교동에 유배되는 몸이 되었다. 연산군이 강화도의 교동에 유배될 줄이야 누가 짐작하였겠는가? 그러므로 겨우 『거동擧動』한 것이 『교동喬桐』이냐는 것이다. 『거동』과 『교동』은 서로 음이 비슷하다. 이 구절에서는 음의 유사성을 이

<hr>

26) 『희락당고』 권8.

용하여 연산군의『거동』이『교동』이라는 좁은 섬으로 갈 수밖에 없음을 예측하고 있다고 할 수 있다. 연산군은 호색好色하여 전국에서 미녀를 뽑아『운평運平』이라 하고, 그 중에 친히 고른 미녀를『홍청興淸』이라 하였다. 그러므로 이 구절은『홍청과 운평을 어디두고』라는 의미를 지니게 된다.

그리고 마지막 구절에『가시밑으로 돌아가노』를 연산군의 왕권상실과 연관시키면 다음과 같다.『형극荊棘』이란 교동의 둘레에 가시울타리를 했으니 직접적으로는 가시를 뜻한다고 할 수 있다. 비유된 의미로『형극荊棘』을 처자妻字로 해석할 수도 있으니, 이때는 교동에서 아내와 외롭게 살아가는 모습을 나타낸 것으로 보인다.

결국 이 노래는 연산군의 무절제한 정치와 방탕한 성생활을 풍자하여 왕권의 상실을 예언하고 있다고 할 수 있다.

왕권상실에 관한 노래는 「만손요」, 「슬파곤요」, 「노고요」, 「망마다요」, 「사혈요」 등이 있으며, 이들 작품은 각각 예언이나 정치비판의 기능을 담고 있다.

3.2. 지배층의 비판

지배층을 비판하는 정치민요는 정치적인 비리와 부패를 예리한 눈으로 관찰하여 지배층의 무능함을 고발하고 있다. 정치민요에서 지배층을 비판하는 유형에는 국내의 정치문제로 지배층을 비판하는 경우가 있고, 외국의 침략에 대해 지배층의 무능을 드러내는 경우로 나누어 질 수 있다.

먼저, 국내의 사정으로 지배층의 비리를 비판하는 경우를 살펴보기로 한다.

금차야 금차야   金車金車
물밑으로 돌아가리   水底歸歟

이수광(1563~1628)의 『지봉유설』에 소개된 작품으로 이 민요는 선조 이전에 지어진 작품으로 보인다. 『지봉유설』의 설명에 의하면 『거車』는 훈訓의 의미로 『윤輪』을 의미하는 것이고, 『수저水底』는 물밑 즉, 『수원』을 상징하고 있다. 이 노래는 선조 때 수원 출신의 재상인 김윤金輪이 백성들에게 인심을 잃었으므로 자리를 물러나 수원으로 귀향함이 마땅하다는 민중의 희망을 담고 있다. 그러나 김윤金輪은 이를 깨닫지 못하고 자리를 지키기에 급급하다가 화를 입었다고 한다. 이 작품은 지배층의 무능을 비판하려는 의도와 함께 민중들에게 그 여론을 환기시키는 여론형성의 기능을 많이 지니고 있다.

국내의 사정으로 지배층을 비판하는 작품으로는 「금자옥자요」, 「만도궁궐요」, 「망국자요」, 「사월요」, 「미나리요」, 「형장요」, 「이경화요」, 「나비잠요」, 「경복궁요」, 「도화요」, 「수원요」, 「요지요」, 「홍도개요」 등이 있으며, 이들 작품은 각각 정치비판이나 여론형성의 기능을 수행하고 있다.

다음으로 외국의 침략으로 무능한 지배층을 비판하고 있는 경우를 살펴보기로 한다.

보리도 익어야 걷지	麥熟當求麥
눈 어둔 날 아가씨 고르나	目瞵求女兒
나비도 잘 보는데	蝶猶能有眼
안 핀 가지 와서 꺾네	求擇未開枝[27]

이 민요는 중국의 사신들이 나이 어린 조선의 처녀를 공녀貢女로 데리고 가는 비참한 상황을 비유적으로 암시하고 있다. 익지 않은 보리와 안 핀 가지는 나이 어린 처녀를 비유하고 있는 것이다. 약소국의 처녀가 강대국의 힘 앞에 무참히 꺾여 버리는 모습을 보면서 무능한 관리와 중국의 사신

---

27) 『태종실록太宗實錄』 십년시월十年十月.

을 함께 비판하고 있다.

외국의 침략과 관련되어 무능한 지배층을 비판하고 있는 작품으로는 「왜장청정요」, 「할미성요」, 「연주문요」, 「매화타령」, 「병자난요」 등이 있으며, 각각 지배층의 비판이나 여론형성의 기능을 수행하고 있다.

3.3. 민중의 의지

정치민요에는 민중의 의지를 표현하여 민중의 소망을 가장 솔직하게 드러낸 한 유형의 노래가 있다. 이 유형의 노래에는 민중운동의 성공을 빌면서 여론형성을 하는 노래가 있는가 하면, 민중운동의 실패를 예언하며 선동하는 노래도 있다.

먼저 민중운동의 성공을 비는 정치민요를 살펴보기로 한다.

> 새야 새야 파랑새야   녹두 밭에 앉지 마라
> 녹두 꽃이 떨어지면   청포장수 울고 간다 (구전口傳)

동학농민운동(1894)을 소재로 한 「파랑새요」는 많은 변형을 보여주며 아주 다양하게 전해 내려오고 있다.[28] 「파랑새요」에서 녹두는 전봉준의 兒名이므로 전봉준을 이르는 말이고 파랑새는 청나라 군인을 의미하는 것이며 청포장수는 민중을 의미한다고 할 수 있다. 동학군을 진압하러 온 청나라의 군대가 전봉준의 동학군을 진압하면 동학혁명은 실패로 돌아간다. 그래서 민중들은 청나라 병사들이 전봉준의 군대를 진압하지 말고 그냥 돌아가기를 빌고 있다.

이와 같은 민중운동의 성공을 비는 작품에는 「가보세요」, 「회복요」, 「홍경래난요」 등이 있으며, 이들 작품은 각각 여론형성이나 선전선동의 기능

---

28) 최승범, 「파랑새요에 대한 私見」, 『한국사상』 제7집, 1964.

을 수행하고 있다.

　다음은 동학농민운동의 실패를 예언하며 민중을 선동하는 작품을 살펴
보기로 한다. 민중운동의 성공을 노래한 「파랑새요」와는 그 음악성과 운율
은 비슷하지만 상반된 의미를 담고 있다.

　　　　아랫녁 새야 웃녁 새야　　전주고부 녹두새야
　　　　녹두 밭에 앉지 마라　　　두류박 뚝딱우여[29]

　동학을 소재로 한 「녹두새요」는 농촌의 새 쫓기에 비유하여 동학혁명의
실패를 암시하고 있다. 『새』는 민중을 가리키며, 『두류박』은 전주의 두류
산을 가리키고, 『녹두새』는 전봉준 장군을 의미하고, 『녹두 밭에 앉지 마
라』는 민중들이 동학에 참여하지 말 것을 나타낸다고 할 수 있다. 그리고
『두류박 뚝딱 우여』는 새를 쫓는 소리이니, 결국 이 노래는 전봉준을 쫓아
내자는 의미를 담고 있다.

　민중운동의 실패를 노래하는 작품에는 「개남요」, 「봉준요」, 「불여월요」
등이 있으며, 이들 작품은 각각 예언이나 선동의 기능을 지니고 있다.

4. 정치민요의 미학

　문학작품의 특성이라고 하면 보통 다른 글보다 언어의 비유적 표현을
많이 쓰고 있다는 것이라 할 수 있다. 문학에서 언어의 사용은 수직축으로
전환하거나 계열축으로 확장하기도 한다.

---

29) 정약용丁若鏞, 『여유당전서與猶堂全書』. 上平雀, 下平雀, 天池古城綠豆雀, 汝家裏, 今戽
　　子落, 麾歟, 麾歟, 勿來啄.(위녘새야 아랫녘새야 천지고성 녹두새야 네집안에 두루박이
　　떨어졌으니 휘여! 휘여! 쪼지 마라.)

수직축으로 이어지는 언어의 비유적 표현은 각각 서로 다를지라도 동일한 기능을 수행하거나 한 문장 안에서 같은 위치에 올라와 있는 일련의 단어들과 서로 연관 관계가 맺어져 은유 혹은 대체 및 계열체의 영역으로 의미축을 형성한다고 할 수 있다. 한편 수평축으로 이어지는 언어의 비유적 표현은 문장 안에서 단어들이 서로 의미를 확장하며 계기적인 순서로 연관 관계가 맺어져 환유 혹은 치환 및 통합체의 영역으로 의미축을 형성한다고 할 수 있다.30) 그래서 은유의 미학은 수직축을 통해 의미의 동일성을 추구하는 정적인 구조라 할 수 있고, 환유의 미학은 수평축을 통해 의미를 확대시켜 가는 동적인 구조라 할 수 있다.31)

조선시대에 불리어진 정치민요들은 은유의 미학으로 언어를 전환해서 민중들의 견해를 표출한 작품도 있고, 또 환유의 미학으로 언어를 확장하여 민중들의 견해를 표출하는 작품도 있다. 먼저, 은유의 미학을 수용하여 언어의 전환을 주된 표현 수단으로 하는 조선시대의 정치민요를 분석하고자 한다.

4.1. 은유의 미학

여기서 은유라는 용어는 언어의 사용을 수직축으로 전환하는 것을 주된 표현수단으로 하는 비유로 한정하여 사용하고자 한다. 그래서 은유의 미학은 같은 계열의 값을 가진 낱말들을 결합하는 선택축의 원리에 의해 비롯된 비유라고 할 수 있다. 은유는 두 사실의 유사성과 상호 관련성을 근거로 1 : 1의 대등한 유추적인 관계를 암시하고 있다. 은유의 스타일은 계열체적 순서를 의미하며 단어들의 종속적 관계에 따르며 선언적이다. 다시 말해

---

30) 마이클 라이언(나병철, 이경훈 옮김), 『포스트모더니즘 이후의 정치와 문화』, 갈무리, 1996, 197쪽.
31) 이어령, 『시 다시 읽기』, 문학사상사, 1996, 25쪽.

은유의 의미는 앞으로 결정될 것이라기보다 수직적으로 이미 결정되어 있다고 할 수 있다.[32]

먼저 「도화요」에 나타난 은유의 미학을 살펴보기로 한다.

> 도화라지 도화라지
> 네가 무슨 년에 도화냐
> 복숭아 꽃이 도화지 (구전口傳)

이 민요는 고종(1863-1907)의 총애를 받던 평양기생 도화가 엄귀비의 모함을 받아 복숭아꽃처럼 쉽게 왕의 사랑을 잃어버릴 것을 예언하여 표출하고 있다. 이 작품은 첫째 행에서 '도화라지 도화라지'라고 반복하고 있으며, 둘째 행에서도 도화가 반복적으로 나오고 있고, 셋째 행에서도 한글과 한자어를 혼용하여 복숭아꽃이라는 언어를 계속 사용하여 한 작품을 완성하고 있어 은유적 표현이라고 할 수 있다. 이 노래는 같은 의미의 단어인 복숭아꽃과 도화, 즉 한글과 한자어를 반복적으로 사용하여 쉽게 져버리는 복숭아꽃의 성격을 우회적으로 표현하는 은유의 미학을 보여주고 있다고 할 수 있다.

다음은 「홍경래난요」에 나타난 은유적 미학을 살펴보기로 한다.

> 철산鐵山치오
> 가산嘉山치오
> 정주定州치오 (구전口傳)

이 노래는 순조12년 홍경래 난(1811)에 앞서서 떠돌던 노래이다. 이 민요의 문법적 구조는 지명의 이름에다가 『~ 치오』라는 동사가 붙는 것으로

---

32) 마이클 라이언, 앞의 책, 200쪽, 참조.

아주 단순하다. 『철산鐵山치오』에서 이미 홍경래의 난이 일어나 성공하기를 비는 마음을 주제로 표현하고 있다. 그리고 『가산嘉山치오』나 『정주定州치오』에서는 앞에서 말한 내용과 같은 의미를 반복하고 있다. 다시 말해 함경도 지방의 지명을 반복해서 이어나가는 계열의 축으로 의미를 선택하고 있는 은유의 구조라고 말할 수 있다. 그러므로 『~ 치오』 앞에 바뀌어 들어가는 단어가 함경도의 어느 지명이거나 경기도의 어느 지명이 되어도 처음 결정된 그 의미에는 큰 변화를 주지 못한다. 그러므로 이 노래는 이미 처음에 관념화된 의미를 바꾸려고 하지 않고 반복적으로 이어가는 전환적인 언어의 사용을 보여주는 은유가 주된 수사법이라고 할 수 있다.

다음은 은유의 미학을 문맥적으로 활용하고 있는 「수원요」를 살펴보기로 한다.

수원은 원수요	水原冤讐
화성은 성화요 (화성은 불이 나고)	華城成火
조심태는 태심이로구나 (조심태는 너무 심하구나)	趙心泰太甚[33]

이 민요는 정조시대에 수원에 화성을 쌓는데 그 감독관인 조심태란 사람이 지나치게 혹독하게 감독을 하여 인부들이 그 고통을 감내하기 어려운 정황을 은유적인 언어의 사용으로 표현하고 있다. 첫째 행에서는 『수원水原』이란 단어를 앞뒤로 바꾸어 『원수冤讐』로 표현하고, 둘째 행에서는 『화성華城』이란 단어를 앞뒤로 바꾸어 『성화成火』로 표현하며, 셋째 행에서는 『심태心泰』란 사람의 이름의 음을 바꾸어 『태심太甚』으로 표현하고 있다. 결국 이 민요는 글자를 거꾸로 바꾸는 언어의 전환적인 기법을 사용하여 벼슬아치의 혹독한 정사를 은유적 미학으로 풍자하고 있다고 할 수 있다.

지금까지 조선시대 정치민요에 나타난 은유의 미학을 살펴보았다. 은유

---

33) 『계압만록鷄鴨漫錄』 곤坤.

의 미학은 수직적 언어의 단어들을 결합하여 크게 변화하지 않는 동일성의 세계를 함축하는 언어의 전환적 기법을 내포하고 있다고 할 수 있다. 그리고 은유의 미학은 민요가 전개되면서 그 뜻이 앞과 다르게 전개되기보다는 민요의 처음 부분에 이미 그 의미가 정해져 있다고 해도 과언이 아니다. 그래서 은유의 미학은 기호와 관념 사이를 모순이 없는 등가 관계로 연결시켜 정치민요의 작품세계를 이끌어간다.

4.2. 환유의 미학

여기서 환유는 문학작품에서 언어의 사용을 수평축으로 확장하는 것을 주된 표현수단으로 하는 비유로 한정하여 사용하고자 한다. 그래서 환유의 미학은 같은 층위에서 모종의 방식으로 채택된 낱말과 낱말을 결합시키는 수평축으로 언어의 사용을 확장시키는 비유라고 할 수 있다. 환유는 은유의 이상화하려는 경향과 궁극적으로 모순되며 그것을 허물어뜨리는 물질성에 근거를 두고 있다. 그러므로 환유의 의미는 이미 결정된 사실을 반복하기보다는 작품 속에서 그 뜻을 수평적으로 확장하여 간다는 것이다.[34]

그러면 환유의 미학을 활용하고 있는 「파랑새요」를 먼저 살펴보기로 한다.

새야 새야 파랑새야
녹두 밭에 앉지 마라
녹두 꽃이 떨어지면
청포장수 울고 간다 (구전口傳)

동학농민운동(1860)을 배경으로 하는 이 「파랑새요」는 이중적인 의미를

---

34) 마이클 라이언, 앞의 책, 201-202.

지니고 있다. 원문 그대로 파랑새가 녹두 밭에 앉아서 녹두 꽃을 떨어뜨리면 겨울에 청포묵을 만들어 파는 사람은 장사할 밑천이 없게 되어 울고 간다는 것이다. 이러한 노래가 동학혁명이 일어났을 때 불렸으므로, 『파랑새』는 청나라 군사를 의미하는 것으로, 『녹두』는 전봉준을 의미하는 것으로, 『청포장수』는 민중들을 의미하는 것으로 해석할 수 있다. 이 노래의 처음 행에서는 파랑새라는 구체적인 사물을 환기시키고 있으며, 2행에서는 파랑새의 행위를 규제하여 『녹두 밭에 앉지 마라』라고 의미를 확대하고 있다. 그리고 3행에서는 파랑새로 말미암아 『녹두 꽃이 떨어지면』이라는 가정법으로 의미를 넓혀가고 있으며, 4행에서는 파랑새가 저지른 행위의 결과로 『청포장수가 울고 간다』는 것으로 차츰 그 의미영역을 확대하고 있다. 이와 같이 민요의 행이 진행되면 될수록 처음 행이 지닌 의미의 환상은 자꾸 깨어지고 새로운 시상이 다가오고 있는 구조를 정치민요가 지닌 환유의 미학이라 할 수 있다.

다음은 「병자난요」에 나타난 환유의 미학을 살펴보기로 한다.

오라비 상투가 왜 그런가
병자년 지나고 안 그런가 (구전口傳)

이 민요는 병자호란(1636)을 계기로 여항에서 불리어졌던 노래이다. 이 노래의 서술어인 『그런가』의 반복적인 표현은 은유적 수법을 원용하고 있다고 할 수 있지만 주된 수사법은 환유로 볼 수 있다. 제1행과 제2행의 문답식 표현은 구비문학에 흔히 쓰이는 것으로 내용의 중요성을 강조하기도 하고, 풍자와 조롱으로 그 기능이 확장되기도 하는 수사법이다. 이 노래에서는 시적 화자인 한 여인이 오빠의 상투가 왜 그런가 하고 조롱하는 물음을 던지자, 다른 시적 화자가 그 대답으로 병자호란 때의 변발을 상기시키는 대답으로 의미를 확장시켜 나가고 있다. 이와 같이 이 노래는 작품 속에서 이루어지는 문답이 반복되지 않고 새로운 의미로 확장시키고 통합하고 있어 정치민요에 나타난 환유의 기법을 잘 보여준다고 할 수 있다.

다음으로는 「가보세요」에 나타난 환유의 미학을 살펴보기로 한다.

> 가보세 가보세
> 을미적 을미적
> 병신되면 못간다 (구전口傳)

이 노래는 갑오년甲午年 → 을미년乙未年 → 병신년丙申年으로 그 연도를 확장하면서 동학농민혁명(1894)이 3년은 걸린다는 사실을 예언하는 환유적 표현을 주로 활용하고 있다. 물론 제1행과 제2행은 각각의 행 속에서 반복적인 은유적 표현을 사용하고 있음을 부정할 수는 없다. 그러나 작품의 전반적인 의미구조는 환유적 미학을 바탕으로 하고 있다고 할 수 있다. 즉, 갑오년(1894)에 발생한 전봉준의 동학농민혁명이 갑오년에 끝나지 않고 을미년을 지나 병신년에 가서 수습된다는 것으로 그 의미가 각 행마다 확장되고 있다. 첫째 행에서는 동학군의 무장이 잘 되어 있어 갑오년에는 잘 가게 되는 것이고, 둘째 행에서는 을미년이 되어 동학군이 을미적(주춤주춤)하는 모습을 나타내고 있으며, 셋째 행에서는 병신년이 되면 동학군이 병신이 되어 못 간다는 의미를 나타내고 있다. 결국, 이 노래는 각 행으로 그 의미가 서로 확장되고 통합되어 주제를 구현해내는 환유의 미학을 바탕으로 하고 있다.

이와 같이 정치민요에 나타난 환유의 미학은 경험적이고 특수한 것을 중요시여기며, 같은 층위에서 다양한 방법으로 관련되는 단어와 문장을 확장하여 통합적으로 그 의미를 확장하고 있다. 환유는 은유의 관념화하려는 성질과 궁극적으로 다르며 그것을 허물어뜨리려는 의도성에서 출발한다고 할 수 있다. 그래서 환유는 이상적이고 보편적이라기보다는 경험적이고 특수한 것이라 할 수 있다. 은유가 보수적인 표현이라면 환유는 진보적인 표현이 되고, 은유가 전통 지향적이고 정적이며 결정적이라면, 환유는 미래지향적이고 동적이며 유동적이라고 할 수 있다.

5. 정치사회와 정치민요의 역할

본고에서는 정치민요를 정치를 비판하거나 정치적 사건의 시작과 끝을 암시하는 정치적 기능이 강한 민요라고 하였다.

20세기 이전에는 정치민요가 중국의 요임금 시대에 동아요童兒謠라고 불린 후, 우리나라에서는 신라의 「서동요薯童謠」에서 보여주는 것처럼 동요라고 많이 불려졌다. 그런데 이 논문에서는 조선시대에 동요뿐만 아니라 속요俗謠, 승요僧謠, 시정가市井歌, 맹속가요氓俗歌謠 등의 명칭으로 소개되는 정치민요가 상당수 존재하고 있었음을 밝혔다.

조선시대의 학자들은 정치민요가 천명을 예언하기도 하고, 여론을 형성하는 기능을 수행하기도 하며, 또 당시의 정치를 비판하기도 한다고 했다. 조선시대 학자들이 지녔던 정치민요에 대한 인식에서는 인위적인 선전과 선동을 회피하는 정치민요에 대한 이론을 언급하지 않고 있다. 하지만 인위적인 선전과 선동의 기능을 수행하는 조선시대의 정치민요가 비교적 많이 존재하고 있다. 대표적인 예로는 「가보세요」와 「존읍요尊邑謠」를 들 수 있다. 조선시대 선전과 선동을 기능으로 하는 정치민요에는 「가보세요」가 민중을 선동하는 경우가 되고, 「존읍요」는 왕위계승을 둘러싸고 지배층을 선동하려고 가창한 경우가 된다.

조선시대 지어진 40여 편의 정치민요는 크게 왕권의 계승, 지배층의 비리, 민중의 의지 등을 노래하고 있는 유형으로 나누어진다고 할 수 있다. 왕권의 계승을 노래하는 유형에도 왕권의 순조로운 계승을 노래하는 작품이 있으며, 왕권의 상실에 관한 작품이 있다. 왕권의 순조로운 계승을 노래하는 작품에는 「남산요」, 「수묵묵요」, 「순흥요」, 「존읍요」, 「간드렁요」 등이 있으며, 왕권의 상실에 관한 노래로는 「사모요」, 「만손요」, 「슬파곤요」, 「노고요」, 「망마다요」, 「사혈요」 등이 있다. 이 작품들은 각각 예언, 정치비판, 선동의 기능을 담고 있다.

정치민요에서 지배층을 비판하는 유형은 국내의 정치문제로 지배층을 비판하는 경우와 외국의 침략에 대해 지배층의 무능을 드러내는 경우로 나누어진다. 국내의 사정으로 지배층을 비판하는 작품으로는 「금차요」, 「금자옥자요」, 「만도궁궐요」, 「망국자요」, 「사월요」, 「미나리요」, 「형장요」, 「이경화요」, 「나비잠요」, 「경복궁요」, 「도화요」, 「수원요」, 「요지요」, 「홍도개요」 등이 있고, 외국의 침략과 관련되어 무능한 지배층을 비판하고 있는 작품으로는 「구맥요」, 「왜장청정요」, 「할미성요」, 「연주문요」, 「매화타령」, 「병자난요」 등이 있으며, 이들 작품은 각각 정치비판이나 여론형성의 기능을 수행하고 있다.

정치민요에서 민중의 의지를 노래하는 유형에는 민중운동의 성공을 비는 노래가 있으며, 민중운동의 실패를 예언하며 선동하는 노래가 있다. 민중운동의 성공을 비는 작품에는 「파랑새요」, 「가보세요」, 「회복요」, 「홍경래난요」 등이 있고, 민중운동의 실패를 노래하는 작품에는 「녹두새요」, 「개남요」, 「봉준요」, 「불여월요」 등이 있으며, 이들 작품은 각각 예언, 여론형성, 선전선동의 기능을 지니고 있다.

고려시대의 정치민요의 모티프를 살펴보면 국왕의 실정, 외국의 침략, 조선의 건국 등이 주가 된다. 이것은 이 시기의 정치민요가 국가의 흥망에 주된 관심을 보인다고 할 수 있다. 그러나 조선시대에 오면 국가의 흥망뿐만 아니라 지배층을 비판하며 민중의 의지를 노래하는 정치민요가 상당한 부분을 차지하고 있다. 그러므로 조선시대의 정치민요는 삼국시대나 고려시대의 정치민요보다 훨씬 다양한 주제와 상징적인 기법을 사용하여 당시의 정치상황을 풍자하고 비판하며 민중의 염원을 적극적으로 표현해내고 있다고 할 수 있다.

조선시대 정치민요인 「홍경래난요」, 「도화요」, 「수원요」 등에 나타난 은유의 미학은 수직적 계열체의 언어를 결합하여 변화되지 않는 동일성의 세계를 함축하는 정적인 구조를 지니고 있다고 할 수 있다. 은유의 미학은 민요가 전개되면서 그 뜻이 앞과 다르게 전개되기보다는 민요의 처음 부분에 이미 그 의미가 정해져 있다고 해도 과언이 아니다. 정치민요에 나타난 은유의 미학은 기호와 관념 사이를 모순이 없는 등가 관계로 연결시켜 보편적이고 관념적인 세계를 펼쳐낸다.

조선시대 정치민요인 「파랑새요」, 「병자난요」, 「가보세요」 등에 나타난 환유의 미학은 경험적이고 특수한 것이며, 같은 층위에서 다양한 방법으로 관련되는 단어와 문장을 확장하여 통합적으로 그 의미를 확대시키고 있다. 환유는 은유의 관념화하려는 성질과 궁극적으로 다르며 그것을 허물어뜨리려는 의도성에서 출발한다. 그래서 환유의 미학은 이상적이고 보편적이라기보다는 경험적이고 특수한 것이라 할 수 있다.

은유의 미학이 보수적인 표현이라면 환유의 미학은 진보적인 표현이 되고, 은유의 미학이 문맥 내에서 전통 지향적이고 정적이고 결정적이라면, 환유의 미학은 문맥 내에서 미래지향적이고 동적이며 유동적이라 할 수 있다.

지금까지 분석한 조선시대 정치민요는 역사의 산증인으로서 오늘날에도 종종 노래되고 있다. 오늘날 대중가요로 변한 정치민요들은 조선시대의 정치민요를 계승하여 발전시키고 있다고 할 수 있다. 이 분야에 대한 앞으로의 연구는 신라시대의 정치민요, 일제강점기 시대의 정치민요, 그리고 현대의 정치민요 등과 비교하는 작업을 계속해야 하겠다.

과학기술의 시대라고 하는 21세기에도 정치성을 띤 로고송이 대통령 선거나 국회의원 선거철을 만나면 많이 노래되고 있고, 앞으로도 언제든지 정치의 계절이 다가오면 조선시대 정치민요와 성격이 비슷한 정치적인 대중가요가 많이 불릴 것이다.

○ 참고문헌

『고려사高麗史』
『동국세시기東國歲時記』
『동국통감東國通鑑』
『신증동국여지승람新增東國輿地勝覽』
『희락당고希樂堂稿』
『조선왕조실록朝鮮王朝實錄』
『증보문헌비고增補文獻備考』

고정옥, 『조선민요연구』, 수선사, 1949.
김무헌, 『한국민요문학론』, 집문당, 1987.
김사엽・방종현・최상수, 『조선민요집성』, 정음사, 1949.
류해춘, 『고려시대 정치민요의 기능과 그 미학』, 어문학65집, 1998.
유종목, 『한국민간의식요 연구』, 집문당, 1990.
임동권, 『한국민요연구』, 이우출판사, 1980.
장덕순 외, 『구비문학개설』, 일조각, 1981.
정동화, 『민요의 사적 연구』, 일조각, 1981.
조동일, 『서사민요연구』, 계명대출판부, 1970.
최 철 편, 『한국민요론』, 집문당, 1986.
최 철, 『한국민요학』, 연세대출판부, 1992.
Michael Ryan(나병철・이병훈 옮김), 『포스트모더니즘 이후의 정치와 문화』, 갈무리, 1996.
월터 J. 옹(이기우・임명진 옮김), 『구술문화와 문자문화』, 문예출판사, 1995.

3부

조선시대, 사회풍속과 현실문화

다산 정약용의 농민시에 나타난 시정신

1. 농촌현실과 농민시

다산 정약용(1762~1836)은 조선후기 피폐해진 농촌의 현실을 냉철하게 관찰하여 다양한 농민시를 남겨 놓았다. 여기서 농민시란 농촌의 생활을 소재로 취하여 농민문제를 다룬 시를 지칭하고자 한다. 농민시의 개념을 철저하게 규명하는 것은 많은 무리를 동반함으로 이 정도의 정의가 무난하리라 생각한다. 지금까지 다산문학의 연구는 여러 측면에서 이루어졌지만[1] 농민시에는 별로 관심을 기울이지 않고 있다.

다산의 농민시는 그의 주체적인 시정신과 함께 농촌을 바라보는 시각을 잘 드러내고 있다. 그의 조선시 정신[2]을 잘 반영하고 있는 농민시는 다산

---

1) 김상홍, 「다산의 문학사상」, 『동양학』 10집, 단국대 동양학연구소, 1980.
　　김지용, 「다산문학론」, 『국어국문학』 33호, 국어국문학회, 1966.
　　김흥규, 『조선후기 시경론과 시의식』, 고려대 민족문화연구소, 1982.
　　박석무 역주, 『다산산문선』 창작과비평사, 1985.
　　송재소, 『다산시 연구』, 창작사, 1986.
　　조동일, 『한국문학사상사시론』 지식산업사, 1978.
　　최신호, 「정다산의 문학관」, 『한국한문학연구』 1집, 한국한문학회, 1976.
2) 『증보 여유당전서 增補 與猶堂全書』 1-6, 34a 「노인일쾌사老人一快事」 6수, 효향산례效香山禮에는 '아시조선인我是朝鮮人 감작조선시甘作朝鮮詩'라는 구절이 있다.

이 바라보는 농촌의 현실 문제를 사실적으로 그려내고 있다. 이 글에서는 다산의 농민시에 나타난 시적 화자가 현실을 바라보는 시각을 바탕으로 하여 다산의 농민시에 나타난 시정신을 살펴보고자 한다.

시적 화자가 농촌의 현실을 바라보는 시각은 참여자의 입장에서 바라보는 것과 관찰자의 입장에서 바라보는 것으로 나누어질 수 있다. 이때 농민시의 시적 화자는 직접 농사를 짓는 농민일 수도 있고, 농촌의 현실을 관찰하는 지식인이나 다른 사람으로 설정될 경우도 있다. 이러한 시적 화자의 차이는 농촌세계를 바라보는 태도의 차이로 각 유형마다 농촌현실을 화자 자신의 관점으로 표현할 것이다. 이렇게 시적 화자의 유형에 따라 달라지는 사물의 인식과 그 표현 방법은 다산의 농민시에 담겨 있는 시정신을 살펴보는 기초가 될 수 있다.

2. 농촌현실을 바라보는 시각

시에는 인간의 탈을 쓰고 세계를 바라보는 시적 화자가 존재한다. 시를 시적 화자의 목소리에 따라 분류한다면 그것은 남성이냐 여성이냐, 어른이냐 아이냐 등의 여러 기준에 따라 나누어 볼 수 있을 것이다. 그러나 농민시에는 시적 화자가 농민이냐 아니냐를 가지고 분류해 보는 것이 가장 의미 있는 기준이 될 것이다.[3]

다산의 농민시에 나타난 시적 화자의 농촌현실을 바라보는 시각은 크게 두 가지로 나누어진다. 첫째는 농촌에서 생활하면서 농촌의 문제를 제기하는 사람들의 관점이고, 둘째는 농촌과는 일정한 거리를 유지하면서 농촌의 문제를 관찰하는 사람들의 관점이다. 농사를 지으며 농사를 생계수단으로

---

3) 서범석, 『한국농민시 연구』, 고려원, 1991, p.235.

삼는 사람들의 농촌과 농촌에서 독서를 하며 농민들의 문제를 관찰하며 바라보는 시각은 농촌을 바라보는 두 관점이라고 할 수 있다.

이러한 두 유형의 농민시들은 농촌의 문제를 보는 근본적인 태도가 상이하므로 농촌의 현실을 보는 시각도 현저한 차이를 보이고 있다. 먼저 시적 화자가 농민으로 설정된 경우를 살펴보기로 한다.

2.1. 농민

농민의 개념은 '시골에서 농사를 짓는 사람'으로 규정된다. 농민은 도시가 아닌 농촌에서 곡식이나 짐승을 키우는 사람들이며, 지주나, 기업적인 농업 경영자는 이에 속하지 않는다. 이들 농민들은 기본적으로 타인에게 고용되지 않고 또 타인을 고용하지도 않으며 자기 자신과 그 가족의 노동력으로 자기 토지 또는 차지借地하여 농업을 경영하는 소규모의 생산자이다. 이러한 관점에서 다시 농민을 세분하면 자작농, 자작 겸 소작농, 소작농으로 나누어질 수 있다.

이러한 개념과 농민의 유형을 바탕으로 다산의 농민시를 살펴보았을 때, 시적 화자는 농민이지만 작가인 다산이 농민인가 하는 문제를 제기할 수 있다. 다산은 당대의 실학자로 지식인의 계열에 속하지만 유배생활 등을 거치면서 농촌의 현실을 면밀하게 관찰하고 있었다. 작가가 직접 농민은 아니지만 시적 화자가 농민이고 농민의 삶을 제재로 한 농촌 문제를 다루고 있는 일련의 시가 있다. 이러한 농민시는 다산이 투철한 대 농민의식을 지니고 농민의 삶을 형상화한 시이다. 그리고 이러한 시들은 시적 화자인 농민과 독자의 거리가 가깝다는 사실 이외에도 전문적 시인이 기량을 가지고 예술적으로 승화시켜 놓고 있다는 특징을 지닌다. 이러한 농민시의 유형은 고려시대 이규보李奎報(1168~1241)의 농민시에서 비롯되었음을 알 수 있다. 이처럼 시적 화자가 농민인 농민시는 농민을 대신하여 투철한 농민의식을 발현하고 있는 것으로 든든한 역사의 배경을 지니고 있다. 여기서는 시적 화자가 농민인 다산의 농민시를 살펴보고자 한다.

남은 것은 송아지 한 마리	所餘唯短犢
쓸쓸한 메뚜기의 찾아옴	相弔有寒蛩
텅빈 집엔 여우와 토끼	白屋狐兼兎
대감댁 마굿간엔 용같은 말	朱門馬以龍
마을의 뒤주는 해를 넘길 것 없고	村糧無卒歲
관가의 창고에 겨울양식 풍성	官廩利經冬
궁한 백성 부엌에는 바람서리 쌓이는데	窮蔀風霜重
부잣집 밥상에는 고기와 생선 갖춰있네	珍盤水陸供[4]

위의 시는 조선의 피폐한 농촌의 현실을 사실적으로 묘사하고 있다. 시적 화자인 굶주린 농민은 살쪄있는 관리의 모습을 자신과 대조하여 표현하고 있다. 농민을 굶주리게 한 가장 큰 요인은 환곡還穀의 문란이다. 환곡의 문란으로 궁핍한 농민의 모습을 통해 지배층의 풍요로운 생활을 풍자하고 있다.

환곡과 함께 농민을 궁핍으로 몰아넣은 제도는 군정軍政이다.

군보는 어떤 이름이길래	軍保是何名
법을 집행함에 이다지 지독한가	作法殊不仁
일 년 내내 힘써 일해도	終年力作苦
자기 한 몸 감싸지 못하네	曾莫庇其身
어린이 뱃속에서 태어나	黃口出胚胎
죽어서 재가 되고 티끌이 되어도	白骨成灰塵
그래도 몸에는 부역이 있어	猶然身有徭
가을 하늘 곳곳마다 울부짓네[5]	處處號秋旻

---

4) 『증보 여유당전서』 1-2, 33a. 이하 역문譯文은 『다산시선』(송재소 역, 창작과비평사, 1981)을 참조했다.
5) 『증보 여유당전서』 1-5, 1b. 「하일대주夏日對酒」 중에서.

이 시의 시적 화자는 가난한 농민으로 철저하게 세금을 징수 당하는 농민이다. 시의 내용은 군정의 문란으로 백성들이 괴로움을 당하는 현실을 나타내고 있다. 심한 경우는 배가 불룩한 것만 보아도 군역을 피할 수 없으며, 여자를 남자로 바꾸어 징수하기도 하고, 죽어서 저승에 가서도 군역을 피할 수 없음을 나타낸다. 이 시의 시적 화자인 농민은 법 집행의 모순을 직접 드러내고 이를 사실적으로 그려내고 있다.

몰이꾼 나타나자 한 마을이 깜짝 놀라	前驅鑀出一村驚
장정들은 사라지고 늙은이만 잡히네	丁男走藏翁被虜
소교들 당도하니 그 기세 무지개 같고	小校臨前氣如虹
…………………………	…………………
닭 돼지 잡고 온 마을이 야단법석	烹鷄殺猪喧四鄰
방아 찌어 자리마련 발등에 불이 난다	春糧設席走百堵
다투어 술을 찾아 주전자 기울이고	討醉爭傾象鼻彎
군졸 모아 헛되이 계루고 둥둥 치니	聚軍雜撾鷄婁鼓
이정은 머리 묶이고 전정는 발 구르고	里正縛頭田正踏
주먹이 날고 발길이 떨어져 붉은 피 토하네	拳飛踢落朱血吐[6]

이 시의 시적 화자는 지방 관리들의 횡포를 비판하고 있는 농민이다. 지방의 관리들은 몰이꾼들이 지나간 틈을 타 마을에 당도하여 닭과 돼지를 잡아 잔치를 벌인 후 마을의 농민들을 수탈하고 폭행을 서슴지 않는다. 이들은 관리라기보다 농민의 적이요 원성의 대상이 된다는 것을 말하고 있다. 시적 화자는 관리들이 호랑이를 잡는 구실에 불과하고 오히려 호랑이보다도 많은 피해를 입히는 관리들의 행패를 비난하고 있다.

이처럼 시적 화자가 농민으로 등장하고 있는 농민시는 지배계층에 수탈받는 농민의 모습을 사실적으로 그려내고 있어 실제 농사를 짓는 농민의

---

6) 『증보 여유당전서』 1-5, 27a. 「렵호행獵虎行」 중에서.

마음을 대변하고 있다. 다산은 진짜 농민이 아니지만 이처럼 진실한 농민 의식을 지니고 농민을 변호하며 농촌의 불합리한 현실을 비판하는 시를 지은 것이다.

2.2. 비농민

시적 화자가 농민이 아니라는 것은 그가 비록 농민의 신분은 아니더라도 농민의 삶에 대한 이야기를 건네는 형식으로 된 것을 말한다. 이러한 시적 화자는 지식인의 시각에서 농민들을 이끌어 나가려는 지도자 혹은 인도자의 인물인 시적 화자도 있고, 농민의식이 없이 농민, 농촌을 구경꾼의 입장에서 바라보는 시적 화자도 있다. 다산의 농민시에는 후자의 경우는 그리 흔하지 않다. 그 이유는 다산이 농촌을 관찰하는 입장에 서더라도 농촌의 부조리와 부조화를 예리하게 파헤치고 있기 때문이다.

산 늙은이 오늘 아침 산촌에 내려오니	山翁今朝下山村
안부를 물으려고 처마 끝에 앉았는데	直爲問疾座簷端
남촌의 가난한 부인 목소리 사나워라	南村貧婦聲悍毒
시어미와 다투며 울고 다시 소리치네	與姑勃谿喧復哭
큰 아들 절룩이며 손에는 바가지	大兒槃散手一瓢
작은아이 누렇게 떠 안색이 초췌	小兒鳶黃顔色焦
우물가의 한 아이 너무 야위어	井上一兒特枯瘦
배는 성난 두꺼비 볼기짝은 주름이 졌네	腹如怒蟾臀皮皺
어미 가니 아이는 주저앉아 울고	母去兒啼盤坐地
온몸은 똥오줌과 콧물로 범벅됐네	糞溺滿身鼻涕溜
어미 와서 때리자 울음소리 더욱 급하니	母來擊兒啼益急
천지가 찢기는 듯 구름도 머무르네	天地慘裂雲色逗[7]

---

7) 『증보 여유당전서』 1-5, 34a, 「산옹山翁」 중에서.

이 시의 시적 화자는 산 늙은이로 산을 내려와 농촌의 비참한 관경을 묘사하고 있다. 산옹山翁은 다산 자신의 모습을 의탁한 것으로 보인다. 산옹의 눈에 비친 농촌 마을의 모습은 처참하고 비참하다. 굶주린 아이, 시어머니와 싸우는 며느리의 모습에서 어진 어머니의 모습은 찾아볼 수 없고 냉정한 모성만이 보일 뿐이다. 시적 화자가 농민이 아닌 산옹은 위와 같은 농민들의 냉정함을 묘사하여 무너져가는 가족 구성원의 유대관계를 사실적으로 그려내고 있다.

무논에 물 뺀 후에 보리를 심고	稻田洩水須種麥
보리 베고 곧 이어 모내기하세	刈麥卽時還揷秧
땅을 하루라도 놀리리요	不肯一日休地力
계절 따라 푸른 색 누른 색 아름답네	四時嬗變色靑黃
한강 변의 가래 두 길이 넘어	洌水之間丈二鍬
장정의 힘으로라도 허리 아픈데	健夫齊力苦酸腰
남쪽 아이들 한 손에 잡은 가래	南童隻手特短鍤
논 갈고 물 대기 수월히 하네	容易治畦引灌遙[8]

이 시의 시적 화자는 농촌의 삶의 현장을 관찰하면서 농부 생활의 보람과 농기구의 차이점을 서술하고 있다. 시적 화자는 농부가 아니고 농촌의 생활을 개량하고자 하는 지식인이고 관리자이다. 물론 뒤의 시는 농기구의 개량을 통해서 노동력을 적게 들이고 생산력을 높일 수 있다는 생각을, 앞의 시에서는 농민들이 때를 놓치지 말고 부지런히 일을 해야 한다는 권농의식을 표현한 것이다.

이 시는 농민의 생활상을 제재로 하여 농민의 생활을 개선하여 보다 낳은 농촌사회를 만들어 보자는 화자의 의도가 개입이 되어 있다. 농민의 문제를

---

8) 『증보 여유당전서』 1-4, 27b, 「탐진농가耽津農歌」 2, 3.

지식인의 입장에서 교화하는 것은 다산이 품고 있던 영농 방법의 개선이라는 실학적 사고관이 접목되어 있다. 이러한 사고는 그의 아들인 정학유에게로 이어져, 정학유(1786~1855)가 「농가월령가」라는 가사를 지어 농촌의 풍속과 그 교정을 바라는 작품을 탄생시키게 된 배경이 될 수 있다.

이러한 다산의 농촌사회에 대한 관심의 표명은 시적 화자가 농민이 아닌 시에서도 지속적으로 나타나고 있다. 이때의 시적 화자는 농촌 사회를 관찰하면서 부조리와 풍속의 개량 등을 주장하여 보다 낳은 농촌 사회를 희망하고 있다. 다산의 농민시는 유람자적 관점에서 농촌 사회를 바라보지 않는 특징을 지니고 있다.

지금까지 다산이 농민 사회를 바라보는 시각을 중심으로 농민시의 시적 화자의 특성을 살펴보았다. 시적 화자가 농민인 경우는 농민 사회에 동참하여 직접 체험한 농촌의 현실을 사실적으로 표현하고 있고, 농민이 아닌 경우는 농민 사회를 관찰하면서 부조화를 찾아서 고치고자하는 실학사상을 표현하고 있었다.

3. 농민시의 풍자와 풍화

다산의 문학관은 주로 도道와 문文의 관계, 주체적 문학정신, 문체론으로 나누어 고찰할 수 있다. 도道와 문文의 관계는 시의 창작 과정에서 도道의 변용을 염두에 두고, 도道를 근본으로 하여 열심히 공부한 후에 시를 써야 훌륭한 작품이 될 수 있다는 것이다. 주체적 문학정신은 '조선시朝鮮詩의 선언宣言'과 접목될 수 있다. 그의 문체는 정조正祖(1752~1800)의 문체반정文體反正에 동조하지만 참다운 문文을 이루기 위해서 찬성한 것으로 그 동기가 다르다고 할 수 있다.[9]

본고는 농민시에 나타난 시정신을 살펴보는 것을 목적으로 하고 있다.

농민시는 다산 시의 일반적인 문학관을 담고 있지만 농민 사회를 대상으로 하고 있다는 점에 주목할 필요가 있다. 다산이 살았던 18세기 후반과 19세기 초기의 농촌은 사회의 내적 모순이 심화되어 봉건 사회의 말기적 현상이 도처에서 나타나고 있었다. 이 시기의 부패하고 어지러운 사회 상황을 다산의 저작물에서도 살펴볼 수 있다.

> 근년에 와서 부역이 번거롭고 무거워 관리들의 횡포에 백성들이 살지 못하고 대부분은 난리를 생각한다. 요상한 말과 헛된 말이 동쪽에 부르면 서쪽에서 화답하니 이를 법에 비춰어 처단하면 백성은 한 사람도 살아남지 못할 것이다.10)

18세기 말에 와서 조선의 봉건사회는 조세의 수탈로 농촌의 현실은 핍박되어 농민은 토지를 상실하는 지경에 이르게 되었다. 이러한 상황에서의 다산은 농촌의 풍속을 교정하며 잘못된 현실과 그 병폐를 신랄하게 비판하기도 했다. 이러한 비판의식은 그의 농민시의 창작으로 이어지게 된다.

3.1. 풍자風刺11)

다산의 농민시에 나타난 풍자의 시정신은 다음의 글과 밀접한 관계를 가진다.

> 풍風에는 두 가지의 의미가 있고 이에 대응하는 두 가지의 음이 있으니 그들이 가리키는 바는 상당히 달라서 서로 통하지 않는다. 위에서 아래를

---

9) 송재소, 『다산시 연구』, 창작사, 1986, pp.16-56.
10) 『증보 여유당전서』 5-23, 44b, 「목민심서」 권8, p.496.
　　近年以來 賦役煩重, 官吏肆虐 民不聊生, 擧皆思亂, 妖言妄說 東唱西和, 照法誅之 民無一生.
11) 여기서는 풍자를 다산이 저술한 「시경강의 보유」에서의 용어를 그대로 가져왔지만 풍자의 뜻으로 사용한다.

고치는 것은 풍교風敎요 풍화風化이며 풍속風俗이니 그 음은 평성平聲이
된다. 아래서 위를 찌르는 것은 풍간風諫이며 풍자風刺요 풍유風喻이니 그
음은 거성去聲이 된다.12)

'하이풍자상下以風刺上'은 아래의 풍으로서 위를 찌른다는 것이다. 즉 시
적 화자는 농민으로 설정되고 상층에 있는 지배계층의 비리를 풍자하고 비
판한다. 시경의 국풍을 비평한 다산의 이 논의는 농민시의 풍자적 시 정신
을 파악하는데 도움을 준다. 이런 시 정신을 바탕으로 농촌의 현실을 비판
하며 다산은 농민시를 창작했다. 이 때 다산의 농민시는 농민의 입장에서
윗사람을 비꼬고 은근히 달려들기도 한다. 다음은 다산의 시 「시랑豺狼」을
살펴보기로 한다.

이리여, 승냥이여!	狼兮豺兮
삽살개를 이미 빼앗아 갔으니	旣取我尨
나의 닭을 묶지 마라	毋縛我雞
자식은 이미 팔렸고	子旣鬻矣
내 아내는 누가 살까?	誰買吾妻
내 가죽 다 벗기고	爾剝我膚
뼈 마저 부수려고	而搥我骸
나의 밭 이랑을 바라보아라	視我田疇
얼마나 큰 슬픔인가	亦孔之哀
강아지풀도 못 자라니	稂莠不生
쑥인들 자라리	其有蒿萊
살인자는 자살했는데	殺人者死
또 누구를 헤치려 하느냐	又誰災兮

---

12) 『증보 여유당전서』 2, 「시경강의보유」, p.461.
　風有二義 亦有二音, 指趣逈別 不能相通, 上以風化下者 風敎也 風化也 風俗也, 其音爲平
聲, 下以風刺上者 風諫也 風刺也 風有也, 其音爲去聲.

승냥이여, 호랑이여!	豺兮虎兮
말한들 무엇하리	不可以語
짐승같은 이들이여	禽兮獸兮
나무란들 무엇하리	不可以詬
또한 부모 있지만	亦有父母
믿지를 못하리	不可以恃
달려가 호소해도	薄言往愬
들은 체도 않네	褎如充耳
나의 밭 이랑을 바라보아라	視我田疇
얼마나 큰 참상인가	亦孔之慘
유랑하고 방랑해도	流兮轉兮
시궁창 구덩이에 가득차네	塡于坑坎
아버지여 어머니여	父兮母兮
고기와 쌀밥 먹고	粱肉是啖
사랑방에 기생 두어	房有妓女
연꽃같이 곱구나	彦如菡萏[13]

이 시는 다산이 유배생활 9년째(1809, 순조9)에 완성했다. 이 「시랑豺狼」은 백성들의 이산을 슬퍼한 노래로 농민들의 극심한 참상과 고통을 지배층의 수탈 때문이라고 비판하고 있다. 시경의 「석서碩鼠」 편과 비슷한 비유로 이루어진 이 작품은 시적 화자가 농민으로 되어 있다. 화자인 농민은 닭을 빼앗아 가는 승냥이와 이리를 아전에 비유하여 지방관의 비리를 풍자하고 있다. 또 화자는 지방관리의 부모가 농민의 비참한 삶에 대해서는 무관심하고 기녀와 함께 무위도식하는 삶의 형태를 비판하여 공격하고 있다. 이 시에서 상층민은 지방관리, 아전, 사또의 부모 등으로 그려져 있으며, 하층민은 시적 화자인 농민 자신으로 그려져 있다. 화자인 농민은 상층민의 무관심과 부조리를 드러내어 비판하고 있다.

---

13) 『증보 여유당전서』 1-5, 37b, 「전간기사田間紀事 시랑豺狼」 중에서.

이와 같은 작품으로는 「채호采蒿」, 「발묘拔苗」, 「교맥蕎麥」 등이 있다. 이들 작품의 시적 화자는 당시의 부패가 심한 농촌의 지방 관리들에 대한 신랄한 비판을 통해 풍자를 하고 있다. 다음은 조선 후기 아전들의 전형적인 모습을 형상화한 작품을 살펴보기로 한다.

아전들 용산촌에 들이닥쳐	吏打龍山村
소 찾아 관리에게 넘기네	搜牛付官人
소 몰고 멀리멀리 가고	驅牛遠遠去
집집마다 문에 기대어 보고 있네	家家倚門看
사또의 노여움만 막으려고	勉塞官長怒
누가 백성의 고통을 알리오	誰知細民苦
유월에 쌀을 바치라 하니	六月索稻米
모진 고통은 수자리보다 심하네	毒痛甚征戍
덕스런 소리는 끝내 이르지 않아	德音竟不至
만 목숨 서로 베고 죽이니	萬命相枕死
궁하게 살아가자니 슬픈 일이고	窮生儘可哀
죽은 자가 오히려 팔자 편하네	死者寧卽矣[14]

이 시는 경오년庚午年(1810년)에 지은 것이다. 농민들을 굶주리게 한 가장 큰 요인은 관리들의 가중한 세금의 횡포였다. 화자는 아전들이 농민을 수탈하는 과정을 농민의 입장에서 사실적으로 비판하고 있다. 여기에 등장하는 아전은 조선후기에 부패한 아전의 전형적인 인물로 설정되어 있다. 상층인은 아전과 사또로 설정되어 있고 하층민은 농민이다. 농민들은 '소를 잃고 유월 달에도 쌀을 바쳐야 된다'는 것을 고발하고 있다. 그리고 화자는 어렵게 살아가는 농민의 삶을 죽는 것보다 못하다고 은근히 비꼬고 있다 이와 같은 아전들의 수탈을 소재로 한 다산의 농민시는 주선 후기 부패한 하급관리들의 전형적인 모습을 형상화하고 있다. 이러한 측면에서 다산의

---

14) 『증보 여유당전서』 1-5, 38b, 「용산리龍山吏」 중에서.

농민시는 리얼리즘의 정신을 잘 구현하고 있다고 할 수 있다.

이와 같은 시로는 「하일대주夏日對酒」, 「파지촌波池村」, 「해남리海南吏」 등의 작품이 대표적이다. 이들 작품들은 시적 화자를 농민으로 설정하고 아전과 관리들을 상층민으로 삼아 하층민인 농민의 고통을 사실적으로 풍자하여 비판하고 있다.

풍자의 시정신을 담고 있는 다산의 농민시는 시적 화자가 하층민인 농민으로 설정되어 농민과 사또, 민중과 탐관오리, 약한 자와 강한 자, 피지배층과 지배층의 대립과 갈등의 양상을 소재로 하여 주제를 전개하고 있다. 이때 화자인 농민은 은근히 강한 자의 부정과 부패를 고발하고 공격함으로써 풍자적인 시정신을 강하게 드러내게 된다.

3.2. 풍화風化[15]

다산의 농민시에 나타난 풍화의 시정신은 다음의 글과 밀접한 관계를 가진다.

풍風에는 두 가지의 의미가 있고 이에 대응하는 두 가지의 음이 있으니 그들이 가리키는 바는 상당히 달라서 서로 통하지 않는다. 「생략」 위에서 풍風으로 아래를 교화시키는 것은 풍교風敎이며 풍화風化이며 풍속風俗이니 그 음은 평성平聲이 된다.[16]

'상이풍화하上以風化下'는 위에서 풍으로서 아래를 교화시키는 것이다. 즉 시적 화자는 농민보다 상층에 속한 지식인이나 교양인으로 설정되고 하층

---

15) 여기서 풍화風化는 「시경강의詩經講義 보유補遺」에 나오는 단어로 풍속을 교정하여 사회를 순기능으로 변화시킨다는 것과 같은 의미이다.
16) 『증보여유당전서』 2, 「시경강의詩經講義 보유補遺」, p.461.
　　風有二義 亦有二音, 指趣迥別, 不能相通, 上以風化下者, 風敎也, 風化也, 風俗也, 其音爲平聲, 下以風刺上者, 風諫也, 風刺也, 風喩也, 其音爲去聲.

에 있는 농민의 무지를 교화하자는 것이다. 시경의 국풍을 비평한 다산의
이 논의는 농민시의 교화적 시정신을 파악하는데 근거를 마련해 준다. 이
러한 시정신을 바탕으로 다산은 농촌의 현실을 관찰하고 농민시를 창작했
다. 이때 다산의 농민시는 농촌이 지닌 현실의 문제를 해결하려고 하는 지
식인의 입장에서 현실을 교화하는 내용이 자주 등장한다. 다음의 시를 살
펴보기로 한다.

살인자 도적들 구름처럼 모이니	椎埋竊發蔚雲集
남몰래 끌어들여 숨겨주고 감춰주네	藏命匿姦潛引汲
파헤친 구덩이가 8, 9천 개에 이르러	穿窞鑿窖八九千
벌 날듯 개미 모이듯 읍을 하나 이루네	蜂屯蟻聚成邃邑
노래와 피리 소리 달밤이 어지럽고	歌管嘲轟弄淸宵
술과 고기 향기로운 잔치 아침에 꽃 피네	酒肉芬芳宴花朝
노래하는 예쁜 기생 날마다 모여	名娼妙妓日走萃
서관의 군, 현, 읍 등은 한적하다네	西關郡縣色蕭條
농가에 고용살이 맡을 사람이 없고	農家募雇無人應
하루에 백전의 삯도 긍정하지 아니하네	日傭百錢猶不肯
마을은 피폐하고 밭두둑은 황폐하니	村閭破柝田疇蕪
잡초 우거진 폐허가 되네	蒿萊犖确成荒磴
산과 못의 이익은 본래 국가의 것	山澤之利本宜榷
교활한 자가 맡아서 되겠는가	豈令狡獪恣所專
신관 사또 처사를 백성들 기다리니	太守新來民拭目
금구덩이를 메우고 농사일 재촉하소	煩公夷坎塞礦催畔田[17]

이 시는 다산이 곡산부사谷山府使(1797∼1799)로 재직할 때에 근처에 있는
수안 금광에 많은 몰이배들이 모여서 서로 투기를 하고 농사를 포기하는
것을 보고 지은 작품이다. 이 시에 나타난 시적 화자는 작가와 밀접한 관계

---

17) 『증보 여유당전서』 1-3, 26a, 「홀곡행정수안수勿谷行呈遂安守」 중에서.

를 가지고 있다. 시적 화자는 농민이 아니고 작가와 가까운 지식인이요, 관리이다. 화자는 금광의 채굴을 아주 비판적인 눈으로 바라보고 있다.

화자가 금광의 채굴을 금지한 까닭은 두 가지로 나누어진다. 첫째는 살인자와 도적들이 금광으로 몰려들어 방탕한 생활을 하는 것이고, 둘째는 농가의 일손이 없어 농사를 망치기 때문이다. 이러한 이유로 화자는 사또에게 금광의 개발을 금지시키고 백성들에게 농사일을 독촉하라고 강요하고 있다.

이 시의 화자는 비교적 높은 관리의 입장에서 하층의 관리와 백성들에게 폐해가 많은 광산업을 금지할 것을 지시하고 있다. 화자는 농업의 질서를 계속 유지시켜 나가야 할 풍속으로 파악하고, 광산업의 개척을 금지시켜서 사회를 투기의 광풍에서 안정시키고자 하고 있다. 하지만 금광의 개발로 폐해가 크므로 금광의 개발을 금지시키고자 하는 것이고, 금광의 개발을 원천으로 반대하는 것은 아니다.[18] 이 시의 화자는 농촌의 현실을 예리하게 관찰하고 농촌이 피폐해진 이유가 광산의 개발이라는 것을 인식하고 농민들에게 농업을 독려할 것을 이 시의 제1청자인 사또에게 권하고 있다. 이로써 화자는 피폐해진 농촌의 풍속을 교화시켜 안정된 사회를 만들고자 하는 것이다.

이와 비슷한 시로는 「등우화정登羽化亭」, 「행차청양현行次青陽縣」, 「애절양哀絶陽」 등의 작품이 있다. 다음은 농촌의 영농기술과 그 방법에 대해서 서술하고 있는 작품을 살펴보기로 한다.

> 부자집은 만 꿰미 돈을 아끼지 않고　　　　豪家不惜萬緡錢
> 썰물 때 돌을 쌓아 바닷물 막아놓네　　　　疊石防潮趁月弦
> 조개 줍던 옛 땅에 지금은 벼를 심어　　　　舊拾蚳蠃今穫稻
> 어제의 개펄이 기름진 논이 되었네　　　　由來瀉鹵是腴田[19]

---

18) 송재소, 다산시연구, 창작사, 1986, p.114.
19) 『증보 여유당전서』 1-4, 27b, 「탐진농가6耽津農家6」.

한 치의 땅도 백성들에겐 황금 같은데	殘氓寸土如黃金
하물며 개펄 아닌 기름진 땅임에랴	況乃膏腴異鹹斥
추수하여 얻은 곡식 부자 집에 안 바치니	銍艾未許輸豪門
조세도 왕의 장부에서 빠질 것이 당연하지	租稅仍當漏王籍
이 그림을 농부에게 향하게 하니	我向野農披丹靑
쓴 웃음 지으며 거짓된 빈 마음으로 듣네	冷齒不肯虛心聽
"민둥산 어느 곳에 도끼질 할 수 있나	赭山何處著斤斧
수렁에서 깊은 물 찾는 꼴이지	白澱無地覓泓渟
논 있으면 일하고 없으면 그만 두지	有田則耕無則已
예부터 지력이란 한도가 있는 법"	智力由來安絜瓶
만인이 손을 놓고 하늘만 바라보고	萬人束手仰冥佑
짐승 잡아 산신령께 빌기만 하네	鞭龍臨牲祈山靈[20]

위에서 인용한 두 농민시의 시적 화자는 농민의 생활을 관찰하는 위치에서 작품을 서술하고 있다. 앞의 작품인 「탐진농가6耽津農家6」에서 시적화자는 바다를 개척하여 농토로 만드는 간척지에 대하여 설명하고 있다. 시적 화자는 농민보다 선구적인 입장에 서서 부자들의 간척지 사업을 소개하며 농민들의 개척정신을 북돋아 주고 있다. 즉, 실학자인 작가의 입장에서 좁은 농토를 간척지로 확대하여 영토를 확장하여 농촌과 조국을 부강하게 하고자 한다. 다른 시에서도 농기구를 개선하고자 하는 작가의 의도를 시적 화자의 입을 빌려 종종 토로하고 있다.

뒤의 작품인 「제서호부전도題西湖浮田圖」의 시적 화자는 농민의 의식을 비판하는 태도를 보인다. 특히 "만인이 손을 놓고 하늘만 바라보고 / 짐승 잡아 산신령께 빌기만 하네"와 같은 구절은 농민의 무지를 비판하면서 교화하려는 화자의 태도를 단적으로 보여주는 곳이다. 이러한 시적 화자의 태도는 어려운 농촌의 환경이지만 농민들이 열심히 노력을 해서 기술을 개

---

20) 『증보 여유당전서』 1-5, 23a, 「제서호부전도題西湖浮田圖」 중에서.

발하면 자연의 환경을 극복할 수 있다는 의지를 보여주는 것이다. 이러한 작품에서는 농촌의 농민도 기술의 개발과 생산량의 증대를 추구하면 무한히 발전하고 진보할 수 있다는 다산의 실학정신이 표현하고 있는 것이다.

다산의 농민시에 나타난 풍화의 시정신은 시적 화자가 비농민으로 설정된 농민시에서 주로 나타난다. 풍화의 시정신은 농민보다 상층의 계층에서 농민에게 근면성과 성실성을 요구하여 농민의 생활태도를 개선하려는 목적을 지니고 있다. 이러한 유형의 농민시는 다산이 농민의 생활과 기술을 교화하자는 의도를 강하게 담고 있다.

4. 현실사회와 농민시의 정신

지금까지 다산이 농민사회를 바라보는 시각을 중심으로 농민시의 시적 화자의 특성과 시정신을 살펴보았다. 이를 요약하면서 결론을 갈음하고자 한다.

다산의 농민시에 나타난 시적 화자의 유형은 크게 농민農民과 비농민非農民으로 구별할 수 있다. 시적 화자가 농민인 경우는 농민 사회에 동참하여 직접 체험한 농촌의 현실을 사실적으로 표현하고 있고, 농민이 아닌 경우는 농민사회를 관찰하면서 부조리와 부조화를 찾아서 농민사회를 고치고자 하는 의식을 담고 있다.

다산의 농민시에 나타난 시정신은 그의 조선시 정신을 바탕으로 풍자와 풍화로 대별되는 특성을 지닌다. 풍자의 시정신을 담고 있는 다산의 농민시는 시적 화자가 하층민인 농민으로 설정되어 농민과 사또, 민중과 탐관오리, 약한 자와 강한 자, 피지배층과 지배층 간의 대립과 갈등의 양상을 주제로 선택하고 있다. 이때 화자인 농민은 은근히 강한 자의 부정과 부패를 비판하고 공격함으로써 풍자적인 시정신을 강하게 드러내고 있다. 풍화의 시정신을 담고 있는 다산의 농민시는 시적 화자가 비농민으로 설정된 농민시에서 주로 나타난다. 풍화의 시정신은 농민보다 상층 계층의 시점에서 농민의 근면과 성실을 요구함으로써 농민의 생활태도 개선을 목적으로 하고 있다. 이런 유형의 농민시에는 다산이 농민의 생활과 기술을 교화하자는 의도를 강하게 담고 있다.

다산의 농민시들 중에서 농민문학의 가치로 높이 평가 할 수 있는 작품은 시적 화자가 농민이고 지배층의 부패와 부정을 비판하는 풍자의 시정신을 표현하고 있는 일련의 시라고 할 수 있다.

다산의 시 2,500여 수 가운데 상당한 분량을 차지하고 있는 농민시는 조선후기의 농민생활과 실학자의 사고방식을 잘 드러내고 있어 문학사에서 높이 평가받을 만하다.

○ 참고문헌

『증보 여유당전서』

김상홍, 「다산의 문학사상」, 『동양학』 10집, 단국대 동양학연구소, 1980.
김지용, 「다산문학론」, 『국어국문학』 33호, 국어국문학회, 1966.
김흥규, 『조선후기 시경론과 시의식』, 고려대 민족문화연구소, 1982.
박석무 역주, 『다산산문선』 창작과비평사, 1985.
서범석, 『한국농민시 연구』, 고려원, 1991, p.235.
송재소, 『다산시 연구』, 창작사, 1986.
조동일, 『한국문학사상사시론』 지식산업사, 1978.
최신호, 「정다산의 문학관」, 『한국한문학연구』 1집, 한국한문학회, 1976.

「고공가」・「고공답주인가」의 작품구조와 현실인식

1. 주인노래와 머슴노래

　임진왜란 직후에 지어진 「고공가」와 「고공답주인가」는 당시 정치사회의 현실을 사실적으로 비판한 가사문학이다. 이 글에서는 머슴의 시각에서 노래한 「고공가」와 주인의 시각에서 노래한 「고공답주인가」를 분석하여 그 의미를 찾아보고자 한다. 「고공가」와 「고공답주인가」는 머슴과 주인의 시각에서 현실정치를 풍자한 가사문학으로서 그 의의를 지니고 있다. 임진왜란(1592) 이전에는 사대부가 지은 풍류문학으로서의 가사문학이 많이 창작된 경향이 있었다면, 이 두 작품은 현실정치를 비판하고 당시의 피폐해진 사회질서를 풍자하는, 임진왜란 직후에 지어진 사대부가사라고 할 수 있다.

　1960년대라는 비교적 이른 시기에 소개된 이들 작품은 필사본으로 예전의 화산서점 주인인 이성의 소장인 가사집 「잡가」에 실려 있는 것을, 김동욱이 자료를 발굴하여 연구하였다.[1] 지금까지 이들 두 작품의 연구는 자료

---

1) 김동욱, 「고공가」,『문학춘추』제1호, 문학춘추사, 1964, pp.266∼269.
　김동욱, 「고공가 및 고공답주인가에 대하여」,『도남조윤제박사화갑기념논문집』, 신아사, 1964. pp.161∼182.

의 소개·해설,[2) 그리고 작자의 논의[3)에 관한 것이 거의 전부이다. 전자에 관한 것은 주로 가사를 선집한 책에서 많이 다루어져 있고, 후자는 주로 「고공가」의 작자를 중심으로 논의하고 있다. 그러니까 본격적인 작품론의 연구는 1980년대 말까지 거의 이루어지지 않았다.

본고에서는 이러한 문제점을 극복하여 작품의 소개와 내용의 설명보다는 작품구조의 분석을 통해서 가사문학의 작품에 나타난 작가의 현실인식을 살펴보고자 한다. 연구의 편의를 위해서 여기서는 가사의 의미기능 단위를 모티프로 나누어, 그것들이 어떻게 단락을 이루고 있는 가를 한정모티프와 자유모티프로 구별하여 살펴보고, 두 작품의 구조를 비교하여 각작품의 구조적인 특성에 대해서도 탐색해 볼 것이다. 아울러 작품에 나타난 사대부가 지닌 현실인식의 관점도 함께 살펴보고자 한다.

본고에서 사용한 작품의 자료는 최근에 영인된 「역대가사문집6」[4)에 수록된 것을 사용하고자 한다.

2. 작품구조와 현실사회

작품구조란 작품의 각 부분과 부분이 서로 어떠한 관계를 가지며 작품 전체를 이루는가 하는 것이다. 다시 말하면 작품의 전체 안에서 작품의 구성요소들이 유기적으로 맺고 있는 내적인 관계를 의미하는 것이다. 작품의 구조를 분석하는 데에는 의미의 크기와 전후 위치에 따라 적당한 의미의 단위를

---

2) 김동욱, 앞의 논문, 참조.
   이상보, 『한국가사선집』, 집문당, 1979, pp.278~288.
   임기중, 『역주해설 조선조의 가사』, 서울 성문각, 1979, pp.109~118.
3) 강전섭, 「낙은별곡樂隱別曲의 연구」, 『가사문학연구』, 정음사, 1979, pp.393~458.
   이수광, 『지봉유설』 권14, 참조.
4) 임기중, 『역대가사문학전집』 6, 동서문화원, 1987.

나누고 설명할 필요가 있다.

본고에서는 가사의 작품구조를 밝히기 위하여 의미의 최소 기본 단위를
모티프로 설정하고, 그 모티프5)들이 작품의 단락 속에서 어떠한 기능으로

---

5) 모티프에 대한 개념의 정의는 연구가들 간에 여러 가지로 해명되고 있다. 그 중요한
몇 가지의 개념을 정리해 보면 아래와 같다.

 • 롤랑부르뇌프는『구조주의와 문학비평』(김치수 편저, 홍성사, 1980, p.45. 참조)에서
   모티프를 다음과 같이 정의했다. 예를 들어 '밤이 되었다. /라스콜리니프는 노파를
   죽였다. / 주인공이 죽었다./ 편지가 도착했다.' 등과 같이 더 이상 쪼갤 수 없는 서술
   단위의 테마를 모티프라 하고, 시간적 순서 및 인과적 순서에 따르는 모티프의 전체
   를 파블라fabula로, 실제로 작품 속에 출현하는 순서에 따른 모티프들의 전체를 수제
   suject로 정의하였다.

 • Zoseph, T. Shipley는『Dictionary of World Literature』(Litlefied, Adams & Co., 1972,
   p.274.)에서 모티프를 한 장르 속에 존재하는 다양한 작품, 혹은 한 작품 내에서 같은
   분위기 같은 상황에서 반응을 일으키는 사고의 패턴과 단어를 의미한다고 말했다.

 • M. H. Abrams는『A Glossary of Literary Terms』(Holt. Rinehart and Winston Inc., N.Y.
   1971, p.10.)에서 모티프를 문학작품 속에서 자주 되풀이 되는 요소로서 사건, 장치,
   관습어 등을 의미한다고 정의하였다.

 • J. W. von Goethe는『Maximen und Reflexionen』(Weimor, erste Teil, Vol.42, p.250.)에
   서 모티프를 인간정신의 제 현상으로서 지금까지 여러 차례 되풀이 되어왔고, 또 앞
   으로 거듭 되풀이 될 그러한 것이라고 하여 작품들 속에 반복하여 나타나는 주제의
   단위라고 하였다.

 • T. Todorv는『Introduction to poetics』(trans, from the French by Richard Howard, p.48.)
   에서 모티프를 원시적인 정신 상태나 혹은 풍습의 준수에 일어나는 여러 의문들에
   비유적인 표현으로 대답하는 가장 '최소한의 서술단위'라고 정의했다.

 • Paul A. Olson은『Russian Formalist Criticism』(Lincoln London, University of Nebraska
   press, 1965, p.68.)에서 모티프를 '주체적 재료의 최소한의 분류'를 모티프라 정의하
   고, 이들을 빼어내도 사건들 사이의 인과관계가 파괴되지 않는 모티프인 자유모티프
   (freemotifs)와 빼어내면 그 연결이 손상되는 모티프인 한정모티프(bound motif)로 양
   분하여 논의하고 있다.

 • S. Thompson은『Purpose and Importance of Types and Motifs』(Folkliv, 1938, p.103.)에
   서 모티프를 전승시키는 힘을 가진 최소의 요소로서 특이하고 인상적인 내용으로,
   쉽게 파괴되거나 변화되지 않는 것이라고 정의하였다.

 • V. Propp는『Morphology of the Folktale』(trans. by haurence Scott, University Texas Press,
   Austinr & London, 1970, pp.25~65.)에서 모티프를 하나의 민담을 형성하는 데 필요
   한 단위를 31개의 요약된 서술기능 단위로 분류하고, 이들을 모티프로 간주한다고
   설명하고 있다.

 • 구인환, 구창환은『문학개론』(서울 : 삼영사, 1981, p.215.)에서 모티프를 ① 작품의
   전체 구조속에 내용상의 단일성을 보여주는 요소, ② 작자가 작품을 쓰면서 느끼는

그 다양성을 표출하고 있느냐를 구체적으로 살펴보고자 한다. 작품구조를 모티프로 분석하는 작업은 작품의 단락 속에서 여러 가지의 모티프들이 어떻게 상호 작용을 하고 있으며, 어떻게 단락을 이루어 작품 속에서 하나의 질서를 구축하고 있느냐를 살펴보는 것이다.

모티프란 '움직이다(movere)'에서 유래하였으며, 따라서 모티프는 '무엇인가를 움직이는 것'이라는 의미를 가지고 있다. 이런 움직임의 요소를 내포하고 있는 것이 모티프이므로, 모티프는 문학작품 속에서 이야기의 방향과 의미의 변화와 그 전달을 내포하고 있다.

가사의 작품에 등장하는 모티프는 자유모티프(free motifs)와 한정모티프(bound motifs)로 나누어진다.[6] 전자는 시간적인 연속이나 인과관계의 연속에 방해 받지 않고 제거할 수 있는 모티프이고, 후자는 시간적인 연속이나 인관관계에 의해 제외할 수 없는 모티프를 말함이다. 작품 속에서 이야기나 다른 작은 의미를 계속해서 설명할 때에는 자유모티프가 많이 쓰이고, 한정모티프는 주제나 중요한 의미의 덩어리를 결합할 때 주로 많이 사용한다.

여기서는 「고공가」와 「고공답주인가」의 작품구조를 다음과 같이 분석할 것이다. 먼저, 각 작품의 모티프를 나누어 순서대로 배열하여 놓고, 각각의 모티프들이 어떻게 단락을 이루고 있는가를 통해 각 단락의 구조를 살펴보고, 다음으로는 각 단락들이 어떠한 형태로 작품의 질서에 기여하고 있는가를 살펴보아 각 작품의 구조를 분석할 것이고, 마지막으로는 두 작품의 구조분석을 바탕으로 두 작품의 의미와 현실의식을 비교하고자 한다.

의식과 감정을 일정한 방향으로 유도하는 관념 등으로 설명하고 있다.
6) 필자가 1988년 이 논문을 발표할 때에는 가사의 작품에 등장하는 모티프를 자유모티프(free motifs)와 관련모티프(bound motifs)로 번역하여 명명하였으나, 여기서는 자유모티프(free motifs)와 한정모티프(bound motifs)로 명명하고자 한다. (류해춘, 『문학과 언어』 9, 「<고공가>. <고공답주인가>의 작품구조와 현실인식」, 1988, pp.119-146. 참조)

2.1. 「고공가」의 작품구조

「고공가」는 임진왜란 직후에 허전이 지은 머슴노래이다. 이 가사는 농사로 나라 일을 빗대어 백관들의 탐욕과 무능함을 개탄하고 근검할 것을 교훈적으로 표현하고 있다.

이 작품을 서사, 본사, 결사로 나누어 차례대로 모티프의 연속과 작품의 구조분석을 살펴보자. 먼저, 작품의 서두 부분에는 이 작품을 서술하게 된 이유와 원인이 들어있다. 작품의 서사를 인용하면 다음과 같다.

집의옷	밥을언고	들먹는	저 고공들아
우리집	긔별을	아는다	모르는다
비오는놀	일업술저	숫쯔면서	니르리라

이 단락은 작품 속에 설정된 화자 즉, 왕이 작품 속의 청자인 머슴에게 '우리 집 기별'을 말하겠다는 의도를 표현하고 있는 서두 부분이다. 그런데 청자인 머슴은 상식적인 머슴이 아니라는 점이 주목된다. 일반적으로 머슴은 집에서 주인의 말을 잘 듣고 집안일을 잘하는 사람이어야 하는데 여기의 머슴은 집의 일을 두고 밖으로 나다니면서 얻어먹는 머슴이다. 이러한 문제를 지니고 있는 머슴을 설명하는 모티프는 주제와 서로 연관성을 지니는 자유모티프로 그 의미를 설명할 수 있다.

이런 점에서 작품을 읽는 독자들은 흥미를 가지고 긴장하게 된다. 이러한 청자를 향해서 화자는 비오는 날, 일 없을 때 청자에게 상식에 벗어난 점을 가르치겠다고 말한다. 위의 부분은 작품 전체를 이끌어 나가기 위한 하나의 도입이라는 의미를 지니고 있다. 여기에 등장하는 모티프는 '고공에게 우리 집 소식을 말하겠다.'고 한 것이다. 이 모티프는 작품의 서두로써 작품의 구조적인 측면에서 배경을 설명하며 작가의 의도를 설명하는 한정모티프라고 할 수 있다.

　다음은 할아버지의 살림살이 상황을 설명하고 있는 본사의 한 단락을
살펴보자.

처음의	한어버이	사룸스리	흐려홀제
인심仁心을	만히쓰니	사룸이	절로모여
플썻고	터을닷가	큰집을	지어내고
셔리보십	장기쇼로	전답田畓을	긔경하니
오려논	터밧치	여드레	구리로다
자손子孫에	전계傳繼ᄒ야	대대代代로	나려오니
논밧도	죠켜니와	고공雇工도	근검터라
저희마다	여름지어	가옵여리	사던것슬

　이 부분에서는 화자가 청자인 머슴에게 과거의 상황을 말하고 있으며
긍정적으로 과거의 상황을 평가하고 있다. 이 부분은 처음에 이야기를 유
도해 내는 부분과 작은 의미의 내용이 합쳐져서 하나의 큰 의미 덩어리를
만들어 내고 있다. 가사의 내용 구조로 볼 때 작은 의미들은 상호 관련이
있는 부분들이 서로 결합하고 있다.

　이와 같은 의미의 연관성은 일정한 구조의 결합으로 나타나고 있으므로
위의 부분을 좀더 명확하게 관찰하기 위하여 의미의 단락을 작은 의미와
큰 의미의 부분으로 나누어 살펴보자.

　의미의 상호 관련을 비슷한 부분을 중심으로 추출하여 도표화시켜 보면
아래와 같다. A+A′는 의미의 비슷한 부분을 연결하여 결합하고 있는 선택
의 축이며 A+B는 이야기의 완성 즉, 의미의 확장과 확대를 추구하는 결합
의 축이라는 것이다.

A.　　처음의 할아버지 살림살이

　　　　a₁ 인심을 많이 쓰니 사람이 모임
　　　　a₂ 풀 베고 터를 닦아 큰 집을 지어냄
A′　　a₃ 농기구로 논밭을 경작함
　　　　a₄ 올벼 논과 밭이 8일같이
　　　　a₅ 자손에 물려주어 내려옴
　　　　a₆ 논밭이 좋고 머슴이 근면함

B.　　　저희마다 농사지어 부유하게 살아감

　이와 같이 의미단위를 쪼개고 연결시켜 보면 작품이 지닌 한 단락의 구조가 명확하게 드러날 수가 있다. 시작을 말하며 정보를 열어가는 '처음의 한 어버이 살림살이 하려할 제'에서는 다음에 노래할 것을 예측하게 하는 의미를 가지고 주체적인 역할을 한다.[7] A′(a₁~a₆)는 다시 원인을 나타내는 앞의 2음보와 결과를 나타내는 2음보로 나누어진다. a₁에서는 할아버지 시대의 상황을 이야기하는 것으로 인심을 많이 쓰니 사람이 저절로 모여서 행복하게 되었다는 것을 의미하고 있다. a₂~a₆는 구체적인 상황을 묘사하고 있으며, 긍정적으로 표현하고 있다. 이와 같이 A′는 서로의 작은 의미들이 비슷하게 결합되어 화자가 지닌 사고의 통일성을 보여주고, 또 작품의 구조 분석을 쉽게 해 준다. 이러한 구조는 B의 의미를 강조하고 집중하는 의미를 가지고 있다. 그래서 B는 바로 작은 의미들을 묶어 주며 의미를 완성하는 역할을 한다.

　결국, 이 부분은 처음에 할아버지 살림살이 할 때에는 모든 일들이 정상적으로 잘 되어 부유하게 살았다는 것을 말한다. 그래서 A와 B는 당시의 시대적 상황과 살림살이를 설명하는 한정모티프가 되고 a₁~a₆는 주제를

---

7) 홍재휴는 「가사문학론」(『국문학연구』 제8, 1984)에서는 이 부분을 서의사(敍意辭)라고 하였다.

설명하고 묘사하는 자유모티프가 된다.

다음으로 요즈음 머슴들의 모습을 표현하고 있는 부분의 의미와 구조를 살펴보자.

요사이	고공들은	헴이어이	아조업서
밥사발	큰나작으나	등웃이	죠코즈나
ᄆᆞ음을	돗호눈듯	호슈를	서오눈듯
무숨일	걈드러	흘깃할깃	ᄒᆞᆫ다
너희내	일아니코	시절時節조차	스오나와
ᄌᆞᆺ득의	니세간이	플어지게	되야눈더
엇그제	화강도火强盗에	가산家産이	탕진蕩盡하니
집하나	불타붓고	먹을썻이	전혀업다
크나큰	세스를	어찌하여	니로려료

이 부분에서는 화자는 작품 속의 청자에게 현재의 상황을 부정적으로 묘사하고 있다. 앞 단락에서 과거의 머슴들은 부지런하고 근검하여 모두가 부유하게 살았다고 말하고 있는 반면, 이 단락에서 화자는 현재의 머슴들이 자기의 사리사욕에 힘을 쓰고, 세상사의 일도 평화롭지가 않아서 국가가 위태롭다고 하며 국가가 평화롭기 위해서는 고공들이 근검하고 부지런해야 한다고 주장한다. 이 부분은 처음에 이야기를 유도해 내는 모티프, 처음의 뜻을 이어나가는 모티프, 그리고 노래의 의미를 마무리 짓는 모티프 등으로 나누어진다.[8]

이를 도표화시키면 다음과 같다.

b_1. 밥사발의 크고 작음
b_2. 옷의 좋고 나쁨

---

8) 홍재휴는 앞의 논문(1984)에서는 가사의 단락구조를 연구하면서 각 부분을 서의사叙意辭, 계의사繼意辭, 수렴사收斂辭라고 명명하였다.

요즈음 머슴들은	b_3. 마음을 다룸	세상사를 어찌
생각이 없다	b_4. 우두머리를 시기함	하겠느냐
	b_5. 좋은 일에만 귀를 기울임	
A	b_6. 너희들 내일 아니함	D

c_1. 시절의 사나움
c_2. 세간이 풀어짐
c_3. 강도에 가산을 탕진함
c_4. 집이 불타고 먹을 것이 없음

A는 다음에 전개될 이야기의 의미를 암시해 주는 역할을 하고 있다. $b_1 \sim b_6$ 까지는 요즈음 머슴들의 생각이 없는 모습을 나열하고 있다. $c_1 \sim c_4$까지는 시절의 사나움을 말하고 있다. 이 부분에서 한정모티프는 A, b_6, c_1, D가 된다. 왜냐하면 머슴들의 생각 없는 모습이 일하지 않음과 시절의 사나움으로 대표될 수 있기 때문이다. 화자는 청자인 머슴들에게 세상사의 부조화와 부정부패를 어떻게 하겠는가 하고 질문하고 있는 것이다.

다른 부분의 모티프들은 자유모티프로 작품의 서술을 풍부하게 해 주고 이야기의 주제에 대해서 설명을 해주는 구체적인 예를 나타내고 있다.

다음의 단락에서는 과거의 머슴과 현재의 머슴을 비교하여 놓고 현재의 머슴이 가져야 할 마음을 한 줄로 표현하고 있다. 이를 인용해 보면 아래와 같다.

김가이가金哥李哥　　고공雇工들아　　ᄉᆞᆷ옵　　먹어슬라

이 부분은 앞의 단락과 다음 단락을 매개하고 있으며, 과거의 머슴과 현재의 머슴의 상황을 매개시키고 연결시켜 주는 구실을 한다.

결국, 위의 부분은 과거의 머슴과 현재 시절의 머슴 모습을 긴밀하게 연

결하고 위에 서술된 두 부분을 한 단락으로 묶어 주고 있다. 그러므로 제2
단락은 자연히 과거의 근검한 머슴과 현재의 머슴을 비교하면서 오늘날의
일하지 않는 머슴을 개탄하며 타이르고 있는 것이다. 그래서 위의 단락의
의미는 다음 단락에 전개되는 부분과 긴밀한 연관관계를 만들어주어 작품
의 구조를 더욱 복잡다단하게 하여준다.

다음의 단락은 앞으로 머슴이 부지런히 일을 한다면 그것을 화자 자신
이 정확하게 판단하겠다고 한다. 인용하여 보면 아래와 같다.

너희니	절머는다	헴혈나	아니손다
혼소티	밥먹으며	매양의	회회恢恢ᄒ랴
혼무옴	혼뜻으로	티름을	지어스라
혼집이	가음열면	옷밥을	분별分別ᄒ랴
누고는	장기잡고	누고는	쇼을몰니
밧갈고	논살마	벼세워	더져두고
눌됴흔	호미로	기음을	미야스라
산전山田도	것츠럿고	무논도	기워간다
사립피	물목나셔	볏겨터	셰올셰라
칠석七夕의	호미씻고	기음을	다민후의
숫꼬기	뉘잘ᄒ며	셤으란	뉘엿그랴
너희지조	셰아려	자라자라	맛스라
구을	거둔후면	성조成造를	아니ᄒ랴
집으란	내지으게	움으란	네무더라
너희	지조을	내 짐작斟酌	ᄒ엿노라

이 단락은 앞으로 머슴들이 부지런히 일을 하여 농사와 집안일을 잘 돌
보아야 한다는 것을 서술하고 있다. 앞으로 고공들이 해야 할 일을 서술하
고 있으므로 시간적 서술의 관점으로 보면 현재, 과거, 미래 중에 미래의
부분을 노래하고 있다. 이 단락에서도 미래와 현재의 상황은 괴리가 많음

을 알 수 있다. 봉건 사회의 질서 속에서는 당연히 머슴은 위에서 서술하고 있는 것과 같이 되어야 하나 현실에서는 반전이 일어났다. 화자는 자기의 입장에서 유교 윤리인 충성을 머슴에게 강요하고 있으나 그렇게 하지 못하였다. 그렇다고 해서 현실의 상황을 그대로 수용하지도 못하는 화자의 입장에서 외적 현실 상황에 대항해서 자신의 심정을 서술하고 있다. 앞으로 머슴이 부지런히 일하면 왕은 그것을 잘 알아 각자의 재주를 짐작해서 대우를 한다는 것이다.

그러면 이 단락의 의미를 구조적인 측면에서 분석하여 보자. 자유모티프와 한정모티프의 연관성을 중심으로 살펴보기로 한다. 이 단락은 처음에는 생각이 많은 머슴에 대한 큰 의미를 나타내는 한정모티프가 바로 작은 의미를 포괄하고 있다. 그리고 마지막에 주제와 관련된 의미를 한정모티프가 종결시키고 있는 것이 지금까지 보아 온 것과 다르다. 단락의 중간에는 주로 자유모티프가 젊은 머슴을 설득하는 내용을 서술하고 있다. 앞의 단락의 모티프는 다음과 같이 분류할 수 있다.

A   고공은 젊었으니 계산하지 마라.

        a_1 한 솥에 밥 먹으며 어려울 때도 있다.
        a_2 한 마음으로 농사를 지어라.
A′ a_3 한 집이 부유하면 옷과 밥을 구별하지 않는다.
        a_4 봄에 부지런히 농사짓는 모습을 상상함.
        a_5 여름에 부지런히 농사짓는 모습을 상상함.
        a_6 가을에 부지런히 농사짓는 모습을 상상함.

B   너희들의 재주를 짐작하겠다.

A는 머슴에게 타이르는 말로 큰 의미를 나타내고, A′은 이야기를 좀 더

부연하는 자유모티프에 해당하는 부분이다. A′는 A의 의미를 더욱 구체화
시키고 있다. 각자가 맡은 것, 즉 쟁기잡고, 소를 몰며, 밭을 갈고, 논을 고
르게 하여 김을 매어야 한다는 것이다. a₅는 여름이 한창인 모습으로 논과
밭이 잡초가 무성하여 가는 상황을 서술하고 있으며, 부지런히 일을 해서
자기의 재주대로 농사를 지어야 한다고 한다. a₆는 가을을 거둔 후의 일을
서술하고 있으며, 집을 새로이 하고 겨울을 지내기 위해 곡식을 잘 갈무리
하자고 한다. 또 a₁, a₂, a₃들은 한 집에 살면서 부지런히 서로가 일을 잘 할
것을 주장한다. 그러므로 A′는 A의 구체적인 예가 된다. 중심 내용만 전달
하기 위해서라면 A′의 부분을 제외시켜도 의미의 연결이 가능하다.

B는 A+A′가 되면 머슴의 재주를 잘 파악하겠다는 의미를 지닌다. B는
의미를 마무리 짓는 부분이 되며 한정모티프가 된다. A+B가 되어도 이 소
단락의 의미 구조는 거의 파악된다. 이를 보아 가사는 확장된 문체로 되어
있는 것이다.

다음에는 화자가 현재에 중점을 두고 현실의 배경을 이야기하고 있는
단락을 살펴보자. 먼저, 가사의 본문을 인용해 보겠다.

너희도	머글일을	분별을	흐려므나
명석의	벼롤넌들	됴흔히	그름씨여
볏뉘을	언지보랴		
방하을	못찌거든	거츠나	거츤오려
옥곹톤	백미될줄	뉘아라	오리스니
너희니	드리고	새스리	사쟈ᄒ니
엇그저	왓던도적	아니멀리	갓다ᄒ디
너희니	귀눈업서	져런줄	모르관디
화살을	전혀언고	옷밥만	닷토는가
너희니	다리고	딥는가	주리눈가
죽조반粥早飯	아춤저녁	더ᄒ다	먹엿거든
은혜란	싱각아녀	제일만	흐려ᄒ니

이 단락은 화자가 현실에서 경험한 것을 청자인 머슴에게 직접적으로 표출하고 있다. 이 단락에서 서술하고 전달하는 사실은 현재에 중점을 두고 현실의 사회배경과 시대배경을 사실적으로 나타내고 있다. 화자가 경험한 사실을 작품에 표현하여 그 현실의 잘못을 현재 머슴의 먹을 일만을 분별하고 있는데서 찾고 있다. 화자는 현실의 불합리한 점을 개선하고자 하고 있다.

이러한 관점은 모두 화자의 관점에서 논의되고 있으며 청자의 입장을 나타내는 것은 하나도 없다. 즉, 각각의 모티프는 모두가 객관적일 수 있으나, 표현을 통해서 나타나는 사실은 주관화되어 있다. 화자는 자신의 입장을 대변해 줄 수 있는 현실을 서술하여 합리화하고 있는 반면 현실의 모든 잘못된 점을 머슴의 잘못으로 처리하고 있다.

이 단락도 앞의 단락과 같이 분석될 수 있다. 이 단락의 모티프를 순서대로 정리하여 제시하면 다음과 같다.

A   고공들아 먹을 일을 분별해라.

         a_1 해에 구름이 끼어 벼가 마르지 않은
         a_2 방아를 못찌어니 백미가 되지 않음
A′ a_3 새로운 살림살이를 하고자 함
         a_4 어제의 도적이 가까이 있음
         a_5 고공은 화살을 두고 옷밥을 다툼
         a_6 아침, 저녁에 밥을 먹였다.

B   고공은 자기의 일만 하려함

A는 이야기를 유도해 내는 주제와 연관성이 강한 한정모티프로 머슴에게 타이르는 의미를 지니고 있다. 화자는 사회의 상황이 전쟁으로 어렵고

고공인 머슴들이 자신의 일을 잘하지 못하므로 이 나라가 어려운 상황에 빠졌다는 것이다. 하지만 화자인 자신은 주인으로서 나라의 부국강병을 위해서 열심히 노력하고 있다고 설명하고 있다.

A′에서 a₁은 간신들이 주인의 판단력을 어렵게 하므로 주인이 올바로 세상을 살피지 못함을 표현하고 있다. 간신들은 충신들이 왕을 만나서 올바른 의사전달을 하면 자신들의 잘못이 드러남으로써 피해를 입을까봐 충신들을 견제하며 왕의 곁을 독차지하게 되었다. 충신들은 임금과의 언로가 차단되어 있었다. 결국 농사일로 이러한 일을 비유하여 벼가 해를 보지 못하므로 정산적인 발육을 하지 못한다고 화자는 토로하고 있다.

비유적인 표현으로 '해'는 임금님의 판단력이 되고, '구름'은 간신들이 아첨하는 아름다운 말과 부드러운 얼굴이 되며, '벼의 성장'은 국정의 발전과 성장함을 의미하고 있다.

a₂에서는 국정이 원활히 잘되지 않음을 나타내고 있으며, 벼라는 재료가 있어도 쌀로 가공해서 먹지 못함을 나타낸다. '방아'는 벼를 찧어서 쌀로 만드는 것인데, 이 일을 하지 못하므로 '올벼'가 쌀이 되지 않는다. 그래서 화자는 '방아를 찧지 않고 벼를 쌀로 만들 방법을 누가 알겠느냐?'고 역설적으로 묻고 있는 것이다. a₃에서는 화자가 이러한 환경을 물리치고 새로운 살림살이를 하여 국가를 발전시키고자 한다. 이처럼 화자인 왕의 노력은 국정을 잘 수행하여 국가를 안정시키는 데 목적이 있다.

A′에서 a₃와 a₆를 보면 위의 논리는 그대로 적중된다. a₃와 a₆는 화자인 임금이 새로운 살림살이를 하고자 노력하고 있다는 점과 나라의 형편이 어려워도 머슴을 잘 대우해 주었다고 점을 강조하고 있다.

다음으로 a₄는 도적이 아직까지 가까이 있어 국가가 위험함을 나타내고 있다. a₅에서는 머슴들이 이런 위급한 상황을 잘 살펴보지 않고 있으며 도적에 대항하여 싸우기보다는 옷과 밥을 다투고 있다고 한다. 여기서 '옷'은 관직에 비유되고, '밥'은 재산을 비유하고 있다. 도적은 왜적을 의미하고 있다. 아직도 왜적이 멀리 가지 않고 있는데, 나라의 관리들은 자신의 관직과 재산을 서로 다투고 있다. 왕은 머슴인 관리들의 대우를 잘해 주었다고 주장하고 있다. 하지만 화자인 임금이 어떻게 잘해 주었는지 구체적으로 표현하지 못하고 있으며, 머슴의 잘못을 관념적으로 표현하여 나라가 위태로움을 머슴의 잘못으로 쉽게 결론지우고 있다.

B의 모티프는 이 단락을 마무리하는 부분으로 머슴들이 왕의 은혜를 생각하지 않고 자기 자신의 사리사욕만을 위해 일을 하고 있다며 질책하는 한정모티프라 할 수 있다.

A'는 A의 구체적인 예를 말하고 있는 자유모티프라 할 수 있으며, A와 B는 주제를 설명하고 제시하는 한정모티프라 할 수 있다. A'는 이야기를 더욱 구체화시켜 담론을 풍부하게 해주고 있으나, 작품의 구조상 몇 가지를 생략해도 주제를 전달하는 측면에서는 별다른 의미를 가지지 못하여 몇 가지를 줄여도 무방하다고 할 수 있다. 하지만 A와 B의 한정모티프는 사정이 다르다고 할 수 있다. 그들 모티프는 작품의 주제에 영향을 미치므로 생략하기 어려운 것이다.

여기까지가 제3단락으로 본사의 주요한 내용이다. 제3단락은 미래의 머슴이 가져야 할 마음가짐과 현재 머슴의 무책임한 상황을 비교하며 서술하여 비판과 경계를 함께 노래하고 있다.

제2단락과 제3단락은 합쳐서 본사가 된다. 제2단락과 제3단락을 연결시켜 주고 있는 모티프는 '김가이가金哥李哥 고공들아 신므욤 먹어슬라'이다. 이 한정모티프는 제2단락과 제3단락의 관계를 더욱 면밀하게 하여 어느 단락에 포함시켜도 의미가 통하도록 되어 있다.

고공들이 새 마음을 먹는 대상으로는 과거의 머슴을 닮아야 할 모범으로 설정하고 있다. 제2단락에서 화자는 과거의 머슴을 긍정적으로 묘사하여 머슴의 표본으로 삼고 있으며, 현재의 머슴은 부정적인 면으로 묘사되고 있으니, 과거의 머슴처럼 되기 위해서 열심히 노력하여 자신의 희생하는 모습을 보여 달라고 하고 있다. 제3단락에서 화자는 미래의 머슴이 가져야 할 도리를 주장하고 있다. 미래의 머슴은 사리사욕을 계산하지 않고 왕의 은혜를 생각하면서 국가발전을 위해서 노력해야 될 그런 모습이라 할 수 있다.

그러므로 '김가이가金哥李哥 고공들아 시므읍 먹어슬라'의 모티프는 새로운 주제를 강조하는 표제문장이 되는 내용이다. 이 모티프는 본사를 이루는 제2단락과 제3단락의 연결을 긴밀하게 하고 원만하게 하는 한정모티프로 주제를 선명하게 해주는 슬로건인 표제문장이라 할 수 있다.

이 작품의 본사인 제2단락의 시작부분을 살펴보면, '처음의 흐어버이 사롬스리 흐려 흘지 / 인심을 만히 쓰니 사롬이 절로 모여'를 주목할 수 있다. 이 부분에서는 과거의 할아버지 살림살이가 할아버지의 노력하는 모습처럼 고공들도 열심히 노력하여 잘 살고 있다는 것을 표현하고 있다. 하지만 본사의 마지막 부분에서는 '죽조반 아춤저녁 더흐다 먹엿거든 / 은혜란 싱각아녀 제일만 흐려흐니'로 마무리하고 있다. 화자인 임금 자신은 열심히 노력하여 머슴들에게 잘해 주었는데, 머슴들은 국가를 위해 열심히 노력하지 않고 사리사욕에만 힘쓰고 있음을 나타내고 있다. 여기서 화자는 옛날의 왕이 노력하는 것처럼 현재의 왕은 노력하고 있으나, 머슴의 경우는 과거와 현재의 상태가 서로 다르게 행동하고 있다며 불만을 토로하고 있다. 과거의 고공은 부지런히 일을 하고 근검하였으나, 현재의 고공은 서로 다투고 시기하고 옷과 밥을 구별하는 것에만 마음을 두고 있어 화자가 비판하고 있다.

결국 본사의 한정모티프들은 처음과 끝 그리고 중간 부분에 위치하여 서로 긴밀한 관계를 이루며 작품을 유기적으로 연결하고 있다.

마지막으로 결사부분을 살펴보자. 이 부분은 작품을 마무리하는 부분으로 화자의 희망과 체념이 담겨져 있다. 이 작품의 결사를 인용하여 살펴보자.

혬혜는	새들이리	어느저	어더이서
집일을	맛치고	시름을	니즈려뇨
너희일	인드라ᄒᆞ면서	숫한ᄉᆞ리	다쏘래라

이 단락의 4형식은 널리 알려진 바와 같이 평시조의 형식과 완전히 일치한다. 각 행은 4음보이고, 마지막 행의 음수율은 3·6·4·4로서 평시조의 일반적인 형식을 갖추고 있다.

이 단락은 화자의 독백으로, 본사에서 표현된 화자의 감정을 더욱 안타깝게 몰아가고 있으며, 화자가 원하는 바가 이루어지지 않음을 독자에게 역설적으로 강조하고 있다. 여기서는 문제의 해결을 적극적으로 주장하고 수행하기 보다는 화자는 체념적이고 소극적 방법으로 마무리한다. 현실의 잘못은 모두가 머슴에게 있으므로 머슴이 빨리 제 임무를 다하라고 강조하고 있다. 결국, 결사는 빨리 집일을 마치고 시름을 잊으려고 하는 것과 화자 자신이 지닌 능력의 한계를 보여준다.

지금까지 「고공가」를 서사, 본사, 결사로 나누어 살펴보았다. 그러면, 이 가사의 각 단락 의미를 살펴보자. 그 의미를 순서대로 연결하면 다음과 같다. 이 의미단락의 주제는 지금까지 작품의 구조분석을 통하여 한정모티프의 분석과 그 연결을 중심으로 얻어진 것이다.

제1단락 : 상식적인 행위에 벗어난 머슴에게 우리 집의 소식을 말하겠다.
제2단락 : 과거의 머슴은 근검하여 살림이 잘 되었으나, 요즈음은 시절이 사납고 머슴이 서로 질투하고 시기하니 먹을 것이 없으므로, 머슴은 한 마음과 한 뜻으로 일을 해야겠다.
제3단락 : 고공들이 열심히 일을 하고 계산을 하지 않으면 미래에는 너희들의 제주를 짐작하여 공평하게 처리하겠으나, 아직도 고공들은 먹을 일을 분별만하고 자신의 사리사욕을 채우는 일을 하고 있다.
제4단락 : 생각하는 머슴을 얻어 집일을 마치고 시름을 잊고자 하면서 새끼를 꼬고 있다.

이와 같이 「고공가」는 서사인 제1단락과 본사인 제2-3단락 그리고 결사인 제4단락 등으로 나누어진다. 각 단락의 서사구조는 화자가 문제를 제기하고 그 해결의 시도를 위해 노력하지만 사회의 방해세력으로 인해 좌절하고 체념을 하는 순서로 이어지고 있다.

서사는 자기 집의 옷과 밥을 두고 빌어서 먹는 머슴을 한탄하면서 우리 집의 내력을 설명하고 있는 문제를 제기하는 부분이다. 제2-3 단락은 본사로 이 작품의 중심이 되는 요소이다. 본사의 진행을 시간적인 측면에서 살펴보면 과거 – 현재, 미래 – 현재로 구성되어 있다. 제2단락은 과거의 머슴을 근면하고 성실하게 표현하여 현재의 불성실하고 무책임한 머슴을 비교하여 현실의 어려움을 머슴의 체질개선을 통해 극복하고자 한다. 제3단락은 미래의 머슴들이 가져야 할 도리와 의무를 다하면 화자인 왕이 잘 판단하여 상을 주겠다고 하고 있다. 하지만 현재의 머슴들이 아직도 자신들의 사리사욕에 치우쳐서 왕의 은혜를 생각하고 있지 않음을 화자는 한탄하고 있다.

이 작품에서 시간의 순서대로 전개한 머슴의 의미는 과거와 미래의 머슴은 긍정적인 면으로 처리하고 현재의 머슴은 부정적으로 기술하고 있다. 머슴에 대한 이와 같은 판단은 화자인 왕의 입장에서 해석한 내용으로 관념적인 인식에 바탕을 두고 있는 것이다. 화자인 왕의 잘못은 철저하게 배격하고 집안의 살림이 잘못된 일은 머슴 즉 관리의 잘못으로 돌리고 있다. 본사에서는 현재의 어려운 상황을 해결하기 위해 미래와 과거의 머슴을 설정하여 문제의 해결을 시도해 보지만, 현재의 머슴들이 불성실하고 무책임해서 좌절하는 화자의 모습을 표현하고 있는 것이다.

다음으로 결사에서는 생각이 깊고 사리가 분명한 머슴을 언제 얻어 집안일을 마치고 근심을 잊겠느냐며, 화자가 새끼를 꼬고 있는 모습을 보여준다. 이 단락은 해결의 단락이지만 적극적인 해결의 방안을 제시하지 못하고 체념적이고도 소극적인 해결 방안을 제시하고 있다. 이는 마지막 구절 '너희일 잇두라ᄒ며셔 숫호ᄉ리 다ᄭ오래라'에서 알 수 있다. 여기서 화자는 미래에 머슴들이 근면하면 현재의 문제를 해결할 수 있다는 체념적인 희망을 표현하고 있다.

2.2. 「고공답주인가」의 작품구조

「고공답주인가」는 「고공가」가 세상에 널리 유행하자 이에 답가로 지은 것인데, 한 나라를 다스리는 이치를 주종관계에 비유하여 지은 것이다. 이 작품의 작가는 이원익(1547~1634)이며, 그 내용은 임진왜란 직후에 국사를 등한히 하고 분당싸움에 골몰하고 있는 관료들과 나라 안의 어수선한 모습을 비판하고 경계하는 것이다.[9] 이원익은 선조 2년에 별시 문과에 급제하여 중요한 요직을 두루 거쳐 선조, 광해군, 인조 때에 세 번이나 영의정을 역임했고, 거문고를 즐겼으니 문학뿐만 아니라 음악에도 조예가 깊었다.[10] 그는 선조실록에 나타나 있는 내용으로 미루어 보아 그의 충정은 왕의 신망을 두텁게 했다. 그는 왕의 입장을 대변하여 신하를 비판하는 <고공가>가 조정에 유행하여 널리 퍼지자, 영의정으로서 왕의 입장을 고려하면서 앞의 노래에 답가의 형식으로 <고공답주인가>를 지어 자신의 견해를 표명했다.

작가는 전란 후 황폐한 이 나라에서 국사는 돌보지 않고 당쟁만 일삼는 군신들의 상황을 개탄하고, 국가의 운명을 걱정하면서 군왕에게는 솔선수범을 간청하는 내용을 작품에 서술하고 있다.

여기서는 작품을 서사, 본사, 결사로 나누고, 모티프의 연속과 작품의 구조를 순서대로 살펴보기로 한다.

---

9)『지봉유설』에는 '俗傳雇工歌爲先王御製, 盛行於世, 李完平元翼, 又作雇工答主人歌, 然 余聞非御製乃許墺所作, 而時俗誤傳云, 許墺以進士登武科者'라고 하고 있다. 『잡가雜歌』에는 '此其時, 相國李公元翼所述, 盖難朋黨之不息, 對上篇之化, 論愛君憂國之, 誠願於句語之表, 此所謂亦足以發也'라고 하고 있다.

10)『오리선생문집梧里先生文集』부록 권1, 참조.

먼저 이 작품의 서두 부분인 서사에서는 이 작품을 서술하게 된 이유와 그 원인을 설명하고 있다. 이 작품의 서사를 인용하면 다음과 같다.

어와	져양반아	도라안자	내말듯소
엇지훈	져믄 소니	혬업시	단니손다
마누라	말솜을	아니드러	보느손다

이 단락은 작품 속에 설정된 화자인 상머슴이 자기와 같은 계열의 머슴과 아래 머슴에게 '마누라 말솜'을 들어보자고 한다. '마누라 말솜'은 「고공가」를 총칭하는 의미로 해석할 수 있다. 「고공가」에서 나라의 상태가 위급하게 된 것은 왕의 잘못보다는 신하의 잘못이 많다고 표현하고 있다. 여기서는 사실이 그러한 것인지 신하의 입장에서 살펴보자는 내용이다. 이와 같은 긴장을 유발하는 이 단락은 앞으로 작품에 전개될 내용과 그 상황을 암시하고 있다. 화자는 서사에서 머슴들이 생각 없고 관심 없게 행동한다는 마누라 이야기인 「고공가」를 들어 보라고 설명하고 있다. 이 작품의 서두에서 예시하는 내용은 「고공가」와는 상반된 왕과 신하의 관계를 말하겠다고 하는 상징적인 의미를 내포하고 있는 것이다.

서두 단락은 작품의 전체를 이끌어나가는 도입이라는 의미를 지니고 있다. 이 단락의 모티프에서 화자는 자신의 입장을 표현하고 있으며 단락의 주제를 제시하고 있다. 이러한 모티프의 유형은 작품의 주제를 암시하고 설명하는 한정모티프라고 할 수 있다.

다음은 화자 자신의 입장과 현실에 대한 태도를 표현하고 있는 본사의 처음 단락을 살펴보자.

나는	일얼만뎡	외방外方의	늙은툐이
공밧치고	도라갈지	흐는일	다보앗니
우리딕	새간이야	네붓더	이러튼가

이 단락은 작품을 서술하고 있는 화자의 입장을 대변해주고 있다. 이 단락의 '흐는일 다보앗너'라는 부분은 자신이 지금까지 관찰하고 경험했던 것을 모두 말하겠다고 하는 의지의 표현이다.

이 단락은 본사의 도입이라는 의미를 지닌다. 변방의 늙은 종이 공물을 바치고 돌아갈 때에 무엇인가 나쁜 일을 행했을 것이라는 의미가 숨겨져 있음을 추측할 수 있으며, 우리 집의 세간은 옛날부터 잘못되어 있지 않았음을 서술하고 있다. 「고공가」의 지은이는 국가의 잘못을 머슴 즉 신하에게 전가한 반면, 이 작품의 작가는 변방 장수의 잘못과 왕의 뉘우칠 점도 함께 가르쳐주기 위해서 이러한 표현을 빌려왔다.

여기서 「고공답주인가」의 화자는 작품 속에서 자신의 입장을 확고하게 하고 세상사의 모든 일을 경험한 원숙한 해결사로 나타나고 있다. 이러한 작가의 시각은 본사의 서두 단락에서 중요한 내용과 그 모티프를 제시하고 있어 작품의 본론이 전개해야 할 내용을 편리하게 선택하도록 한다. 이러한 모티프는 한정모티프로 이야기의 전개보다는 주제를 부각시키는 일에 많은 도움을 준다.

다음에는 농사짓는 백성의 모습을 표현하고 있는 단락을 살펴보자.

전민田民이	만탄말리	일국一國에	소리나데
먹고입는	드난종이	백여구百餘口	나마시니
므슴일	흐노라	더밧츨	무겨눈고
농장農莊이	업다흐눈가	흐미연장	못갓던가
날마다	무슴흐려	밥먹고	단기면서
열나모	정자亭子아래	낮줌만	자눈손다

이 단락은 작중의 화자가 관찰한 것을 서술하고 있다. 백성들이 농사를 짓지 아니하고, 논과 밭을 묵혀두고 밥 먹고 다니면서 나무 아래 낮잠을 자고 있다. 상식적인 농사꾼은 부지런히 농사를 지어야 하는데 여기에서는 상

반되는 측면을 보이고 있다. 이를 모티프 순서대로 정리하면 다음과 같다.

A 　　 한 나라에 농사짓는 사람이 많이 있다

　　　 a₁ 밭을 묵혀 두고 있다
　　　 a₂ 농장이 없다고 한다
A′ 　 a₃ 호미와 연장을 갖지 못했다고 한다
　　　 a₄ 밥 먹고 다니면서 낮잠만 잔다

A″ 　 자기의 할 일을 하지 않는 농민을 비판한다.

이 단락의 구조는 A는 A′하니 A″가 된다. A″는 작품에 나타내고 있지 않으나 A가 A′하니 A″가 될 것이고, A″는 A′의 큰 의미로 설정된다. 즉, 백성과 남은 종이 당연히 해야 하는 농사일을 하지 않으므로 나라가 평온하지 않다는 것을 서술하고 있다.

이 단락에서는 백성들의 모습을 나타내고 있는데, 백성들이 열심히 농사일을 하지 않음을 설명하고 있다. 이 소 단락은 A와 A″가 한정모티프이고, A′는 자유모티프가 된다. 그러나 A″가 작품의 표면에 나타나지 않고 A′의 배후에 가려져 있음을 주목하여야 한다. A″는 작품에는 설명하고 있지 않으나 작가가 주장하는 내용을 유추한 것이라 할 수 있다.

다음으로 관직에 있는 신하의 모습 중에 내직에 있는 관리의 모습을 노래하고 있는 단락을 살펴보자.

아히들	타시런가		
우리덕	종의버릇	보거든	고이ᄒᆞ데
쇼먹이는	ᄋᆞ히드리	샹ᄆᆞ름을	능욕凌辱ᄒᆞ고
진지進止ᄒᆞᄂᆞᆫ	어린손녀	한계대를	긔롱ᄒᆞ다
ᄈᆡᄈᆡ흠	제급못고	에에로	제일ᄒᆞ니

훈집의	수한일을	뉘라셔	심뻐홀고
곡식고穀食庫	븨엿거든	고직庫直인들	어이ᄒᆞ며
세간이	흐더지니	될자인들	어이ᄒᆞ며
내왼줄	내몰라도	님왼줄	모롤넌가
풀치니니	미치나니	할니니	돕거니
흐로	열두쩌	어수선	핀거이고

이 단락은 현재의 종의 모습을 사실적으로 묘사하고 있다. '우리 딕'이라는 말은 여기 내직에 있는 관리의 의미를 지닌 것으로 보인다. 이 단락은 내직에 있는 관리들의 부정부패의 모습을 묘사하고 있다. 일반적으로 종은 말을 잘 듣고 상전에게 봉사를 해야 한다. 신하들은 임금의 말을 잘 듣고 상관의 말을 잘 들어야 한다. 조선시대의 관리들은 가정에서 부녀자가 남편에게 시중하는 봉사와 정절을 왕에게 실행해야 했다. 현실의 관리들이 그러하지 못한 점을 화자는 관찰자의 입장에서 사실적으로 그려 놓고 있다. 이 단락에서는 직접 정치에 참여하고 있는 후배 관료들의 무책임함을 나열하여 경계를 삼고 있다.

이 단락도 의미를 유도해 내는 부분과, 계속 작은 의미를 나열하는 부분 그리고 의미를 마무리하는 부분으로 나누어진다.

A   우리 집 종의 버릇이 고약하다

      a_1 아이들의 우두머리 머슴을 욕함
      a_2 어린 객이 큰 양반을 희롱함
A′ a_3 물건을 빼내어 모으고 자기 일만 함
      a_4 한 집의 많은 일을 아무도 하지 않음
      a_5 창고가 비었으니 지키는 사람은 할 일이 없음
      a_6 세간이 흩어지니 질그릇에 담을 것이 없음
      a_7 자기 잘못은 모르고 남의 잘못을 암

a_8 서로가 참소하고 헐뜯고 있음

B   하루도 열두 때 어수선하다

A의 모티프는 우리 집 종의 버릇이 나쁨을 이야기하고 있으며, 젊은 관리들이 자신의 표준이 되는 관료들의 관점이 없으므로 자연히 일을 열심히 할 수 없는 상황을 배후에 깔고 있다. 화자는 백성의 잘못을 이야기하는 단락보다는 내직에 있는 관리의 잘못이 더욱 크다고 주장하고 있다. 암시적으로는 외직에 있는 관리는 지금 이야기하고 있는 내직의 관리보다 나라가 위급함에 처하게 된 것을 더욱 크게 책임감을 느껴야 된다고 주장하고 있는 것이다. A는 모티프를 자유모티프와 한정모티프로 나누었을 때 한정모티프에 속하며 주제와 관련한 이야기를 유도해내는 역할을 한다.

A′는 A의 관점을 더욱 구체화시키고 있으며, 작품 속의 화자는 종들의 모습을 자신의 관찰에 의해서 사실적으로 표현하고 있다. 이러한 모티프의 나열은 고약한 종의 버릇을 $a_1 \sim a_8$의 8가지로 구체화시키는 역할을 하여 자유모티프라고 정의할 수 있다.

B는 A+A′가 합하게 되니, 자연적으로 집안이 하루도 편안하게 지내지 못하고 있음을 나타내고 있다. A′의 모티프들은 자유모티프로서 주제를 뚜렷하게 드러내기 보다는 주로 이야기의 흥미로움에 중점이 주어져 있으며, 한정모티프인 A와 B의 주제를 더욱 부각시켜 주는 데 많은 도움을 주며 이야기를 풍부하게 하는 역할을 수행하고 있다.

결국 이 단락은 내직에 있는 종의 버릇이 고약하여 우리 집이 하루도 열두 번씩 어수선하다는 것을 표현하고 있다.

다음으로 외직에 있는 관리들의 잘못으로 인해 어수선해진 나라의 모습을 표현하고 있는 부분을 살펴보자.

밧별감	만하이스	외방사음外方숨音	도달화都達化도
제소임	다바리고	몸쓰릴	뿐이로다
비시여	셔근집을	뉘라셔	곳쳐쏠고
옷버서	문허진담	뉘라셔	곳쳐쏠고
불한당	구모도적	아니멀니	단이거든
화살촌	수하상직誰何上直	뉘라서	심써홀고

이 단락은 외방에 있는 관리의 잘못으로 인해 가까이에 있는 적을 힘써 막을 사람이 없음을 말하고 있다. '밧별감'은 '외방의 늙은 툐이'로 해석되는데 이는 본사의 첫 부분과 관련이 많다. 외직에 있는 늙은 종이 자신의 할 일은 열심히 수행하지 않고, 조정에 있는 임금에게 공물을 바치며 자신의 벼슬을 계속해서 유지해가는 사람이 많다는 것이다. 그러므로 바깥 마름과 달화주達化主도 자신의 업무인 외방의 관리를 감시하고 경계하도록 하는 것을 버리고 자신의 몸을 도사리고 있음을 표현하고 있다. 그래서 화자는 불한당 왜구가 가까이 다녀도 화살을 차고 변방을 지킬 군사가 없다고 한탄하고 있다.

이 단락은 외방 관리들의 나태한 모습을 나타내고 있는데, 처음의 이야기를 유도해 내는 부분과 그 뜻을 이어가는 부분으로 나누어진다. 이를 정리하여 제시하면 다음과 같다.

A 외방의 관리들이 자신의 일을 하지 않는 이가 많음

    a_1 관리들이 자신의 맡은 바를 다 버리고 몸을 조심함

A´ a_2 비새는 집을 누가 고치겠느냐?

    a_3 무너진 담을 누가 쌓으며?

    a_4 불한당 도적이 가까이 다니거든

    a_5 화살을 차고 숙직을 누가 하겠느냐?

이 단락은 외방 관리의 잘못으로 나라에 문제가 생긴 점을 서술하고 있다. 여기의 모티프는 지금까지 살펴 본 것과 다른 양상을 나타내고 있다. a_1 모티프는 보통 이야기를 흥미 있게 하는 화소로서 자유모티프의 역할을 수행했으나, 여기서 a_1은 주제의 의미를 부각시켜주는 한정모티프라 할 수 있다. $a_2 \sim a_5$의 모티프가 먼저 나오고 다음에 a_1의 모티프가 나오는 것이 보통 가사의 모티프 순서의 배열이다. 여기서는 모티프의 순서가 역전이 되어 있다. 이를 바로 잡아 순서대로 배열하면 다음과 같다.

A   외방의 관리들이 자신의 일을 하지 않는 이가 많다.

           a_2 비 새는 집을 누가 고치겠느냐
A′ a_3 무너진 담을 누가 쌓으며?
           a_4 불한당 도적이 가까이 다니거든
           a_5 화살을 차고 숙직을 누가 하겠느냐?

B(a_1)   관리들이 자신의 맡은 바를 버리고 몸조심을 하고 있다.

결국 A와 B(a_1)는 한정모티프가 되어, 외방 관리의 잘못으로 인해서 모든 관리가 자신의 책임을 회피하고 몸조심을 하고 정의를 외면하고 있다는 것을 표현하고 있다. A′는 자유모티프로 이야기의 소재를 풍부하게 해 주고 있으며, 비슷한 소재의 이야기를 몇 개 더 넣거나 확장하여도 작품의 질서에 크게 손상을 주지 않는다. A는 큰 의미의 모티프를 나타내고 A′는 작은 의미의 모티프를 나타낸다. 이 단락은 외방 관리의 잘못으로 인해 나라의 전 관리와 백성들 모두가 자기 책임을 외면하고 있음을 나타내고 있다.
다음으로 왕의 근심스런 얼굴과 우리 집의 상황이 이렇게 된 것을 왕의 탓이라고 주장하고 있는 단락을 살펴보자.

큰나큰	기운집의	마누라	혼ᄌ안자
긔걸을	뉘드르며	논의論議을	눌라홀고
낫시름	밤근심	혼자맛다	계시니니
옷ᄀᆺ튼	얼굴니	편ᄒ실적	면날이니
이집	이리되기	뉘타시라	홀셔이고
헴업는	종의일은	뭇도아니	ᄒ려니와
도로혀	혜여ᄒ니	마누라	타시로다

이 단락은 나라가 기울어진 이유를 왕의 잘못이라고 판단하는 내용을 서술하고 있다. 왕인 마누라가 외방의 늙은 종이 보내는 공물을 받아 벼슬을 팔아 치우는 부정과 부패를 저지르니 국가에 일을 열심히 해서 정정당당한 국가를 만들려고 노력하는 관리가 없음을 비판하고 있다. 이 단락은 이야기를 계속해서 이어나가는 자유모티프와 주제를 상기시키며 이야기를 마무리시키는 한정모티프로 나누어 살펴볼 수 있다.

A   큰 집에 마누라가 혼자 앉아 있다.

        a₁ 명령과 논의를 누구와 할 것인가

        a₂ 낮과 밤에 근심을 혼자하고 있음

A′   a₃ 옥 같은 얼굴이 편할 적이 없다

        a₄ 이 집이 이리 되기 누구의 탓인가

        a₅ 생각 없는 종의 죄는 묻지도 아니하고 싶다

B   다시 생각해 보니 마누라의 잘못이다

이 단락은 외로운 왕의 모습을 표현하고 있다. 왕은 혼자서 고생을 하고 있는데 도와주는 머슴인 신하가 아무도 없다. 왕의 이러한 고민은 종인 신하의 죄가 많이 있지만, 화자는 왕의 무능과 부패에서 연유하여 외로운 것이므로 마누라인 왕의 잘못이 크다고 주장한다.

A+A′는 왕이 외롭게 된 연유에 대해서 묻고 있는 모티프이며, B는 국가의 부정과 부패가 바로 마누라인 왕 자신에게 있다고 설명하는 모티프이다. A′는 자유모티프로 왕 혼자서 고생하게 된 왕의 모습을 직접, 혹은 간접으로 묘사하고 있다. 화자는 여기서 종의 죄가 있지만 그것은 생각이 부족해서 그렇다고 제쳐두고, 왕 자신의 잘못으로 나라가 이지경이 되었다고 한다. 결국 각각의 모티프를 점층적 구조로 연결하며 점차 왕인 마누라의 잘못된 정책과 무능으로 나라가 피폐해졌다고 서술하고 있다. 본사의 전체 내용 중, 지금까지 논술한 부분의 내용을 요약해서 전개하면, 나라가 이지경이 된 데에는 백성의 잘못보다는 내직에 있는 신하의 잘못이 크고, 내직에 있는 신하의 잘못보다는 외직에 있는 신하의 잘못이 더 크며, 외직에 있는 신하의 잘못보다는 마누라인 왕의 잘못이 더욱 크다는 사실 표현을 구조적으로 정리할 수 있다. 이러한 화자의 판단은 이론에 근거하여 상당히 합리성이 있는 주장이다. 나라의 정세와 문제점을 면밀하게 관찰하고 조사한 연후에 얻어질 수 있는 결론이다.

결국 이 단락은 왕이 정확하게 판단을 하지 않아 나라가 어렵게 되었다고 주장하는 내용을 주제로 하고 있다. A′는 자유모티프라서 이야기의 흥미와 재미를 덧보태어주는 역할을 하며, A와 B는 한정모티프라서 주제를 한정하거나 설명하는 역할을 한다.

다음으로 본사의 끝을 장식하는 모티프로 첫 모티프와 비교되는 부분을 살펴보기로 한다.

<blockquote>
느항것　　외다ᄒ기　　종의죄　　만컨마ᄂᆞᆫ
그러타　　뉘를보려　　민망ᄒᆞ야　　숩ᄂᆞ이다
</blockquote>

이 단락은 바로 앞의 단락에서 주인인 왕의 잘못이 많아 나라가 잘못되었다고 서술한 것에 대해 부연 설명하고 있다. 본사의 첫 부분에서는 화자

를 앞서 노래한 「고공가」의 정세파악을 변화시킬 만한 능력을 가진 사람으로 설정하여 내용을 전개시키고, 본사의 끝 부분에서는 화자로 하여금 지금까지 노래에서 표출한 문제들을 해결할 새로운 방안을 제시하고 있다. 화자는 내 주인의 잘못을 말하려 하니 종의 죄가 중하지만 주인이 문제의 해결을 적극적으로 해야 한다며 주인의 책임을 강조하고 있다. 이러한 모티프는 한정모티프로 주제를 직접적으로 설명하고 드러내는 모티프이다. 이 모티프는 이 작품의 마무리인 결사로 넘어가는 징검다리의 구실을 한다.

지금까지 「고공답주인가」의 본사 부분을 살펴보았다. 본사는 작자 자신이 관찰하고 경험한 것을 객관적으로 서술하고자 하지만 자기의 관점으로 체험한 사실적인 경험인 것이다. 더욱이 그러한 경험은 왕의 모습을 표현하고 있는 단락에서 잘 나타난다. 우리 집의 형편이 어려움을 왕에게 많이 전가시키고 있는데, 이러한 내용은 자신의 합리화이고 현실의 회피일 수 있다.

이 작품은 현실의 고발을 위해 창작된 문학이지만 정확한 현실의 문제를 진단하고 해결하기보다는 관념적인 현실인식으로 나아고 있어 정확하게 현실문제를 진단하고 해결하는 데는 부족함이 있다. 작품에 등장한 현실문제의 심각함은 작자가 직접 또는 간접으로 경험한 것들이다. 작품 속의 화자는 물론 작자의 입장과 비슷하지만, 개인의 경험을 직접적으로 서술해 놓고 그것을 작중의 청자인 임금에게 신하의 잘못보다 임금의 잘못이 많다고 주장한다.

결국 본사의 구조는 화자의 현실문제 제기, 백성의 무책임감, 내직에 있는 신하의 책임회피, 외직에 있는 신하의 무책임, 임금의 걱정스런 모습 그리고 작중 화자의 문제 해결 제시 등의 순서로 전개하며 주제를 구현하고 있다.

다음은 이 작품의 결사부분을 살펴보자.

숫쓰기   마른시고   내말슴   드로쇼셔

집일을	곳치거든	종들을	휘오시고
종들을	휘오거든	상벌賞罰을	볼키시고
상벌賞罰을	발키거든	어른종을	미드쇼셔
진실로	이리 ᄒ시면	가도家道절노	닐니이다

이 단락은 화자가 자신의 처방대로 나라를 다스리면 나라의 모든 문제가 해결될 것이라고 한다. 이는 적극적인 해결의 방향을 제시하고 있는 것으로 「고공가」의 소극적인 해결의 방법과는 다르다. 이 모티프는 작품의 주제를 설명하고 예시하는 내용으로 한정모티프라 할 수 있다. 결국 결사에서 화자는 어른 종인 자신의 말을 잘 들어 종들의 상벌을 가리고, 어른 종을 믿으면 가정의 질서가 저절로 일어난다고 설명하고 있다.

지금까지 「고공답주인가」를 서사, 본사, 결사로 나누어 살펴보았다. 이 가사의 각 단락의 의미를 순서대로 연결하면 아래와 같다. 각 단락의 내용은 작품의 구조를 분석하여 한정모티프의 연결을 중심으로 찾아낸 것이다.

서사 : 마누라의 말씀이 나라의 잘못은 머슴에게 있다고 하는데, 사실이
그러한지 머슴들아 생각해보자.
본사 : 우리 집이 어수선하게 된 동기를 살펴보니, 백성들의 태만함, 신
하들의 무책임함, 왕의 정확한 판단력 부족 등에 있으므로 이 문
제를 해결해야 한다.
결사 : 어른 종을 믿고 왕이 정치를 잘하면 나라가 흥할 것이라고 한다.

이와 같은 「고공답주인가」를 서사, 본사, 결사로 나누었을 때, 서사에서는 작품을 창작하게 된 동기를 설명하고 있으며, 본사에는 현실정치 문제의 심각성과 그 해결의 시도를 추구하고 있고, 결사에는 해결의 방향이 제시되어 있다.

서사는 작품을 창작하게 된 동기로 관료들이 진실하고 진정성이 있는

말을 잘 듣지 않고 있으므로 화자는 이를 한탄하면서 「고공가」에서 말한 이야기를 들어 보자고 주장한다. 「고공가」는 나라의 모든 잘못이 머슴의 잘못으로 인해 일어난다고 주장하는 임금의 주장을 대변하고 있다. 화자는 이러한 태도에 대해 비판하여 새로운 생각을 정립하고자 한다.

본사에서는 첫째, 작자 자신의 입장을 먼저 표명하고 있다. 이 단락에서는 예전에 우리 집과 현재의 우리 집의 사정이 다름을 설명하고 있다. 문제는 주로 외방의 늙은 종이 공물을 바치고 돌아갈 때에 마누라의 잘못으로 인해 많은 문제가 일어났음을 알 수 있다. 둘째, 백성의 잘못을 이야기하고 있다. 농민들이 일을 소홀하게 하면서 밭을 경작하고 있지 않음을 말한다. 이는 호미가 없어서도 아니고, 농장이 없어서도 아니다. 백성들의 무책임 때문이라며 화자는 백성을 원망하고 있다. 셋째는 내직에 있는 관리들의 잘못을 이야기하고 있다. 신하의 무능과 부패가 아이들의 탓이라 한탄하고, 머슴들이 바르지 못한 방법으로 물건을 빼돌리며, 또 온 종일 수선을 피우는 것을 한탄하고 있다. 나라에 닥친 어려움의 문제는 더욱 심각하게 전개된다.

넷째는 외직에 있는 관리의 부패를 설명한다. 외직의 관리가 왕에게 공물이나 바쳐 출세를 하려고 하니 나라 일이 더욱 어려워짐을 서술하고 있다. 다섯째는 지금까지의 모든 잘못된 나라 일이 임금의 책임이라고 주장하고 있다. 여섯째는 화자가 나라 일을 관찰자의 입장에서 살펴보고 문제를 해결하기 위해서 그 해결의 방안을 제시하고 있다. 이 단락은 본사의 마지막 부분이다. 결국 본사에서 화자는 국가의 위기문제를 제기하여, 문제점을 찾아내는 일을 설명하고, 문제해결의 시도를 자유모티프와 한정모티프로 교차하여 설명하고 있다.

결사는 집의 일을 고치려면, 종들의 상벌을 밝히고, 어른 종을 믿어야 가도가 흥할 것이라 한다. 즉, 왕이 체념적으로 새끼를 꼬고 있는 「고공가」의 해결 방법보다 적극적인 방법으로서의 문제해결을 제시하고 있다. 이처럼

「고공답주인가」에서는 「고공가」보다 자신감에 넘치는 문제의 해결 방법을 제시하면서 결말을 맺고 있다.

2.3. 작품구조와 서사문맥의 비교

두 작품은 임진왜란 이후의 작품으로 전란 후에 황폐해진 현실사회를 풍자하고 있다. 당시 일본의 침략은 조선의 사회 상황을 극도로 문란하게 만들었고, 전란 전부터 조금씩 해이해졌던 사대부의 지배체제에 적지 않은 변화를 가져오게 했다. 이러한 시대에 창작된 두 작품은 각각 풍자의 수법으로 현실을 사실적으로 비판하여 풍자하고 있다. 먼저 창작된 「고공가」는 왕과 신하를 '머슴'과 '주인'에 비유하여 머슴의 버릇없음을 비꼬면서 풍자하고 있는 반면, 이후에 창작된 「고공답주인가」는 비유된 대상은 같으나 머슴의 잘못 보다는 왕의 정책 수행이 올바르게 행해져야 한다는 것에 초점이 맞추어져 있다.

여기서는 두 작품의 구조를 간단하게 비교하여 살펴보자. 논의의 편의를 위해서 아래의 표를 참조하기로 한다.

서사—본사(과거 머슴의 행동—현재 머슴의 행동—미래
—머슴의 행동—현재 머슴의 행동)—결사

「고공가」

서사—본사(작중화자의 태도—백성의 태도—신하의 태도—외직 관
리의 태도—임금의 태도—작중화자의 태도)—결사

「고공답주인가」

이와 같이 비교의 편의를 위해 도표화한 작품의 구조를 살펴보면 다음과 같다. 먼저 이 두 작품은 서사, 본사, 결사로 이루어져 있다. 서사는 가

사의 형식적 특징으로 보아 본사에 들어가기 전에 도입이라는 의미를 지니고 있고, 본사는 작가의 사상과 감정 그리고 내용들을 구체적으로 서술하여 의미를 전개하면서 주제를 표출하고 있으며, 결사는 작품을 마무리하는 역할을 지니고 있다.

「고공가」는 주로 본사 부분을 시간적인 의미로 연결하여 과거의 머슴, 현재의 머슴 그리고 미래의 머슴을 표현하고 있으며, 「고공답주인가」는 본사 부분을 시간적인 서술이기 보다는 공간적인 면에서 작중 화자, 백성, 내외방의 신하 그리고 임금 등의 모습을 묘사하고 있다.

「고공가」에 나타난 시간의 의미는 과거와 미래는 긍정적인 의미로 평가를 하고 있으며, 현재는 부정적인 의미로 가치를 평가하고 있다. 이러한 화자의 태도는 현재의 어려운 실정을 과거와 미래에 의지해서 문제를 해결하려는 작가의 의도를 표출하고 있다. 여기서 논의된 시간은 순수한 시간 자체를 문제 삼은 것이 아니고, 인간이 의식할 수 있는 시간의 의미를 논의하는 것이다.

「고공답주인가」에 나타난 공간적인 의미를 살펴보자. 국가의 구성원인 백성, 관리, 임금의 모습을 표현하고 있는데, 이들 각 부분은 국가라는 큰 공간적인 의미와 결속된 공간의 또 다른 작은 공간으로 작용한다. 이 작품의 화자는 국가가 점점 나쁘게 되어가는 것을 백성의 잘못보다는 관리의 잘못으로 표현하고 있으며, 관리의 잘못보다는 더 큰 잘못이 임금의 판단 착오에 있다고 주장하고 있다.

이와 같이 두 작품은 서로 시간적인 의미와 공간적인 의미로 현상을 관찰하여 현실을 비판하고 더 좋은 미래의 국가사회를 지향하고 있다는 공통점을 지니고 있다.

3. 두 작품에 나타난 현실인식

현실인식이란 현실의 세계를 인식하고 있는 관점을 말하는 것으로 이성에 기초를 두고 현실을 파악하려는 관점인 것이다.

일반적으로 현실인식은 두 가지 관점으로 나누어진다. 하나는 개인의 의식이 초개인적이며 초감각적인 정신적 실제를 상징하는 근원적인 것이라 보고, 다른 물질적인 세계는 정신적 실제에 의해서 만들어지는 것이라고 생각하는 객관적 관념론이고, 또 다른 하나는 개인적인 의식인 감각, 경험 그리고 의지 등이 모든 것의 근원이라고 주장하는 주관적 관념론이다.

대체로 한국시가에 나타난 현실인식의 관점은 이런 두 가지 세계관을 바탕으로 하고 있다. 객관적 관념론은 현실의 세계를 있는 그대로 인식하지 않고 관습적인 유형을 통해서 추상적으로 인식하는 입장으로, 현실을 초경험적인 세계나 초감각적인 세계로 파악하고 있다. 주관적 관념론은 현실의 세계를 있는 그대로 구체적이고 직접적인 경험을 인정하는 입장으로 현실의 세계를 사실적으로 파악하는 태도이다.[11]

여기에서 논의하는 두 작품은 17세기 가사 작품으로 사실성과 비판의식을 함께 드러내고 있다.[12] 임진왜란 이후 17세기는 전쟁을 치르며 가치관의 혼란이 일어나 현실을 조금씩 구체적으로 파악하는 계기가 되었을 것이다. 가사의 현실인식을 분석하기 위해서는 의미의 기능파악으로 단락을 구분한 것에 많은 도움을 얻을 수 있다.

두 작품의 서사와 본사는 모두 자기 자신의 입장에서 관찰한 주관적인 관념을 서술하고 있다. 즉 「고공가」에는 머슴의 잘못된 점을 현실적으로 관찰하고 있으며, 왕의 잘못된 점은 거의 없는 것으로 묘사하고 있다. 또 「고공답주인가」에서는 신하와 백성의 잘못보다는 왕의 잘못에 대해서 중

---

11) 류해춘, 「16·17세기 사대부가사 연구」, 경북대(석사), 1985, p.68 재인용.
12) 김문기, 『서민가사연구』, 형설출판사, 1983, p.178, 참조.

점을 두고 사실적으로 서술하고 있다.

그러나 두 작품의 결사에서 우리는 현실인식의 차이점을 발견할 수 있다. 먼저 「고공가」의 결사 부분을 살펴보기로 한다.

혬혜논	새들이리	어니제	어더이셔
집일을	맛치고	시름을	니즈려뇨
너희일	이드라ᄒᆞ며셔	숫흔소리	다쏘내라

이 단락은 현실의 문제 해결을 위해 구체적이고 실질적인 결론을 유보하고 있다. 왕이 나라를 잘 통치하기 위해서는 소극적이고 체념적인 결론을 내리기보다는 새로운 정치체계를 수립하겠다는 의지를 보여야 하나 그렇지 못하다. 이는 현실의 세계를 초감각적이고 초경험적인 형태로 파악하는 객관적 관념론에 입각해 있는 시각이라 할 수 있다.

다음으로 「고공답주인가」의 결사부분을 살펴보기로 한다.

숫쪼기	마ᄅᆞ시고	내말슴	드르쇼셔
집일을	곳치거든	죵들을	휘오시고
죵들을	휘오거든	상벌賞罰을	볼키시고
상벌賞罰을	볼키거든	어른죵을	미드쇼셔
진실노	이리 ᄒᆞ시면	가도家道절노	닐니이다

이 단락은 「고공가」의 결사에 상반되는 입장을 유지하고 있다. 여기서는 현실의 문제를 추상화시키지 않고 구체적이며 실질적인 문제 해결의 방향을 제시하고 있다. 화자는 왕이 직접적으로 현실의 문제점을 해결하기 위해서는 현실에 적합한 국가경영의 방법이 필요하다고 하는 것이다. 왕으로 상징되는 마누라가 죵들의 상벌을 밝히고 어른 죵을 믿어 집안을 편안하게 하자고 한다. 이 부분에서는 화자는 적극적인 의지로 현실의 문제를 해결

하려고 하는 주관적인 관념론의 입장에 서서 작품을 서술하고 있다.

이상으로 두 작품에 나타난 현실인식을 간단하게 살펴보았다. 「고공가」
는 서사, 본사가 주로 주관적인 관념론에 입각해서 어긋난 현실을 비판하
고 있으며, 결사는 객관적 관념론에 의해 어긋난 현실을 비판하는 특징을
지니고 있다. 하지만 「고공답주인가」는 서사, 본사 그리고 결사를 통해서
일관되게 주관적 관념론으로 어긋난 현실을 비판하는 특징을 지니고 있다.

4. 가사의 갈래와 서술방식의 논의

지금까지 필자는 「고공가」와 「고공답주인가」의 작품구조를 분석하고,
두 작품의 구조를 비교하면서 작품에 나타난 현실인식을 살펴보았다.

위 두 작품은 임진왜란 이후의 작품으로 전란 후 피폐해진 현실을 풍자
하며 비판하고 있다. 「고공가」의 작가는 허전許㙉이 지었다는 설이 유력하
다. 두 작품의 구조가 현저한 차이를 보이고 있으므로 작가가 동일한 사람
은 아니라 할 수 있다. 「고공가」는 시간적인 의미에서 작품의 질서를 전개
하고 있으며, 「고공답주인가」는 공간적인 의미를 통해서 작품의 질서를 전
개하고 있는 차이점 등이 이를 증명해 주고 있다. 그러므로 허전이 지은
「고공가」를 선조의 작품이라는 설명과 이원익이 지었다는 설명은 다시 살
펴보아야 한다. 「고공답주인가」의 작자는 지봉유설에 나타난 것과 같이 이
원익이라는 것에 의심을 품는 사람은 별로 없다고 할 수 있다.

「고공가」는 과거의 머슴, 현재의 머슴, 미래의 머슴 등을 노래하고 있다.
과거와 미래의 머슴은 긍정적인 면으로 노래하고 있으며, 현재의 머슴은
부정적인 관점에서 노래하고 있다. 「고공가」의 본사는 시간적인 면에서 과
거의 머슴과 현재의 머슴을 서술한 부분이 한 단락이 되고, 다음으로 미래
의 머슴과 현재의 머슴을 서술한 부분이 한 단락이 된다. 전자는 과거의

머슴을 근면하고 성실하게 나타내고 있으며, 현재의 머슴은 불성실하고 무책임한 머슴으로 묘사하고 있다. 다음으로는 미래의 머슴이 도리와 의무를 잘하면 왕이 현명한 판단을 하겠다고 묘사하고 있는데 비해 현재의 머슴은 아직도 사리사욕에 앞을 다투고 있음을 나타내고 있다. 이 작품은 주로 시간적인 의미에 의해서 작품의 구조가 짜여 있다.

「고공답주인가」는 국가가 위급한 상황과 황폐하게 된 이유를 공간의 구성에 바탕을 두고 전개하고 있다. 국가의 위기를 백성의 게으름에서부터 내직에 있는 신하의 잘못으로 나아가고, 내직에 있는 신하의 잘못에서 외직에 있는 신하의 잘못으로 전개하고 있으며, 마지막으로 외직에 있는 신하의 잘못에서 왕의 판단력 부족으로 국가가 혼란해졌음을 표현하고 있다. 이러한 현상은 국가가 혼란한 책임의 소재를 시간적인 면보다 공간적인 면에서 전개하고 있는 것이다.

여기서는 이 두 작품의 구조를 한정모티프와 자유모티프의 연속에 의해서 파악하고 있다. 「고공가」는 시간적인 면에서 모티프와 그 의미의 연결을 시도하고 있으며, 「고공답주인가」는 공간적인 면에서 모티프와 그 의미를 연결하고 있다.

다음으로 작품에 나타난 현실인식에 대해서 살펴보았다. 작가가 현실을 초경험적이고 초감각적으로 파악했느냐와 경험과 의지에 의해 현실을 인식했느냐에 따라 객관적 관념론과 주관적 관념론으로 나누어 살펴보았다. 「고공가」는 결사부분에서 초경험적이고 초감각적으로 현실의 문제를 파악하여 객관적 관념론으로 접근함을 알 수 있고, 「고공답주인가」는 경험과 의지로 현실의 어려움을 해결할 수 있다고 파악하므로 주관적 관념론에 접근할 수 있다.

가사의 작품구조를 분석하기 위해 본고에서는 모티프의 종류를 한정모티프와 자유모티프로 구별하였다.

이는 가사가 이야기의 형식과 노래의 형식을 공유하고 있으므로 이야기

형식이 작품구조에 미치는 영향과 노래 형식이 작품 구조에 미치는 영향을 알아보기 위해서였다. 이야기와 흥미를 풍요롭게 하는 자유모티프는 작품의 구조상 의미의 연결에 크게 영향을 미치지 않는다. 그러나 주제를 설명하거나 부각시켜주는 한정모티프는 작품의 구조분석을 통해 작품의 분량이나 의미 등에 많은 영향을 미친다.

자유모티프의 무제한의 반복을 제한하는 한정모티프가 지배하는 가사의 갈래는 작품구조적인 측면에서 서사갈래나 교술갈래의 문필이기보다는 서정갈래인 수필에 가까운 장르적인 특성을 지니고 있다.

앞으로 가사의 갈래와 작품구조를 명확하게 분석하기 위해서는 이외의 다른 방법으로 가사의 갈래와 작품구조를 분석하여 가사의 총체적인 갈래와 구조분석을 다시 논의해야 할 것이다.

○ 참고문헌

『오리선생문집梧里先生文集』부록
『잡가雜歌』
『지봉유설』

강전섭, 「낙은별곡의 연구」, 『가사문학연구』, 정음사, 1979, pp.393~458.
구인환, 구창환, 『문학개론』, 삼영사, 1981, p215.
김동욱, 「고공가」, 『문학춘추』 제1호, 문학춘추사, 1964, pp.266~269.
김동욱, 「고공가 및 고공답주인가에 대하여」, 『도남조윤제박사화갑기념논문집』, 신아사,
        1964, pp.161~182.
김문기, 『서민가사연구』, 형설출판사, 1983.
류해춘, 「16·17세기 사대부가사연구」, 경북대(석사), 1985.
이상보, 『한국가사선집』, 집문당, 1979, pp.278~288.
임기중, 『역대가사문학전집』 6, 동서문화원, 1987.
임기중, 『역주해설 조선조의 가사』, 서울 성문각, 1979, pp.109~118.
홍재휴, 「가사문학론」, 『국문학연구』 8, 효성여대, 1984.

롤랑부르뇌프, 『구조주의와 문학비평』(김치수 편저), 홍성사, 1980, p.45.
J. W. von Goethe, 『Maximen und Reflexionen』(Weimor, erste Teil, Vol.42, p.250.
M. H. Abrams, 『A Glossary of Literary Terms』(Holt. Rinehart and Winston Inc., N.Y. 1971.
Paul A. Olson, 『Russian Formalist Criticism』(Lincoln London, University of Nebraska press,
        1965, p.68.
S. Thompson, 『Purpose and Importance of Types and Motifs』, Folkliv, 1938, p103.
T. Todorv, 『Introduction to poetics』(trans, from the French by Richard Howard, p.48.
V. Propp는 『Morphology of the Folktale』(trans. by haurence Scott, University Texas Press,
        Austinr & London, 1970, pp25~65.
Zoseph, T. Shipley, 『Dictionary of World Literature』, Litlefied, Adams & Co., 1972, p.274.

19세기 사회풍속가사의 서술방식과 작가의식

1. 사회풍속과 서사가사

조선후기 사회풍속가사가 주로 지어진 시기는 19세기라고 할 수 있다. 이 논문에서는 사회풍속가사로 도회지와 농촌의 생활과 풍속을 총체적으로 읊은 장편의 서사가사를 연구대상으로 한다.[1] 19세기의 조선사회는 매우 급박하게 돌아가며 대내외적으로 위기에 봉착해 있었다. 이러한 급박한 사회 속에서 사대부들은 조선왕조의 문화와 농촌의 경제를 부흥시키기 위해 사회풍속가사를 창작하여 백성들을 계몽하고자 하였다. 19세기 사회풍속가사에 포함되는 작품에는 「농가월령가」, 「농가월령」, 「한양가」 등이 있다. 「농가월령가」, 「농가월령」은 향촌인 농촌의 사회풍속을 읊고 있는데 반해 「한양가」는 도회지인 한양의 풍물을 주로 읊고 있다. 일 년의 농사일과 도회지의 풍속을 가사로 노래하는 이들 작품은 조선후기 변하는 시대 상황을 사실적으로 담고 있어 선학들이 작품 외적 연구에 많은 관심을 보인 분야라고 할 수 있다.[2] 본고에서는 19세기의 도시와 농촌을 노래하는

---

1) 류해춘, 『장편서사가사의 연구』, 국학자료원, 1995, 참조.
2) 박성의 교주, 『농가월령가 · 한양가』, 보성문화사, 1978.
   홍재휴, 「농가월령가의 작자에 대한 별견」, 『어문학』 제4집, 1959.

「농가월령가」와 「한양가」를 작품 내적인 측면에서 분석하여 사회풍속가사의 서술방식과 작가의식을 살펴보고자 한다.

2. 19세기 사회풍속가사의 작품 현황

19세기의 시대적 변화는 크게 정치, 경제, 문화적인 면에서 찾을 수 있다. 정치는 양반 사대부의 정치가 그 한계를 드러내어 지배계층의 갈등이 심화되었으며 외세의 침략이 강화된 시기라 할 수 있다. 경제는 이앙법의 전국적인 보급으로 농민층의 분화가 일어났고 상품화폐 경제의 발전으로 자본주의가 싹이 터서 발전하기 시작한 시기라 할 수 있다. 문화적 변화에서는 신흥예술인 판소리, 사실적 그림인 풍속화 등에 많은 관심을 가지기 시작하여 경험적 가치를 소중하게 생각하게 되었다. 19세기의 이와 같은 변화를 경험한 작가들은 당시 도회지와 농촌의 사회풍속을 장편의 가사로 표현해내고 있다.

농촌의 풍속과 사회를 노래하는 가사에는 「농가월령가」, 「농가월령」 등 2편이 있고, 도회지의 풍속과 시정의 모습을 노래하는 가사에는 「한양가」가 있다. 이와 같은 작품들은 일 년 농사일과 도회지의 풍속을 가사로 노래하여 조선후기에 변화하고 있는 제도와 문화를 표현해내려는 작가정신을 담고 있다.

정학유(헌종조인)의 작품인 「농가월령가」는 농가의 연중행사를 월별로 묶어서 노래한 분연체 가사로 4음보 한 행을 기준으로 510여 행으로 이루어져 있다. 이 작품에서 작가는 월령체의 전통을 바탕으로 농사일에 관한 실천사항을 월별로 노래하고 철마다 다가오는 예의범절을 농부에게 설명

최강현, 「향토한양가의 이본을 살핌」, 『배달말』 제8집, 1983.
조동일, 『한국문학통사』제3권, 지식산업사, 1984, pp.330-337.

하고 있다.

「농가월령」은 이기원(1809~1890)이 지은 것으로 730여 행으로 이루어져 있다.[3] 철종 말 내지 고종 초에 지어졌을 것으로 추정되는 이 작품은 「농가월령가」와 마찬가지로 농가의 일 년 생활을 월령체로 노래하고 있다. 「농가월령」의 작가는 "상스람 무식훈 이난 정다온 말을 드르면 범연이 알고 우슈개 쇼래을 드르면 됴아훈난 고로 샹말과 쇽담으로 가스을 지여 농부와 직녀의 슈고훈난 위로코자 훈야 이 책을 지여서나"라고 하였다.[4] 이와 같이 이 가사는 서민들의 언어와 생활에 알맞은 문자를 사용하여 창작하였기 때문에 풍속을 교정하겠다는 작가의 의도가 강하게 담겨져 있다.

도회지의 풍속을 읊고 있는 「한양가」는 한산거사漢山居士가 1844년에 지은 가사 작품이다. 조선후기 「한양가」 계통의 작품은 왕조의 역사를 노래하는 「한양가」와 한양의 시정 풍속과 다양한 문화를 노래하는 「한양가」로 나누어진다. 전자를 일반적으로 「한양오백년가」라 하며, 후자를 흔히들 「한양가」로 부르고 있는데 여기서는 이 통설을 따르고자 한다.

본고의 연구대상이 되는 「한양가」는 한양의 풍속과 문화를 단편과 장편으로 나누어 노래하고 있다. 단편의 작품은 『악부』[5]에 「한양풍물가」, 「한양가」로, 『아악부가집』[6]에는 「한양가」란 제목으로 실려 있다. 여기서는 장편의 가사를 대상으로 함으로써 단편의 「한양가」는 논의에서 제외하고자 한다. 장편의 「한양가」는 목판인쇄본, 송신용교주본, 악부본, 박성의본, 유효공선행록 부록본, 가람문고본 등 많은 이본이 존재한다. 이들은 모두 700여 행 이상에서 770여 행까지로 이루어진 장편의 서사가사이다. 어느

---

3) 강헌규 주해, 『나수螺䗈 이기원李基遠의 농가월령農家月令』, 삼광출판사, 1999.
4) 강헌규 주해, 앞의 책, 「농가월령 서문」, 참조.
   常人之情, 正言聞之欲睡, 笑言聽之恐後. 若以淡泊無味之言, 勸其辛苦勤力之事, 則聞之者, 不能無厭斁而坐睡. 故以俚語俗談, 作爲歌詞.
5) 김동욱, 임기중 편, 『악부樂府』, 태학사太學社, 1982.
6) 김동욱, 임기중, 『아악부가집雅樂府歌集』, 태학사太學社, 1982.

대본을 취해도 그 내용이 비슷하니 송신용 교주본을 자료로 삼고자 한다.[7]
이 장편의 「한양가」는 한양의 조정과 시정의 다양한 모습을 관찰하여 당시의 상층문화와 하층문화를 동시에 보여주고 있다.

지금까지 살펴본 19세기 사회풍속가사에 의하면 「한양가」는 한양의 풍속과 놀이 및 거리의 모습과 시장 등을 통해서 한양의 향토사를 이야기하고 있으며, 「농가월령가」는 농가에서 일 년 동안 해야 할 일과 풍속을 월별로 읊고 있음을 알 수 있다. 「한양가」는 주로 장소의 이동에 따라 시정의 모습을 차례로 보여주는 공간적 질서를 따르고 있으며, 「농가월령가」, 「농가월령」 등은 월별의 흐름에 따라 농촌의 일이 변화하는 모습을 담아 시간적 질서를 따르고 있다. 농촌사회의 풍속을 노래하는 가사는 19세기 농촌사회의 근본인 농업의 중요성을 강조하고, 도시의 문화와 풍속을 노래하는 가사는 조선왕조의 도읍지인 한양의 무궁한 번영을 바라고 있다.

3. 시간과 공간의 변화를 활용한 서술방식

19세기 사회풍속가사의 작가는 농촌이나 도회지의 풍속을 계승하고자 하는 작가의 의도를 강하게 드러낸다. 작가가 농촌이나 도회지의 풍속을 계승하고자 하는 사회풍속가사의 서술방식은 기존에 존재하는 사회풍속을 계승하고자 하는 의식을 강하게 반영하고 있어 풍속계승의 세계관을 잘 표현하고 있다. 이 유형의 작품은 농촌을 배경으로 한 것과 도시를 배경으로 한 것으로 그 주제가 뚜렷하게 구분되는 특징을 지닌다. 도회지를 배경으로 하는 「한양가」는 공간의 이동을 중심으로 작품을 전개하고 있으며, 농촌을 중심으로 하는 「농가월령가」는 시간의 흐름을 중심으로 작품을 전개

---

7) 박성의 교주, 『농가월령가 · 한양가』, 보성문화사, 1978.

하고 있다.

이처럼 사회풍속가사의 작가는 풍속계승의 세계를 드러내기 위해서 시간과 공간의 변화를 바탕으로 작품 속의 내용을 전개해 나간다. 「농가월령가」에 나타난 월별 서술 분량은 시간의 흐름에 따라 비교적 일정하게 서술되는 비례적 서술이고, 「한양가」의 공간 이동은 궁궐에서 출발하여 한양의 각 지역을 묘사하고 수원을 거쳐서 다시 한양의 궁궐로 돌아오는 구심적 서술을 보인다. 이제 이들 작품의 서술방식을 좀 더 구체적으로 살펴보기 위해 여기서는 사회풍속가사를 시간의 흐름과 공간의 질서를 중심으로 단락을 구분하여 그 서술의 특징을 살펴보기로 한다.

3.1. 시간의 비례적 서술

사회풍속가사에서 비례적 서술이란 농촌의 월별 풍속을 일정한 시간의 흐름에 맞추어 표현하고 있는 것을 말한다. 월별의 풍속과 농촌의 일을 비교적 일정한 분량으로 표현하여 물리적 시간의 흐름에 작품의 서술분량은 비례하게 된다. 이와 같은 서술방식을 취하고 있는 작품은 「농가월령가」; 「농가월령」 등이 있다.

시간의 질서를 중심으로 작품의 내용을 구성하는 가사는 작품 속의 시간을 고정시켜 놓고 사건을 계속하여 서술하여 서술 분량이 늘어난 확대적 서술 작품이 있고, 시간의 흐름에 따라서 각 의미단락의 서술 분량이 비슷한 비례적 서술의 작품이 있다.[8] 시간의 흐름에 비해 서술 분량이 대폭적으로 늘어난 확대적 서술은 주로 역사를 노래하는 장편의 「한양오백년가」계통의 가사가 대표적이라 할 수 있다. 이 가사는 임진왜란을 서술하는 내용이 작품의 상당부분을 차지하고 있어 임진왜란 부분을 집중적으로 확대

---

8) 류해춘, 앞의 책, 1995.

하고 있다.9) 시간의 흐름에 따라서 비교적 비슷한 서술 분량으로 일관하고 있는 장편가사에는 사회풍속가사인 「농가월령가」, 「농가월령」이 있다. 본고에서는 비교적 앞선 시대의 작품인 「농가월령가」를 집중적으로 분석하고자 한다.

이 작품은 매달마다의 농사일과 그 풍속을 비슷한 분량으로 서술하여 시간의 흐름에 비례하게 서술의 분량을 조절하고 있어 비례적 서술방식이라 할 수 있다. 농촌에서 행해지는 일 년 동안의 행사를 자연적 시간의 흐름에 맞추고 있는 이 작품은 4음보 한 행을 기준으로 510여 행이 된다. 「농가월령가」를 시간적 질서에 맞추어 그 단락을 구분해 보면 다음과 같다.

1) 서사
   ① 일년 24절기   ② 하우씨의 역법
2) 일월
   ① 절기와 자연경치(입춘, 우수) ② 농업준비   ③ 농가풍속
3) 이월
   ① 절기와 자연경치(경칩, 춘분) ② 춘경준비   ③ 농외소득
4) 삼월
   ① 절기와 자연경치(청명, 곡우) ② 농부의 일 ③ 농부의 여흥
5) 사월
   ① 절기와 자연경치(입하, 소만) ② 농부의 일 ③ 농부의 여흥
6) 오월
   ① 절기와 자연경치(망종, 하지) ② 농부의 일 ③ 농부의 여흥
7) 유월
   ① 절기와 자연경치(소서, 대서) ② 농부의 일 ③ 농부의 여흥과 노동력
8) 칠월
   ① 절기와 자연경치(입추, 처서) ② 농부의 일
9) 팔월
   ① 절기와 자연경치(백로, 추분) ② 농부의 일

---

9) 서종문, 「임진록」과 「한양오백년가」의 관계와 그 의미」, 『한국고전소설연구』, 새문사, 1994.

10) 구월
　① 절기와 자연경치(한로, 상강)　② 농부의 일　③ 농부의 여흥
11) 시월
　① 절기와 자연경치(입동, 소설)　② 농부의 일　③ 농부의 여흥
12) 십일월
　① 절기와 자연경치(대설, 동지)　② 농부의 일　③ 농부의 여흥
13) 십이월
　① 절기와 자연경치(소한, 대한)　② 농부의 일　③ 농부의 여흥
14) 결사
　① 농업근본　　　　　　　② 상업비판　③ 창작동기

이와 같이 「농가월령가」의 단락 구분은 14개의 중단락으로 나누어진다. 하지만 가사문학의 일반적인 대단락의 구분으로 살펴볼 때는 서사, 본사, 결사의 3단락으로 크게 나눌 수 있다.

서사에서는 우주의 형성원리와 역법을 설명하고 있으며, 본사에서는 1년의 농사일을 중심으로 자연경치와 세시풍속, 농부의 일과 여흥 등을 월별로 제시하고 있다. 그리고 결사에서는 농업이 천하의 근본임을 강조하고 농사일에 전념할 것을 강조하고 있다.

형식적인 측면에서 이 가사는 4음보 1행을 기준으로 서사가 20여 행이며, 중간부분인 본사가 470여 행이고, 마지막 부분인 결사가 20여 행으로 구성되어 있다. 중간부분인 본사는 앞에서 설명한 단락 구분처럼 12개의 중단락으로 나누어져 있다.

본사부분의 12개 중단락을 좀 더 상세하게 살펴보면 다음과 같다. 1월령은 입춘과 우수의 절기에 대하여 설명하며, 설날과 보름날의 풍속 등을 40여 행으로 노래하고 있다. 2월령은 경칩과 춘분의 절기에 대하여 설명하며, 가축 사육과 나물 캐기 등을 30여 행으로 노래하고 있다. 3월령은 청명과 곡우의 절기에 대하여 설명하며, 농부의 봄농사 준비와 과일나무 손질 등

을 50여 행으로 노래하고 있다. 4월령은 입하와 소만의 절기에 대하여 설명하며, 농부의 일인 면화 갈기, 모내기, 누에치기, 장마 준비, 여름옷 준비, 냇가의 고기잡이 등을 40여 행으로 노래하고 있다. 5월령은 망종과 하지의 절기에 대하여 설명하며 보리타작, 농우 기르기, 모내기, 나무 준비, 약쑥 캐기, 누에고치 켜기, 격양가 등을 50여 행으로 노래하고 있다. 6월령은 소서와 대서의 절기에 대하여 설명하며 곡식 베기, 김 매기, 밭 매기, 풀 베기, 부녀의 일 등에 대하여 50여 행으로 노래하고 있다.

7월령은 입추와 처서의 절기에 대하여 설명하며 논농사, 채소농사, 의복 준비, 음식 준비 등을 40여 행으로 노래하고 있다. 8월령은 백로와 추분의 절기에 대하여 설명하며 과일 거두기, 의복 준비, 추석 지내기, 가을걷이 등을 40여 행으로 노래한다. 9월령은 한로와 상강의 절기에 대하여 설명하며 가을 추수, 기름 짜기, 방아 찧기 등을 40여 행으로 노래한다. 10월령은 입동과 소설의 절기에 대하여 설명하며 김치 담기, 집수리, 강신날 놀이, 농부의 마음가짐 등을 70여 행으로 노래하고 있다. 11월령은 대설과 동지의 절기에 대하여 설명하고 곡식 저장, 메주 쑤기, 길쌈하기, 아이들 글 배우기 등을 30여 행으로 노래하고 있다. 12월령은 소한과 대한의 절기에 대하여 설명하며 의복 준비, 음식 준비, 세배하기 등을 20여 행으로 노래하고 있다.

「농가월령가」의 외면적인 구조는 계절별로 달라지는 농촌의 일거리를 말하는 것이고, 내면적인 구조는 농사짓는 즐거움을 농민들에게 설득하고자 하는 것이다. 그래서 이 작품은 농사짓는 즐거움과 괴로움을 교체하면서 자연의 아름다운 경치를 설명하며 농사의 보람을 간접적으로 강조하고 있다. 이 작품의 소단락에 등장한 주된 공간은 집과 농장이 되며 보조공간은 산과 강이 된다. 산과 강은 여흥의 공간으로 등장하는 경우가 많고, 집과 논밭은 농사체험의 공간이 된다. 이와 같이 이 작품은 농촌사회에 나타난 유흥의 공간과 노동의 공간을 교체하면서 삶의 공간으로서 농촌 사회를 설명하고 있다.

가사문학에 흔하게 등장하는 윤리도덕의 직설적인 표현은 10월령에 가서 등장하고 있다. 이 단락은 70여 행으로 이 작품에서 가장 긴 단락이 된다. 작가는 10월이 되면 농촌이 농한기가 되므로 이때 농부들은 도덕에 관심을 가지고 공부를 하여야 한다고 한다. 작가는 여기서 농부들에게 유교 윤리를 강요하고 있다. 또 이 작품에 나타난 교훈성은 결사에 나타난다. 결사에서는 농업의 중요성을 주장하고 상업의 허망함을 표현하고 있다.

이와 같이 이 작품의 결말은 관념적인 서술자를 등장시켜 사회풍속의 다양한 양상을 관념적 시각으로 사회풍속을 계승하자고 나타내고 있다. 19세기 농촌의 질서가 무너지는 시기에 「농가월령가」는 농촌사회를 지탱하는 풍속과 제도가 계속해서 이어져나가기를 바라고 있다.

지금까지 살펴본 바와 같이 「농가월령가」는 본사에 나타난 매월의 서술 분량이 대부분 40~50여 행으로 구성되어 있어 비례적 서술이라 할 수 있다. 매월의 노래는 절기의 소개와 자연경치, 농부의 일과 여흥을 중심으로 구성되어 있어 비교적 동일한 질서로 짜여 있다.

「농가월령가」의 전체적 구성은 대단락으로 살펴보면 서사, 본사, 결사의 3단계로 나누어진다. 「농가월령가」의 중단락은 시간적 질서를 바탕으로 14개로 나누어지고, 소단락은 각 중단락이 대부분 3개 내외로 나누어져 40여 단락이 된다. 소단락의 구성은 매달의 절기와 경치, 농부의 일 등을 서술하고 있으므로, 중단락의 내용을 좀 더 구체화시키고 있다고 볼 수 있다. 이러한 원리를 구체화의 원리라고 할 수 있다. 하지만 각 중단락은 대부분 40여 행 내지 50여 행으로 구성되어 시간의 흐름에 따라 그 서술 분량이 비교적 동일하다고 할 수 있다. 그래서 「농가월령가」는 작품 속에 흐르는 시간의 흐름을 균등하게 하여 매달의 농사일과 절기 등을 노래하고 있어 시간의 비례적 서술방식이라고 할 수 있다.

3.2. 공간의 구심적 서술

19세기 가사문학에 나타난 공간의 질서는 한 장소를 떠났다가 다시 그 장소에 돌아오려는 구심적 현상을 보여주기도 하며, 또 한 장소를 떠나서 계속해서 다른 장소로 이동하려는 원심적 현상을 보여주기도 한다.[10]

사회풍속가사인 「한양가」의 서술방식[11]은 공간의 질서를 존중하며 작품을 연결시키고 있다. 「한양가」는 한양의 풍속과 문화의 공간을 대궐에서 관찰을 시작하여 한양의 각종 시장을 둘러보고 다시 대궐의 과거 장면을 묘사하고 있어 구심적 서술이라고 할 수 있다. 그래서 이 작품의 서술방식은 공간의 이동을 중심으로 하고 시간의 흐름을 부차적으로 이어가고 있다고 할 수 있다. 이를 바탕으로 「한양가」의 단락을 공간적 질서를 중심으로 구분하여 보면 다음과 같다.

> 1) 한양의 지세와 도읍
> ① 한양의 지세
> ② 도읍지 한양
> 2) 대궐 안의 제도와 문물
> ① 궁전과 그 앞의 풍경
> ② 내직 벼슬아치의 모습
> 3) 대궐 밖의 풍물과 시장
> ① 한양의 백각전
> ② 한양의 놀이와 유희처
> ③ 한양의 자랑과 칭찬
> 4) 왕의 수원능 행차
> ① 행차준비의 모습
> ② 능행가는 모습

---

10) 류해춘, 앞의 책, 1995, 참조
11) 최강현, 「한양가 연구」, 고려대(석사), 1964.

5) 과거시험 풍경
     ① 과거장 풍경
     ② 시험과 그 풍경
  6) 한양 찬양
     ① 한양의 번영
     ② 창작동기

　이와 같이 「한양가」는 6개 중단락과 13개의 소단락으로 구성되어, 한양
의 풍물과 제도를 표현해내고 있다. 대단락의 서술 분량을 살펴보면 서사
부분인 한양을 소개하는 내용이 25행이고, 본사부분인 한양의 풍물을 노래
하는 내용이 700여 행이며, 결사부분인 한양을 찬양하는 부분이 36행이다.
이로써 이 작품은 본사부분인 한양의 풍물을 노래하는 내용이 대부분을 이
루고 있음을 알 수 있다.

　이 「한양가」의 본사부분은 궁전의 모습과 한양의 문화와 풍속을 집중적
으로 드러내고 있다. 「한양가」 본사부분의 각 단락은 제2단락인 '대궐 안
의 제도와 문물'이 약 200여 행이 되고, 제3단락인 '대궐 밖의 풍물과 시장'
이 약 250여 행이 되며, 제4단락인 '왕의 수원능 행차'가 약 130여 행이,
제5단락인 '과거시험 풍경'이 약 120여 행으로 구성되어 있다.

　제1단락은 한양의 지세와 도읍을 찬양하고 있으며 서사부분이 된다. 제2
단락은 대궐 안의 경치, 승정원, 홍문관, 의정부, 육조, 장악원, 선혜청 등으
로 장소를 옮겨가며 공간적 질서를 나타내고 있다. 제3단락은 한양의 백각
전과 유희처를 노래하고 있다. 한양의 백각전 부분에서는 생선전, 과일전,
싸전, 노점상, 육주비전, 백목전, 지전, 베전, 청포전, 선전, 어물전, 그림가
게, 약전 등으로 장소를 이동하며 노래하고 있고, 한양의 놀이처 부분에서
는 승전놀음, 광대놀이, 기생점고 등으로 공간을 이동하며 노래하고 있다.
제4단락은 왕의 수원능 행차를 노래하고 있다. 왕의 수원능 행차를 서술하
는 부분은 능행 준비, 행차모습, 숭례문, 노량진, 한강, 수원 등으로 공간이

이동된다. 제5단락은 수원에서 궁궐로 돌아온 대왕이 궁궐에서 과거시험을 주관하는 내용을 묘사하고 있다. 제6단락은 한양을 찬양하는 부분으로 한양의 무궁한 번영을 노래하고 있다.

이 작품에서 가장 많은 분량을 차지하는 단락은 제3단락으로 한양의 시정 풍속과 놀이터를 서술하고 있는 부분이다. 제1단락과 제6단락은 이 작품의 시작과 끝이라는 측면에서 서로 대칭을 이루고 있고, 제2단락에서 제5단락까지는 시간적으로 순차적인 구조를 보여주고 있으며, 공간적으로는 떠나가는 길과 돌아오는 길로 서로 대조가 되고 있다.

이 작품은 한양의 궁전에서 출발하여 한양의 시정 풍속과 수원능 행차 등을 묘사하고 다시 대궐로 돌아오는 공간의 질서를 보여주고 있다. 이러한 공간적 질서를 보여주고 있는 「한양가」의 서술방식은 구심적 서술이라 할 수 있다.

사회풍속가사에 나타난 서술세계의 특징은 19세기 중반의 한국 사회의 농촌과 도회지인 한양의 풍속을 시간과 공간의 질서로 표현하고 있다는 점이다. 「농가월령가」는 농촌의 일 년 동안의 세시풍속을 중심으로 시간적인 질서를 중심으로 노래하고 있는 비례적 서술방식을 취하고 있으며, 「한양가」는 한양의 대궐 안과 대궐 밖의 풍속을 공간적 질서를 중심으로 노래하고 있는 구심적 서술방식을 취하고 있다.

4. 사회 관리자로서의 작가의식

19세기의 한국 사회는 농촌과 서울로 나누어질 수 있다. 사회풍속가사의 작가는 도회지와 시골의 풍속을 「농가월령가」와 「한양가」로 노래하고 있다.

「농가월령가」는 농촌의 농사일과 자연의 모습을 월별로 나누어 읊고 있는 작품임을 앞에서 살펴보았다. 이 작품은 조선후기 농촌의 풍속과 문화를 통해 작가의식을 드러내고 있다. 「한양가」는 도회지인 한양의 문화와 풍속을 읊은 가사라고 할 수 있다. 이 작품은 조선왕조의 수도인 한양의 역사와 그 풍속을 공간적 질서로 표현해내고 있다.

이들 사회풍속가사의 작가들은 자신의 위치를 풍속 교정과 그 계승의 의무를 지닌 관리자로 생각했다.[12] 작가 자신이 사회의 관리자로 생각했을 때 그들은 자신이 처한 환경에서 당시의 사회풍속을 계승해야 하며, 그러한 사상을 독자에게 전달할 필요가 생기게 되었다. 여기서는 작품에 나타난 관리자 의식을 살펴보기로 한다.

4.1. 삶의 현장과 그 풍속

「농가월령가」는 1년 12달의 자연 경관과 농촌의 풍속 그리고 농부의 일을 서술하고 있다. 그 중에서 가을철에 곡식을 거둔 후 농촌 생활의 고통을 노래하고 있는 11월령 부분을 살펴보기로 한다.

> 가을에 거둔곡식　　어마나 호엿던고
> 멧셤은 환주호고　　멧셤은 왕셰호고
> 언마는 제반미오　　언마는 씨아시라
> 도지도 되야니고　　품값도 갑흐리라
> 시계돈 쟝니벼를　　낫낫치 슈쇄호니
> 엄부령 호던거시　　남져지 바히업다
> 그러혼들 엇지홀고 농양이나 여투리라
> 콩기름 우거지로　　죠반셕죽 드힝호다

이 작품이 농민들에게 농사일을 교과서처럼 가르치고 있다고 교본가사[13]라고 부르는 연구자도 있다. 농촌의 농사는 농민들에게 삶의 기반이고

---

12) 류해춘, 앞의 책, 1995, 참조.

농부에게 있어서 삶을 윤택하게 할 수 있는 기초 경제활동이라 할 수 있다. 위의 인용문은 19세기 중반의 농촌에 살고 있는 소작농의 삶의 모습을 비교적 사실적으로 노래하고 있으며 당시의 사회 풍속을 노래하고 있다. 농부는 농사를 다지어 수확을 하고 난 후, 먼저 빌린 곡식을 갚고, 세금을 내고 나면 거의 남는 곡식이 없다. 그렇지만 농사를 지을 곡식을 저축하여 두고, 콩나물과 우거지 국으로 밥을 먹더라도 농사를 짓는 것이 무난하다고 한다.

이 작품의 시적 화자는 현실적인 어려움을 극복하기 위해 구체적인 노력을 기울이지 않고 있다. 이런 내용은 거의 비슷한 시기에 지어진 다른 유형의 가사에서도 나타난다.[14] 그리고 모순된 사회질서는 농민이 다시 열심히 농사를 지음으로써 해결할 수 있다고 설명하고 있다. 이러한 작가의 태도는 농민의 교화를 위하고 농촌의 동요를 막고자 하는 관리자 의식을 나타내고 있다고 할 수 있다.

다음은 도회지인 한양의 문화와 그 풍물을 표현하고 있는 「한양가」에 나타난 풍속과 삶을 살펴보기로 한다. 이 가사는 19세기 수도 한양의 모습을 담고 있으며, 왕조의 번성과 한양 문화의 계속적인 번창을 표출해내고 있다. 여기서는 대왕이 수원능 행차를 마치고 돌아와 과거 시행령을 내리는 부분을 통해 당시의 풍속을 살펴보기로 한다.

　　하로지나 이틀지나　　숨일만의 환궁ᄒ샤
　　별단시상 ᄒ신후의　　과거령 나리시니
　　알셩의 룡호방이　　한디로 뵈션다니
　　이ᄹ는 어늬ᄹ고　　춘삼월 호시졀의
　　춘풍이 화려ᄒ고　　만화방창 ᄒ여셔라

13) 노규호, 「교본가사의 장르적 가능성」, 『남사 이근수박사 환력기념 논총』, 1992.
14) 류해춘, 「19세기 화답형 규방가사의 창작과정과 그 의의」, 『문학과 언어』 제21집, 1999.

글시쓰는 ᄉᆔ드른　　시각을 못머믄다
글글시 업논션비　　ᄉᆔ죵군 모양으로
공셕의도 못안고도　글한장을 읽걸한다
부모션셩 권학홀졔　이런 토심 모로던가

　첫 부분은 대왕이 수원 능에서 돌아와 과거 시행령을 내리는 장면을 묘
사하고 있다. 춘삼월 좋은 시절에 대왕은 전국에 있는 유생을 상대로 하여
과거 시행령을 내린다. 그리고 다음 부분은 선비들이 과거를 보기 위해서
한양으로 올라오고, 선비들의 부정행위 모습을 묘사하고 있어 작품의 흥미
를 더해 준다. 이와 같이 한양에서 살아가는 시적 화자는 한양의 다양한
풍속을 사실적으로 묘사하면서 조선이 계속해서 번창하기를 기원하고 있
는 관리자 의식을 담고 있다.
　지금까지 「농가월령가」와 「한양가」에 나타난 삶의 모습과 풍속을 살펴
보았다. 전자는 농촌의 경치와 풍속 그리고 농부의 일을 교훈적으로 표현
하고 있으며, 후자는 한양의 시정 풍속과 대궐의 문물제도의 번성함을 주
로 묘사하고 있다. 이들 작가는 한양과 농촌을 각각 정치제도의 중심지와
경제기반의 중심지로 설정하여 그 문화의 번성과 찬양을 교훈적으로 설명
하고 있다. 다음은 이들 작품에 나타난 사회풍속과 그 계승을 살펴보기로
한다.

4.2. 사회풍속의 전통과 그 계승

　사회풍속가사의 작가는 19세기 모순된 현실사회를 관리자 의식으로 극
복해나갈 수 있다고 설명한다. 19세기의 조선사회는 매우 급하게 돌아가며
대내외적으로 위기에 봉착해 있었다. 이러한 급박한 사회 속에서 사회풍속
가사는 조선왕조의 문화와 농촌의 경제를 부흥시키기 위해 노력하고 있다.

19세기의 농촌사회는 정치제도의 문란으로 말미암아 대토지의 소유자가 크게 늘어나 토지를 빼앗긴 농민들이 화전민이 되거나 아니면 업종을 바꾸어 상공업에 종사하는 사람들이 늘어났다. 이와 같은 농민층의 분해는 조선조의 중요한 경제 기반인 농업을 위기에 몰아넣기에 충분하였다. 하지만 당시의 선비들은 왕조의 번성과 농촌의 안정이 우리 사회를 평화롭게 할 것이라는 확신이 있었다.

이에 지도층인 사대부들은 농민과 농촌사회를 안정시킬 수 있는 방법을 찾기에 골몰하였다. 이때 「농가월령가」의 작가인 정학유는 농업이 나라의 근본이라는 사상을 가사문학을 통해서 농민에게 알리고자 하였다.[15] 여기서는 작가의 창작의도가 뚜렷하게 나타나는 이 작품의 마지막 부분을 살펴보기로 한다.

비부려 션업ᄒ고	말부려 쟝ᄉᄒ기
젼당잡고 빗주기와	쟝판의 체계놓기
슐쟝ᄉ 쩍쟝ᄉ며	슛막질 가ᄀ보기
아즉은 흔젼ᄒ나	한번을 실슈ᄒ면
파락호 빗구럭이	사는곳 터이업다
농사ᄂ 밋ᄂ거시	내몸의 달녀ᄂ니
졀긔도 진퇴잇고	년ᄉ도 풍흉이셔
슈한풍박 좀시지앙	업다야 ᄒ랴마ᄂ
극진이 힘을 드려	가솔이 일심ᄒ면
아모리 살년에도	아ᄉ를 면ᄒᄂ니
제시골 제직희여	쇼동홀듯 두지말쇼

15) 길진숙, 「조선후기 농부가류 가사 연구」, 이화여대(석사), 1990.
조해숙, 「농부가에 나타난 후기가사의 창작방식과 장르적 성격변화」, 서울대(석사), 1991.
김창원, 「조선후기 사족창작 농부가류 가사의 작가의식 연구」, 고려대(석사), 1993.

이 부분에서는 상업의 위험성과 농사의 안정성을 말하고 있다. 향촌 사회의 건전한 질서는 농부들이 농사를 계속해서 짓는 데서 이룩된다고 할 수 있다. 이 작품의 작가는 시골의 백성들이 자신의 본분을 지켜서 농촌의 생활을 재건설하는 역군으로 성장하고 농촌을 떠나지 말라고 하고 있다. 이러한 작가의 견해는 농촌 사회의 기존 질서를 그대로 유지하고자 하는 관리자 의식을 극명하게 드러내고 있다.

인용문의 앞부분에 나오는 농촌사회의 분해과정은 특수계층에 의한 토지의 확대점령으로 인한 것이다. 특수계층의 대토지 소유는 농민들로 하여금 토지를 잃어버리게 할 수 있다. 이에 토지가 없는 농민은 생활이 궁핍하여 상업이나 다른 업종으로 전업을 하였던 것이다. 이러한 시기에 향촌에 거주하는 선비들은 농민의 동요를 막기 위해 농업의 우수성을 주장하여 농사의 안정성을 백성들에게 강조할 필요가 있었다.

작가는 "제시골 졔직희여 쇼동홀쏫 두지말쇼"란 문구를 작품에 직접 기술하였다. 자기의 고향을 자기가 지킨다는 것은 이 작품의 창작의도와 직접적인 연관성을 지닌다. 그리고 이 구절의 어투는 향촌의 관리자인 지배층이 농민들에게 점잖게 타이르며 권유하는 형식을 취하고 있다.

이 작품은 현실사회의 모순을 현실 그대로 그려내기보다는 농촌사회의 무너진 질서를 회복하기 위해서 농사의 중요성을 역설하고 있다. 그리고 정부의 중농정책을 옹호하고 있으며, 현실사회에 노출된 여러 가지 모순을 묻어 두고 과거의 농업 질서를 회복하고자 하는 관리자 의식을 담고 있다. 그래서 당시의 농촌사회에서 중요한 문제인 조세제도나 삼정문란에 대해서는 표현해내지 못하고 있다. 이것이 이 작가의 한계가 되지만 건전한 농촌 사회를 유지하고자 하는 지도층의 고민을 함께 엿보게 하는 작품이다.

다음은 「한양가」에 나타난 작가의식을 살펴보기로 한다. 19세기는 조선의 왕권이 쇠락을 걷는 시기이며 한양의 문화는 상당히 정체성을 띠고 있었다. 이 시기에 지어진 "오륜가류 가사에는 19세기의 부정적인 풍속을 사실적으로 나타내고 있다.16) "라고 한 점으로 볼 때, 수도 한양의 문물과 제도를 찬양하는 「한양가」의 내용은 상당히 역설적이라고도 할 수 있다.

천시지리 어더스며   인화죠츠 되어셔라
현송지음 부절ᄒᆞ니   슈ㅅ지풍 분명ᄒᆞ고
인의지도 찬연ᄒᆞ니   셩현지국 되어시라
삼황적 일월이요   오졔격 건곤이며
문무젹 문명이요   한당젹 문치로다
포판이 아니되면   기산이 여기로다
북악에 기린놀고   죵남에 봉황운다
경성은 명요ᄒᆞ고   겨운은 슘담ᄒᆞ다
티고시졀 못보거든   우리세계 즈셰보쇼
이런국도 이런셰상   즈고급금 ㅅ도잇스랴
업듸여 비나이다   북극젼의 비나이다
우리나라 우리인군   본지빅셰 무강휴를
여천지로 희로ᄒᆞ게   비ᄂᆞ이다 비ᄂᆞ이다

이 부분은 조선 왕조의 영원한 번영을 노래하고 있다. 작가는 한양이 중국의 수도에 못지않게 훌륭한 문화를 지녔다고 자랑하면서 자주의식을 나타내고 있다. 이러한 자주의식은 현실사회의 냉철한 비판의식을 결여한 결과로 보인다. 이러한 사실은 조선후기 사회의 단면을 통해서 간파할 수 있다.

19세기 전반기에는 유달리 민란이 많이 일어났다. 민란의 주체자들은 주로 몰락 양반인데 이들에 의해 주도된 민란은 전국적으로 퍼져나갔다. 1811년 홍경래의 난을 시작으로 전국에서는 삼정의 문란과 지배층의 부패에 저항하는 크고 작은 민란이 많이 일어났다. 이러한 민란은 대개가 악질 관리를 제거하자는 자연발생적인 것이지만, 한편으로는 세도정치와 문벌

---

16) 김문기, 『서민가사 연구』, 형설출판사, 1983, 참조
    박연호, 「19세기 오륜가사 연구」, 『19세기 시가문학의 탐구』, 집문당, 1995.

정치에 병든 지배층에 대한 반항이기도 한 것이다.

그리고 19세기 조선왕조의 정치는 순조純祖(1800~1834)가 왕위에 오른 것으로부터 시작된다. 순조가 11살의 어린 나이로 왕위에 오르자, 외척 세력은 왕권을 압도하기 시작하였다. 곧바로 조선의 조정은 안동 김 씨의 세도정치에 휩쓸리게 되었다. 또 헌종憲宗(1834~1849)의 시대가 오자 풍양 조씨가 안동 김 씨를 뒤이어 조정을 뒤흔들었으며, 철종哲宗(1849~1863)에 이르러서는 다시 안동 김 씨가 나라의 중요한 벼슬을 거의 독차지하였다. 19세기는 이러한 시기였음으로 이 씨의 왕조라고 하지만 외척의 세력이 득세하였던 시절이라고 할 수 있다. 그러므로 이 시기에는 양반 사대부들의 전체적인 의견이 수렴되기보다는 한 가문의 정책이 국가의 정책으로 수렴되는 기이한 현상을 보이기도 하였다.

그러나 이 작품의 작가는 조선후기에 조선왕조가 태평성대를 구가하는 것처럼 찬양하고 있다. 작가는 중국의 요순시절에 베풀어 졌던 선정이 19세기의 조선에서도 베풀어진다고 노래하고 있다. 이러한 견해는 시대적인 상황과 상반되는 현상으로 작가가 어지러운 시대적 현실이 빨리 정돈되기를 바라는 마음을 역설적으로 표현하고 있다고 볼 수 있다. 그래서 작가는 한양의 제도와 문화가 다시 한 번 번성하기를 바라는 마음으로 이 작품을 지었다. 이러한 작가의식은 현실의 냉철함을 우회적으로 표현하는 역설적인 관리자 의식을 담고 있다고 할 수 있다.

사회풍속가사는 작가가 도회지에서 살아가든 농촌에서 살아가든지 간에 혼란에 빠진 사회질서를 표현하기보다는 밝고 건전한 측면을 강조하여 문란한 사회질서를 회복하고자 하는 관리자 의식을 담고 있다. 이들은 공통적으로 왕에 대한 충성심을 표현하며, 임금의 은혜를 고맙게 여기고자 하여 무너져 가는 봉건왕조를 되살리려는 의지를 강하게 담고 있으며, 한양의 문화와 농촌의 문화를 그대로 유지하고 싶어 한다. 우리는 이들 작가가 지닌 향토를 사랑하는 정신과 민족의 자주정신을 과소평가하는 어리석음을 저지르지 말아야 하겠다.

5. 사회풍속가사와 정보전달

지금까지 19세기 사회풍속가사인 「농가월령가」와 「한양가」에 나타난 서술방식과 작가의식을 살펴보았다. 본고에서 살펴본 사회풍속가사는 도회지와 농촌의 생활과 풍속을 총체적으로 읊은 장편의 서사가사를 말한다. 19세기 사회풍속가사에 포함되는 작품은 「농가월령가」, 「농가월령」, 「한양가」 등의 작품이라고 할 수 있다. 「한양가」는 도회지인 한양의 풍물을 주로 읊고 있으며, 「농가월령가」, 「농가월령」 등의 작품은 향촌인 농촌의 사회풍속을 읊고 있다.

「농가월령가」의 전체적 구성은 대단락으로 살펴보면 서사, 본사, 결사의 3단계로 나누어진다. 「농가월령가」의 중단락은 시간적 질서를 바탕으로 14개로 나누어지고, 각각의 중단락은 대부분 3개 내외의 소단락으로 나누어져 40여 단락이 된다. 소단락의 구성은 매달의 절기와 경치, 농부의 일 등을 서술하고 있으므로, 중단락의 내용을 좀더 구체화시키고 있다고 볼 수 있다. 이러한 원리를 구체화의 원리라고 할 수 있다. 하지만 각 중단락은 대부분 40여행 내지 50여행으로 구성되어 시간의 흐름에 따라 그 서술 분량이 비교적 동일하다고 할 수 있다. 그래서 이 작품은 작품 속에 흐르는 시간의 흐름을 균등하게 하여 매달의 농사일과 절기 등을 노래하고 있어 시간의 비례적 서술이라고 할 수 있다.

「한양가」는 한양의 궁전에서 출발하여 한양의 시정 풍속과 수원능 행차 등을 묘사하고 다시 대궐로 돌아오는 공간의 질서를 보여주고 있다. 이러한 공간적 질서를 보여주고 있는 「한양가」의 서술방식을 우리는 공간의 구심적 서술이라 할 수 있다.

사회풍속가사에 나타난 서술방식의 특징은 19세기 중반의 한국 사회의 농촌과 도회지인 한양의 풍속을 시간과 공간의 질서로 표현하고 있다는 점이다. 「농가월령가」가 농촌의 일 년 동안의 세시풍속을 중심으로 시간적인 질서를 중심으로 노래하고 있는 비례적 서술방식을 취하고 있는 데 반해, 「한양가」는 한양의 대궐 안과 대궐 밖의 풍속을 공간적 질서를 중심으로 노래하고 있는 구심적 서술방식을 취하고 있다.

사회풍속가사는 작가가 도회지에서 살아가든 농촌에서 살아가든지 간에 혼란에 빠진 사회질서를 표현하기보다는 밝고 건전한 측면을 강조하여 문란한 사회질서를 회복하고자 하는 관리자 의식을 담고 있다. 이들은 공통적으로 왕에 대한 충성심을 표현하며, 임금의 은혜를 고맙게 여기고자 하여 무너져 가는 봉건왕조를 되살리려는 의지를 강하게 담고 있고, 한양의 문화와 농촌의 문화를 그대로 유지하고 싶어 한다. 우리는 이들 작가가 지닌 향토를 사랑하는 정신과 민족의 자주정신을 과소평가하는 어리석음을 저지르지 말고 새로운 콘텐츠로 개발하여 21세기 한국의 도시와 농촌이 상생하며 발전시키는 계기로 삼아야겠다.

앞으로는 비교적 짧은 「한양가」, 「오륜가」 등을 함께 연구하여 사회풍속을 노래하는 19세기 사회풍속가사의 전반적인 내용을 체계적으로 살펴볼 필요가 있다.

○ 참고문헌

김동욱金東旭, 임기중林基中 편編,『악부樂府』, 태학사太學社, 1982.
김동욱, 임기중,『아악부가집雅樂府歌集』, 태학사太學社, 1982.
박성의 교주,『농가월령가·한양가』, 보성문화사, 1978.박성의 교주,『농가월령가·한양
　　　가』, 보성문화사, 1978.

강헌규 주해,『나수螺叟 이기원李基遠의 농가월령農家月令』, 삼광출판사, 1999.
길진숙,「조선후기 농부가류 가사 연구」, 이화여대(석사), 1990.
김문기,『서민가사 연구』, 형설출판사, 1983, 참조
김창원,「조선후기 사족창작 농부가류 가사의 작가의식 연구」, 고려대(석사), 1993.
노규호,「교본가사의 장르적 가능성」,『남사 이근수박사 환력기념 논총』, 1992.
류해춘,「19세기 화답형 규방가사의 창작과정과 그 의의」,『문학과 언어』제21집, 1999.
류해춘,『장편서사가사의 연구』, 국학자료원, 1995, 참조.
박연호,「19세기 오류가사 연구」,『19세기 시가문학의 탐구』, 집문당, 1995.
서종문,「「임진록」과「한양오백년가」의 관계와 그 의미」,『한국고전소설연구』, 새문사, 1994.
조동일,『한국문학통사』제3권, 지식산업사, 1984, pp.330-337.
조해숙,「농부가에 나타난 후기가사의 창작방식과 장르적 성격변화」, 서울대(석사), 1991.
최강현,「한양가 연구」, 고려대(석사), 1964.
최강현,「향토한양가의 이본을 살핌」,『배달말』제8집, 1983.
홍재휴,「농가월령가의 작자에 대한 별견」,『어문학』제4집, 1959.

규방가사에 나타난 놀이문화와 경제활동*

1. 규방가사와 경제활동

조선후기 규방가사는 사대부 여성들이 창작하고 전승의 주체가 된 문학이다. 규방가사는 내방가사, 여성가사, 여류가사 등의 명칭을 사용하기도 한다. 조선후기의 가사는 갈래의 변화와 더불어 작가층과 향유층의 분화와 확대가 확실하게 이루어졌다. 사대부의 여성들이 주된 담당층이었던 규방가사도 조선후기 사회문화의 현실과 관련을 맺으면서 다양하게 변화하는 모습을 보여주고 있다.[1] 조선후기 규방가사는 사대부의 여성들을 가사문학의 새로운 작가의 계층으로 부각시켰을 뿐만 아니라 사대부 여성들이 지닌 관념의 세계에 여성들의 체험과 그 경험을 보태어 표현함으로써 가사문학의 영역을 새롭게 확대하고 개편하였다.

지금까지 규방가사는 다양한 방면에서 연구[2]가 되었고 그 자료[3]의 정리

---

* 이 논문은 "경상북도 내방가사 조사, 정리 및 자료기반(DB) 구축 연구단"의 제1차 학술발표대회(2012년 11월 23일, 안동대학교)인 "안동지역 내방가사의 분포자료와 하위유형의 성격 연구(사업명 : 한국학 분야 토대연구 기초연구 지원 사업)"라는 학술대회에서 기조로 발표한 「내방가사에 나타난 놀이문화와 경제활동」이라는 논문을 수정하고 고친 글임을 밝혀둔다.
1) 류해춘, 『가사문학의 미학』, 보고사, 2009, pp.15-17, 참조.

가 체계적으로 이루어지고 있다. 규방가사의 명칭에 대한 연구는 주로 내방가사[4], 규방가사[5], 여성가사[6]라는 세 견해로 나누어져 있으나, 여기서는 학계에서 가장 많이 사용하는 규방가사라는 용어를 사용하고자 한다. 규방가사는 크게 내용적인 면에서 3가지 유형으로 나누어진다. 계녀가류는 신행을 앞둔 딸에게 시집살이의 덕목을 교훈적으로 가르치고 있으며, 신변탄식류는 가부장제도의 모순 속에서 여자로 태어난 신세를 한탄하고 있고, 그리고 화전가류는 여가생활에서 이루어지는 놀이문화의 즐거움을 노래하고 있다. 여기서는 연구자들이 지금까지 거의 주목하지 않았던 규방가사에 나타난 여성의 놀이문화와 경제활동을 중심으로 조선후기 여성생활을 표현하고 있는 작품을 분석하여 그 의미를 찾는 것을 목적으로 한다.

조선후기 규방가사에 등장하는 여성놀이는 화전놀이, 선유船遊놀이, 윷놀이, 기행유람 등이 있으며, 조선후기 규방가사에 등장하는 여성의 경제활동은 여성이 가정경제에서 담당하는 역할을 중심으로 노동자, 소비자, 투자자 등으로 나누어진다고 할 수 있다. 조선시대 여성들의 놀이문화는 비슷한 사회경제의 기반을 갖춘 다수의 여성들에 의해 집단으로 향유되는 문화생활이라는 점에서 여성의식의 개별성보다는 공동체의 전형성을 표출하고 있다. 한편 조선시대 여성의 가사노동은 여성의 노동과 일정한 관련을 맺고 있는데, 이 시기 가사노동은 여성들이 살아가는 삶의 대부분을 차지하고 있었다. 조선시대 가정에서 이루어지는 가사노동은 여성의 사사로운 노동이라기보다는 가족 공동의 생활이 이루어지는 현장으로서의 기능을 하였고 여성에게는 가족관계의 일들이 복잡하게 얽히는 삶의 현장이었

2) 권영철, 『규방가사 각론』, 형설출판사, 1986.
3) 권영철 편, 『규방가사 Ⅰ』, 한국정신문화연구원, 1979.
   이정옥, 『영남내방가사』 1-5, 국학자료원, 2003.
4) 최태호, 『내방가사 연구』, 경북대(석사), 1968.
5) 권영철, 『규방가사 연구』, 이우출판사, 1980, p.9.
6) 서영숙, 『한국 여성가사 연구』, 국학자료원, 1996.

다. 삶의 현장에서 여성들은 노동자로서의 경제생활을 영위했는가 하면, 소비자로서 가정경제의 주체로서 물건을 구입하여 합리적인 방법으로 물건을 소비하는 여성 역할의 중요성을 강조하기도 하였으며, 가문의 부흥을 추구하며 가족의 경제적 궁핍을 해소하기 위해 새로운 투자자로서 새로운 투자처를 찾아 나서는 욕구를 표출하기도 하였다. 이러한 역할을 수행하면서 여성들은 삶의 현장에서의 고단함을 탄식하고, 여자로 태어난 것을 한탄하기도 하였다. 규방가사에 나타난 이러한 여성들의 모습은 노동을 통해서 자신의 삶을 주체적으로 꾸려가는 조선후기 여성생활인의 모습에 더욱 밀착되어 있다.

위와 같이 조선후기 규방가사에 나타난 놀이문화와 경제현실을 살펴보는 작업은 조선후기 여성들이 처한 현실과 그 현실을 극복하는 다양한 모습을 밝혀내는 것으로 조선후기 여성들의 삶을 놀이문화와 경제현실의 문제를 통해 새롭게 이해하려는 시각이라 할 수 있다.

2. 놀이문화와 공동체인식

규방가사에 나타나는 여성놀이 가운데 가장 두드러진 것은 화전놀이이다. 화전花煎은 '꽃[花]을 달인다[煎]'라는 의미로 꽃지짐, 꽃달임, 꽃다림 등이라고 한다. 화전놀이에서는 여성들이 봄에는 진달래나 쑥잎을 따서 부쳐먹으며, 가을에는 국화잎을 따서 얹고, 겨울에는 대추로 꽃을 만들어 부쳐먹는다. 화전놀이에 비해 상대적으로 적은 숫자이지만 뱃놀이, 윷놀이, 기행유람 등[7]도 규방가사에 나타난 여성의 놀이문화라고 할 수 있다. 이들 여성놀이는 대부분 야외에서 벌어지는 집단놀이라는 특징을 지니고 있지

---

7) 손앵화, 「규방가사에 나타난 여성의식 연구」, 전북대(박사), 2009. pp.45-59 참조.

만 이 시기에는 화전놀이가 가장 대표적이라 할 수 있다.

화전놀이는 한 집안이나 마을의 여성들이 한꺼번에 집을 떠나 단체가 놀이문화를 향유함으로써 많은 경비가 소요되고 놀이에 필요한 물품을 나르는 일꾼도 필요하였다. 이러한 화전놀이는 농사철에 이루어지기보다는 농사에 지장을 주지 않는 한가한 시간이자 겨울철의 갑갑함을 벗어날 수 있는 시기인 봄철에 많이 개최되었다.

화전놀이를 표현한 규방가사는 일상을 벗어난 여유와 풍류를 담고 있는 동시에 여성들의 놀이문화와 가문에 대한 자긍심을 많이 담고 있다. 또한 여성들이 주최하고 즐겼던 화전놀이를 통해서 여성들은 갈등과 한恨을 해소하고 다시 일상으로 돌아와 자신감을 가지고 일상생활을 영위해 갈 수 있었다.

2.1. 집단놀이와 정감의 발현

여성들에게 화전놀이는 일 년에 한 번쯤 어렵게 얻을 수 있는 아주 특별한 것으로써 여성에게는 일종의 보상인 여가활동이라고 할 수 있다. 그래서 여성들은 일상에서 벗어나 자연 속에서 즐길 수 있는 화전놀이에 대한 기대와 설렘은 클 수밖에 없었다. 화전놀이에서 양반사대부가의 여성들은 의도적으로 규방가사에 동참자들을 불러들이는 수법으로 활용하여 청자인 동참자를 동류항으로 묶어서 동류의식과 공동체의식을 표출하고 있다. 이러한 현상을 거치면서 화자는 개인의 정서를 표방하는 것이 아니라 집단의 정서를 표출하게 된다. 사대부가사의 화자가 개인의 정서를 표현하는 화자인 '나'의 표명에 중점을 두었다면, 규방가사의 화자는 '집단'에 기반을 두고 여성 상호간에 강한 결속력과 감성의 공감을 형성하는데 치중하고 있다.

화전가류의 작품에 서두와 중간 그리고 결말에 이르기까지 자주 등장하는 '어와', '어화', '여보소' 등에서 감탄사의 역할은 집단의식을 도출하는 하나의 공식이라 할 수 있다. 이러한 감탄사를 통해서 '벗님네'나 '여자들아'와 같이 놀이를 함께하는 동족의 촌락이나 한마을의 부녀자들은 서로 정서의 공감대를 형성하게 된다. 이렇게 형성된 여성 상호간의 유대와 결속에 의해 놀이에 참석한 여성들은 놀이의 연행 현장에서 보편화된 정서의 공감대를 더욱 구체적으로 표현하고 있다.

> 우리도 이세상에 남자나 되었으면
> 시세가흥 때때마다 마음대로 노련마는
> 여자유행 얼마여서 규문생활 가련하다
> 시집사리 가논속에 고생인들 오족하랴
> 구름에 밧틀 메고 등잔아래 베를 짤 때
> 하지일과 동지야에 뽕을따셔 침선방적
> 사시골몰 바쁜속에 청춘이 다늙었네
> 일년일차 이모임 마음인양 못들소냐
> 남녀분명 달나셔도 심중소회 일반이라
> 여보소 벗님네야 이뇌말삼 들어보소
> 젹막심규 깁흔속에 셔러담은 하소연을
> 노래가사 지엿거든 이 자리에 하소하세
> 좌중이 하는 말슴 그대답 박수친다   「화전가」[8]

조선시대 여성들은 일생의 거의 모든 시간을 집안에서 보내야 했으나 화전놀이를 통하여 일 년에 한 번은 공식적으로 허락된 자유를 만끽할 수 있었다. 자유가 없이 속박된 사람에게는 자유야 말로 가장 중요한 것이고 즐거운 일이다. 화전놀이는 조선시대 여성들에게 놀이의 즐거움에 앞서 일상에서 벗어나는 해방감을 주었고 이러한 해방감이 화전놀이에 참여한 여성들에게 공통의 정감을 발현하게 하는 데 크게 기여하였다. 화전놀이를

---

8) 김성배, 『주해가사문학전집』, 집문당, 1977, 참조.

통하여 여성들은 서로의 하소연을 털어 놓고 서로의 정감을 나누었다. 화전놀이는 현대의 대중예술과 비슷하게 오락성과 해학성을 미학으로 하는 기능9)을 지니고 있다. 화전놀이를 하는 이 날만큼은 누구의 감시도 받지 않고 자신이 하고 싶은 말을 마음껏 털어놓을 수도 있었던 것이다. 이처럼 화전놀이의 현장에서 여성들은 탄식과 비판으로 그동안 쌓여왔던 과도한 노동과 시집살이로 인한 육체와 정신의 고통을 잊어버렸다.

화전놀이의 기회는 일 년에 한 번 가질 수 있는 것이기 때문에 더욱 값진 것이었고 일 년간 쌓아 두었던 여성들의 한을 해소하고 정서를 순화시키는 기능을 하였다. 이러한 화전놀이를 통하여 자신의 처지를 부정적으로 인식하던 여성들은 더욱 부드러운 마음을 가지게 되었으며 일상의 삶에 충실할 수 있는 재충전의 계기가 되었다.

2.2. 일탈에 의한 오락성의 추구

조선시대 여성의 놀이문화는 매우 드문 기회이면서 문중 어른들이 허락한 공인된 자리였다. 조선시대 양반사대부의 부녀자들의 삶은 철저하게 집안의 공간으로 제한되었다. 화전놀이는 자유롭고 자발적인 활동이며 즐거움과 재미의 원천이라고 할 수 있다. 조선시대 여성의 놀이에는 구경꾼과 같은 단순한 객체를 가정하지 않는다. 놀이에 참석하는 사람은 모두가 놀이의 주체라고 할 수 있다. 사대부의 여성들이 놀이를 하는 순간만큼은 자신을 구속하는 일상의 규칙과 의무에서 해방되었다. 기분의 전환을 위해서 일상의 질서를 벗어나 자유롭게 노는 '놀이' 그 자체를 위해서 놀이가 존재하는 것이다.10) 놀이는 근본적으로 탈질서를 추구하고 있어서 놀이에 임하

---

9) 류해춘, 「대화체를 수용한 사설시조와 그 실현양상」, 『국학연구론총』 제9집, 택민국학연구원, 2012, p.217.
10) 로제카이와, 『놀이와 인간』, 문예출판사, 1994, p.29.

는 사람들은 가볍고 즐거운 마음으로 놀이에 몰두할 수 있다. 여성들의 화전놀이에는 이처럼 놀이자체를 여한 없이 누리고 즐기는 모습을 잘 표현하고 있다.

> 우리동유 서로만나 희희낙락 놀아보세
> 두덩실 춤을추며 맵시있게 놀아보세
> 지필묵을 가져다가 용지연 먹을 갈아
> 섬섬옥수 붓을잡아 백노간지 선화지에
> 가사짓고 평을하여 가회하여 놀아보세
> 오늘날 우리놀음 먹자고만 모였으리
> 춘일춘풍 등산하여 춘풍영귀 하자하고
> 상상봉을 올라가서 산천경기 둘러보니
> 이때가 어느 땐고 춘풍삼월 좋을 때라 「권본 화전가」[11]

이 부분은 화전놀이의 현장에서 명승지를 찾아가면서 찬양하는 내용에 자주 등장하는 고식적인 표현이다. 놀이터를 찾아가는 부분에서 경치의 찬양은 대개 화전놀이를 위해 부녀자들이 짝을 지어서 걸어가는 도중에 만나는 봄철의 화려한 자연풍경에 대한 찬미가 많다. 모처럼 가정사의 일상에서 벗어난 부녀자들에게는 굳이 아름다운 꽃과 새 그리고 나무가 아니라도 눈길 닿는 곳마다 절경이며 승지가 아닌 곳이 없었을 것이다. 부녀자들이 바깥 경치에 대한 애정과 흠모의 근원은 일상의 틀에서 벗어나는 자유로움에서 오는 해방감에 있다. 남녀노소를 막론하고 놀이가 가지는 일차적인 목적은 놀이 그 자체에서 오는 쾌락이나 쾌감에 있다고 할 수 있다. 그래서 일상의 공간에서는 엄두를 내지 못할 상황을 연출하여 화전놀이라는 여가의 공간을 통하여 가사를 짓고 서로 품평회를 하면서 즐겁게 놀면서 풍류를 즐기는 모습을 보여주고 있다.

---

11) 권영철, 『규방가사』Ⅰ, 정신문화연구원, 1979, p.269.

시집살이의 속박에서 벗어나 봄철의 경치와 함께 놀이의 즐거움을 맛보는 부녀자들의 화전놀이는 인간이 지닌 욕망의 자연스런 발로라 할 수 있다.

> 곷싸움에 싸려하고 향기맑은 꽃입흔
> 젹꾸어 먹어보자 셕간슈 옥계변에
> 옥관을 걸어노코 백분청슈 두견화를
> 청유에 지져내니 한편으로 꽃싸움은
> 편을 갈나 일어나내 청춘에 호기심은
> 승부로 장할시고 섬섬옥수 마조잡고
> 한 건곤 일어난다 백옥잠 감노쥬는
> 이긴편을 상주하고 검은사발 보리탁주
> 진사람들 벌주로다 상주벌주 취한 좌석
> 노래소리 낭자하다   「화전가」[12]

위의 내용은 놀이의 현장에서 두견화를 꺾어 화전을 구워먹던 중에 한쪽 편에서 꽃을 가지고 경기를 하는 싸움이 벌어진 내용과 함께 노래 소리가 멀리 퍼져나가는 흥겨운 모습을 표현하고 있다. 꽃싸움은 원래 아동들이 즐겨하는 놀이이지만 여기서는 부녀자들이 화전놀이에서 연행하여 수용한 경우라 할 수 있다. 꽃싸움은 두 사람이 서로 꽃이나 꽃술을 맞걸어당겨서 줄이 안 끊어진 사람이 이기는 경기이다. 이처럼 편을 나누어 승부를 겨루고 승패의 결과에 따라 술과 음식에 차등을 둠으로써 놀이의 흥미를 더할 수 있다. 중요한 일은 승패가 아니라 이긴 편은 이긴 대로 진 편은 진 편대로 술을 마시고 노래를 부르며 마음껏 화전놀이를 즐길 따름이다. 조선시대 여성들은 집안에서 자신의 목소리를 낼 기회가 별로 없었다. 자신의 목소리를 낸다고 하여도 다소곳하고 조신한 태도를 취해야 했다. 그

---

12) 권영철, 앞의 책, p.374.

래서 화전놀이의 현장에서 자신들의 노래 소리가 우렁차게 퍼져나가는 모습에서 여성들은 오락성과 일탈성의 쾌감을 느꼈을 것이다. 이때에 여성들은 남자들처럼 자연을 마음껏 누리면서 적극적으로 산수와 자연의 감흥에 취할 수 있었다.

2.3. 여성 상호간의 유대와 공동체의식

여성놀이를 창작의 기반으로 하는 규방가사의 서술특성은 여성 상호간의 연대를 통한 돈독한 공동체의식의 형성에 있다. 규방가사는 개인의 감성이나 흥취를 읊은 사대부가사와는 다르게 다수의 여성들이 함께 모인 가운데서 향유하면서 가창하기도 했다. 화전놀이에 참여한 여성들은 사대부의 여성이라는 동일한 신분을 지녔으며 생활의 수준과 교육의 정도가 거의 비슷하다고 할 수 있다. 이들은 동성의 문중이나 동족촌의 부녀자들인 경우가 많았다. 여기서는 양반사대부가 여성들의 결속과 상호간의 신뢰가 규방가사에서 어떤 형태로 표출되고 있는지를 살펴보기로 한다.

먼저 화자는 '벗님네', '동유', '붕우', '친구' 등의 관습적인 어휘에 호격조사를 결합하여 놀이의 현장에 있는 다수의 여성들을 불러들인다.

어와 우리 동유들아 화전놀이 흐여보세 「권본 화전가」[13]
어와 세상 사람들아 이가사를 들어보소 「화전가」[14]
어와 벗님닉야 청춘이 어제러니 「친목유희가」[15]
어와 딸네 여자들아 답가사를 자시듣고 「화전답가」[16]

---

13) 권영철, 앞의 책, p.259.
14) 권영철, 앞의 책, p.282.
15) 권영철, 앞의 책, p.302.
16) 권영철, 앞의 책, p.394.

규방가사는 집단적으로 향유되고 창작되는 여성놀이의 현장을 창작과 연행의 기반으로 삼는다. 집단놀이를 바탕으로 연행의 현장에서 불리어지는 규방가사는 '-야'라는 호격조사와 '-소', '-게' 등의 청유형어미를 함께 사용하여 동류의식과 우리라는 집단의 공동체의식을 함께 형성시키기도 하였다.

다음은 화자가 화전놀이에 많은 여성들의 참여를 권유하는 내용을 살펴보기로 한다.

> 우리청춘 이만할디 화전한번 노라보자
> 놀기을 작성하나 어이놀면 조흘손가
> 독악락과 여인락은 여인락이 조타후고
> 여소락과 여중락은 여중락이 조타후니
> 우리엇지 혼자노리 광설하여 노라보자 「화전가 3」

화자는 작품에서 혼자 즐기는 즐거움보다는 남과 더불어 즐기는 즐거움이 좋고 적은 사람과 즐기는 즐거움보다는 많은 사람과 함께 즐기는 즐거움이 좋다는 내용을 서술하고 있다. 즉, 많은 사람들이 함께 모여서 어울리는 놀이가 더욱 즐겁다는 것이다. 화자는 이러한 서술을 통해서 다수의 청중들이 함께 참여하고 많은 여성들이 자발적으로 놀이에 참여하여 공동체의식을 가지기를 희망하고 있다. 여성의 놀이문화에서는 자신의 흥에 겨워서 함께 참여한 동료를 무시하거나 망각하는 일은 거의 없다. 불참자의 안부도 묻고 불참한 이유를 서술하기도 한다. 여성에게 놀이는 생활에서 쌓인 스트레스를 해소하는 자리일 뿐만 아니라 그동안 궁금했던 일가친지와 죽마고우의 소식을 전해서 듣거나 직접 만날 수 있는 기회였다. 역사와 전통을 중시하는 가문의 후손인 만큼 문중의 구성원은 자신에 대한 긍지와 자부심도 남과 달랐다.

왼손에 풀을 썩고 오른 손에 꽃을 썩어
청청홍홍 가는태도 왕소군의 맵시로다
양단이라 웃져고리 비로도 조흔치마
나요링 상하단에 청춘홍안 째마추어
아장아장 돌아셔니 청상에 피던꽃이
송이송이 날이여서 가가호호 다시피듯
구고전 현신할제 언어구구 자정화라
셕반을 먹자마자 월출동영 달밝은데
화전놀음 기록하니 우슴소리 낭자하다
우슴으로 피는꽃흘 가정화가 되다보니
우리가정 피는꽃치 세세젼지 자손화라　「화전가라」[17]

　화자는 화전놀이를 맞이하여 여인들이 곱게 단장을 하고, 손마다 풀과 꽃을 꺾어들고 가는 일행들의 모습을 천상에 꽃이 핀 것 같다고 표현하여 자신감과 공동체의식을 발현하고 있다. 그리고 문중의 여성은 화전놀이를 마치고 귀가하면 구고舅姑에게 인사를 하며 몸을 현신하여 화전놀이의 상황을 보고하는 것이 마땅하다고 할 수 있다. 그리고 화자는 며느리와 올케를 사랑하는 시부모의 모습을 자정화慈情花로 형상화하고, 정이 넘치고 웃음이 가득한 화목한 가정의 모습을 가정화家庭花로 형상화하여, 가족과 가문의 화목이 대대손손으로 이어지기를 바라는 마음을 자손화子孫花로 형상화하고 있다. 화수회花樹會에서 이루어지는 친목놀이는 문벌의 과시와 인물 자랑을 통해서 동족의 촌락에서 거주하는 혈연집단의 가문결속에 기여했으며 공동체의식을 더욱 공고하게 하였다.

　여성들은 화전놀이를 마치면 일상으로 돌아갔다. 이처럼 화전놀이를 비롯한 여성들의 놀이문화는 놀이를 통하여 일상생활에서 행할 수 없었던 탄식과 비판을 쏟아내면서 그동안 억눌렸던 여성의 한과 욕구를 어느 정도

---

17) 권영철, 앞의 책, pp.334-335.

해소하고 있다. 여성들의 놀이문화는 당시 사회에서 허용하고 인정한 욕망의 분출구로서 여성의 삶을 안정시키고 사회를 유지시키는 문화장치라고 할 수 있다.

3. 경제상황의 변화와 현실경제

조선후기에 이르면 자급자족의 자연경제에서 화폐가 통용되면서 상품의 구매를 촉진시키는 상품화폐 경제로의 전환이 일어난다. 상품이란 우리의 외부에 있는 한 대상이며 그 성질에 의해 인간의 욕망을 충족시켜주는 노동의 생산물이다. 상품은 자기에 대해서는 직접적인 사용가치를 가지지 않고 교환에 의해 그 가치를 획득한다. 상품이 유통될 때 가치척도로 기능하는 것이 화폐라고 할 수 있다.

조선은 신분제 사회였으므로 신분에 따라 경제의 조건이 달랐다. 또 남성이 중심이 되는 가부장제 사회였으므로 여성들은 신분뿐만 아니라 혼인에 의해서도 삶의 경제여건이 많이 좌우되었다. 그래서 사대부가의 여성들도 어릴 때에는 부모님을 잘 만나야 하고, 젊을 때에는 남편을 잘 만나야 하고, 늙어서는 자식을 잘 두어야 편안하게 일생을 살아갈 수 있었다. 하지만 경제체제가 변모하는 조선후기에 이르면 남성중심의 신분사회 역시 변화의 조짐을 보이고 있다. 조선후기 상품화폐 경제의 발전은 신분사회의 불합리한 구조를 이성과 합리성으로 변화시키기도 하였으며, 불평등한 분배구조를 조장하기도 하였는데 이러한 변화는 여성들의 경제활동과 그 삶의 변화에도 중대한 영향을 미쳤다.

여기서는 규방가사에 나타난 조선 후기의 경제현실이 여성들의 삶을 어떻게 변화시켰으며 이러한 현실을 여성들은 어떻게 표현하고 있는 지를 살펴보고자 한다. 조선시대를 살아가면서 여성들은 노동자로서 생산의 역할을 담당했으며, 소비자로서 생산물을 소비하고 향유함으로써 자신의 욕망을 충족시키기도 했고, 사회제도와 가문이 허용하는 범위 내에서 경제와 가문을 위해서 투자자로서의 역할을 담당하기도 했다. 이처럼 규방가사에 재현한 조선후기 경제주체로서의 여성을 여기서는 노동자, 소비자, 투자자[18] 등으로 나누어서 여성의 경제활동을 살펴보고자 한다.

3.1. 노동자로서의 생계유지

조선사회에서 사대부는 통치계급의 일원으로 지배계층에 속했다. 조선 전기만 하더라도 관료가 되면 직급에 따라 토지를 받고 이로부터 세금을 거둘 수 있었으며 국가로부터 매년 녹봉을 받았으므로 경제의 이득이 결코 적지 않았다. 조선 중기에 직전법直田法이 시행된 이후에 그 혜택은 점점 줄어들게 되지만 선대로부터 물려받은 토지를 가짐으로써 경제의 기반을 확보할 수 있었다. 조선은 자급자족의 농경사회였으므로 토지를 소유하는 것만으로는 재산을 유지하기 어려웠다. 사대부들은 토지를 운용하여 농사를 지음으로써 경제력을 유지해 나갔다. 그래서 조선시대 사대부들의 생산 활동은 토지를 바탕으로 한 농업노동을 바탕으로 하였다고 할 수 있다.

경제기반이 없는 한미한 사대부 가문의 경우 남편이 생산노동에 나서지 않는다면 부인이 가계를 책임져야 했으므로 노동자와 생산자로서의 역할을 통해 가정 경제를 잘 운영해 가는 것은 여성의 능력인 동시에 여성의 덕목이 되었다. 여성은 글을 읽는 남편 대신에 바느질과 길쌈으로 자본을 마련하여 곤궁한 살림을 꾸려가야 했다. 이러한 치산을 통해서 여성은 가정의 살림을 책임져야 했으며 가계를 경영하고 운영하게 되었다.

---

18) 김찬호, 『돈의 인문학』, 문학과 지성사, 2011, pp.125-132.

조셕으로 지를모아 롱스씨를 싱각허소
뒤간의 물을달아 그아니 부슐인가
오좀똥을 한테모면 웃밥이 예서는다
슈족이 힛티허면 지물이 어이나리
가난한 롱부들아 조상지업 업다마소
쥬공쳐 츠자가셔 큰도량을 널니면서
마른데는 밧츨갈고 져진데는 논을풀고
담불담불 뽕을심어 잠롱을 힘을쓰소
부인의 한달롱스 요긴험도 요긴허다
모시숨베 몃필이며 즈손혼슈 봇티리라
송아지 큰소되고 파린말이 살이쪈다
고물고물 치소노아 반찬갑슬 너지마라
여긔져긔 과목심어 돈진사람 오게허소
이구셕 져구셕에 오곡백곡 소복소복
화전밧치 옥토되고 가정견이 원장부요   「치산가」[19)]

　　조선후기 사회는 농업을 근간으로 했으므로 여성들의 노동생활은 농촌
생활을 바탕으로 이루어졌다. 대부분의 노동과 생산은 농업을 통해 이루어
졌는데 여성들은 가정에서 생산된 농산물을 시장에 내다 팔거나, 양잠업,
목축업 등을 통해서 농축산물을 상품화함으로써 경제적 가치를 창출하기
도 하였다. 앞의 작품에서는 농부들이 노동을 하여 의식주를 해결하고 치
산治山을 하는 방법을 구체적으로 서술하고 있다. 화자는 높은 산의 논밭이
라도 제 때 거름을 주고 관개灌漑를 잘하면 가을에 풍성한 수확을 할 수 있
으니 농사에 힘쓸 것을 주장하고 있으며, 농사 이외에도 길쌈과 양잠을 함
께 하여 의복을 마련하여 가난을 벗어날 것을 강조하고 있다. 이처럼 조선
후기 향촌 사대부의 여성들은 농업에 관련된 논밭 관리, 제초하기, 길쌈하
기, 가축 기르기 등의 노동자의 역할을 수행하여 살아가야 했다.

---

19) 임기중 편, 『한국가사문학주해연구』17, 아세아문화사, 2005, pp.539-540.

3.2. 소비자로서의 합리성 추구

규방가사에서는 사대부의 여성들에게 절약하여 검소한 생활과 합리성을 지닌 소비를 주장하고 있다. 생산은 소비를 기반으로 하고, 소비는 다른 측면에서 생산이다. 모든 생산물은 소비자를 통해서만이 비로소 실제적인 의미의 생산물이 되므로 소비자가 생산자를 양성한다고 할 수 있다. 소비는 생산에 대한 욕구를 창출함으로써 욕망을 재생산한다. 여성들이 규방가사를 통하여 소박하고 검소한 생활을 하도록 경계한 것은 단순히 유가의 규범을 지켜야하기 때문이라고 단순화할 수는 없다. 풍족한 재산을 지니고 있었던 사대부가 여성들의 경우 절용은 도덕과 규범의 당위성을 지닌다고 할 수 있지만, 궁핍한 살림살이를 했던 여성들에게는 현실생활과 밀접한 관련이 있었다고 해야 한다. 가난한 사족들의 경우에는 부인들이 가정경제를 책임지고 있었으므로 집안의 경제를 잘 운용하는 하는 것은 남성보다 여성의 책임이 더 크다고 할 수 있다.

> 극난ᄒ다 셰간사리 돈졀격중 간슈ᄒ여
> 줄견듸고 못살기난 안ᄒᆞ손의 달여시니
> 가산이 십만이라도 허다방퉁 ᄒ계이면
> 슈연간의 픠망ᄒ다 입고먹고 ᄒ난거시
> 궁사극치 ᄒ계더면 왕자라도 픠망ᄒ다
> 후일의 후회ᄒ덜 픠망ᄒ셰간 다시올랴
> 드럽고 츤ᄒ거시 가난밧게 쏘잇난야
> 부모죽어 슬ᄯᅡᄒᆞᆫ덜 벗고먹고 ᄒ난거시
> 잇틀사흘 굴문사람 부모쳐ᄌ 알을손야
> 가빈ᄒᆞ면 사현쳐난 일노보와 ᄒ말이라 「효부가」[20]

---

20) 임기중 편, 앞의 책 20, 2005, p.446.

조선사회는 유교의식이 지배하였던 만큼 경제생활에 있어서도 절약을 통해 검소한 생활을 강조하였다. 여성들은 규방가사라는 문학의 갈래를 통해서도 근검절약의 중요성을 강조함으로써 당시 여성들의 과도한 소비에 대하여 경계를 하였다.

작품의 화자는 가난하고 궁핍한 살림살이라도 잘 살고 못 살기는 아내 손에 달렸다고 하였다. 가산家産이 많아도 방탕하게 소비하면 몇 년 안에 망할 것이며 사치를 지나치게 하면 재벌인 왕자라도 망할 수밖에 없으니, 가난한 사족들은 더욱 검소하고 절약하며 생활해야 한다고 한다. 집안이 가난하면 어진 아내가 필요하다고 강조하면서 어진 아내의 모습을 가난한 살림일지라도 절약하는 소비생활을 수행하여 가정경제를 잘 꾸려나가는 아내로 형상화하고 있다. 여기서도 화자는 소비자로서 절약하고 검소한 사람은 복을 받고 소비를 지나치게 하는 사람은 패망하게 된다는 기본 원리를 주장하고 있다.

자급자족의 사회에서는 생산과 소비가 명확하게 분리하여 존재하지 않는다. 하지만 상품경제 화폐의 시대에 들어서면 노동자가 생산한 상품과 소비자인 인간 사이에 화폐가 매개하여 생산과 소비를 명확하게 분리하였다. 생산에 대한 욕구는 화폐에 대한 욕구로 대체되고 화폐 축적은 더 많은 소비를 조장하였다. 조선후기에 이르러 인간들의 소비생활이 비합리성을 지니는 일은 이러한 사회경제의 변화에서 야기된 것이다. 이 시기의 규방가사에는 여성들의 과소비 형태를 비판하는 작품들이 다수 등장하는데 경계의 대상은 사치와 낭비라고 할 수 있다.

> 못댄사람 볼략시면 행동그지 한심하다
> 시부모님 말씀끝에 말이나 잘 대답하고
> 가장에게 불순하고 형재간에 윤이업고
> 이웃집도 자주가고 남의말도 잘도하네

이말저말 왠기다가 무른마금 이러나네
화전을 한다하며 나먼저 석나서고
외서리 간다하면 껑충거려 뛰어나내
굿긔경도 잘도가고 물먹으로도 잘도간다
그중에 질겨서 길삼으로 전패하고
동지섯달 긴긴밤에 등잔밝켜 잠만잔다   「훈민가」[21]

가장이 눈을 속여 썩사먹고 고기사기
온갖장사 다질기며 긔마디로 츕봉하니
도적셩습 아니어든 전곡이 지탕하는가
이러한 부녀힝사 천성이 그리한가   「회인가」[22]

　　규방가사의 「훈민가」와 「계녀가」에는 여자들의 지나친 소비를 경계하
는 내용이 많다. 앞의 인용문에서 화자는 여자의 못된 행실로서 시부모님
에게 말대답을 하거나 가장에게 불순한 것, 형제간에 불목한 것, 이웃 간에
불화한 것 등을 제시하고 있다. 그중에서도 비판하면서 과소비를 경계하는
것은 길쌈을 부지런히 하지 않는 것이다. 길쌈을 전폐한 채 동지섣달 긴긴
밤에 등잔을 밝혀 놓고 잠을 자는 나태하고 무능한 과소비의 여성을 비판
하고 있다. 길쌈은 여자의 재주라고 할 수 있지만 기초적인 가내수공업이
다. 길쌈은 가족들의 의복을 갖추는 기술로서 가정의 침구와 의복을 담당
하는 중요한 역할이다. 길쌈을 게을리 하는 것은 여성으로서 역할을 제대
로 수행하지 못하는 의미일 뿐만 아니라 경제활동을 잘하지 못하는 불량주
부의 상징이 되었던 것이다.

　　뒤의 「회인가」의 화자는 여성들의 부정한 행실을 매우 사실적으로 묘사
하며 비판하고 있다. 화자는 부녀자인 여성이 게으르기만 한 것이 아니라
함부로 떡 사 먹고 고기 사 먹고 물건을 사느라 재물을 낭비하니 재산이

---

21) 임기중 편, 앞의 책 20, 2005, p.524.
22) 임기중 편, 앞의 책 20, 2005, p.392.

지탱할 수 없음을 서술하고 있다. 여성의 중요한 책무인 길쌈과 농사는 뒷전이고 여기저기 다니면서 재물을 소비하고 낭비하는 일은 경계의 대상이었다. 이처럼 규방가사에는 절약을 강조하면서 지나친 소비를 경계하는 작품이 많이 있다.

이러한 규방가사의 유형에 등장하는 여성은 소비생활을 정상적으로 하는 것이 아니라 자신의 욕망에 따라 과도한 소비생활을 하는 여성이 조선후기에도 존재했음을 밝혀주는 증거이다. 이러한 가사는 조선후기 여성들의 무절제한 소비생활을 경계하고자 하는 것이다.

3.3. 투자자로서의 경제활동

조선후기의 경제상황은 근대로 향해 나아가는 시기였으나, 정치현실은 계급사회였다. 따라서 여성이 가정 안에서 투자자로서의 경제활동은 미미하고 제한적이었지만 가정경제에서 중요한 역할을 했다고 할 수 있다. 이 시기 여성들의 경우에는 신분과 가문에 의한 혼인이 개인의 풍요로운 삶에 많은 영향을 미쳤다. 경제활동이 활발해지는 19세기 말엽이 되면 신분과 혼인도 중요한 역할을 했지만 경제력이 실질적인 신분으로 변하는 시기가 된다고 할 수 있다. 여성의 경제활동으로는 농업의 생산 활동과 직접 관련이 있는 농장과 노비들을 잘 관리해야 하는 미래의 치산治産과 투자자로서의 의무를 함께 지니고 있었다.

> 아희야 드러바라 쏘흔말 이르리라
> 노비는 슈족이라 슈족업시 어이사랴
> 더위에 농사지어 상견을 봉양호고
> 치위예 물을둥어 상견을 공양호니
> 그아니 불상호며 그아니 귀할손가
> 쑤지져도 악언말고 미치나마 과장마라

명분을 엄케흐야 긔슈를 일치마라
제쩌에 옷립히고 비고푸게 흐지마라   「계녀가」[23]

　작품의 화자는 노비를 수족처럼 아끼고 자식처럼 아낄 것을 거듭 당부
한다. 더운 날씨에 농사를 짓고 추운 날씨에 물을 길러 상전을 봉양하는
것이 노비이다. 사대부에게 노비는 불쌍하게 여기고 잘 보살펴서 투자를
해야 할 대상이다. 화자는 여성들이 노비를 다스림에 있어 제 때에 먹이고,
제 때에 입혀서 의식을 풍족하게 하여야 한다고 주장한다. 화자는 꾸중을
할 때에도 악언을 하지 말라고 했다. 매질을 할 때에도 지나치게 하지 말
것을 당부하고 있다.

　그 이유는 사대부 여성들이 노비를 소중하게 여기는 이유는 가정의 재
산으로 여겼기 때문이다. 사대부들이 생산의 활동을 하지 않아도 경제적으
로 안정된 생활을 할 수 있었던 것은 토지를 경작하고 농산물을 수확하는
노비들이 있었기에 가능하다고 할 수 있다. 그러므로 사대부들에게 있어서
노비는 토지와 마찬가지로 생산수단의 하나였으며 노비를 잘 관리하는 것
은 치산과 투자의 하나였다. 특히, 집안 살림을 책임지고 있는 여성들의 경
우에는 노비를 잘 부리고 관리하는 것이 미래를 위한 투자처가 되었다.

성공쳐에 오르거든 욕보기를 싱각허소
뒤밋쳐 두번가면 낭패가 쉬우리라
미일의 큰공부는 지부지족 달렷나니
월명심야 미음우와 화용일슈 유광풍을
일일슴셩 허거드면 만셰라도 티평이라
예절도 의식이요 힝셰도 의식이요
친구도 의식이요 공명도 의식이요
스업도 의식이요 의식이 유족허면

23) 권영철, 앞의 책, pp.11-12.

> ᄌ식나셔 글일키고 향쳔도 졀노허고
> 쥭빅의 일홈쓰고 긔린각의 화상뫼셔
> 쳔츄만셰 유젼ᄒ셰   「치산가」[24]

이 작품에서 화자는 치산을 잘해야만 자식이 권학에 힘을 쓸 수 있고 이후에 온갖 영화를 누릴 수 있다고 강조하고 있다. 화자는 치산을 이루고 난 후에 자식들의 진사급제와 공부하기에 투자할 것을 주장하고 있다. 화자의 이러한 태도는 지긋지긋한 가난을 경험한 화자의 주장으로 볼 수 있다. 21세기 한국은 지나친 교육열로 출세를 위한 공부를 먼저 하고 나중에 직업을 얻는 교육을 자식들에게 가르친다. 하지만 조선시대에는 먼저 의식주衣食住를 비롯한 생활의 경제문제를 해결하고 난후에 자식에게 공부를 시켰음을 알 수 있다.

> 떠난 사람 옷을 주며 주린 사람 밥을 주며
> 혼인장사婚姻葬事 못지내면 돈을주어 구제救濟하고
> 궁교빈족窮交貧族 못사난이 내힘대로 구제救濟하고
> 가간하다 하는 요용要用 일용日用이 백금百金이라   「홍규권장가」[25]

이 작품에서 화자는 치산을 하여 모은 재산으로 떨고 있는 사람에게 옷을 주고 굶주린 사람에게는 밥을 주고 돈이 없어 혼인을 못 하거나 장례를 못 치르는 사람에게 돈을 주어 구제한다. 가난한 일가와 동족의 마을 사람들에게 자비를 베풀어 빈민을 구휼하는 정신은 오늘날의 사회복지 정책이 본을 받아야 할 것이다. 이처럼 경제적으로 어려움을 겪고 있는 가난한 이웃들을 구제하는 화자는 자신을 위한 소비와 생산에서 사회복지에로의 눈을 돌리는 투자자와 경영자로서의 역할을 수행하고 있었다고 할 수 있다.

---

24) 임기중 편, 앞의 책 17, 2005, p.540.
25) 임기중 편, 앞의 책 20, 2005, pp.124-125.

4. 규방가사에 나타난 놀이문화와 화폐경제의 의미

규방가사는 여성들이 생활공간에서 향유한 여성의 문학이다. 조선시대 여성들의 생활공간을 규방閨房이라고 부르듯이 여성들의 활동은 폐쇄적인 범위에서 많이 이루어졌다. 조선시대에 남성과 서로 견주었을 때 여성의 문화는 소외되었다는 사실을 부인하기는 어려운 사실이다. 하지만 조선후기 사대부가의 여성들은 불평등한 현실에 좌절하지 않고 새로운 문화를 창조하였다. 그 대표적인 문화가 규방가사의 향유와 창작이라고 할 수 있다. 조선후기 영남지방의 여성들은 자발적이고 적극적으로 자신의 경험을 작품으로 분출하여 5,000여 편26)이 넘는 가사를 향유하였다.

이처럼 규방가사는 사대부 여성들의 다양한 표출욕구를 수용함으로써 가사문학의 양식을 여성문학의 양식으로 정착시키는 계기를 만들었다. 18세기 이후 사대부 여성들이 가사문학의 담당계층으로 확고한 지위를 차지하게 됨에 따라 규방가사의 창작과 연행이 폭넓고 다양해지기 시작했다. 규방가사의 영역은 규방의 개인 소유물에서 규방閨房 밖으로까지 확대하기 시작하였으며 개인의 서정은 집단의 감성으로 변모하였다.

조선후기가 되자 화전놀이는 여성들의 전형적인 놀이로 확정되었다. 「화전가」에서 남성들은 여성들의 독점권을 자연스럽게 인정하였으며, 남성이 지은 「화전가」는 여성과 소통하고자 노력하는 하나의 증거라고 볼 수 있다. 사대부의 여성들은 화전놀이가 파한 후에 스스로 노래를 짓고 서로가 돌려가면서 가락에 맞추어 노래를 하고 품평회도 개최하였다. 놀이공간에서 여성들은 자연스럽게 이루어지는 현실의 문제와 삶의 문제를 유희지향의 세계로 표출하는 능력27)을 기를 수 있었다.

---

26) 권영철, 앞의 책, 1979, 참조.
27) 류해춘, 「대화체를 수용한 사설시조와 그 실현양상」, 『국학연구론총』 제9집, 택민국학연구원, 2012, p.204.

사대부 여성들은 화전놀이, 기행유람, 윷놀이 등의 놀이문화를 통해 경험한 현실의 갈등과 그 한계를 규방가사에 표현하여 놀이의 유흥성과 집단의 신명을 작품에 형상화하고 있다. 여성에게서 놀이문화는 이상적 삶에 대한 잠재의식을 표현하는 하나의 방식이라고 볼 수 있다. 여성놀이의 집단성과 여성들의 연대의식은 사대부 여성들이 남성들이 강요한 타자성을 극복하고 여성의 주체적인 삶을 견인해낸 매개물이라 할 수 있다. 현실세계의 소외계층인 여성에게 정확한 현실인식과 합리성을 지닌 현실의 대응방식은 생존과 직결된 문제이다. 28) 이러한 여성의 놀이문화에는 연행과정에서 이루어지는 여성과 남성의 소통과 공감을 중요한 본질로 여기면서 놀이공간에서 서로가 상생하며 화합하는 결과를 반영하고 있다.

규방가사가 활발하게 향유된 조선후기에는 유가의 규범이 조선전기보다 엄격해지기 시작했고 이로 인해 여성들의 삶은 더욱 경직되었다. 조선후기 유교이념의 강화는 경제체계의 변화와 함께 신분체제의 변화가 서로 맞물려 있다. 규방가사를 사회경제의 측면에서 바라볼 때 현실의 세계와 맞서서 치열하게 삶을 살아간 여성들과 조우하게 된다. 사대부 여성으로 태어나 몰락한 집안을 일으키기 위해 끊임없이 노동자로서 가계를 담당해야 하는 경우가 있으며, 지나친 소비를 경계하는 합리적인 소비자의 입장을 표현한 규방가사도 있고, 가정의 일에 투자자로서 가내의 토지를 관리하고 의식주를 해결하고 재산을 모으는 일을 우선시하는 여성도 있다. 이러한 경우는 재산을 모으고 난 후에 자식의 공부에 투자해야 한다고 주장하는 경우로 규방가사에 흔하게 등장하고 있다. 이러한 조선시대의 자녀교육관은 21세기 현대 우리의 사회와는 다른 '선치산先治山 후교육後敎育'이라는 명제가 조선후기 규방가사에 나타난 일반적인 교육의 방식이라 할 수 있다.

상품화폐의 경제체제 하에서 노동자는 노동을 통해서 생산을 담당해야

---

28) 손앵화, 앞의 논문, pp.133-137, 참조.

하는 입장이다. 이러한 노동자의 일은 조선사회의 상위계층인 사대부가 안정된 생활을 유지하도록 도와주는 역할을 하는 것이다. 논농사와 밭농사를 통해서 여성들은 하루하루의 생계를 위해서 열심히 노력하여 가난의 굴레를 벗어나야 했다. 소비자는 합리적인 소비를 통해서 낭비와 사치, 무절제한 욕망 등을 경계하여 유가의 규범에 따라 검박한 소비를 생활을 해야 한다. 이러한 낭비와 욕망의 경계는 여성들에게 과도하고 무절제하게 행하는 비합리성의 소비행태를 경계하는 것이다.[29) 노동자와 소비자에 덧붙여 논의해야 할 경제적인 입장에서의 조선후기 여성은 투자자라 할 수 있다. 조선후기 사회에서는 생산과 소비라는 두 개의 커다란 영역이 맞물려 돌아가는데 경제가 성장하려면 꾸준하게 투자자가 투자를 하여야 한다.

조선후기 규방가사에 나타난 투자자로서의 의미는 노동자나 소비자로서의 역할보다는 소략하게 표현되어 있다. 하지만 규방가사의 향유층인 사대부의 여성들은 가난한 일가와 동족의 마을 사람들에게 자비를 베풀고 빈민을 구휼하는 정신은 투자자로서의 미래를 준비하는 삶이라고 해야 한다. 이처럼 의식주가 해결되면 자손에게 학문을 하도록 하고 경제적으로 어려움을 겪고 있는 가난한 이웃들을 구제하는 사대부가의 여성들은 자신을 위한 소비와 생산에서 사회복지에로의 눈을 돌리는 투자자로서의 역할을 수행하고 있다고 할 수 있다. 이러한 규방가사에 나타난 여성들의 경제활동과 놀이문화는 조선후기 여성들의 삶과 문화를 들여다보는 돋보기라 할 수 있다.

5. 전통문화와 경제활동

규방가사는 조선후기 양반사대부 여성들이 창작하고 전승한 문학으로서

---

29) 조자현, 「조선후기 규방가사에 나타난 여성의 경제현실 및 세계인식」, 한양대(박사), 2012, 참조.

조선후기 여성들의 삶과 생활의 양상이 고스란히 담겨져 있다. 지금까지 규방가사의 연구는 규방가사에서 많은 비중을 차지하고 있는 계녀가류의 노래가 유교생활의 규범을 그대로 답습하고 있으며, 신변탄식가류도 결혼의 고통과 친정과의 이별이라는 여성의 고통을 그대로 표현하고 있고, 화전가류의 노래만이 유교의 규범적인 삶에서 벗어나 여성들만의 놀이를 즐기는 것이라는 시각에 초점이 맞추어져 왔다. 하지만 이 글에서는 규방가사가 활발하게 창작되고 향유된 조선후기의 경제체계의 변화와 놀이문화가 여성들의 가사문학에 미친 영향을 바탕으로 규방가사의 연구시각을 놀이문화와 경제활동의 영역으로 확대할 수 있다는 사실에 초점을 맞추어 연구하였다.

조선후기 여성들의 삶은 봉건사회의 규범뿐만 아니라 당시의 경제현실과 놀이문화에 의해서도 많은 변화를 경험했으며, 규방가사에 나타난 여성들의 삶과 의식 역시 유가규범과 사회경제의 변화를 반영하고 있다. 이러한 측면에서 규방가사에 대한 앞으로의 연구는 규방가사를 계녀가류, 신변탄식류, 화전가류 등의 세 가지로 유형화시키지 않고, 놀이문화와 사회경제의 측면에서 바라본다면 조선후기라는 복잡한 시대를 살았던 사대부 여성들의 삶과 의식을 보다 다양하게 분석할 수 있을 것이다.

규방가사에 나타난 여성의 놀이문화는 조선후기 동족의 마을이라는 혈연공동체와 지역공동체를 기반으로 하여 사대부 여성들의 동류의식과 공동체의 의식을 확인하고 인식하는 데 그 놀이의 초점과 그 역할이 있었다. 여성의 놀이에는 화전놀이, 뱃놀이, 윷놀이, 기행유람 등이 있다. 여성의 놀이문화는 사회질서와 안녕을 지탱하는데 중요한 역할을 담당했을 뿐만 아니라 놀이의 주체가 된 사대부 여성들의 사회화 과정과 여성과 남성의 의사소통에도 중요한 기제로 작용했다. 사대부 여성들은 성장환경에서 예학의 윤리도덕에 실천하고 있었으며 자신들이 처한 여성현실과 소외된 사회에 대하여 냉철한 통찰력을 소유하였다. 이러한 현실을 바탕으로 사대부 여성들은 놀이문화를 기반으로 하는 규방가사를 통해서 자아와 세계의 조화, 그리고 주체성을 지닌 자기표현이라는 현실사회에서의 욕구를 유감없이 표출하는 해방감의 통로로 활용하였다.

규방가사를 사회경제의 측면에서 바라볼 때 자신을 둘러싼 현실세계에 맞서 각자의 방식대로 살아가는 다양한 여성들을 만나게 된다. 사대부의 여성임에도 가난으로 인해 결혼을 하지 못하는 노처녀가 있었으며, 몰락한 시댁을 일으켜 세우기 위해 끊임없이 노력하는 향촌사족의 여성도 있었고, 평생을 신분의 하락과 노동에 시달리면서도 신분의 몰락과 궁핍한 경제를 극복할 수 없는 하층의 여성도 있었다.

규방가사에 나타난 사대부 여성들은 합리적인 경제활동을 위해 유교의 이념을 내면화하고 그 안에서 절용을 통해 치산治産을 함으로써 기득권을 안정하게 유지하고자 하였고, 몰락한 향촌의 양반층 여성들은 글 읽는 남편을 대신해서 재산을 관리하고 남편의 과거공부를 뒷받침함으로써 부귀영화를 누리고자 했다. 이러한 여성들의 선택은 조선후기라는 구조 속에서 각자 자신의 삶에서 가장 합리적인 선택을 하였다고 보아야 한다. 조선후기 여성들이 가정경제에서 주체적인 역할을 하게 되면서 여성의식도 함께 성장하였다. 여성들은 노동생활과 소비생활을 통해서 가정경제를 관리하고, 가정을 경영하게 되면서 자신을 가정의 관리자나 투자자로서 자리매김하기 시작했다고 할 수 있다.

이처럼 규방가사는 조선후기 여성들의 삶을 가장 폭넓게 수용하고 표현한 문학이라 할 수 있다. 여기서는 조선후기 여성들의 놀이문화와 경제현실을 바탕으로 규방가사에 담긴 다양한 삶과 그 의식세계를 살펴보았다. 앞으로는 규방가사의 각 작품에 등장한 주체적인 인물들의 놀이문화와 경제 상황을 바탕으로 하여 작품을 구체적으로 분석하고 체계화하는 작업이 남아있다고 할 수 있다.

○ 참고문헌

「자료」
권영철 편, 『규방가사』 I , 한국정신문화연구원, 1979.
김성배 외, 『주해가사문학전집』, 집문당, 1977.
이정옥, 『영남내방가사』 1-5, 국학자료원, 2003.
임기중, 『한국가사문학 주해연구』 1-20권, 아세아문화사, 2005.

권영철, 『규방가사 각론』, 형설출판사, 1986.
김문기, 『서민가사연구』, 형설출판사, 1982.
류수열, 『고전시가의 교육의 구도』, 역락, 2008.
류해춘, 『가사문학의 미학』, 보고사, 2009.
류해춘, 「대화체를 수용한 사설시조와 그 실현양상」, 『국학연구론총』 제9집, 2012.
류해춘, 「한국과 터키 문학에 나타난 동서양의 문화갈등」, 『국학연구론총』 제13집, 2014.
박연호, 『가사문학의 장르론』, 다운샘, 2003.
서영숙, 『한국여성가사연구』, 국학자료원, 1996.
이정옥, 『내방가사 향유자 연구』, 박이정, 1999.
정재호, 『한국가사문학의 이해』, 고려대학교 출판부, 1998.

저자 류해춘(柳海春)

산수자연이 아름다운 경남 합천에서 태어나 생활하면서, 거창고등학교와 경북대학교 국어국문학과를
졸업하였고, 1985년 「16·17세기 사대부가사 연구」라는 논문으로 석사학위를 받았으며, 1993년 「장편서
사가사의 서술방식과 작가의식 연구」라는 논문으로 박사학위를 받았다. 1983년에는 가회중학교 교사로
근무했으며, 1987년부터 경북대, 인천대, 방송대, 경주대, 중앙대, 가톨릭상지대, 계명문화대, 울산대,
대구대 등에서 시간강사를 하였고, 1998년부터 현재까지 성결대학교 국어국문학과 교수로 있으며,
인문대학장과 대학평의원을 역임하였다. 현재 한국문인협회와 국제펜클럽의 정회원이며, 학회활동으
로는 한국시조학회 회장을 역임하였고, 지금은 한국문학언어학회 회장으로 활동하고 있다. 저서로는
『가사문학의 미학』(2006), 『시조문학의 정체성과 문화현상』(2017), 『한국시가의 맥락과 소통』(2019)
등이 있다.

한국시가의 맥락과 소통

초판 1쇄 인쇄 2019년 6월 5일
초판 1쇄 발행 2019년 6월 13일
저 자 류해춘
펴낸이 이대현
편 집 홍혜정
디자인 최선주

펴낸곳 도서출판 역락
주소 서울시 서초구 동광로 46길 6-6 문창빌딩 2층
전화 02-3409-2058, 2060
팩스 02-3409-2059
등록 1999년 4월 19일 제303-2002-000014호
이메일 youkrack@hanmail.net
홈페이지 www.youkrackbooks.com

ISBN 979-11-6244-246-3 93810

이 도서의 국립중앙도서관 출판예정도서목록(CIP)은 서지정보유통지원시스템 홈페이지(http://seoji.nl.go.kr)와
국가자료공동목록시스템(http://www.nl.go.kr/kolisnet)에서 이용하실 수 있습니다.(CIP제어번호: CIP2019022004)